Julie Shackman

Das kleine Café im Gutshaus

Julie Shackman

Das kleine Café im Gutshaus

Roman

Aus dem Englischen
von Anja Mehrmann

FOREVER

Forever by Ullstein
forever.ullstein.de

MIX Papier FSC® C083411

Deutsche Erstausgabe bei Forever.
Forever ist ein Verlag der Ullstein Buchverlage GmbH, Berlin
Mai 2019 (2)

Titel der australischen Originalausgabe: A Room at the Manor

Umschlaggestaltung: zero-media.net, München
Titelabbildung: © FinePic®
Autorenfoto: © Trevor Graham Photography
Übersetzung: Anja Mehrmann
Innengestaltung: deblik Berlin
Gesetzt aus der Quadraat Pro powered by pepyrus.com
Druck- und Bindearbeiten: CPI books GmbH, Leck

ISBN 978-3-95818-363-6

Für meine drei ganz besonderen Jungs Lawrence,
Daniel und Ethan, in ewiger Liebe.

Eins

»Haben Sie mal wieder mit Feenstaub gezaubert, Lara?«

Ich strahlte Mrs. Arnold an. »Danke. Freut mich sehr, dass es Ihnen schmeckt.«

Meine pensionierte ehemalige Englischlehrerin trank einen Schluck Earl Grey. »*Schmecken* ist die Untertreibung des Jahres. Ihr Red Velvet Cake *tanzt* förmlich auf meinen Geschmacksknospen.«

Ich trat hinter dem Tresen aus dunklem Holz hervor und ging zu ihr hinüber. »Ich hatte schon befürchtet, er wäre ein bisschen zu trocken …«

Ihre schokoladenbraunen Augen blinzelten mich aus dem sorgfältig gepuderten Gesicht an. »Sie sollten an sich glauben, junge Dame.«

Mrs. Arnold schob sich eine weitere Gabel Kuchen in den Mund und stieß einen leisen Seufzer der Befriedigung aus. Dann verlagerte sie das Gewicht auf dem Bugholzstuhl, wobei sie beinahe die Speisekarte des True Brew umstieß. »Ich hoffe, Kitty Walker weiß Ihre Mühe und die harte Arbeit zu schätzen.«

Röte kroch mir in den Nacken.

»Seit Sie hier arbeiten«, fuhr Mrs. Arnold fort und wedelte mit der Gabel in der Luft herum, »schmeckt der Kuchen einfach köstlich.« Sie erschauerte und zog die auberginefarbene Strickjacke enger. »Ich meine, Kittys Bemühungen in allen Ehren, aber man kann nicht immer nur Victoria Sponge und Apfeltorte essen.« Verschwörerisch beugte sie sich vor und sagte: »Ihre Portugiesischen Vanilletörtchen letzte Woche waren einfach großartig.«

An einem runden Tisch in der Nähe saßen zwei junge Frauen, die großzügig Gebrauch von Selbstbräuner und Lipgloss gemacht hatten. »Sie stecken also hinter den Käsekuchen-Brownies?«, fragte die eine und entblößte beim Lächeln eine Reihe gebleichter Zähne. »Die waren fantastisch!«

»Schuldig im Sinne der Anklage«, antwortete ich und sonnte mich in so viel Lob.

Ihre überaus gepflegte Begleiterin nickte, sodass ihr blonder Bob wippte. »Wird auch Zeit, dass dieser Laden endlich im 21. Jahrhundert ankommt.«

Mrs. Arnold machte den Mund auf, um etwas zu entgegnen, schloss ihn aber gleich darauf wieder. Ich drehte mich um und sah Kitty, meine Chefin, in ihrer True-Brew-Plastikschürze auf mich zusteuern. »Wenn Sie genug mit den Gästen geschwatzt haben, Lara, dann räumen Sie bitte die drei Tische dort drüben ab.«

»Ich habe nicht geschwatzt«, erklärte ich ruhig. »Diese Damen haben mir gerade ein Kompliment für meinen Kuchen gemacht.«

Kitty kniff die perlmuttrosa geschminkten Lippen zusammen. »Aha. Nun, zum Backen habe ich Sie aber nicht eingestellt. Das ist *meine* Aufgabe.« Sie straffte den Rücken und ihr Busen bebte. »*Ihre* Aufgabe ist es, die Gäste zu bedienen und die Tische abzuräumen, und genau das sollten Sie in diesem Augenblick tun.«

Ich lächelte gezwungen. »Aber Sie wissen doch sicher noch, Kitty, dass Sie bei meiner Einstellung gesagt haben, ich dürfte auch backen und ein paar eigene ...«

»Ich kann mich nicht erinnern, so etwas gesagt zu haben«, fiel Kitty mir mit lauter Stimme ins Wort. Ihre Wangen bebten, als sie den Kopf reckte und einen Moment lang den Blick von mir abwandte. »Also, dieser Tisch da zum Beispiel. Das reinste Chaos!«

Ich griff nach einem Tablett und marschierte zu dem mit Geschirr und Speiseresten überhäuften Tisch, um ihn aufzuräumen und abzuwischen. Mrs. Arnold und die beiden bezaubernden jungen Frauen bedachten Kitty mit missbilligenden Blicken, aber Kitty machte in ihren glitzernden Turnschuhen wortlos kehrt und stürmte zum Tresen zurück.

Ich spürte, dass mein Gesicht so rot war wie meine Korkenzieherlocken.

Niemand außer mir selbst war schuld daran, dass ich für die Mutter des Teufels arbeitete – und zwar aus Notwendigkeit, nicht aus freien Stücken. Als ich aus meinem Job als PR-Referentin entlassen worden war, hatte ich das als Segen empfunden, vor allem nachdem ich dann nach Malta gereist war und Anton kennengelernt hatte. Aber bei der Rückkehr nach Fairview in Schottland, meiner Heimatstadt, erwartete mich alles andere als eine Fülle von Jobangeboten. Ich hatte mich von Kittys Versprechen zum Kuchenangebot beitragen zu dürfen locken lassen und von der Aussicht, auf diese Weise meine Backkünste weiter verbessern zu können. Natürlich hätte ich mir wieder einen PR-Job suchen können, aber die Vorstellung, in einem Hochhausbüro gefangen zu sein, fand ich einfach grauenerregend.

Wenn dieses Café mir gehören würde, schimpfte ich innerlich, befände es sich mit Sicherheit in einem anderen Zustand als dem gegenwärtigen. Ich stapelte die schmutzigen Teetassen ineinander und starrte wütend auf die dunkle Holzvertäfelung und die dazu passenden Tische und Stühle. Was früher vielleicht einmal gemütlich gewesen war, wirkte längst altmodisch und düster. Der Teppich im Gastraum wies ein grelles rot-grünes Karomuster auf, das einen förmlich ansprang, sobald man das Café betrat, und das schummerige Licht der Kutscherlampen ließ die schäbigen schottischen Landschaften, die Kitty an die Wand gehängt hatte, auch nicht freundlicher wirken.

In diesem Café wurde nicht einmal Tee aus losen Blättern serviert. Kitty kaufte billige Teebeutel und Kaffee, der an Staub erinnerte. Ich schwor mir, meinen Gästen köstlichen aromatischen Kaffee zu servieren, sollte ich jemals ein eigenes Lokal besitzen. Ich würde ein breites Spektrum an Teesorten anbieten: French Earl Grey, Oolong, Weißen Tee, Jasmintee.

Das Handwerk des Backens hatte mich schon immer fasziniert, aber seitdem ich im Sommer, vor dem Beginn der Uni, einen Abendkurs belegt hatte, liebte ich es regelrecht. Die Texturen und Gerüche. Der meditative Akt des Knetens und Klopfens. Und ich genoss es, dass auch das einfachste Rezept spezielle Erinnerungen wieder zum Leben erwecken oder mich an einen kostbaren Moment erinnern konnte. Ich blickte auf das zarte silberne Armband, das an meinem Handgelenk baumelte, und dachte daran, wie meine verstorbene Großtante Hettie es mir nach dem Abschluss des Backkurses geschenkt hatte.

Ich nahm rasch das Tablett mit dem schmutzigen Steingutgeschirr, wobei ich den mitfühlenden Blicken von Mrs. Arnold und den manikürten Ladys auswich, und steuerte geradewegs auf die Geschirrspülmaschine zu. Meine neue Chefin war manchmal schwer zu ertragen, aber dennoch hatte der Job auch Vorteile. Zumindest wohnte Morven, meine beste Freundin, in der Nähe, und glücklicherweise hatte ich noch immer meine Wohnung gleich um die Ecke. In den vorangegangenen anderthalb Jahren hatte ich sie an eine geschiedene Mittvierzigerin untervermietet, mit der Aussicht, sie ihr zu verkaufen, sobald ich nach Malta gezogen sein würde, um dort endlich mein Leben mit Anton zu beginnen. Meine Mieterin hatte sich als ideal herausgestellt, denn ein halbes Jahr vor meiner Rückkehr zog sie zu ihrem neuen Mann nach London. Kaum war die Wohnung wieder frei, sammelte Morven gewissenhaft meine Post ein, setzte sich mit dem Immobilienmakler in Verbindung, wenn ich nicht dazu kam, und sah gelegentlich nach dem Rechten, damit bei meiner baldigen Rückkehr aus Malta alles bereit war.

Sobald ich an Malta dachte, ploppten Bilder von vanillegelbem Sand, weißer Gischt und Antons dunklen Augen vor mir auf wie Champagnerkorken, die gegen einen Felsen prallen. Um sie zu vertreiben, knallte ich die Klappe der Spülmaschine laut zu. Ich hatte so viel Zeit und Mühe aufgewendet, um sein Weinlokal in Valletta in Gang zu bringen, und was hatte ich dafür bekommen? Eine so weichgespülte Abfuhr, als hätte er dafür ein Selbsthilfebuch verschlungen, und die Offenbarung, dass er mich durch eine Russin mit burgunderroten Haaren ersetzt hatte. Hoffentlich würden er und seine vollbusige Bardame Tanya irgendwann in einen verlassenen Grubenschacht stürzen.

Kitty riss mich aus meinen finsteren Gedanken, als sie eilig zu den aufgetürmten Blaubeermuffins lief, die sie gebacken hatte, und sie überflüssigerweise neu anordnete. Ich hatte vorgeschlagen, die Auswahl an Muffins mit weiteren Sorten aufzupeppen, zum Beispiel welchen mit kandiertem Ingwer und Apfel, mit dunkler Schokolade, Guinness, Pistazie oder Chai. Meine Ideen waren jedoch sofort mit der Bemerkung abgetan worden, sie wisse genau, was ihre Gäste mögen würden, und kurzlebige kulinarische Trends gehörten garantiert nicht dazu.

Ich hätte gern mal gewusst, was an Ingwer kurzlebig sein soll.

Vor nunmehr drei Monaten war ich nach Fairview zurückgekehrt und dachte in schlechteren Momenten, dass vermutlich sogar Mitglieder der kriminellen Unterwelt zu milderen Strafen verurteilt wurden als dazu, für Kitty Walker zu arbeiten.

»Lara! Kundschaft!«

Als ich Kittys kläffende Stimme hörte, biss ich mir auf die Lippe und wandte mich einer jungen Mutter mit einem Kleinkind zu, das mich mit strahlenden Augen anblickte.

»Wie wär's mit einem Smaragdkeks?«, rief Kitty dem kleinen Jungen zu. »Ich wette, die Glasur schmeckt dir. Ich habe sie selbst gemacht, weißt du.«

Der Kleine drehte den aschblonden Kopf zwischen Kittys langweiligen Keksen und den mit glitzerndem Zuckerguss überzogenen und mit Schokotropfen bestreuten Mini-Cupcakes, die ich am Morgen rasch zubereitet hatte, hin und her. Kitty folgte dem blauäugigen Blick des Jungen. »Wo kommen die denn her?«, fragte sie und starrte mich finster an.

»Die habe ich gemacht«, antwortete ich trotzig. »Ich dachte, die Kinder mögen sie vielleicht.«

Kitty schürzte die Lippen. »Ich glaube, so etwas passt nicht zum Konzept dieses Unternehmens.«

Ich war kurz davor, sie darauf hinzuweisen, dass es sich um ein kleines schottisches Café handelte und nicht um einen weltweit tätigen Großkonzern, da fragte der kleine Junge mit zwitschernder Stimme: »Kann ich bitte einen Cupcake bekommen, Mummy?«

Ich kam hinter dem Tresen hervor und ging vor dem Kleinen in die Hocke, wobei sich die True-Brew-Schürze über meiner Jeans in Falten legte. »Wenn du so lieb fragst, suche ich dir den größten heraus.«

Seine müde wirkende Mom nickte mir lächelnd zu, aber Kitty war anzusehen, dass sie wütend auf mich war. Ich holte mit der Zange den dicksten Mini-Cupcake heraus und steckte ihn in eine braune Papiertüte. Auch das würde ich anders machen: keine billigen braunen Tüten, sondern welche, auf denen der Name meines Cafés stünde.

Kaum hatte die Frau bezahlt und ihren Sohn, mit einer wetterfesten Jacke bekleidet, im Buggy zur Tür hinausgeschoben, fuhr Kitty mich auch schon an: »Hören Sie, wenn Sie hier unbedingt die Chefin spielen wollen, können Sie heute Abend ja wieder abschließen.«

Ich unterdrückte einen frustrierten Seufzer. Das war typisch. Da hatte ich geglaubt, der alte Drache würde angesichts all der glücklichen Gäste endlich meinen frisch gebackenen Beitrag zum Kuchenangebot zu schätzen wissen, aber nein, im Gegenteil.

Schlechtgelaunt faltete ich Servietten und starrte hinaus in den nachmittäglichen Himmel, an dem vereinzelte Sonnenstrahlen die milchigen Wolken zu vertreiben versuchten. Ich konnte backen und tat es für mein Leben gern. Ich hatte Erfahrung in der Öffentlichkeitsarbeit. Und dennoch arbeitete ich in einem altbackenen Café, wurde unterschätzt und barsch zurechtgewiesen.

»Kundschaft draußen, Lara!«

Ich streckte Kittys Rücken die Zunge heraus und griff nach meinem Bestellblock. Ein flüchtiger Blick nach draußen erinnerte mich daran, dass sich auf einem der Tische noch immer halbleere Teetassen und Reste von Scones mit Fruchtfüllung drängten. Ich nahm ein Tablett und ging hinaus.

Plötzlich brüllte jemand: »Machen Sie doch die Augen auf, Mädchen!«

Zwei

Ich hielt das Tablett ein wenig fester. »Tut mir leid«, sagte ich rasch. »Ich habe Sie nicht gesehen.«

Der stechende graue Blick des alten Mannes brachte mich aus der Fassung. Er starrte mich noch eine Weile an, dann beruhigte er sich wieder und sagte: »Offensichtlich nicht, bei dem Schwung, mit dem Sie das Ding da transportieren.«

Okay, ich hatte ein wenig geträumt, aber ich war bestimmt nicht achtlos mit dem Tablett umgegangen. Und außerdem war ein Teetablett keine gefährliche Waffe, oder? Während ich mich nach dem verbalen Angriff noch sammelte, ließ sich der Mann bereits vorsichtig auf einem der schmiedeeisernen Stühle nieder. Vom Café aus blickte man auf den Platz in der Mitte des Orts und konnte ungehindert die Aussicht auf kunterbunte Geschäfte und ein Gewirr von alten Gassen genießen.

Der alte Mann lehnte seinen schwarz-goldenen Spazierstock aus Buchenholz an den Tisch. Ich sah, dass der Griff gekrümmt und zur Form einer Distel geschnitzt war. Sobald der Gast auf dem wattierten Sitzkissen Platz genommen hatte, beäugte er mit offenkundigem Misstrauen die Narzissentöpfe, die ich kürzlich vor dem Lokal aufgestellt hatte.

Nervös spähte ich über die Schulter ins Café. Die leicht schrägen Fenster spiegelten den hellblauen Himmel und die goldene Aprilsonne wider. Ich hoffte inständig, dass Kitty nichts von dieser Auseinandersetzung mitbekommen hatte.

»Sie hören mir überhaupt nicht zu, hab ich recht?« Die Stimme des alten Mannes klang wie ein Bellen.

Ich blickte ihn wieder an. Graues, zurückgekämmtes Haar rahmte ein dynamisch wirkendes Gesicht ein, ein Eindruck, der durch den schneidigen, dicken Oberlippenbart noch verstärkt wurde. Ich erhaschte einen Blick auf eine moosgrüne Weste und eine Hose in derselben Farbe unter dem grauen Regenmantel.

»Ich hätte mich ernsthaft verletzen können«, schimpfte er und musterte mich immer noch aus schmalen Augen. »Ich finde, Sie könnten mir zur Entschädigung wenigstens einen Tee und ein Stück Victoria Sponge anbieten, junge Frau.« Er hob einen pergamentenen Finger und stieß ihn in Richtung der Kuchenvitrine in die Luft.

»Aber ich habe Sie doch gar nicht berührt!«, protestierte ich und hielt mir schützend das Tablett vor die Brust.

»Sie sind direkt gegen meine Schulter gelaufen! Wegen Ihnen hätte ich eine lebensbedrohliche Verletzung davontragen können. Ich bin sehr gebrechlich, falls Ihnen das noch nicht aufgefallen ist.«

»Für Ihre Zunge gilt das todsicher nicht«, zischte ich leise.

Der Mann blickte mich prüfend von unten an. »Was haben Sie gerade gesagt?«

»Ist alles in Ordnung, Lara?« In ihrer prächtigen, weiß-goldenen Schürze eilte Kitty auf uns zu.

»Dieses Mädchen hätte mich beinahe umgerannt«, rief der Mann, ehe ich antworten konnte. »Nur gut, dass ich in meiner Jugend so fit war.«

Du meine Güte! Um mich zu beruhigen, atmete ich tief durch. »Tut mir leid, aber ich bin mir ziemlich sicher, dass ich Sie kaum berührt habe.« Ich wollte gerade zu weiteren Erklärungen ansetzen, aber Kittys Todesblick ließ mich schweigen. Stattdessen schob ich mir eine rote Locke hinter das Ohr.

»Tut mir sehr leid, Mr. Carmichael«, sprudelte es aus Kitty heraus. »Lara ist noch ziemlich unerfahren.«

Ich fuhr herum und starrte sie an. Dieser Mann hier war Hugo Carmichael? Der alte Gutsbesitzer?

Die Familie Carmichael lebte auf dem Landgut Glenlovatt Manor, gleich vor der Stadtgrenze von Fairview. Sie waren eine Art örtliches Rätsel, das sich in seinem karamellgelben Steinhaufen versteckte und sich vom gemeinen Volk fernhielt. Früher hatten sie das Anwesen gelegentlich geöffnet, um Geld für örtliche Wohltätigkeitsorganisationen zu sammeln, aber es war schon vor Jahren, kurz nach dem plötzlichen Tod von Lydia Carmichael, der Ehefrau von Gordon, dem gegenwärtigen Gutsherrn, für die Öffentlichkeit geschlossen worden. Jetzt wohnten vermutlich nur noch die männlichen Familienmitglieder in dem Herrenhaus, Hugo, Gordon und sein Sohn Vaughan, der vor Jahren auf ein Elite-Internat geschickt worden und offenbar Bildhauer geworden war. Ich fand den Gedanken ziemlich deprimierend, dass drei alleinstehende Adlige in diesem ausgedehnten Anwesen herumgeisterten.

Christine, meine Mum, bewunderte oftmals aus Versehen Bilder von Glenlovatt in der Lokalzeitung, bis ihr wieder einfiel, dass sie gegen das Establishment war. Ich hingegen sah diese Familie als ein unergründliches Wesen an, das am Rand unserer kleinen Stadt lebte und alles hinter Fenstern mit schweren Samtvorhängen hervor beobachtete, die ihm freien Blick auf viele Hektar dichten Waldes gewährten.

Kitty beschloss, mir keine Beachtung mehr zu schenken und faltete die Hände über dem Motiv der goldenen Teekanne auf ihrer Brust. »Darf ich Sie zur Wiedergutmachung auf eine Tasse Tee einladen, Mr. Carmichael?«

Ein Ausdruck gekünstelter Überraschung zeichnete sich auf dem Gesicht des alten Mannes ab. Was für ein ausgekochter Kerl!

»Nun, ich denke, das kann ich durchaus annehmen.«

Kitty durchbohrte mich mit eisigem Blick. »Lara, nehmen Sie Mr. Carmichaels Bestellung auf und bringen Sie ihm, was er wünscht, und zwar sofort.«

Mr. Carmichael und ich drehten gleichzeitig den Kopf und sahen ihr nach, als sie zurück ins Café hetzte.

Klirrend stellte ich das Tablett auf einem leeren Tisch ab und setzte ein höfliches Gesicht auf. »Was darf ich Ihnen bringen, Sir?«

»Einen Earl Grey und ein Stück Victoria Sponge – bitte.«

Ich bedachte ihn mit einem halbherzigen Lächeln, nahm das Tablett wieder auf und eilte zum Haus zurück.

Drei

Es war ein typischer schottischer Frühlingsmorgen. Regentropfen rannen an den Fenstern des True Brew herab wie Diamanten, die um die Wette liefen.

Ich schützte mich mit dem Schirm so gut wie möglich vor der Nässe und suchte in meiner Handtasche nach den Schlüsseln des Cafés. Ich vermutete, dass Kitty mir den Ersatzschlüssel nur gegeben hatte, damit sie sich bei Geschäftsschluss schnell verdrücken oder morgens etwas länger im Bett bleiben konnte, aber ich war entschlossen, die Gelegenheit beim Schopf zu packen und ihr zu beweisen, dass sie mit mir nicht nur eine Kellnerin eingestellt hatte.

Abgesehen vom Prasseln des Regens war es still in Fairview, als ich die Tür aufschloss und das Licht einschaltete.

Sobald ich mich aus dem Regenmantel geschält und ihn zum Trocknen über einen Heizkörper gehängt hatte, packte ich die Zutaten aus und schaltete meinen iPod ein, um beim Backen leise Musik zu hören.

Während ich Eiweiß, Zucker und Salz in einer großen Schüssel verquirlte, stellte ich mir vor, wie die Himbeermarmelade rot und üppig von meinem Teelöffel in die kleine Mulde gleiten würde, die ich vorher sorgfältig in jede Makrone gedrückt hatte. Ich musste lachen, denn mein Magen knurrte, obwohl ich gerade erst Müsli zum Frühstück gegessen hatte. Ich hoffte, dass die Reaktionen der Gäste meiner Chefin zeigen würden, wie gut mir meine kleinen goldenen Inseln gelungen waren.

• • •

Ich hatte gerade zwei älteren Damen Tee und warme Käse-Scones serviert und schlängelte mich zwischen den Tischen hindurch zum Tresen gegenüber der getäfelten Glastür. Ich konnte nicht anders. Ich malte mir aus, wie verwandelt das Lokal aussehen würde, wenn nur die Wände in frischem Weiß gestrichen wären und auf den Stühlen Kissen mit Vichykaros lägen. Doch ich riss mich zusammen und kehrte wieder in die Realität zurück. Dass Hugh Jackman hereingestürmt kommen und von mir verlangen würde, augenblicklich meinen Arbeitsplatz zu verlassen, um mich zwischen den Blaubeermuffins ungehemmtem Sex mit ihm hinzugeben, war wahrscheinlicher, als dass meine Chefin etwas ändern würde.

Während Kitty hinter mir einen bedauernswerten Gast mit schlecht verhohlener Empörung über den Zustand von Mrs. Strachans Ehe ausfragte, riskierte ich einen Blick auf den Vorratsbehälter aus Plastik, den ich auf einem der unteren Regale versteckt hatte. Ich atmete tief durch und holte ihn aus seinem Versteck, drehte mich zu meiner Chefin um und bedachte sie mit einem breiten Lächeln.

Sie erstarrte augenblicklich. Instinktiv wich sie einen Schritt zurück und deutete mit ihrem Kopf mit dem steinhart frisierten grauen Haar in Richtung Container. »Was ist das?«

»Ich bin heute Morgen früher gekommen und habe noch etwas gebacken.«

Kittys geschürzte Oberlippe drohte ihre Nasenspitze zu berühren. Während das Klirren von Teetassen unser leises Gespräch untermalte, beugte sie sich nervös über den Behälter, den ich in der Hand hielt. Vorsichtig zog ich den blauen Plastikdeckel ab, wobei ein sattes *Pffft* erklang.

»Das sind Himbeer-Kokosmakronen«, plapperte ich drauflos. »Ich dachte, wir probieren es mal. Vielleicht mögen unsere Gäste sie ja.«

Kittys ausladender Busen unter der Schürze hob und senkte sich, und einen Moment lang glaubte ich, sie würde mir gleich ein Auge ausstechen.

Ich hatte den Teig zu großen Sternen geformt und sie mit viel Himbeermarmelade und etwas Glitzerpulver bestrichen. Unter den Lichtern des Cafés sahen sie magisch und sehr lecker aus, aber ihrer entsetzten Miene nach zu urteilen, war Kitty da anderer Meinung.

»Ich hoffe, Sie haben sich nicht an unseren Zutaten bedient. Und es sind *meine* Gäste, nicht unsere«, sagte sie laut. »Sie wissen doch, dass Fiona und ich für die Backwaren zuständig sind, Lara.«

Ach ja. Die beiden hässlichen Schwestern.

»Ich habe die Zutaten selbst gekauft«, erklärte ich. »Ich dachte nur, es wäre vielleicht eine gute Idee, etwas anzubieten, das ...«, mein Blick schweifte über die üblichen Biskuitkuchen und Scones, »... ein bisschen anders ist.«

Kittys fuchsiafarben geschminkte Lippen bebten vor Empörung. »Was? Halten Sie meine Kuchen etwa für langweilig?«

»Nein! Überhaupt nicht!« Krampfhaft suchte ich nach Worten, um bloß nichts Falsches zu sagen. »Ich dachte nur, es wäre schön, auch mal etwas Neues anzubieten.« Ich räusperte mich. »Und da Sie anfangs mal gesagt hatten, ich dürfe ein wenig backen, dachte ich, Sie würden vielleicht gern das Ergebnis meiner Bemühungen sehen.«

Kittys Augen funkelten vor Zorn. »Oh nein, nicht das schon wieder! Sie wissen ganz genau, dass Fiona und ich hier die Bäckerinnen sind. Wir brauchen keine Hilfe.«

»Das ist aber schade«, polterte eine tiefe Stimme vor dem Tresen. »Die Makronen sehen nämlich köstlich aus.« Hugo Carmichael blickte erwartungsvoll unter einem schwarzen Filzhut hervor, den er gleich darauf mit einer schwungvollen Geste abnahm.

Na super: Der Gast, den ich am wenigsten mochte, war wieder da. Konnte dieser Tag noch schlimmer werden? Ja, lautete vermutlich die korrekte Antwort auf diese Frage. Allerdings hatte er mir ein Kompliment zu meinen Backkünsten gemacht, und das war nett von ihm. »Danke«, sagte ich lächelnd und ein bisschen überrascht.

»Ein scheußlicher Morgen«, seufzte er. Regentropfen liefen an seinem Tweedmantel hinab. »Ich glaube, ich genehmige mir eine Kanne Earl Grey. Oh, und eine von Ihren Makronen, junge Dame. Vielen Dank.«

Ich unterdrückte ein verblüfftes Lächeln und blickte Kitty flüchtig ins Gesicht. Die Schmolllippe war wieder da. »Selbstverständlich, Mr. Carmichael«, brachte sie mit gepresster Stimme heraus.

Ich machte mich daran, Hugos Teetablett vorzubereiten und legte vorsichtig eine Makrone auf einen Teller. Mit versteinerter Miene beobachtete Kitty, wie ich das Café durchquerte.

»Bitte sehr, Mr. Carmichael. Lassen Sie es sich schmecken.«

Ich wandte mich ab und begann, einen Tisch in der Nähe abzuräumen.

»Mmm, köstlich!«, hörte ich ihn begeistert mit vollem Mund sagen. »Das schmilzt ja förmlich auf der Zunge.«

Ich drehte mich um, als ich seine Worte hörte. »Danke!«

Mr. Carmichael goss sich Tee ein und blickte mich wieder an. »Sie backen also gern?«

Ich nickte begeistert, sodass mein lockiger Pferdeschwanz wild wippte. »Das habe ich schon als Schülerin geliebt. Ich finde es sehr entspannend und auch bereichernd.«

Ich machte Anstalten, mich zurückzuziehen, aber er streckte die Hand aus und berührte für den Bruchteil einer Sekunde meinen Arm. Seine Augen waren geweitet. Er machte mich ein bisschen nervös. Sein wässriger Blick fiel auf das silberne Armband, das an meinem Handgelenk baumelte. »Das ist hübsch«, murmelte er. »Woher haben Sie das?«

Lächelnd blickte ich auf das Armband, die kleinen Anhänger streiften meine Haut. »Das war ein Geschenk meiner Großtante …«

»Lara!«, unterbrach mich Kitty. »Kommen Sie bitte mal?«

Als ich auf den Tresen zuging, spürte ich noch immer seinen Blick im Rücken.

»Ich hoffe, Sie belästigen unsere Gäste nicht«, zischte sie, während sie die Kaffeemaschine in Gang setzte. »Oder drängen ihnen Ihre Backwaren auf. Das ist nicht gut fürs Geschäft.«

Vergeblich versuchte ich meine Verärgerung zu verbergen. »Mr. Carmichael hat mich um eine Makrone gebeten. Ich dachte, Kuchen ist unser Geschäft. Schließlich ist das hier ein Café.«

Kittys hängende Wangen zitterten bedrohlich. »Sie wissen genau, was ich meine.«

Ich unterdrückte einen Seufzer und wandte mich ab. In dem schrägstehenden Fenster sah ich mein wankendes Spiegelbild. Ich wirkte entmutigt. Aus meinem blassen, sommersprossigen Gesicht blickten mich graue Augen ohne jede Spur von Begeisterung an. Das Einzige, was an diesem Tag an mir lebendig wirkte, war mein Haar. Es wallte mir wie immer über den Rücken und drohte sich aus dem schwarzen Band zu lösen.

Ich war eine siebenundzwanzigjährige arbeitslose PR-Referentin, die von ihrem maltesischen Liebhaber verlassen worden war. Mein Leben verblasste in diesem Augenblick auf deprimierende Weise neben dem meiner Mutter, einer glamourösen Witwe, die in Spanien die Puppen tanzen ließ.

Ich nahm mir eine Makrone und biss grimmig hinein.

Vier

Der orange Schimmer der Straßenlaternen malte Ringe auf das Pflaster und warf seinen warmen Widerschein auf die Schaufenster der geschlossenen Geschäfte gegenüber.

Kitty hatte sich angewöhnt, schon früh aus dem Café zu verschwinden. Normalerweise tischte sie mir ihren wöchentlichen Yogakurs, ihren Lesekreis oder einen Fall von »reiner Erschöpfung« als Ausrede auf und ließ mich allein saubermachen und abschließen. Ich hatte immer gedacht, Leute, die Yoga machen, seien friedliebende, freundliche, auf innere Ruhe bedachte Wesen.

Als ich das Türschild auf »Geschlossen« drehte, klimperte mein silbernes Armband. Ich blickte liebevoll auf die Glücksbringer: Zwei Cupcakes und zwei Löffel kitzelten meine Haut. Seit meiner Rückkehr nach Fairview trug ich das Armband wieder, denn ich hoffte, dass es mir bei der Jagd nach meinen Backträumen Glück bringen würde. Es war wunderschön, aber ich war bedrückt, als ich mir eingestehen musste, dass es sich bislang nicht als hilfreich erwiesen hatte.

Bei dem Gedanken unterdrückte ich einen frustrierten Seufzer. Die leere Kuchentheke glänzte in der hereinbrechenden Dunkelheit, und der scheußliche Teppich war so grellbunt, dass man ihn vermutlich noch in den Highlands sah.

Ich wusste, was mich aufheitern würde.

Früher am Tag hatte ich mir ein neues Rezept ausgedacht, und jetzt war genau der richtige Zeitpunkt, um es auszuprobieren. Meine Finger kribbelten vor Erwartung, als ich in der Küche das Licht wieder einschaltete. Dann band ich mir eine saubere True-Brew-Schürze um, stellte den Mixer an und machte mich an die Arbeit.

Zunächst rieb ich eine große Karotte und zwei Äpfel, siebte etwas Vollkornmehl darüber und fügte eine großzügige Prise duftenden Zimt hinzu. Die Maschine knetete die Mischung zu einem schön klebrigen Teig, während ich den Zucker, das Öl und die Eier unterschlug. Ich genehmigte mir einen guten Teelöffel davon als Geschmacksprobe, und nachdem ich beschlossen hatte, dass noch ein wenig Ingwer und Piment fehlten, stellte ich die knisternden Muffinförmchen auf ein Backblech. Mit einem satten *Plopp* glitt der Teig mühelos vom Teelöffel in die Förmchen. Ich nahm eine Prise Haferflocken und streute sie über die Muffins, ehe ich das Blech in den Ofen schob.

Die Zahlen auf der Uhr des Ofens leuchteten grellrot, während die Zeit ablief. In der Wartezeit saugte ich den Teppich im Gästeraum ab, dann lief ich zurück in die Küche, um mich zu vergewissern, dass die Muffins aufgingen wie gewünscht. Endlich signalisierte ein helles Klingeln, dass die Backzeit abgelaufen war. Ich zog mir Handschuhe über und ließ, neugierig auf das Ergebnis, die Ofentür aufspringen. Ich schnupperte – der würzige Apfelduft erinnerte mich ein wenig an Weihnachten. Dann ließ ich die goldbraunen Muffins noch fünf Minuten auf dem Kuchengitter ruhen, ehe ich einen kostete. Die milden Gewürze reizten meine Geschmacksknospen, und der Belag aus Haferflocken fügte dem Ganzen eine weitere Geschmacksnote hinzu. Ich legte die restlichen Muffins in eine Tupperdose, um sie in den Kühlschrank zu stellen und am nächsten Tag wieder aufzuwärmen. Vermutlich würden sie sich als nahrhafter Start in den Tag für die gestressten Pendler erweisen, die auf dem Weg zum Bahnhof gern hereinkamen und einen Becher Kaffee mitnahmen.

»Ich werde euch ›Muffins to go‹ nennen, und ihr werdet euch verkaufen wie die sprichwörtlichen warmen Semmeln«, verkündete ich, als ich die schmutzige Rührschüssel in der Spüle abwusch.

Während ich die Arbeitsflächen in der Küche abwischte, stellte ich mir Kittys Reaktion auf die Muffins vor. Egal. Sobald mir eine Backidee in den Kopf kam, konnte ich sie nicht mehr abschütteln. Wenn ich sie nicht ausprobierte, nagte sie an mir, bis ich es schließlich doch versuchte.

Als die Küche makellos sauber war, griff ich nach meiner Lederjacke und der Handtasche und steuerte auf die Tür zu. Rasch schloss ich das Café ab und ließ es zurück wie ein stilles, sauberes Gehäuse, dessen Inneres am nächsten Tag wieder zum Leben erwachen würde.

Ich verfluchte die stechenden Schmerzen in meinen Füßen und wollte mich gerade auf den Heimweg machen, da erklang auf dem verlassenen Platz ein Geräusch, und ich fuhr herum.

Unverständliche Worte murmelnd, kam eine dunkle Gestalt auf mich zu gestolpert.

Ich verstärkte den Griff um den Schulterriemen meiner Tasche. Hatte ich etwas dabei, womit ich mich verteidigen konnte? Ich erinnerte mich, dass in meiner Tasche eine Tube Handcreme und ein grobzinkiger Kamm zum Entwirren meiner Locken steckten. Excalibur und das bronzene Schild hatte ich an jenem Morgen wohl zu Hause gelassen.

Das rötliche Licht der Straßenlaterne streifte kurz die Gestalt, von der nur die Silhouette zu erkennen war. »Verdammtes Ding!«, ertönte eine Stimme in der kalten Luft. »Wo zum Teufel steckst du denn?«

Hugo Carmichael machte zögerlich einige Schritte vorwärts. Der übliche fesche schwarze Filzhut bedeckte seinen Kopf. Als er mich in meinen Ballerinas auf sich zukommen sah, lächelte er erleichtert. »Ha! Welch schöner Anblick bietet sich meinen entzündeten Augen, junge Frau!«

»Was machen Sie hier draußen so allein?«, fragte ich ihn stirnrunzelnd.

»Ich mag ja alt sein, aber senil bin ich noch nicht.« Er deutete auf das Straßenpflaster. »Ich bin spazieren gegangen und habe meinen verdammten Stock verloren. Sehen Sie ihn vielleicht irgendwo? Meine Augen sind auch nicht mehr das, was sie mal waren.«

Obwohl er unbeschwert zu klingen versuchte, hörte sich Hugos

Stimme ängstlich an. Ich fragte mich, wie lange er hier draußen schon nach seinem Stock gesucht hatte.

»Sie bleiben, wo Sie sind, und ich suche ihn für Sie.«

Sein silberner Schnurrbart zuckte. »Tja, eigentlich hatte ich einen erfrischenden Abstecher in die Berge ins Auge gefasst, aber daraus wird wohl jetzt nichts mehr.«

Ich ließ den Blick schweifen. Nach einigen Sekunden fiel mir etwas Goldenes ins Auge, das auf dem nachgedunkelten Pflaster blinkte. »Bitte sehr.«

Dankbar nahm Hugo seinen Spazierstock entgegen. »Vielen Dank.«

Über unseren Köpfen tanzten dunkelviolettfarbene Streifen am Himmel, und ein Sternenteppich spannte sich über das Firmament.

Ich strich mir eine Locke aus dem Gesicht. »Sie haben mir immer noch nicht gesagt, was Sie heute Abend hier draußen suchen.«

Hugo blinzelte. »Oh, verzeihen Sie, junge Frau. Mir war nicht bewusst, dass ich Glenlovatt ohne vorherige behördliche Genehmigung nicht verlassen darf.«

»Sie machen das oft«, bemerkte ich.

»Was mache ich oft?«

»Sarkastisch werden, um einer Frage auszuweichen.«

»Sind Sie sicher, dass Sie Bäckerin sind und keine Seelenklempnerin?«

»Ha!«, schnaubte ich triumphierend. »Sie tun es schon wieder.«

Hugos tränende Augen blitzten vor Übermut. »Touché.«

Ich sah mich auf dem leeren Platz um; Lichterketten hingen wie weiß-goldene Schleifen in den Bäumen. »Okay, wenn Sie mir nicht sagen wollen, warum Sie hier sind, dann verschwinde ich jetzt. Ich freue mich auf eine heiße Dusche und eine Haarkur.« Ich deutete auf die verlassene Hauptstraße, die sich bergauf aus der Stadt schlängelte. »Und wie kommen Sie nach Hause?«

»Travis wartet oben hinter dem Zeitschriftenladen auf mich.«

»Travis?«

»Der Chauffeur unserer Familie und mein Vertrauter.«

»Oh, verstehe.«

Als ich mich zum Gehen wandte, packte mich seine dünnhäutige Hand am Jackenärmel. »Lara, meine Mutter hat früher immer gesagt, dass Träume irgendwann in Erfüllung gehen, wenn man seinem Herzen folgt.« Hugos Lippen verzogen sich zu einem gefühlvollen Lächeln. »Ein großer Schritt kommt einem oftmals beängstigend vor, aber noch beängstigender ist es, eine Chance nicht zu nutzen, wenn sie sich bietet.«

Ich starrte ihn verständnislos an.

»Na ja, ich bin Kitty dankbar, dass sie mir diesen Job gegeben hat, obwohl sie bei der Arbeit eine richtige Zicke sein kann«, erwiderte ich unsicher.

»Aber?«, hakte er nach und sah mir ins Gesicht.

Ich kuschelte mich tiefer in die Lederjacke. Ohne es zu wollen, hatte ich mich Hugo anvertraut. Sein offener Blick hatte etwas Tröstliches, das mich zum Reden ermutigte. Die Worte strömten mir aus dem Mund, während er dastand, zuhörte und gelegentlich nickte. »Ich möchte mir etwas Eigenes aufbauen«, sagte ich und seufzte. »Im Gegensatz zu Kitty ist Backen für mich nicht nur ein Job.«

Hugos schwerer schwarzer Mantel hing ihm von den Schultern, als er das Schild des True Brew mit dem goldenen Emblem einer dampfenden Teekanne darauf betrachtete. »Wenn dieses Café Ihnen gehörte, was würden Sie damit machen?«

Ich legte den Kopf schief und fragte mich, worauf er hinauswollte. »Na ja, als Erstes würde ich die Holzvertäfelung entfernen und den karierten Teppich rausschmeißen.« Ich zögerte. »Ich sehe weiße Tische und Stühle und gestärkte Tischdecken vor mir, zartes Porzellan und Silberbesteck und raumhohe Fenster.« Ich breitete die Arme aus, so sehr begeisterte mich die Vorstellung. »Ich würde Kuchenständer in die Fenster stellen und Bilder von Künstlern aus der Gegend aufhängen. Und wir würden täglich zwei neue Gebäcksorten als Kuchen des Tages anbieten, aber auch nostalgische Lieblingskuchen, zum Beispiel Dominokuchen und Schokoladentarte.«

Aus funkelnden Augen blickte Hugo mich an. »Klingt, als hätten Sie viele gute Ideen, meine Liebe. Und um Ihre Frage von vorhin zu beantworten: Ich gehe abends manchmal gern im Ort spazieren. Denke daran zurück, wie Fairview vor vielen Jahren aussah, als ich noch ein junger Bursche war …« Seine Stimme verklang.

»Ist alles in Ordnung mit Ihnen, Mr. Carmichael?«

Hugo schreckte aus seinen Gedanken hoch. »Oh ja. Völlig in Ordnung. Ah, da kommt gerade Travis um die Ecke.«

Ich schob mir den Riemen der Tasche höher auf die Schulter. »Wenn Sie meinen. Passen Sie auf sich auf.«

Als er bereits auf dem Weg zum Zeitschriftenladen und dem davor wartenden Wagen war, drehte ich mich um und lief über den Platz nach Hause. Die dunklen Schaufenster, an denen ich vorbeiging, ließen nur erahnen, was sie enthielten: Beim Juwelier lagen Halsketten und Armbanduhren auf kleinen Kissen, und im Scheinwerferlicht des Haushaltswarengeschäfts war ein Sortiment kunstvoll verzierter Kerzen und Fransenkissen zu sehen. Blumenampeln hingen an den Laternenpfählen, und weiter unten auf dem Platz spuckte ein Zug müde Pendler auf den Bahnsteig des örtlichen Bahnhofs.

Meine beigefarbenen Ballerinas tappten über die Pflastersteine, die zu meiner Wohnung führten, sie lag nur zehn Gehminuten vom True Brew entfernt. Müde stieg ich die Treppe hoch und betrat meine Wohnung. Wenigstens hatte ich hier eine kleine Oase für mich allein. Okay, durch die Gardinen fielen morgens zwar nicht die Strahlen einer mediterranen Sonne, aber die Wohnung gehörte immerhin mir.

Vom Wohnzimmerfenster aus sah ich auf die schmale Allee, die sich bis zur St.-Martins-Kirche schlängelte. Der elegante Kirchturm mit der goldenen Spitze reckte sich in den Himmel, und die verschnörkelten Buntglasfenster grüßten mich täglich aus der Ferne. Wie ein grauer Rock umgab eine hohe Steinmauer den Kirchhof, und das riesige Eichenportal der Kirche schien jeden Besucher mit einem breiten Lächeln willkommen zu heißen.

Hinter der Kirche sah ich die Hügel und Senken der Fairview Hills, die von Heidekraut übersät waren. Der Ort war ein kleiner Marktflecken in der Nähe von Glasgow, dessen Zentrum in eine Fußgängerzone verwandelt worden war und eine bunte Mischung von Geschäften aufwies. Auf dem Kopfsteinpflaster der Gassen hallte noch die Geschichte des im 18. Jahrhundert gegründeten Städtchens nach. Außerdem war die Stadt von mehreren hübschen Waldgebieten umgeben, die zum Wandern einluden. Kitty beklagte sich oft über die vielen Bergwanderer und Spaziergänger, obwohl sie sich deren Geld gern in die Tasche steckte. Verärgert starrte sie dann auf die Rucksäcke und rümpfte verächtlich die Nase über die wasserfeste Kleidung der Gäste, ehe sie ein zuckersüßes Lächeln aufsetzte und ihnen ihr Bargeld abnahm.

Ich warf meine Handtasche aufs Sofa und knipste eine Eckleuchte an, die mein taubenblaues Sofa, die gestreiften Marinekissen und den cremefarbenen Teppich beleuchtete. Ich hatte einige pastellfarbene Bilder aufgehängt, die mich an die maltesische Küste erinnerten: weiße Gebäude, geschmückt mit bunten Fensterläden und tropischen Blumen, hingen neben Bildern von tosenden Wellen und schaukelnden Fischerbooten.

Vielleicht war ein Teil von mir dortgeblieben.

Ich hatte bereits beschlossen, mir den Arbeitsfrust in der Küche von der Seele zu schaffen. Wenn ich Teig anrührte und knetete, würde sich meine Laune vermutlich bald bessern. Ich überlegte, was ich an diesem Abend backen wollte. Sollte es ein Kuchen in Form eines Ostereis mit Kokosflocken sein oder passte an einem kalten Frühlingsabend eher eine Banoffee Pie aus Bananen, Sahne und Toffee auf einer Keksbasis?

Ich hatte gerade die marineblauen Vorhänge zugezogen, da klingelte es an der Tür. »Huhu!«, erklang eine fröhliche Stimme aus der Gegensprechanlage. »Lass mich rein!« Obwohl meine therapeutische Backsitzung abrupt unterbrochen wurde, breitete sich ein Lächeln in meinem Gesicht aus. Ich drückte auf den Knopf, und die Haustür sprang auf.

Stiefelabsätze klapperten die Treppe hinauf, ehe ein blonder Wirbelwind in einem Glockenmantel von Monsoon zur Tür hereinwehte. Meine beste Freundin hatte keinen Sinn für Zurückhaltung. Wie eine wärmegesteuerte Rakete stürzte Morven sich auf mich.

»Süße, es tut mir so leid, dass ich bei deiner Rückkehr nicht da war.«

Ich verdrehte die Augen. »Sei nicht albern! Hast du dich gut amüsiert?«

Sie schlüpfte aus dem Mantel. Ihre karamellfarben schimmernde, frisch gebräunte Haut unter dem kurzärmeligen weißen Top und der champagnerfarbenen Jeans verriet mir, dass die Antwort »Ja« lautete.

»Es war super«, sagte sie und strahlte mich an. »Jake hat es ein paarmal mit dem Ouzo übertrieben. Aber damit war ja zu rechnen.«

• • •

Morven und ich hatten uns als schlaksige Zwölfjährige kennengelernt. Obwohl ihre Familie einen gutgehenden Betrieb für ökologischen Getreideanbau besaß, hatte sie ihren Eltern gegenüber darauf bestanden, die örtliche Fairview Academy zu besuchen und nicht das schicke Internat, das ihnen vorgeschwebt hatte. Ihr Argument hatte gelautet, sie wünsche sich eine »breitgefächerte« Ausbildung und wolle sich mit Leuten verschiedener Herkunft anfreunden.

Ich wusste es besser. Das wirklich Attraktive an der Fairview Academy war die Tatsache, dass sie im Gegensatz zu der Privatschule für Mädchen eine gemischte Schule war.

Der Clan der Knights war zwar weniger traditionsbewusst als die Carmichaels, verfügte aber über beträchtlichen Grundbesitz im Bezirk Scottish Borders. Morvens Dad war ein reizender Mann mit wirrem Haar und Brille, während ihre Mum immer beschäftigt war und alle möglichen Leute auf das weitläufige Anwesen am Stadtrand von Stirling einlud. Sie waren eine alteingesessene Bauernfamilie, und die Vorstellung, wie Morven mit lackierten Nägeln und Highlighter im Gesicht den Acker bestellte, brachte mich immer zum Grinsen. Sie war eindeutig in den Social Media zu Hause und nicht auf dem Feld.

Vom ersten Augenblick an waren wir Freundinnen gewesen. Mit ihrem hellblonden Haar und der Schulbluse mit hochgekrempelten Ärmeln war sie das Yin zu meinem Yang. Ich freute mich und fühlte mich geschmeichelt, als sie mir anvertraute, aus welch privilegierten Verhältnissen sie kam.

»Aber sag es bitte nicht weiter«, bat sie mich einmal beim Mittagessen in der Schule. »Die eine Hälfte der Kinder würde mich hassen und glauben, dass ich mich für etwas Besseres halte, und die andere Hälfte würde plötzlich mit mir befreundet sein wollen.«

Der flehende Blick ihrer grünen Augen tat mir in der Seele weh. »Ich sage es niemandem, versprochen.«

Ihr Gesicht entspannte sich sichtlich unter dem Rouge. »Danke. Ich möchte um meiner selbst willen gemocht werden, weißt du?«

Ich nickte und nahm ihre Hand in beide Hände; mein rosa Glitzernagellack leuchtete unter den Neonröhren des Speisesaals. Wir hielten unsere schmalen Handgelenke nebeneinander, um unsere Freundschaftsarmbänder zu bewundern. Morvens Bändchen hatte ich aus Baumwollfäden in ihren Lieblingsfarben Blau und Lila angefertigt, und sie hatte eins in Rot und Orange für mich gemacht.

»Freundinnen fürs Leben«, hatten wir gesagt und albern gegrinst.

Meine Mom hatte sich gerade voller Begeisterung in eine verspätete Protestphase gegen das Establishment gestürzt, als Morven und ich uns kennenlernten. Sie war von einem langen Vorlesungstag am College nach Hause gekommen, begeistert davon, wie die Studentinnen im Kurs Frauenforschung über neue Ideen diskutiert hatten. »Wir hatten heute beim Mittagessen eine tolle Diskussion«, hatte sie erzählt, gestrahlt und ihren langen beigen Schal abgenommen. »Es ging darum, ob Männer nur ein Vehikel für die berechtigten Forderungen von Frauen an die heutige Gesellschaft sein sollen.« Ich erinnere mich, dass ich dagesessen und gehofft hatte, an den richtigen Stellen zu nicken, obwohl ich keine Ahnung hatte, wovon sie überhaupt redete. Was würde meine Mum von Morven halten, der Tochter der erfolgreichen Familie Knight mit ihrem Imperium biologisch angebauter Lebensmittel?

Die Sorge hätte ich mir sparen können. Gleich bei der ersten Begegnung wickelte Morven meine Mutter um den kleinen Finger. Ich hatte Mum gefragt, ob ich nach der Schule eine Freundin zum Abendessen hätte mitbringen dürfen, und Morven tauchte pünktlich auf und hatte einen kleinen Weidenkorb aus einem teuren Kosmetikladen dabei. Er war mit einer grünen Schleife geschmückt, und auf einem Bett aus Stroh lagen eine Flasche Pfefferminz-Fußlotion, eine Tube Satsuma-Handcreme und eine kleine Dose Honig-Körperpeeling.

Mum errötete vor Begeisterung. »Du verwöhnst mich ja richtig! Und vor allem stammen die Produkte aus fairem Handel. Vielen Dank, Morven.«

Unsere Doppelhaushälfte, die zu jener Zeit nach Mums jüngstem Tick – rustikal und afrikanisch inspiriert – dekoriert war, duckte sich am Ende einer Sackgasse. Die Bücherregale im Flur bogen sich unter dem Gewicht von Autobiografien und literarischen Essays; die neueren waren überwiegend feministisch getönt. Und obwohl Dad Jahre zuvor plötzlich gestorben war, schien sein Geist noch immer zwischen den Räumen hin und her zu huschen wie ein leises Flüstern. Sein blauer Fleecepulli hing nach wie vor am Garderobenständer. Ein Paar ramponierter Turnschuhe, die er immer im Garten getragen hatte, lag zwischen Mums Sandalen. Im Badezimmer steckte sogar noch Dads Rasierzeug in einem roten Keramikbecher neben dem Radio.

Meine Mutter war auf verbissene Weise unabhängig. Sie brannte für die Idee, das weibliche Geschlecht zu verteidigen. Und dennoch behielt sie rührenderweise das Haus an der 94 Hoptown Terrace ihrem Ehemann und meinem Vater zuliebe, an den ich mich kaum erinnern konnte. Unser Haus schien in ständiger Alarmbereitschaft zu sein, so als wartete es darauf, dass Paul McDonald wieder zur Tür hereinkam. Auf der Fensterbank in meinem Schlafzimmer stand ein Foto von mir und meinem Dad. Ich wusste nicht mehr, wann es aufgenommen worden war, aber ich war klein, meine Miene war erwartungsvoll, und ich hatte bereits rote Ringellocken. Dad wiegte mich lächelnd in den Armen, sein dunkles Haar umrahmte schimmernd seinen blassen irischen Teint.

Ständig lag der Duft von Vanillekerzen oder würzigen Cranberry-Räucherstäbchen in der Luft. Morven bewunderte die sorgfältig drapierten senffarbenen Stoffe, die Kissen aus grobem, bedrucktem Stoff und die derben Tische und Stühle aus Zedernholz. Mit der gepflasterten Zufahrt und den Ligusterhecken war es von außen gesehen ein konservatives Haus, im Inneren aber befanden sich von der Serengeti inspirierte Möbel und Objekte im Überfluss.

Drei Monate davor hatte Mum eine schwarz-weiße Phase durchlebt. Davor wiederum hatte sich alles um *Shabby Chic* gedreht. Oft hatte ich beim Heimkommen geglaubt, ich sei ins falsche Haus geraten. Insgeheim war ich davon überzeugt, dass das endlose Umdekorieren eine Reaktion auf Dads Tod war – offenbar wollte meine Mutter mit aller Macht darüber hinwegkommen. Ihre offizielle Erklärung lautete: »Eine moderne Frau sollte regelmäßig ihr künstlerisches Verlangen ausleben.« Dabei vergaß sie praktischerweise, wie zufrieden sie vor Dads Tod gewesen war. Damals hatte es keine hektischen Käufe von Sofakissen im Zebramuster und abgenutzten Second-Hand-Sesseln gegeben.

Als Morven an jenem Spätnachmittag zum ersten Mal zum Dinner zu uns kam, bot ich ihr einen Teller an, auf dem sich das Ergebnis meines jüngsten Backversuchs stapelte – Chocolate-Chip-Muffins. Begierig nahm sie einen, schälte ihn aus dem Papierförmchen und biss hinein. »Wow! Die sind ja super!«

Innerlich wand ich mich vor Freude, als sie sich den restlichen Muffin in den Mund schob und wild zu kauen begann. »Danke. Beim ersten Versuch waren sie ein bisschen zu trocken.«

Mum tauchte in der Küche auf, ihr Mund war eine schmale Linie. »Lara, ich weiß, dass du gern bäckst, aber bitte denk dran, so was kann das Potential einer Frau begrenzen, indem es ein Stereotyp aufrechterhält.«

»Das ist ein Chocolate-Chip-Muffin, Mum, kein Redeverbot und auch keine Freiheitsberaubung.«

Wie ein gieriger Hamster behielt Morven das letzte Stück des Muffins in der Wange. Sobald Mums roter Kaftan wieder aus dem Zimmer gesaust war, brachen wir in lautes Gelächter aus.

Ich hatte meiner Mutter von Morvens familiärem Hintergrund erzählt, aber sie hat sie nie nach dem Erfolg der Familie oder nach ihren Eltern gefragt. Obwohl ich über meinen Teller mit Shepherd's Pie hinweg deutlich gesehen hatte, dass sie sich sehr zurückhalten musste.

Stattdessen fragte Morven nach Mums Arbeit am College, und ich erwähnte ihr wachsendes Interesse an Produkten aus fairem Handel. Wir kamen mit meiner Mutter klar, indem wir es abwechselnd mit ihr aufnahmen wie die Mitglieder einer Wechselmannschaft beim Wrestling.

Nachdem Morven meiner Mum überschwänglich für das Dinner gedankt hatte – »Der Marmeladenstrudel und die Vanillesauce waren einfach köstlich, Mrs. McDonald« -, hatte Morven sich verabschiedet. Mum füllte den Wasserkocher auf und sagte: »Sie ist ein sehr liebenswertes Mädchen. Es gefällt mir, dass du so gut mit ihr befreundet bist.«

Innerlich begann ich vor Freude zu glühen. »Danke, Mum. Mir auch.«

»Irgendwann«, fuhr meine Mutter fort, »können wir das System vielleicht von innen stürzen, wenn wir diesen privilegierten Jugendlichen ein besseres Verständnis von Politik vermitteln.«

Um Himmels willen.

Nach der Schule stieg Morven im Geschäft ihres Vaters ins Marketing ein und übernahm, wo immer es möglich war, auch die Wohltätigkeitsarbeit. Ich befürchtete, dass wir irgendwann den Kontakt verlieren würden, weil sie letztlich einen der Kerle heiraten würde, die regelmäßig in der Illustrierten *Scottish Society* auftauchten, um mit ihm vier Kinder in die Welt zu setzen, die quasi von Geburt an einen Haarreif trugen (die Jungs natürlich nicht).

Bislang war das aber nicht passiert. Morven datete Jake Ramsay, einen draufgängerischen, aber sympathischen Zweitliga-Fußballspieler bei Hawthorn United, der bei einem wohltätigen Sportevent frech auf sie zugegangen war und gerufen hatte: »Tut mir leid, dass ich dich so anstarre, aber du ähnelst meiner nächsten Freundin so sehr!«

Wegen der Gerüchte über seine Frauengeschichten waren Morvens Eltern von Jake nicht sonderlich angetan. Doch genau wie ich wussten sie aus Erfahrung, dass Morven vermutlich genau das Gegenteil von dem tun würde, wozu sie ihr rieten. Zum Beispiel Jake zu einer Spontanhochzeit nach Las Vegas schleppen. Deshalb hofften sie, dass sie ihn irgendwann ganz von allein hinter sich ließ.

• • •

Mein Magen beschloss, ein lautes Gluckern von sich zu geben. »Hast du Lust auf eine Gemüsepfanne?«, fragte ich.

Morven rieb sich vergnügt die Hände. »Au ja.«

Sie folgte mir in die Küche, und als ich unter lautem Geklapper den Wok in Betrieb nahm, begann sie ihr Verhör.

»Also, was empfindest du jetzt, wenn du an dieses Arschloch denkst?«

Ich maß den Reis ab und verzog gequält das Gesicht. »Wut. Verletztheit. Das mit dem natürlichen Ende unserer Beziehung war reiner Bullshit, das weiß ich jetzt.« Ich schaltete den Wasserkocher ein und fuhr fort: »Ich glaube, das natürliche Ende hatte BH-Größe 75D und hieß Tanya.« Bei der Vorstellung, wie ihr gebräunter Busen über Antons Theke aufragte, zog sich mein Magen zusammen.

Ich bearbeitete die Hähnchenteile wütend mit dem Bratenwender, während Morven schwungvoll Weißwein in zwei Gläser goss. »Lass es raus, Lara. Ich hasse es, wenn du so down bist.«

Ich ließ die Schultern sinken. Ehe ich mich versah, brach der Frust der letzten Tage aus mir heraus. »Ich habe meinen Job verloren. Der Mann, für den ich alles aufgegeben habe, hat sich als Niete erwiesen, und ich arbeite für die Mutter von Darth Vader.«

Morven öffnete den roten Mund, um etwas zu sagen, aber ich kam ihr zuvor. »Meine Mutter treibt sich mit einem Typen in Spanien herum, der kaum älter ist als ich. Sie hat mehr Spaß, als ich in meinem ganzen Leben gehabt habe.« Die Eifersucht tippte mir auf die Schulter. »Tut mir leid, wenn ich gemein klinge«, murmelte ich. »Aber ich habe Malta geliebt und geglaubt, ich könnte mir dort ein Leben aufbauen ...« Die letzten Worte waren nur noch ein Flüstern.

»Alles wird wieder gut«, beruhigte mich Morven und beugte sich vor, um mir die Hand zu drücken. »Du bist eine wunderbare, fantasievolle Frau.«

»Die im Augenblick für eine Diktatorin arbeitet«, murmelte ich und schlug erneut auf das Hühnchen ein. »Du hättest mal den Blick sehen sollen, als die alte Schachtel heute meine Himbeer-Kokosmakronen entdeckt hat.«

Ich drehte mich zu Morven um. Meine beste Freundin hatte ein breites Lächeln im Gesicht.

»Freut mich, dass mein Privatleben wenigstens lustig ist«, sagte ich und unterdrückte ein Lachen.

Morven griff nach ihrem Glas, wobei fast eine Pfütze Wein auf meinem Küchenboden entstanden wäre. »Du bist entschlossen. Du bist unternehmungslustig. Und du kannst verdammt gut Kuchen backen. Du schaffst das. Eines Tages hast du ein eigenes Lokal, das weiß ich einfach.«

Kurze Zeit später saßen wir einander gegenüber am Küchentisch, vor uns Teller mit dampfendem Wokgemüse. Ich spielte mit dem Stiel des Weinglases. »Ich möchte das Gefühl haben, etwas zu erreichen. Du weißt schon, ich will etwas nur für mich tun.«

Morven lehnte sich auf dem Stuhl zurück, in ihren grünen Augen lag Besorgnis. »Und wenn ich mal mit meinem Dad rede? Vielleicht sieht er eine Möglichkeit.«

Ich schüttelte meine Locken so heftig, dass ich glaubte, mir flöge gleich der Kopf von den Schultern. »Danke, lieber nicht. Mich von deinem Vater finanzieren zu lassen, ist nicht das, was mir vorschwebt.«

Einen Moment lang wirkte Morven gekränkt. »Du willst dich Leuten wie dem großen Richard Knight nicht verpflichtet fühlen. Verstehe.«

Mein Seufzer hallte durch die Küche. »Ich bin dir wirklich dankbar, das ist sehr nett von dir. Aber ich muss etwas Eigenes machen.« Mein

Gesicht verzog sich zu einem schiefen Grinsen. »Es muss schrecklich für dich sein, so einen erfolgreichen Vater zu haben, Morvs.«

Sie spießte ein Stück Huhn auf die Gabel. »Ich verstehe ja deine Gründe. Aber ich würde zur Abwechslung auch gern mal was anderes machen. Versteh mich nicht falsch, ich arbeite gern für meinen Vater, aber es wäre großartig, einmal an etwas beteiligt zu sein, auf dem nicht der Name Knight steht.«

Darauf folgte ein Moment kameradschaftlichen Schweigens. »Pass auf«, sagte ich und genoss die würzige Ananassauce, »wenn ich mein Café-Imperium erst mal habe, wirst du stille Teilhaberin.« Morven stieß ein kehliges Lachen aus und verstummte in gespielter Empörung, als ich spöttisch hinzufügte: »Auch wenn ich dich in unserer gesamten Freundschaft noch nie still erlebt habe.«

Fünf

»Morgen, Kitty!«, rief ich fröhlich.

Unter dem karierten Filzhut hervor musterte sie mich finster. »Morgen«, murmelte sie und scheuchte ein paar Damen auf, indem sie an ihnen vorbei in Richtung Küche stapfte. Ich griff nach meinem iPod und stellte die heitere Barockmusik lauter, die das Café nun mit sanften Klängen erfüllte.

Kitty fuhr herum. »Was ist das für ein Lärm?«

»Ich dachte, es hebt ein bisschen die Stimmung.«

Ihre Miene wurde noch finsterer. »Das hier ist mein Unternehmen und kein Haus, in dem es spukt. Machen Sie das aus.«

Ich zügelte meinen Zorn und brachte den iPod mit einem Fingerstoß zum Schweigen. Kittys Mund verzog sich zu einem triumphierenden Grinsen. »So ist es besser, finden Sie nicht?«

Nein, das fand ich nicht. Im Café herrschte bleierne Stille, abgesehen von klapperndem Besteck und schlürfenden Geräuschen des Teetrinkens.

»Und was sind das eigentlich für Muffins in meinem Kühlschrank?«, rief Kitty mir von der Küche aus zu. »Für mich sehen die eher nach Kaninchenfutter aus.«

Ich steckte den Kopf zur Tür hinein. »Das sind gesunde Frühstücksmuffins. Karotten, Äpfel und Haferflocken.«

Wenn ich die Ladenkasse ausgeräumt hätte und mit dem Geld weggelaufen wäre, hätte Kittys Miene nicht entsetzter sein können. Sie atmete tief durch, bereit, mich mit Worten zu prügeln.

»Warum um alles in der Welt haben Sie die Musik ausgemacht?«, fragte eine schneidende Stimme hinter uns.

Hugo Carmichael näherte sich mit langsamen Schritten der Theke. Mit einer Hand fuhr er sich durch das silberfarbene Haar. »Ich habe sie genossen.«

Allmählich schien das zur Gewohnheit zu werden. Hätte ich es nicht besser gewusst, hätte ich geglaubt, dass der alte Griesgram sich in meinen Schutzengel verwandelt hatte.

Ich unterdrückte ein Lächeln und sagte: »Guten Morgen, Mr. Carmichael.«

Kitty schlingerte an mir vorbei wie ein graues Schlachtschiff. »Hallo, Mr. Carmichael«, sagte sie mit einem gekünstelten Lächeln im Gesicht und hätte sich fast vor ihm verbeugt. »Ich hatte nur das Gefühl, dass die Musik nicht ganz passend war.«

Hugos graue Brauen sahen aus, als wollten sie miteinander fechten. »Aber warum das denn?«

Unter Hugos und meinem fragenden Blick errötete Kitty. »Äh … na ja … in Anbetracht unserer Kundschaft …«

Hugo überflog die Gäste, die in diesem Augenblick an den Tischen saßen und plaudernd ihren Kuchen genossen. »Sie sind vielleicht schon ein bisschen älter, aber sie sind noch nicht tot.«

Ich schnaubte vor Lachen.

»Na schön«, sagte Kitty und band sich verärgert die Schürze zu. »Aber über unsere Musikauswahl denke ich ein andermal nach.«

Hugo zwinkerte mir über das Hauptangebot des Tages – eine Kaffee-Walnuss-Torte – hinweg verschwörerisch zu.

Kitty deutete mit einer Hand energisch auf die dick mit Zuckerguss überzogene Kreation. »Wie wär's mit einem Stück hiervon, Mr. Carmichael? Die habe ich selbst gemacht.«

Argwöhnisch betrachtete Hugo die Torte. »Ich habe gerade erst gefrühstückt, aber trotzdem vielen Dank.« Dann richtete er seine Aufmerksamkeit auf mich. »Sie haben nicht zufällig noch ein paar von diesen fabelhaften Makronen, Lara?«

Ich spürte, wie sich Kittys Blick in mein Gesicht bohrte, als ich an Hugo gewandt sagte. »Makronen leider nicht, aber ich habe ein paar Brownies mit Cranberry und Macadamianüssen gebacken.«

Hugos Miene erinnerte mich an die eines Kindes an Heiligabend. »Oh ja, davon hätte ich gern einen und dazu einen Earl Grey.«

Kitty kritzelte rasch seine Bestellung auf ihren Block und knallte den Zettel hinter sich an die Wand.

»Wir könnten meine restlichen Brownies verkaufen«, schlug ich ihr vor, als sie bereits auf dem Rückzug war.

Wie angewurzelt blieb sie stehen. Ich sah förmlich, wie sich die Härchen in ihrem Nacken aufrichteten. »Legen Sie sechs davon raus und berechnen Sie ein Pfund fünfzig pro Stück«, brachte sie widerwillig heraus, ehe sie im Lagerraum verschwand.

Nun, das war immerhin ein kleiner Sieg für mich.

Ich bereitete Hugos Bestellung vor und brachte sie ihm auf einem Tablett. Die Morgensonne tastete sich durch das Café und ließ die weißen Tischdecken leuchten. Genüsslich biss er in den Brownie und schloss die Augen. »Einfach himmlisch«, sagte er seufzend.

Ich wandte mich zum Gehen, aber er berührte mich am Arm. »Setzen Sie sich einen Moment«, sagte er und griff nach der Teekanne.

»Ich glaube nicht, dass Kitty das gefallen würde, Mr. Carmichael.«

»Bitte. Und nennen Sie mich nicht Mr. Carmichael. Ich heiße Hugo.«

Rasch nahm ich ihm gegenüber Platz und vergewisserte mich, dass Kitty noch immer in den Tiefen des Lagerraums verschwunden war.

Über den Tisch hinweg blickte er mich aus stahlgrauen Augen an. Anfangs fragte ich mich, ob mein Lippenstift verschmiert war oder ob mir Müsli zwischen den Zähnen klebte. Endlich ergriff er wieder das Wort: »Danke, dass Sie mir gestern Abend bei der Suche nach meinem Spazierstock geholfen haben.«

»Oh, gern geschehen, Mr. Carmichael. Verzeihung ... Hugo.«

Er machte Anstalten, nach der Zuckerdose auf dem Tisch zu greifen, aber ich kam ihm zuvor und reichte sie ihm. Mir fiel auf, dass er aufmerksam beobachtete, wie das Armband an meinem Handgelenk hoch- und wieder herunterrutschte.

»Lara, können Sie bitte ans Telefon gehen? Ich habe zu tun.«

Wir fuhren herum und sahen Kitty, die ihren Lippenstift im Spiegel einer vergoldeten Puderdose überprüfte. Ich blickte Hugo an, verdrehte die Augen und stand auf, um den Anruf entgegenzunehmen, der sowieso für meine Chefin war und vermutlich mit der letzten Bestellung bei ihrem Milchlieferanten zu tun hatte.

»Ich muss weg«, sagte sie gereizt und betastete ihr Haar. »Es dauert nicht lange.«

»Aber es ist beinahe Mittagszeit.«

Sie taxierte mich mit frostigem Blick. »Ja, Lara, dessen bin ich mir bewusst.«

Sie schlüpfte in eine rote Jacke, die an ihr ziemlich voluminös wirkte. »Ich muss mich mit einer Freundin treffen. Es ist ein Notfall. Bis gleich.«

Und damit rauschte sie in einer Wolke widerlich süßen Parfüms, das mich an Lufterfrischer fürs Bad erinnerte, zur Tür hinaus.

Ich lief weiterhin zwischen Theke und Gastraum hin und her und verfluchte insgeheim nicht nur Kitty, sondern auch die billige Plastikschürze, die ich tragen musste. Während ich für einen gestresst wirkenden Mann mittleren Alters einen Latte macchiato zum Mitnehmen vorbereitete und für die ältere Dame, die hinter ihm wartete, zwei Scones mit schwarzem Rübensirup in eine Tüte schob, schlurfte eine gebeugte Gestalt auf den Tresen zu.

»Was kann ich für Sie tun?«

Die ungepflegt wirkende Frau, die in einem nassen Regenmantel steckte, schäbige Stiefel und einen schäbigen Sonnenhut aus Stroh trug, beäugte hungrig die Kuchen, während sie geräuschvoll zwei Tragetaschen auf dem Boden absetzte.

»Das sind aber hübsche Kuchen«, sagte sie hörbar atmend. »Die sind ja zu schön zum Essen.«

Ich nickte. »Ich wünschte, so könnte ich das auch sehen. Würde meiner Linie guttun.«

Die Frau deutete mit einem Finger auf mich; ihr Nagellack war abgeplatzt. »Darum müssen Sie sich bestimmt keine Sorgen machen, Liebes.« Ich wollte gerade protestieren, da rief sie: »Oh! Die sehen aber gut aus. Was kosten die?«

»Die Brownies?«, fragte ich lächelnd, denn ihre Begeisterung schmeichelte mir. »Die kosten eins fünfzig das Stück.«

Sie ließ die Hände neben die Manteltaschen sinken. »Ich habe nur achtzig Pence«, gab sie zu, nachdem sie eine Weile verlegen geschwiegen hatte. »Na, macht nichts. Vielleicht nächstes Mal.«

Ehe ich antworten konnte, hatte sie ihre Taschen genommen und sich halbherzig lächelnd zum Gehen gewandt.

»Gut, dass Kitty nicht hier ist«, murmelte Hugo über den Rand seiner Teetasse hinweg. »Sie hätte diese bedauernswerte Seele hinaus- und die Straße hinuntergejagt.«

Ich sah, wie die Frau den Mantelkragen hochschlug und die Krempe ihres Schlapphuts tieferzog, ehe sie die Tür öffnete.

»Hugo, können Sie bitte einen Moment lang die Theke für mich im Auge behalten?«

Hugos Augen weiteten sich. »Was haben Sie vor? Setzen Sie nicht Ihren Job aufs Spiel, Lara. Sie wissen, wie Kitty ist.«

Ich band mir die Schürze auf. »Ja, ich weiß, wie sie ist. Und glücklicherweise sind nicht alle Menschen auf dieser Welt so wie sie.«

Ich schlüpfte zur Tür hinaus, das Klirren der Tassen und das Gemurmel der Gäste verstummten abrupt, als ich sie hinter mir zuschlug. »Entschuldigen Sie!«, rief ich und trippelte der Frau auf dem Straßenpflaster hinterher.

Sie drehte sich um und setzte erneut grob ihre Habseligkeiten ab, zu denen, wie ich nun sah, verschiedene Kleidungsstücke, Bücher mit Eselsohren, eine ausgeblichene Bettdecke und ein leicht vergilbtes Kissen gehörten. »Ja, Liebes?«

»Die Brownies«, sagte ich lächelnd. »Möchten Sie wirklich gern einen?«

Die Haut um ihre eisblauen Augen herum legte sich in Fältchen, als sie mein Lächeln erwiderte. Ich bemerkte eine dunkelblonde Haarsträhne, die unter ihrem Hut hervorlugte. »Oh ja, gern. Die sehen wirklich köstlich aus.« Dann schlich sich ein argwöhnischer Unterton in ihre Stimme: »Aber ich bin kein Sozialfall, meine Liebe. Ich habe nur nicht genug Geld für Ihren raffinierten Kuchen.«

Ich winkte ab. »Wir haben heute viel zu viel gebacken«, log ich. »Sie würden mir einen Gefallen tun, wenn Sie mir etwas davon abnehmen.«

Ihre Lippen wurden schmal. »Aber was sagt Ihre Chefin dazu? Diese Kitty?« Als sie den Namen erwähnte, versteifte sie sich sichtlich. »Ich war schon mal in Ihrem Café, und da hat sie mir mit der Polizei gedroht.«

»Aber warum denn?«

»Weil ich gesagt habe, dass ihre Rosinenbrötchen steinhart aussehen – und für Pflastersteine fehlt mir das Geld.«

In gespielter Empörung verschränkte ich die Arme. »Ich bin mir sicher, dass auf solche Reden Gefängnis steht.«

Wir lachten, und andere Passanten schoben sich an uns vorbei.

»Kommen Sie mit«, sagte ich. »Im Augenblick ist Kitty nicht da.«

Beim Gedanken an Gebäck öffneten sich die Lippen der Frau. »Diese Brownies sehen wirklich verführerisch aus.«

»Na also. Worauf warten Sie?«

Ich bestand drauf, ihr die Taschen bis zum True Brew zu tragen, und wir ließen die bummelnden Passanten unter dem grauer werdenden Himmel zurück.

Hugos struppige graue Brauen verschwanden fast in seinem Haaransatz, als er uns ankommen sah.

»Setzen Sie sich da drüben hin. Ich bringe Ihnen eine Kanne Tee und einen Brownie«, sagte ich.

Dankbar ließ sie sich auf einen Stuhl am Fenster sinken, wo sie Kittys Pferdefiguren betrachtete. »Aber ich kann das nicht bezahlen.«

Ich schüttelte den Kopf und erwiderte: »Eine Tasse Tee können wir mit Sicherheit auch noch erübrigen.«

Während der Teebeutel in der weißen Keramikkanne zog, griff ich in meine Handtasche unter der Theke und legte unauffällig vier Pfund in die Registrierkasse. Das würde die Kosten für den Kuchen und die Tasse Tee decken. Kitty führte über jede Kleinigkeit Buch, und die Genugtuung, mich des Diebstahls beschuldigen zu können, würde ich ihr nicht geben.

Hugo tauchte neben mir auf. Seine knorrige Hand umklammerte den Griff des Spazierstocks, damit er leichter das Gleichgewicht halten konnte. »Kitty kann jeden Augenblick zurückkommen«, sagte er. Dann deutete er auf die Kasse. »Das war sehr nett von Ihnen.«

Ich stellte mich ahnungslos. »Was denn?«

Er verzog den Mund. »Seien Sie nicht so verlegen, Lara. Ich habe doch gesehen, dass Sie Geld in die Kasse gelegt haben.«

Ich legte einen Finger an die Lippen. »Bitte machen Sie keine große Sache daraus, Hugo. Sie ist eine stolze Frau.«

Er betrachtete mich eine Weile, dann breitete sich ein warmherziges Lächeln in seinem Gesicht aus. »Ich glaube, Sie können es sich nicht leisten, so mit Geld um sich zu werfen.«

Ich nickte knapp. »Meine Abfindung war nicht gerade üppig, als ich aus meinem letzten Job entlassen wurde, weil ich als eine der Letzten eingestellt wurde, aber es reicht, um mich vorläufig über Wasser zu halten.«

Hugo richtete seinen Stock neu aus, um mehr Halt zu finden. »Ich versuche nicht, Einblick in Ihre Finanzen zu bekommen, aber so, wie ich Kitty Walker kenne, nehme ich an, dass sie ihren Angestellten gegenüber nicht übertrieben großzügig ist.«

Ich lachte trocken. »Da liegen Sie richtig.«

Hugo blinzelte mehrmals. »Rothaarig, freundlich, großzügig und begeisterungsfähig. Diese Kombination ist unwiderstehlich, junge Frau.«

»Danke«, sagte ich errötend, während ich ein Baiser auf einen Teller verfrachtete. »Aber sagen Sie das mal meinem Exfreund.«

Hugos Finger trommelten auf seinem Stock herum, dann fragte er plötzlich: »Wann haben Sie normalerweise Mittagspause?«

»Wollen Sie mich einladen?«, fragte ich nervös. Ein Date mit jemandem, der bald ein Glückwunschtelegramm von der Queen zum Geburtstag bekommen würde, stand nicht gerade oben auf meiner Wunschliste.

Hugo funkelte mich an. »Glauben Sie mir, wenn ich sechzig Jahre jünger wäre!« Er tippte mit der Stockspitze auf den Boden. »Aber Sie haben meine Frage noch nicht beantwortet. Wann haben Sie Mittagspause?«

Ich musterte den faszinierenden alten Mann. Was ging hinter diesen ausdrucksvollen Augen vor sich? Er kannte mich doch kaum.

»Normalerweise gegen halb eins«, antwortete ich mit einem Anflug von Neugier.

Hugo schlug energisch mit der flachen Hand auf die hölzerne Theke. In der Nähe saß ein älteres Paar bei köstlichem Zitronenkuchen und musterte ihn stirnrunzelnd.

»Gut. Morgen um halb eins bin ich wieder da«, sagte er und strahlte mich an. »Halten Sie sich bereit.«

• • •

»Und, war es heute besser?«, fragte Morven am Abend, als ich mich auf mein blaues Sofa plumpsen ließ.

Ich drückte mir das Handy ans Ohr und wackelte mit den Zehen, die ich gerade muschelrosa lackiert hatte. »Wenn du wissen willst, ob Kitty mich gedrückt und mir gesagt hat, was für eine großartige Hilfe ich ihr bin, dann lautet die Antwort: Nein, hat sie nicht.«

Morven schnalzte abfällig mit der Zunge. »Diese eifersüchtige Alte. Dabei sollte sie dankbar sein, dass dein Kuchen ihr so viel Umsatz beschert.«

Ich zog den Gürtel meines rosa Morgenmantels straff. »Tja, im Augenblick brauche ich den Job, so ist das nun mal. Hoffentlich tut sich bald was anderes auf. Oder ein Fernsehsender entdeckt mein Potenzial und gibt mir meine eigene Backshow.« Der Gedanke brachte uns zum Kichern. Während ich den Kamillentee schlürfte, erzählte ich Morven von meinem Tag. Ich begann damit, dass Hugo mich zum Lunch einladen wollte – eine Vorstellung, die mich, gelinde gesagt, verblüffte.

Sechs

Hinter dem Autofenster nickten Narzissen mit den staubigen Köpfen und Bäume reckten glänzende Zweige in die Luft. Hügel wölbten sich wie grüne Decken unter dem blassblauen, mit Wolkenfetzen gesprenkelten Himmel.

Mir schwirrte der Kopf. Hugo hatte mich in seinem Wagen, einem schnurrenden Daimler in sattem Weinrot, abgeholt, der von seinem Chauffeur gefahren wurde. Die Innenausstattung war eine Kombination aus dunklem Holz und cremefarbenem Leder, die Sitze unglaublich bequem.

Das Armaturenbrett aus Kastanienholz funkelte im Sonnenlicht, als Travis, der Chauffeur, das Fahrzeug an sein Ziel lenkte. Dieser Wagen war der diametrale Gegensatz zu meinem süßen kleinen Clio, dessen silbrig-blauer Lack seine besten Tage schon hinter sich hatte.

Hugo, der neben mir im Fond des Wagens saß, hatte ein verschmitztes Lächeln im zerklüfteten Gesicht. »Wir sind gleich da«, sagte er.

»Wohin fahren wir?«, fragte ich leicht beklommen.

»Das werden Sie gleich sehen«, lautete die rätselhafte Antwort.

Ich atmete durch. Hoffentlich opferte ich meine kostbare Mittagsstunde nicht einfach einer Laune, nur, um es Hugo recht zu machen. Normalerweise schlenderte ich um diese Uhrzeit durch die Geschäfte oder schaute kurz in meiner Wohnung vorbei, um Kittys verbalen Attacken zu entgehen. Den Vormittag hatte ich mit der üblichen Schufterei verbracht, und der Frust saß mir noch immer in den Knochen.

Der Wagen nahm eine scharfe Kurve, und ich blinzelte bei dem Anblick, der sich mir nun darbot. Auf einem schwarz-weißen Schild stand in ausladend geschwungenen Buchstaben: »Glenlovatt Manor«. Dahinter beschützte ein riesiges, kunstvoll mit schmiedeeisernen Disteln verziertes Tor das Anwesen mit eiserner Entschlossenheit.

Warum nahm Hugo mich mit nach Hause?

Seit der Grundschule war ich nicht mal in die Nähe des Anwesens von Glenlovatt gekommen. Ich erinnerte mich an den schlingernden Bus, der eine Ladung Kinder mit klebrigen Fingern und zerknitterten Klamotten sowie Mrs. Elvin, die gestresste Lehrerin, ausgespuckt hatte.

Das Tor schwang auf, und wir rauschten hindurch. Am Ende einer langen, mit rosa Kies bestreuten Zufahrt stand der Landsitz da wie eine vornehme alte Dame. Das Haus sonnte sich in der Schönheit des Frühlings. Es bestand aus karamellfarbenem Stein und unerschrocken schimmernden Fenstern. Die Stützpfeiler mit den verschnörkelten Blumen und Disteln erinnerten mich an Kuchenglasur.

Besorgt blickte ich auf die Uhr.

»Keine Sorge, Lara«, sagte Hugo lächelnd, als der Wagen sachte anhielt. »Ich habe mit Kitty geredet. Sie hat mir versichert, dass sie noch eine Weile allein zurechtkommt.«

Ich seufzte ergeben. Kitty war ein Snob; es wäre ihr niemals in den Sinn gekommen, sich mit Hugo Carmichael anzulegen. Die Schimpftirade würde sie sich für meine Rückkehr aufsparen.

Als hätte er meine Gedanken gelesen, bedachte Hugo mich mit einem verschwörerischen Augenzwinkern. »Verschwenden Sie vorläufig keinen Gedanken mehr an diese Frau. Nach dem Mittagessen wird Travis Sie nach Fairview zurückbringen.«

Travis nickte höflich, als wir aus dem Wagen stiegen.

»Mittagessen?«, wiederholte ich und betrachtete die Stufen, die zu der riesigen gewölbten Eingangstür führten.

»Glauben Sie mir immer noch nicht? Ich nehme doch keine junge Dame mit in das Haus meiner Vorfahren, ohne für Lunch zu sorgen«, sagte Hugo lächelnd. »Halten Sie mich etwa für einen Lümmel? Und jetzt kommen Sie. Wir müssen uns beeilen, damit wir in Ruhe über mein geschäftliches Angebot sprechen können.«

»Geschäftliches Angebot?«

»Kommen Sie, beeilen Sie sich«, sagte er und lächelte erneut. »Ich habe Sie mit nach Glenlovatt genommen, weil ich etwas sehr Wichtiges mit Ihnen besprechen möchte.«

Die Türmchen von Glenlovatt ragten zu beiden Seiten der Eingangstür auf, und es hätte mich nicht gewundert, wenn Rapunzel ihre blonde Mähne heruntergelassen hätte. Plötzlich kam ich mir in meiner Jeans und den Ballerinas ziemlich underdressed vor.

Meine Neugier wurde noch größer, als Hugo rief: »Erst das Mittagessen, dann führe ich Sie überall herum – und danach plaudern wir ein bisschen.«

Travis half Hugo, die Stufen hinaufzusteigen, und ich folgte den beiden. Ich hatte vergessen, wie sehr Glenlovatt mich als Kind beeindruckt hatte, obwohl ich mich damals mehr für Howie von den Backstreet Boys als für den Prunk stattlicher schottischer Herrenhäuser interessiert hatte.

Ich sah Hugos leicht gebeugte Gestalt mit Travis im Gefolge in dem kühlen, dunklen Eingang verschwinden.

Was in aller Welt ging hier vor sich?

• • •

Glenlovatt Manor, September 1955

»Habe ich dir schon gesagt, dass du heute noch schöner als gestern bist?«

Sie lachte, die Wolke von Sommersprossen auf ihren Wangen hob und senkte sich. »Wie lange hast du gebraucht, um dir diesen Spruch zurechtzulegen?«

Er lächelte, und die tiefe Kerbe in seinem Kinn wurde flacher. »Ich sage das nicht nur so dahin, mein Liebling. Es ist die Wahrheit.«

Im herbstlichen Sonnenschein verflochten sie ihre Finger miteinander. In der Ferne ragte die vanillegelbe steinerne Fassade von Glenlovatt zwischen den ersten rostroten Blättern auf.

Das gelbe Baumwollkleid um ihre Beine bauschte sich, als sie seinen Anblick auf sich wirken ließ, von den glatt zurückgekämmten rabenschwarzen Haaren bis zu den glänzenden braunen Halbschuhen. In der Kombination aus kariertem Hemd und beiger Hose erinnerte er sie an den Schauspieler James Mason. Sein breites Lächeln ließ ihr Herz Kapriolen schlagen.

»Das Silver Spoon kann von Glück sagen, eine Schönheit wie dich zu haben, meinst du nicht auch?«

Ihr Geist beschwor das Bild des Cafés herauf, die runden türkisen Tische, die Holzstühle mit den hohen Lehnen und die diamantblaue Tapete im Art-Déco-Stil. Vielleicht würde sie eines Tages ein eigenes Café haben. Dann konnten sie endlich zusammen sein. Was für eine Vorstellung! Niemand würde sie mehr nur als Kellnerin betrachten.

Als hätte er die Gedanken gelesen, die sich in ihrem Kopf überschlugen, nahm er sie in die Arme und löschte ihre Sorgen mit einem innigen Kuss aus. »Nichts kann etwas an meinen Gefühlen für dich ändern«, murmelte er. »Du wirst immer mein präraffaelitisches Mädchen sein.«

Sieben

Du liebe Zeit! Ich kam mir vor, als erwartete ich Drillinge. Was nicht überraschend war nach einer großzügigen Portion Haggis und Clapshot mit Whiskysauce, gefolgt von einem hohen, mit Schlagsahne gekrönten Cranachan zum Dessert.

Ich löste den Blick vom Tisch und ließ ihn träge durch den Speisesaal schweifen, der aussah, als stammte er aus *Harry Potter*. Der glänzende Holzfußboden spiegelte den beeindruckenden Kronleuchter wider, der bei näherer Betrachtung ruhig mal abgestaubt werden hätte können. Die Wände waren mit einer Kollektion streng wirkender Porträts geschmückt, Offiziere mit Wangenknochen wie aus geschliffenem Glas, Frauen in rauschenden Abendkleidern und stolze Jagdhunde. Kunstvoll geknüpfte Teppiche führten zu einem mächtigen Kamin aus grauem Stein. Mehrere Flügeltüren gaben den Blick auf einen Raum frei, der vermutlich der Salon war, und ich erblickte Möbel, die nicht zusammenpassten, eine moosgrüne Chaiselongue und zwei Sofas mit Blumenmuster.

Hugo saß rechts von mir und schwieg. Glücklicherweise hatte er nicht darauf bestanden, den Platz am anderen Ende des Tisches einzunehmen, denn dann hätte ich eine Beschallungsanlage benutzen müssen, um mich mit ihm zu verständigen. Der Eichentisch teilte den Speisesaal in zwei Hälften, und ich konnte mir vorstellen, wie König Robert I. und seine Mannen zusammengedrängt an der langen Tafel saßen.

»Ich würde zu gern wissen, was Sie gerade denken«, sagte Hugo.

»Dieser Saal ist wunderschön.«

Hugos lange, schlanke Finger spielten mit seiner Leinenserviette. »Kommen Sie. Ich möchte Ihnen etwas zeigen.« Behutsam erhob er sich von seinem Stuhl, und Travis war sofort an seiner Seite, um ihm zu helfen. »Die Besichtigung verschieben wir auf ein anderes Mal. Das Mittagessen hat länger gedauert, als ich dachte, und ich möchte nicht, dass Sie Schwierigkeiten mit Ihrer hochverehrten Chefin bekommen.«

Wir betraten den Flur, der mit weiteren Porträts geschmückt war und von Kutscherlaternen entlang der blassen Wände beleuchtet wurde. Die Büste eines Mannes mit zorniger Miene starrte mich an, als ich am Sockel, auf dem sie stand, vorbeiging. Der Fußboden ähnelte einem gigantischen Schachbrett, bestehend aus großen schwarzen und weißen Fliesen. Ich kam mir vor wie Alice im Wunderland, die vor einer Reihe von Türen steht, eine geheimnisvoller als die andere.

Wir kamen an einer Vitrine voller Familienfotos vorbei. Eine Kollektion förmlich wirkender Aufnahmen zeigte Männer im Abendanzug, gleich daneben wetteiferten einige Bilder mit entspannt wirkenden Menschen auf einem Bootsausflug und ein Schwarz-Weiß-Schnappschuss mit schicken Partygängern in den Sechzigerjahren um meine Aufmerksamkeit. Mein Blick wurde von der Farbfotografie eines Jungen im Teenageralter in Schuluniform angezogen; das dunkle Haar hing ihm in die Stirn und umrahmte ein ernstes, beinahe streitlustiges Gesicht.

Hugos Stimme riss mich aus meinen Betrachtungen. »Es ist gleich da hinten.«

Wir erreichten eine Tür aus poliertem Holz, die wie ein Kirchenfenster geformt war. Die gläsernen Abschnitte ließen aufreizend durchscheinen, was sich hinter ihnen befand. Hugo zog einen Schlüssel aus der Tasche und versuchte mehrmals vergeblich, ihn in das Schlüsselloch zu stecken.

»Erlauben Sie«, fragte ich lächelnd, als ich sah, dass ihm die Hände zitterten. »Ist alles in Ordnung mit Ihnen?«

Hugos Augenwinkel legten sich wie Seidenpapier in Knitterfältchen. »Nichts, was ein Schluck Drambuie nicht wieder in Ordnung bringen könnte.«

Mit dem Schlüssel in der Hand ging ich in die Hocke und hörte das satte Klicken, mit dem er sich im Schlüsselloch drehte. Die Tür gab widerstrebend nach; eine Staubwolke nahm uns in Empfang. Der große Raum war fast leer, und durch zwei riesige Fensternischen mit Sitzplätzen darin strömten wässrig wirkende Sonnenstrahlen herein und erhellten den nackten Fußboden aus Buchenholz. Sofort kam mir ein Bild in den Sinn: Julia, die dort sitzt und eine atemberaubende Liebesgeschichte liest, während sie auf Romeo wartet. Ich musste lächeln. Zwei Flügeltüren in der Mitte der hinteren Wand gaben den Blick auf einen kleinen Innenhof frei, dessen weitläufiger Rasen von Bäumen umstanden war. Flache Stufen führten zu einem Gewirr von Wegen und Gebüschen hinab.

Ich blickte nach oben. Die Decke zeigte ein apfelgrünes Motiv aus kunstvoll verzierten Sechsecken, umgeben von einem Rand aus elfenbeinfarbenen Blumen. Es war atemberaubend.

Hugos Blick folgte meinem, als ich begierig die Details in mich aufnahm. »Es ist hinreißend, nicht wahr?« Er seufzte. »Meine verstorbene Schwiegertochter hat diesen Raum geliebt.«

»Das kann ich gut verstehen«, flüsterte ich und fuhr mit den Fingern über die nächstgelegene Wand.

»Lydia ist immer gern hergekommen, um zu malen und zu zeichnen ...« Seine Stimme senkte sich zu einem traurigen Flüstern.

»Es tut mir leid.«

Rasch setzte Hugo wieder ein Lächeln auf. »Lassen Sie uns kurz zu den Außenanlagen gehen.«

Wir gingen zurück zum Haupteingang und traten auf die halbmondförmige Zufahrt hinaus. Ein Pfad an der Seite des Hauses führte zu einem bunten Teppich aus Gärten und Grünanlagen. Erneut hatte die Sonne den Kampf gegen die Wolken gewonnen und wärmte nun die schokoladenbraune Erde der Blumenbeete. Aus dem nahen Kräutergarten stieg der Duft von Minze auf. »Als ich jung war, bin ich hier für mein Leben gern herumgewandert.«

»Der Garten ist wirklich schön.«

Hugo schlurfte weiter und öffnete den Mund, um noch etwas zu sagen, wurde aber vom Klingeln meines Handys unterbrochen.

»Entschuldigen Sie bitte«, sagte ich und griff in meine Hosentasche. Kittys Name tauchte auf dem Display auf und sprang mir förmlich ins Gesicht.

»Wo sind Sie?«, schnauzte mich die körperlose Stimme meiner Kerkermeisterin an. »Wissen Sie eigentlich, wie spät es ist? Ich brauche Sie hier. Gerade sind Mitglieder der Theatergruppe *Fairview Players* eingetroffen, und Sie wissen, wie anspruchsvoll die sind.«

Ehe ich antworten konnte, fuhr Kitty fort: »Lauter Schauspieler, mit denen werde ich auf keinen Fall allein fertig!«

»Bin schon unterwegs«, versuchte ich sie zu beschwichtigen. Ich sah zu Hugo hinüber und verdrehte entschuldigend die Augen.

»Travis bringt Sie zurück«, sagte er.

Ich lächelte ihn dankbar an. »Tut mir leid, dass ich so überstürzt aufbrechen muss. Danke für das wunderbare Mittagessen.«

Plötzlich fiel es mir wieder ein. »Hugo, wollten Sie mich nicht etwas fragen?«

Er zögerte, dann sagte er: »Das kann warten – vorläufig jedenfalls.«

Acht

Wie bunte Pilze standen Sonnenschirme vor dem Fenster des True Brew.

Seit meinem seltsamen Rendezvous mit Hugo waren einige Tage vergangen. Als ich Glenlovatt verließ, versprach Hugo mir, noch einmal ins Café zu kommen, weil er »in einer dringlichen Angelegenheit« mit mir sprechen wollte. Aber bislang war er nicht aufgetaucht. Der Preis, den ich für das Mittagessen mit ihm zahlen musste, war ein Vortrag von Kitty, weil ich eine halbe Stunde zu spät gekommen war, und das Gefühl, in den nächsten vierundzwanzig Stunden keinen Bissen mehr herunterzubekommen.

Komisch nur, dass ihre Haltung Hugo gegenüber viel versöhnlicher gewesen war. Er hatte sie an jenem Nachmittag angerufen und sich entschuldigt. Den Gesprächsfetzen nach zu urteilen, die ich mitbekam, hatte Hugo darauf bestanden, dass meine Verspätung allein seine Schuld sei. Es hätte mich nicht überrascht, wenn Kitty auf dem Teppich im Café auf die Knie gefallen wäre, während sie kriecherische Kommentare von sich gab. Bei dem bloßen Anblick bekam ich schon Juckreiz.

In echter Jekyll-und-Hyde-Manier hatte sie das Telefonat mit einem mädchenhaften Kichern beendet, nur um mich gleich darauf wütend anzufahren. »Nehmen Sie sich bloß nie wieder solche Freiheiten heraus«, drohte sie mir über einen Berg von Scones mit Fruchtfüllung hinweg, »sonst stehen Sie nämlich ohne Job da.« Sie verzog den Mund. »Die Mädchen im Ort stehen Schlange, um hier zu arbeiten.«

Ich blickte zu der dunklen, leicht schrägen Tür des Cafés hinaus, aber das Einzige, was ich sah, waren Pflastersteine, nass von einem weiteren Regenschauer. Schweren Herzens murmelte ich eine Entschuldigung und hielt mich beschäftigt, indem ich einige Orangen und Pralinen, die der Dekoration dienten, neu anordnete.

Unerwünschte Bilder von Malta und Anton stiegen in meinem Geist auf. Wie lange würde ich noch für Kitty arbeiten können, ehe ich sie mit einem Tortenheber aufspießte? Okay, es war nur ein Job. Das Café befand sich im Ort und lag zehn Minuten zu Fuß von meiner Wohnung entfernt. Aber war der Job es wert, sich tagtäglich verbalen Angriffen auszusetzen? Stellen im PR-Bereich waren besser bezahlt, aber auch heiß umkämpft, und wollte ich überhaupt in diese Welt zurück?

Während Kittys schäbiger Kassettenrekorder ununterbrochen eine Auswahl schottischer Dudelsackmusik abspielte, rutschte mir das Herz noch weiter in die Hose. Ich war in der Hoffnung nach Fairview zurückgekehrt, wieder neuen Schwung in mein Leben zu bringen. Aber in diesem Augenblick, als noch mehr Regen gegen die Fensterscheiben des Cafés prasselte und ich jedes Mal, wenn ich mich umdrehte, Kittys Blick im Rücken spürte, hatte ich das Gefühl, dass mein Leben endgültig zum Stillstand gekommen war.

Gefangen in Selbstmitleid, bemerkte ich zu spät, dass Mrs. Kendrick, ein Mitglied von Kittys Hexenzirkel, im Regenmantel und mit einem smaragdgrünen Kopftuch zur Tür hereingestürmt war. Ihr übertrieben gepudertes Gesicht leuchtete vor Lust auf Klatsch und Tratsch. Oh nein. Der Gedanke, von den beiden in die Zange genommen zu werden, war unerträglich. Ich stürzte in die Küche, um die nächste Ladung Scones aus dem Ofen zu holen. Wie goldene Wonnebäuschchen schmiegten sie sich auf dem heißen Blech aneinander.

Ich hatte gerade begonnen, sie auf einen Kuchenständer zu setzen, da hörte ich, dass das Summen der Gespräche im Café lauter wurde. Plötzlich schabten Stuhlbeine über den Boden. Ich spähte durch die Küchentür und sah, dass zahlreiche Gäste ihren Kuchen stehenließen und sich erwartungsvoll auf Mrs. Kendrick zubewegten. Sie stand im Mittelpunkt, ein Leuchtturm mit lila getöntem Haar, der sich in der allgemeinen Aufmerksamkeit sonnte.

Was für pikante Gerüchte würde sie verbreiten? Allem Anschein nach handelte es sich um etwas ziemlich Spektakuläres. Ich überließ meinen Turm aus Scones sich selbst und schob mich neben Kitty zwischen die Gäste.

Widerwillig beobachtete ich, wie die neugierigen Gesichter unserer Gäste einen traurigen, ja schockierten Ausdruck annahmen. Sogar Kitty, deren Miene normalerweise nur zwischen unzufrieden und sehr unzufrieden wechselte, ließ ungläubiges Staunen erkennen.

»Was ist los?«, fragte ich einen Mann, der die Hand seines kleinen Sohnes umklammert hielt. »Was geht hier vor sich?«

Der junge Vater wischte seinem Kind mit einer Serviette den eisverschmierten Mund ab. »Hugo Carmichael, der alte Gutsherr, ist gestorben«, sagte er leichthin, aber die bedrückenden Worte schienen mich anzuspringen und mir ins Gesicht schlagen zu wollen.

Alles, was ich herausbrachte, war ein ersticktes: »Was?«

»Der alte Gutsherr ist tot. Wie schade. So ein netter Bursche.« Er ließ eine Fünfpfundnote auf die Theke fallen. »Ist offenbar ganz plötzlich passiert.«

Ich hielt mich an der Theke fest, denn vor meinen Augen verschwamm alles. Benommen sah ich zu, wie der Mann und sein Sohn sich durch die aufgeregt schwatzenden Menschen zur Tür durchkämpften.

Neun

Die Sonne bahnte sich ihren Weg durch eine Wolkenbank und ließ die Fenster von Hugos Familiensitz aufleuchten. Ich stand neben Kitty am Ende einer großen Traube von Trauergästen in den Außenanlagen von Glenlovatt, wo Hugo in der von einem Tor und dicht belaubten Eichen abgeschirmten Familiengruft zur letzten Ruhe gebettet wurde. Hugos granitene Grabstätte funkelte sanft im Sonnenlicht. Das Familienwappen mit den hellblauen und goldenen Schnitzereien, die Disteln und Rosen darstellten, verlieh dem Stein eine gewisse Wärme.

Ich war erleichtert gewesen, als Kitty vorschlug, das True Brew nach dem morgendlichen Ansturm zu schließen, sodass wir Hugo die letzte Ehre erweisen konnten. Sein Tod kam völlig unerwartet. In der kurzen Zeit, seit ich ihn kannte, hatte ich Hugo in mein Herz geschlossen, und dass unsere aufkeimende Freundschaft so abrupt zu Ende ging, erfüllte mich mit Trauer. Trotz seiner Gebrechlichkeit hatten viel Leben und Übermut in seinen klugen alten Augen gelegen. Er war zwar auf die Neunzig zugegangen, aber er war die reinste Naturgewalt gewesen, und ich hatte begonnen, seinen Rat und seine Freundlichkeit wirklich zu schätzen. Ich schluckte den Kloß hinunter, der sich in meinem Hals gebildet hatte.

Zu meiner Rechten, zum Teil verdeckt von einer Ansammlung von Frauen mit schwarzen Hüten und einigen großen, elegant gekleideten Männern, stand Hugos Sohn Gordon, der gegenwärtige Gutsbesitzer. Ich war ihm noch nie begegnet, hatte ihn aber gelegentlich in seinem Land Rover durch Fairview flitzen sehen. Er trug seinen Kummer mit

Fassung und lächelte schwach angesichts der tröstenden Worte, die man an ihn richtete, während er seinen schwarzen Wollmantel enger um sich zog und den silbergrauen Kopf neigte.

Noch mehr Menschen kamen in mein Blickfeld. Seidenkrawatten flatterten und Designerhandtaschen blinkten. Ein weiterer Mann tauchte neben dem Gutsherrn auf, mit schulterlangem schwarzem Haar und kantigem Kinn. Der Kragen seines marineblauen Mantels war hochgestellt und verlieh ihm ein geheimnisvolles Aussehen. Ich erhob mich in meinen Stiefeln auf die Zehenspitzen, um noch einmal hinzusehen, aber in jenem Moment stellte sich eine skandinavisch aussehende Frau mit einem riesigen grauen Hut auf dem Kopf vor mich. Die Sicht auf den großen, dunklen Fremden wurde mir komplett von der modischen Dekoration auf ihrem Hut versperrt. Ich trat forsch einen Schritt zur Seite, um noch einmal über das Meer von wogenden Köpfen hinwegzublicken, aber der Mann war verschwunden.

Kitty stieß mich an. »Was machen Sie da, Lara?«, zischte sie mir zwischen marmeladenroten Lippen zu. »Sie hampeln hier herum wie eine Fünfjährige.«

Ich nutzte die Gelegenheit, um mir den Beerdigungsdress meiner Chefin noch einmal genauer anzusehen. Auch sie trug einen Hut, nur dass ihrer eher wie eine fliegende Untertasse aussah. Ich rechnete jeden Augenblick damit, dass kreisförmige schwarze Raumschiffe ihre Betonlocken in grelles Licht tauchen und sie entführen würden.

Nun, hoffen war schließlich erlaubt, oder etwa nicht?

Kitty vergrub die behandschuhten Hände tiefer in den Manteltaschen und sagte: »Ganz schön frischer Wind, wenn man bedenkt, dass wir fast Mai haben. Ich frage mich, was es wohl zum Lunch gibt.«

Ich verdrehte die Augen. »Ich dachte, Sie wollten zurück und das Café wieder aufmachen?«

Meine Chefin beantwortete meine Frage mit einem gleichgültigen Achselzucken. »Das eilt doch nicht. Hugo war oft bei mir zu Gast. Wir müssen ihm zumindest die letzte Ehre erweisen.«

Und die Gastfreundschaft der Carmichaels ausnutzen, dachte ich im Stillen. Ja, ein üppiges Beerdigungsbüffet und eine Schar einflussreicher schottischer Persönlichkeiten waren für Kitty einfach zu verlockend. Der Verzicht auf den Profit der Mittagszeit verblasste im Vergleich zu der Vorstellung, mit den Mitgliedern einiger der einflussreichsten Familien Schottlands in Verbindung zu treten. Ich ließ den Blick ein letztes Mal auf Hugos Begräbnisstätte ruhen, dann folgte ich Kitty und den anderen Trauergästen ins Haus.

Trotz des Sonnenscheins wirkte Glenlovatt Manor melancholisch, so als fehlte ihm das Pulsieren des Tages, an dem mich Hugo vor über einer Woche hierhergebracht hatte. Es kam mir nun wie eine Ewigkeit vor, seit ich ihm unter den wachsamen Augen der adligen Familienporträts durch die riesigen Korridore gefolgt war.

Hausangestellte wiesen uns den Weg die Treppe hinauf zum Speisezimmer. Mein Herz setzte einen Schlag aus, als ich an das dekadente Mahl dachte, das Hugo an jenem Tag für uns ausgerichtet hatte. Weiß der Himmel, worüber er mit mir hatte sprechen wollen. Ich schob mir eine Locke aus dem Gesicht. Tja. Das würde ich nun wohl nicht mehr erfahren.

Der Esstisch war an das entlegenste Ende des Raumes geschoben worden, sodass das Personal zwischen den Trauergästen hin und her laufen und Teller mit Fingerfood anbieten konnte. Die Servierplatten waren mit köstlichen Häppchen bestückt: Pasteten mit gerösteten Pistazien, winzige Stückchen Rinderbraten und Senfbrötchen, Cheddarkäse und Chutney auf Oatcakes und heißgeräucherter schottischer Lachs mit Mascarpone.

Kitty schoss los wie eine Rakete in der Bonfire Night am 5. November und nutzte ihre Krakenarme, um sich ein Sortiment an Häppchen von den Tabletts zu angeln. Ich war nicht hungrig, nahm mir aber eine Tasse Tee und hielt mich in einer Ecke vor einem großen ovalen Spiegel auf. Ich erhaschte einen Blick auf mein Spiegelbild, das mich aus dem Rahmen mit Goldrand anblickte. Die roten Locken fielen mir über die Schultern und lagen auf dem schlichten schwarzen Mantel wie ein heller

Fleck. Glücklicherweise trug ich einen flaschengrünen Schal; andernfalls hätte ich definitiv blutarm ausgesehen.

Ich vergrub die Nase in dem warmen, vertrauten Aroma, das aus der Teetasse aufstieg. Als ich den Blick wieder hob, sah ich, dass ein kleiner bebrillter Mann in einem dunkelgrauen Dreiteiler und mit schmaler marineblauer Krawatte mein Spiegelbild musterte. Er wirkte verlegen. In der Hand hielt er eine Brieftasche. Aber würde ein Vertreter eine Beerdigung zum Geschäftemachen nutzen? Das konnte ich mir nicht vorstellen.

Er musterte mich noch eine Weile, dann fuhr er sich mit der Hand durch das bereits gelichtete Haar und kam mit raschen Schritten auf mich zu. Die Teetasse schwebte auf halbem Weg zu meinem Mund in der Luft, als er mich leise im Glasgower Dialekt fragte: »Verzeihung, sind Sie Ms. Lara McDonald?«

»Ja?«

Er streckte die Hand aus, und ich schüttelte sie, wobei ich in der linken meine Teetasse balancierte. »Ich bin Graham Chalmers von der Kanzlei Chalmers & Logie. Kann ich Sie kurz sprechen?«

»Äh ... ja. Gern.«

Verwirrt drückte ich meine fast leere Tasse einem vorbeigehenden Kellner in die Hand und folgte Mr. Chalmers aus der summenden Geräuschkulisse des Speisezimmers zu einer Nische weiter hinten im Saal. Die Kühle, die von den schwarzen und weißen Fliesen unter meinen Füßen aufstieg, war nach dem stickigen Raum eine Wohltat.

»Ich handle im Auftrag des verstorbenen Mr. Hugo Carmichael«, setzte er an und strich mit den Fingern über seine Krawatte. »Könnten Sie am Donnerstagmorgen um zehn Uhr an einem Meeting in unserer Kanzlei teilnehmen?«

Ich versuchte zu verarbeiten, was er da sagte. »Sie sind Hugos Notar? Warum wollen Sie sich mit mir treffen?«

Mr. Chalmers antwortete nicht. Er stand nur da und wartete auf meine Antwort.

»Äh ... ich glaube schon ... äh ... ja, in Ordnung«, antwortete ich verwirrt. »Aber worum geht es denn?«

Mr. Chalmers quittierte meine Frage mit einem verständnisvollen Lächeln. »Tut mir leid, aber ich kann Ihnen vor dem Treffen keine Informationen über Mr. Carmichaels Testament geben.«

Er holte eine Visitenkarte aus der Innentasche seines Jacketts, und ich sah blaues Satinfutter hervorblitzen. »Ich freue mich, Sie am Donnerstagmorgen zu sehen, Ms. McDonald.«

In meinem Kopf überschlugen sich so viele Fragen, dass ich glaubte, mein Gehirn würde implodieren. »Woher wussten Sie, wer ich bin?«, fragte ich seinen Rücken, der sich bereits von mir entfernte.

Mr. Chalmers' Mundwinkel zuckten. »Mr. Carmichael sagte, ich solle nach dem präraffaelitischen Mädchen Ausschau halten.«

Zehn

Der Zug raste durch die Außenbezirke von Glasgow; weite, offene Flächen und kleine Cottages wie bei Hänsel und Gretel blieben zurück und machten Platz für das schwarze Band der Autobahn.

Als die Queen Street Station in Sicht kam, schlingerte mein Magen genauso wie der Zug. So nervös war ich zuletzt gewesen, als Anton mir gesagt hatte, er müsse mit mir reden.

Ich hatte mir für dieses Treffen mit Hugos Notar große Mühe mit der Kleidung gegeben. Ein schmaler marineblauer Rock umspielte meine Knie, kombiniert mit einer cremefarbenen Schluppenbluse und meiner Lederjacke. Die Haare hatte ich mit einem schwarzen Band zurückgenommen. In den eleganten schwarzen Pumps wackelte ich mit den Zehen. Ohne Fleiß kein Preis.

Um mir einen arbeitsfreien Morgen zu organisieren, hatte ich meine bescheidenen schauspielerischen Fähigkeiten aufbringen und Kitty zum Narren halten müssen, indem ich so früh wie möglich anrief und vorgab, Kopfschmerzen zu haben. Nachdem sie wie erwartet verächtlich geschnaubt hatte, versprach ich ihr, eine hohe Dosis Schmerzmittel einzunehmen und jede Menge Wasser zu trinken. »Gegen Mittag bin ich da«, versicherte ich ihr.

»Oh, schon gut«, antwortete sie schnippisch und ließ eine tellerklappernde Kakophonie folgen, »aber kommen Sie, so schnell Sie können. Ich brauche *zuverlässiges* Personal!«

Ich knallte mein Handy auf den Tisch und prustete verächtlich. Diese alte Schachtel!

Ich schnappte mir meine dunkelblaue Umhängetasche, stieg aus dem Zug und landete mitten in einem Strom von Pendlern, die intensiv mit ihren Handys beschäftigt waren oder auf den Anzeigetafeln auf dem Bahnsteig nach ihrem Anschlusszug suchten.

Der Himmel über Glasgow war an diesem Tag grau hinter den scharfen Kanten der Hochhäuser, den gläsernen Bürogebäuden und hoch aufragenden Kaufhäusern. Die Kanzlei von Chalmers & Logie Solicitors war nur fünf Gehminuten von der Sauchiehall Street entfernt, wofür meine müden Füße sehr dankbar waren. Ich sah aus wie jede andere berufstätige Frau auch, als ich an den Schaufenstern und dem Verkehrsgewühl vorbeieilte. Vor mir stürzten Menschen über das Pflaster wie Kegel, die gerade von der Kugel getroffen worden waren.

Als ich bei der Kanzlei ankam, atmete ich tief durch, um mich zu beruhigen. Warum in aller Welt hatte mich der Notar eines alten schottischen Adligen, den ich kaum kannte, in sein Büro zitiert? In den drei Tagen nach Hugos Beerdigung hatte ich in Gedanken alle möglichen Theorien durchgespielt, bis ich zu dem Schluss kam, dass meine Nerven keine weiteren Mutmaßungen mehr verkrafteten. Alle Antworten würden sich hoffentlich hinter dieser respekteinflößenden Fassade aus grauem Stein und der schwarz lackierten Tür finden lassen.

Meine nervöse Miene wurde von der verspiegelten Wand hinter einer tadellos gepflegten Rezeptionistin reflektiert, die mich zu einem stinkvornehmen Wartezimmer führte, in dem ein schwarzes Ledersofa mit weißen Zierkissen stand und schwarz-weiße Gemälde hingen. Den angebotenen Tee oder Kaffee lehnte ich höflich ab – das Zwicken in meinem Magen legte nahe, dass beides keine gute Idee gewesen wäre, weil ich vermutlich die Tasse fallen gelassen und die professionelle Reinigung des weißen Teppichs hätte bezahlen müssen. Stattdessen versuchte ich mich mit den Kunstwerken an der Wand abzulenken. Die Bleistiftzeichnung eines jungen Mädchens, das eine Sonnenblume in der Hand hält, erregte meine Aufmerksamkeit. Ich betrachtete noch die schwungvolle Linienführung, als plötzlich die Empfangsdame vor mir stand. »Ms. McDonald, Mr. Chalmers hat nun Zeit für Sie.«

Ich folgte ihr und ihren roten Highheels zu einer weiteren schwarzen Tür. Sie klopfte leise an, schenkte mir ein ermutigendes Lächeln und verschwand.

Ich setzte ein unsicheres Lächeln auf und öffnete die schwere Tür. Mr. Chalmers erhob sich hinter seinem Eichenschreibtisch, auf dem sich Akten und irgendwelches Gerümpel türmten. Ein flüchtiger Blick verriet, dass sein Büro kostspielig eingerichtet war. In dunklem Beige gestrichene Wände brüsteten sich mit drei großen Drucken von Glasgower Motiven in schweren Silberrahmen. Auf einem waren die Clyde-Werften mit ihren über dem Wasser aufragenden Kränen zu sehen, auf einem anderen Bild die Sauchiehall Street an Weihnachten, wenn Schnee und Dekorationen vom Licht der Straßenlaternen und Autoscheinwerfer angestrahlt werden. Das dritte Foto zeigte den George Square im Frühling, mit Blumen, deren Blüten in den Körben förmlich explodieren, und Tauben, die in der Nähe von Büromenschen, die die Sonne genießen, herumlungern. Ein Regal voller Bücher mit glänzenden Rücken bedeckte auf ganzer Länge die Wand hinter dem Schreibtisch.

Meine Aufmerksamkeit galt jedoch sehr bald den drei Männern, die Mr. Chalmers gegenüber saßen.

Ihre Gesichter waren mir allesamt vertraut. Einer der Männer, ein eleganter Herr mit grauem Haar, war Gordon Carmichael, Hugos Sohn und derzeitiger Besitzer des Anwesens. Der zweite war Travis, Chauffeur und Butler der Familie in Personalunion. Der andere Mann neben ihm war die dunkelhaarige Gestalt mit dem markanten Kinn, die ich auf Hugos Beerdigung gesehen hatte.

Als wir einander entdeckten, zeichnete sich Überraschung auf ihren Gesichtern ab.

Die goldgeränderte Brille auf der Nase, verkündete Graeme Chalmers: »Das ist Ms. Lara McDonald. Ms. McDonald, darf ich Ihnen Gordon Carmichael vorstellen, Hugos Sohn. Dies ist Vaughan Carmichael, Hugos Enkel, und das hier ist Mitchell Travis, Chauffeur und geschätzter Mitarbeiter.«

Als die drei Männer aufstanden, tauchte das Bild eines dunkelhaarigen Teenagers vor meinem inneren Auge auf. Der mürrisch wirkende Junge auf dem Foto musste Vaughan gewesen sein.

Gordon und Vaughan tauschten seltsame Blicke, als sie mir die Hand schüttelten. Gordon lächelte mich zumindest fragend an, Vaughan Carmichael hingegen schien die Zähne zusammenzubeißen. »Ich verstehe nicht ganz«, murmelte er, an Mr. Chalmers gewandt. »Ich dachte, es handelt sich hier um die Verlesung des Testaments im Familienkreis.«

Erneut richtete er den Blick seiner stahlblauen Augen auf mich, und ich trat unwillkürlich einen Schritt zurück.

»Das Testament wird verlesen, ja«, antwortete Mr. Chalmers.

»Aber sie gehört nicht zur Familie«, erwiderte Vaughan, dessen Stimme nun schroffer klang. Seine dunklen Brauen zogen sich zusammen wie Sturmwolken. Bei seinem Anblick musste ich an einen schlechtgelaunten Christian Bale denken. Vor Verlegenheit begann meine Haut zu prickeln. »Hören Sie«, sagte ich und zupfte am Riemen meiner Handtasche, »ich weiß auch nicht, warum Hugo veranlasst hat, dass ich an diesem Treffen teilnehme. Ich bin genauso verwirrt wie Sie.«

»Bitte setzen Sie sich«, bat Mr. Chalmers uns mit sorgenvoller Stimme. »Dann können wir anfangen.«

Ich setzte mich auf den freien Stuhl neben Gordon und strich mir, um irgendetwas zu tun, nervös den Rock glatt. Der Gutsherr verzog den Mund zur Andeutung eines Lächelns, aber sein verbiesterter Sohn starrte nur geradeaus.

Als Mr. Chalmers begann, mit klarer Stimme Hugos letzten Willen zu verlesen, zogen geisterhafte Bilder von ihm vor meinem inneren Auge vorbei, und ich musste lächeln. Wie nicht anders zu erwarten, vererbte er Glenlovatt Manor zu gleichen Teilen seinem Sohn und seinem Enkel, hinterließ aber offenbar weniger Geld, als sie geglaubt hatten, dem überraschten Heben und Senken ihrer Brauen nach zu urteilen.

Dann folgte ein an Travis gerichteter Absatz. Der Bedienstete der Carmichaels wirkte aufrichtig gerührt, als Mr. Chalmers laut vorlas, dass Hugo ihn stets als »geliebten Freund und geschätzten Mitarbeiter« betrachtet hatte. Travis senkte den dunklen Kopf und atmete tief durch, als Mr. Chalmers weiterlas. »Voller Dankbarkeit und Anerkennung für seine langjährigen Dienste hinterlasse ich darum Mitchell Travis den kompletten Bestand an Dalmore Whisky in meinem Keller.«

»Das kann ich nicht annehmen, Sir«, protestierte er. »Das ist zu viel.«

Aber Gordon winkte ab. »Doch, das können Sie, und das werden Sie auch. Mein Vater wäre äußert gekränkt, wenn Sie ablehnen. Er hat große Stücke auf Sie gehalten, Travis, wie wir alle hier.«

Der Chauffeur nickte mit ernster Miene. »Danke, Sir.«

An mich gewandt, fuhr Mr. Chalmers fort: »Der verstorbene Mr. Carmichael hat auch spezielle Anweisungen für Sie hinterlassen, Ms. McDonald.«

Ich beachtete Vaughan nicht, der sich so ruckartig auf dem Stuhl vorbeugte, als hätte ihm jemand elektrischen Strom durch das Rückgrat gejagt.

Mr. Chalmers räusperte sich und las: »Ich, Hugo Carmichael, vererbe das Kunstatelier meiner verstorbenen Schwiegertochter auf Glenlovatt Manor an Miss Lara McDonald.« Er blickte auf.

Ich erwiderte Mr. Chalmers erwartungsvollen Blick und fragte: »Ein Kunstatelier?«

»Ja. Lydia Carmichaels Atelier auf Glenlovatt Manor«, wiederholte er mit einem Kopfnicken.

Ich blickte in die überraschten Gesichter der Anwesenden, die mich prüfend musterten. »Aber warum?«, fragte ich. »Entschuldigung. Ich verstehe das nicht.«

»Da ist noch mehr, Ms. McDonald«, erklärte Mr. Chalmers. Er richtete seine Aufmerksamkeit wieder auf die Papiere in seiner Hand und trug weiter vor: »Lydias Atelier muss zu einem Café umgebaut werden, zum Nutzen von Glenlovatt Manor und als geschäftliche Chance für Miss McDonald.«

Vaughan wirkte entsetzt. »Ein Café?« Abwehrend hob er die Hände. »Soll das ein Witz sein?«

Mr. Chalmers musterte ihn gründlich und sagte: »Nein, Sir, das ist es mit Sicherheit nicht. Soll ich fortfahren?«

Vaughan verschränkte die Arme im Anzugsjackett vor der Brust. »Oh ja, bitte. Ich kann es kaum erwarten, auch noch den Rest zu hören.«

Gordon warf seinem Sohn einen warnenden Blick zu.

»Glenlovatt Manor«, fuhr der Notar fort, »war neunzig Jahre lang das Heim meiner Familie. Doch wie so viele Familiensitze ist auch dieser angesichts der modernen Erfordernisse und ständig steigenden Kosten in Gefahr, nach und nach zu verfallen. Darum ordne ich an, dass das Atelier in ein Café umzuwandeln ist.«

Mr. Chalmers ignorierte Vaughans höhnisches Schnauben. »Dieses Unternehmen wird von Miss Lara McDonald als Miteigentümerin geführt werden.«

Es verschlug mir den Atem. Ungläubig drehte ich den Kopf, blickte erst Gordon und dann Vaughan an. Der Einzige, in dessen Miene ein Fünkchen von Begeisterung lag, war Travis.

Mr. Chalmers machte eine Kunstpause, ehe er Hugos restliche Anweisungen vorlas. »Genau wie ich wollte auch Lydia, dass Glenlovatt mit der Zeit geht. Darum wird dieses neue Projekt nicht nur Miss MacDonald nützen, sondern auch der Zukunft von Glenlovatt Manor und der Familie Carmichael.

Vaughan öffnete den Mund, aber Mr. Chalmers brachte ihn mit erhobenem Zeigefinger zum Schweigen und fuhr fort: »Ich wünsche, dass der Bruttoertrag aus dem Café zwischen Miss McDonald und Glenlovatt Manor im Verhältnis sechzig zu vierzig aufgeteilt wird.«

Mr. Chalmers blickte abrupt von den Papieren auf, als er mich nach Luft schnappen hörte. Lächelnd kam er zum Ende: »Ich wünsche Miss McDonald viel Erfolg mit ihrem neuen Projekt. Ich habe die junge Frau leider nur kurze Zeit gekannt, aber ich weiß, dass sie das Café zu einem großen Erfolg machen wird. Ich habe vollstes Vertrauen in sie.«

Der Notar nahm die Brille ab und legte sie vorsichtig auf den Schreibtisch.

Tränen traten mir in die Augen. Ich drehte mich zu Gordon und Vaughan, um ihnen ins Gesicht zu sehen. Gordon starrte mich mit offenem Mund an. Vaughan feuerte tödliche Laserstrahlen aus seinen Augen auf mich ab.

Ich konnte mir auf all das keinen Reim machen. Es war verrückt – wundervoll, überraschend, aber eben auch völlig verrückt. Hatte der arme Hugo damit gerechnet, dass er so bald sterben würde? Er musste sein Testament viel früher verfasst und es dann sehr bald geändert haben, nachdem wir uns kennengelernt hatten. Was hatte ihn nur dazu bewogen?

Ängstlich richtete ich den Blick wieder auf Gordon und Vaughan.

»Aber warum ich?«, krächzte ich. »Ich verstehe das absolut nicht. Ich gehöre nicht mal zur Familie.«

»Wem sagen Sie das?«, zischte Vaughan und zupfte an seiner goldfarbenen Seidenkrawatte. »Der Alte muss am Ende den Verstand verloren haben. Ich habe ihn sehr geliebt, aber das hier ist verrückt, sogar für seine Verhältnisse.« Er deutete auf Hugos Testament. »Mein Großvater muss doch erklärt haben, warum er das getan hat. Was steht noch da drin?«

Mr. Chalmers legte die Fingerspitzen aneinander. »Ich kann Ihnen nur sagen, dass Ihr Großvater mich kurz vor seinem Ableben angerufen und darauf bestanden hat, dass sein Testament geändert wird.«

»Aber warum?«, fragte Gordon. »Uns gegenüber hat er niemals angedeutet, dass er vorhat, seinen letzten Willen zu ändern.«

»Es tut mir leid, aber Ihr Vater hat mich angewiesen, keine weiteren Informationen preiszugeben – vorerst.«

»Vorerst?«, wiederholte Gordon ungläubig. »Bei allem Respekt vor dieser jungen Dame, aber als Hugos nächster Angehöriger habe ich doch das Recht ...«

Mr. Chalmers verzog bedauernd das Gesicht. »Tut mir leid, Sir, aber ich halte mich streng an die Anweisungen Ihres verstorbenen Vaters.«

»Die da lauten?«, fragte Vaughan mit aufgebrachter Miene und seufzte dann resigniert.

»Die Gründe, aus denen er Miss MacDonald das Atelier vererbt, werden am 27. Oktober dieses Jahres bekanntgegeben.«

»Am 27. Oktober?«, spottete Vaughan. »Das dauert ja noch Monate. Wollen Sie mich auf den Arm nehmen?« An seinen Vater gewandt, sagte er: »Das heißt also, dass wir bei diesem verdammten Affentheater mitspielen müssen, während wir auf weitere Anweisungen warten?« Vaughan sprang auf. »Das ist doch verrückt. Er zwingt uns nicht nur ein blödes Café auf, sondern noch dazu müssen wir Glenlovatt erneut der Öffentlichkeit zugänglich machen. Das ist in den letzten zwölf Jahren nicht mehr der Fall gewesen.«

Gordon beugte sich auf dem Stuhl vor und fuhr sich mit dem Finger über den weißen Kragen seines Hemds. »Warum um alles in der Welt hat er dafür ausgerechnet den 27. Oktober festgelegt? Wissen Sie, warum er ausgerechnet dieses Datum gewählt hat?«

Mr. Chalmers zuckte mit den Schultern. »Auch das weiß ich nicht. Was ich aber weiß, ist, dass Ihr Vater einen Brief hinterlassen hat, der an Sie alle gerichtet ist.«

Darauf folgte ein Schweigen, so bedeutungsschwanger, dass ich insgeheim damit rechnete, gleich eine Hebamme hereinkommen zu sehen. Mr. Chalmers hielt einen Briefumschlag hoch und sagte: »Das hier ist der Brief, der am 27. Oktober geöffnet werden soll.«

Elf

Als ich zu den beiden Männern vor mir aufblickte, ließ eine beängstigende Erkenntnis mein Herz schneller schlagen: Ich war nun mit zwei Fremden im Geschäft, über die ich nichts wusste – außer, dass der jüngere der beiden ein absolutes Arschloch war.

Der Verkehr rauschte an uns dreien vorbei, während wir unschlüssig auf dem Bürgersteig vor der Anwalts- und Notarskanzlei herumstanden. Travis hatte sich klugerweise aus der eisigen Atmosphäre verabschiedet und holte nun den Wagen, um uns zurückzubringen.

»Tja«, rief ich ein bisschen zu fröhlich, »das war ja eine Überraschung.«

Vaughan schnitt eine Grimasse. »Das können Sie laut sagen.« Er drehte sich zu seinem Vater: »Glaubst du, dass Großvater am Ende noch bei sich war, Vater? Ich will ja nicht gefühllos sein, aber ...« Seine entrüstete Stimme verklang.

»Natürlich war er das«, sagte Gordon. Er seufzte und fuhr sich ungeduldig mit einer Hand durch das silbrige Haar. »Mein Vater war scharfsinniger als viele Leute, die nur halb so alt waren wie er.«

»Warum hat er dann beschlossen, aus Mums altem Atelier ein Café zu machen?«, fragte Vaughan weiter und musterte mich von der Seite. »Es sei denn natürlich, er hat sich beschwatzen lassen.«

Wie frostiger Nebel hing die Andeutung zwischen lautem Gehupe und dahineilenden Menschen in der Luft. Verärgert atmete ich tief durch. Vaughan glaubte, dass ich seinen Großvater manipuliert hatte, damit der mir das Atelier für meine eigenen Zwecke überließ? Was für eine verdammte Frechheit!

»Beschuldigen Sie mich etwa, Hugo beeinflusst zu haben?«

»Ich beschuldige Sie überhaupt nicht«, schnauzte er mich an. »Ich frage mich nur, was Sie eigentlich mit meinem Großvater zu tun hatten.«

Gordon hob die Hände. »Das hilft doch niemandem.« Er legte seinem Sohn eine Hand auf die Schulter. »Dein Großvater hat sich niemals zu etwas überreden lassen, wozu er nicht ohnehin bereit war. Kein einziges Mal in neunzig Jahren.« Der Blick seiner silbergrauen Augen ruhte auf seinem Sohn. »Er hat Glenlovatt geliebt, aber er war der Meinung, dass wir nicht mit der Zeit gehen. Das hat er oft genug gesagt.«

Vaughan zog die dunklen Brauen zusammen. »Wie meinst du das? Hat Großvater etwa mit dir über diese lächerliche Idee gesprochen?«

Gordon zuckte leichthin mit den Schultern. »Ein- oder zweimal, ja, aber ich dachte, er spinnt nur ein bisschen herum, zumal er keine Anstalten gemacht hat, etwas in der Richtung zu unternehmen.«

Einige Passanten schoben sich auf dem Gehweg an uns vorbei, Einkaufstüten in grellen Farben schwenkend.

Vaughan schlug den Mantelkragen hoch. »Und warum hast du mir nichts davon gesagt? Gehöre ich nicht mehr zur Familie?«

»Sei nicht so gereizt«, sagte Gordon. »Ich wusste ebenso wenig wie du, dass Hugo so etwas vorhatte.«

Vaughans Kiefer mahlten.

Ich spürte, wie ich noch ein bisschen kleiner wurde. Da stand ich, gefangen zwischen zwei sich bekriegenden Adligen, mitten in Glasgow.

»Wenn ich vielleicht auch etwas sagen darf«, brachte ich heraus und lächelte unsicher. »Ich verstehe das alles im Grunde genauso wenig wie Sie. Tatsächlich komme ich mir vor, als wäre ich in ein Karussell gestiegen, das nun nicht mehr anhalten will.« Ich rang die Hände. »Aber eines weiß ich genau: Ich habe Hugo sehr gern gehabt. Und ich weiß, wie viel Glenlovatt ihm bedeutet hat.« Ich hob den Kopf und fuhr etwas selbstbewusster fort: »Wenn Sie mich unterstützen, verspreche ich Ihnen, all meine Energie dafür einzusetzen, dass dieses Café ein Erfolg wird.« Zögerlich fügte ich hinzu: »Nicht nur für mich, sondern zum Andenken an Hugo und zum Wohl von Glenlovatt.« Gordon lächelte schwach, als ich weitersprach: »Und ich werde das Atelier der verstorbenen Mrs. Carmichael mit allem Respekt behandeln.« Entschlossen, Vaughans Schweigen zu ignorieren, richtete ich meine Aufmerksamkeit auf Gordon.

Er nickte, seine Miene verriet Dankbarkeit. »Miss McDonald, große alte Häuser wie Glenlovatt sind teuer im Unterhalt, wie Sie sicherlich wissen. Jedes zusätzliche Einkommen wäre deshalb sehr hilfreich.«

Gott sei Dank, wenigstens einer der beiden war auf meiner Seite. Ich nickte eifrig, während ich Gordon versicherte: »Ich bin fest entschlossen, alles zu geben, Sir. Und bitte, sagen Sie Lara zu mir.«

Er reichte mir die Hand, und ich schlug dankbar ein. »Ich bin Gordon.«

Aber die neue Ungezwungenheit wurde gleich darauf wieder zunichtegemacht.

»Ach nein, wie kuschelig!«, höhnte Vaughan. »Und was kommt als Nächstes? Zieht Miss McDonald bei dir ein? Sucht sie dir eine neue Tapete aus? Betreibt sie einen Vergnügungspark im Speisezimmer?« Er spießte mich mit dem harten Blick seiner blauen Augen auf. »Unglücklicherweise haben wir keine Wahl. Großvater hat bereits alles unter Dach und Fach gebracht.« Er schob sich eine dunkle Haarsträhne aus der Stirn. »Das heißt aber noch lange nicht, dass mir das gefallen muss.« Er drehte sich um und ging davon.

»Wo willst du hin?«, rief Gordon ihm nach. »Travis kommt jeden Moment mit dem Wagen zurück.«

Vaughan zuckte die breiten Schultern. »Ich gehe lieber zu Fuß. Wir sehen uns später auf dem Gut.«

Gordon blickte seinem Sohn nach, bis Vaughan von der Menge der Passanten verschluckt wurde. Ich rang um Fassung.

»Danke für das Angebot, mich nach Hause zu bringen, Gordon, aber wenn Sie nichts dagegen haben, nehme ich lieber den Zug. Ich möchte gern wieder einen klaren Kopf bekommen.« Nervös lächelte ich ihn an. »All das kam doch recht plötzlich.«

Gordon nickte zustimmend. »Ja, das ist allerdings wahr. Für uns alle.«

• • •

In meinem Kopf überschlugen sich die Gedanken, als der ratternde Zug mich zurück nach Fairview brachte. Warum um alles in der Welt hatte ein alter Gutsbesitzer so viel Vertrauen in mich gesetzt?

Ich erinnerte mich, dass ich Hugo erzählt hatte, wie sehnlich ich mir ein eigenes Café wünschte, und wann immer er zur Tür des True Brew hereinspaziert war, hatte er aus erster Hand mitbekommen, wie schwer es war, für Kitty zu arbeiten. Doch dass er mir das Atelier seiner verstorbenen Schwiegertochter überließ und die notwendigen finanziellen Vorkehrungen getroffen hatte, damit ich davon leben konnte, war ein großer Vertrauensvorschuss, für den ich einerseits dankbar war, dessen Gründe ich andererseits aber nicht recht verstand. Angesichts dieser unerwarteten Chance drohten mir Tränen des Glücks über die Wangen zu laufen. Der Umgang mit Vaughan Carmichael würde jedoch eine große Herausforderung für mich werden, ganz zu schweigen davon, dass ich Glenlovatt Manors neues Café zu einem überlebensfähigen Geschäft machen musste.

Als der Zug in den Bahnhof von Fairview einfuhr, dachte ich über Gordon Carmichael nach. Obwohl das Testament ein Schock für ihn gewesen war, hatte Vaughans Vater zumindest den Anstand besessen, mir alles Gute zu wünschen und mir seine Unterstützung anzubieten.

»Ich gebe es nur ungern zu«, hatte er nach Vaughans frostigem Abschied mit schiefem Lächeln gesagt, »aber was ich von Cafés verstehe, hat auf der Rückseite einer Briefmarke Platz.«

Der Zug hielt neben dem Bahnsteig und ließ eine Handvoll Fahrgäste aussteigen. Es war Mittagszeit. Auf dem Platz in der Stadtmitte trieben sich Gruppen von Schulkindern herum, die ihre Sandwiches und Brötchen verschlangen.

Ich blickte an meinem Büro-Outfit hinunter. Ehe ich zur Arbeit ging, würde ich rasch in meiner Wohnung vorbeischauen und in eine Jeans schlüpfen. Und danach, dachte ich, erfüllt von schlechten Vorahnungen, war es an der Zeit, Kitty die Nachricht zu überbringen. Die Gesichter des finsteren Vaughan Carmichael und der knurrenden Kitty Walker vereinten sich in meiner Fantasie zu einem furchterregenden Monster. Eilig stakste ich in meinen High Heels weiter.

Kümmere dich immer nur um ein grausiges Gespenst auf einmal, Lara, ermahnte ich mich selbst.

Und auf einmal traf mich die Erkenntnis: Das hier konnte ich nicht allein durchziehen. An diese Aufgabe musste ich herangehen wie *Thelma & Louise* – obwohl wir hoffentlich am Ende nicht über eine Klippe rasen würden. Ich öffnete die Kontakte auf meinem Handy.

»Morven«, platzte es aus mir heraus, ehe sie mehr als Hallo sagen konnte. Meine Stimme klang geisterhaft. Es war, als kämen die Worte, die die nachmittägliche Luft in Fairview zerrissen, von einem anderen Menschen. »Ich habe gerade ein Café geerbt«, sagte ich atemlos und schob die Leute beiseite, die sich an mir vorbeidrängten, »und ich möchte, dass du mit mir arbeitest.«

Zwölf

»Sie haben *was?*« Keuchend suchte Kitty im Lagerraum an dem Regal hinter sich Halt. »Nach all der Hilfe und der Ausbildung, die ich Ihnen habe zukommen lassen, fallen Sie mir so in den Rücken?«

Wie sehr ich mir auch den Kopf zerbrach, mir fiel keine einzige Situation ein, in der sie mir etwas beigebracht oder mir freiwillig ihre Hilfe angeboten hätte. »Ich bin Ihnen dankbar, dass Sie mir diese Stelle gegeben haben, als ich nach Fairview zurückkam«, sagte ich höflich, »aber ich bin es Hugo schuldig, mich nach Kräften zu bemühen.«

Kittys Mondgesicht starrte mich wütend an. »Ich verstehe das nicht«, murmelte sie. »Warum nur tut Carmichael so etwas für eine wie Sie?«

Ich linste um die Ecke, um nachzusehen, ob neue Gäste hereingekommen waren. Glücklicherweise hatte sich der mittägliche Ansturm gelegt; nur ein Mann, der in einer Ecke eifrig etwas in seinen Laptop tippte und ein Pärchen mit einem maulenden Kleinkind waren noch da.

Ich wusste, dass ich meine Worte sorgfältig wählen musste. »Ich habe es selbst noch nicht ganz begriffen. Aber nach allem, was in Hugos Testament steht, will er dafür sorgen, dass Glenlovatt mit der Zeit geht.«

»Indem Sie ein verdammtes Café eröffnen und mir Konkurrenz machen!«, fügte Kitty hinzu und schlug sich fassungslos vor die Stirn.

Ich versuchte sie zu beruhigen. »Das stimmt nicht. Glenlovatt liegt ja nicht direkt in Fairview. Es befindet sich ein paar Meilen außerhalb.«

»Das weiß ich doch!«

Ich sammelte mich innerlich und tat, was ich konnte, um Kittys

Theater an mir abprallen zu lassen. »Das neue Café ist speziell für die Besucher von Glenlovatt Manor gedacht«, führte ich aus, nun schon selbstsicherer. »Hugo war begeistert von der Vorstellung, das Haus wieder für die Öffentlichkeit zugänglich zu machen und zusätzliche Einkünfte zu erzielen. Das Café wird dazu beitragen.«

Kittys Augen feuerten tödliche Strahlen auf mich ab, und ich beschloss, die Sache anders anzugehen. »Ich habe einiges über Herrenhäuser und die unglaublich hohen Unterhaltskosten gelesen. Undichte Dächer und Heizungen, baulicher Verschleiß und abbruchreife ...«

»Oh, Sie sind also eine Expertin für Herrenhäuser, ja?«, unterbrach sie mich und verschränkte die Arme vor der Brust.

Ich ließ die Schultern sinken. Dieses Gespräch ging zwar gerade den Bach hinunter, aber ich beschloss, es ein letztes Mal zu versuchen. »Was ich damit sagen will, ist ...«

Aber Kitty schüttelte den Kopf. »Ich habe genug gehört. Bis Samstag bezahle ich Sie noch.«

Mir blieb der Mund offenstehen. »Wie bitte?«

Herausfordernd reckte sie das gepuderte Kinn.

»Sie entlassen mich? Auf der Stelle?«

Kittys perlmuttrosa Lippen zuckten.

»Aber ich würde wirklich gern bis zum Ende der Kündigungsfrist weiterarbeiten«, sagte ich energisch.

Kitty stieß sich von dem Regal ab; ihre Schürze legte sich über dem Blumenmuster ihrer Bluse in zornige Falten. »Nicht nötig«, versicherte sie mir leichthin. »Ich komme schon zurecht. Und außerdem stehen die Mädchen ...«

»... schon Schlange, um bei Ihnen zu arbeiten«, brachte ich den Satz für sie zu Ende. Wahrscheinlich konnte ich ihn schon im Schlaf aufsagen, so oft hatte ich diesen Spruch von ihr zu hören bekommen.

Sie streckte die Hand aus und krümmte auffordernd die Finger. »Schürze!«

Hatte ich damit gerechnet, dass Kitty so unbarmherzig sein würde?

Für einen Teil von mir traf das zu. Der andere Teil hatte sich an die Hoffnung geklammert, dass sie so etwas wie Verständnis zeigen würde.

Langsam löste ich die Schleife meiner weiß-goldenen Schürze, die Kitty mir gleich darauf aus der Hand riss.

»Viel Glück«, zischte sie, und ich spürte ihren Speichel im Gesicht. »Sie werden es brauchen.«

• • •

Glenlovatt Manor, August 1957

Wie Tränen liefen die Regentropfen an den Fenstern von Glenlovatt hinab. Falls das alte Herrenhaus um etwas weinte, das es verloren hatte, dann wusste er, was das war. Und auch er litt.

Der Gutsherr, Lachlan Carmichael, blickte aus dem bequemen moosgrünen Samtstuhl blinzelnd zu seinem Sohn auf. »Zieh nicht so ein Gesicht, Junge.«

Keine Antwort. Lachlan sah, wie sein Sohn in dem elegant geschnittenen dunklen Jackett die Schultern straffte. »Sag bloß nicht, dass du immer noch dieser kleinen Verkäuferin hinterherweinst.«

»Sie ist keine Verkäuferin. Sie ist Bäckerin.«

Lachlan rang die knochigen Finger. »Wenn du mich fragst, ist das so ziemlich dasselbe.«

»Das verrät deine Unwissenheit, Vater.«

Der junge Mann zuckte zusammen, als sein Vater ihn anbrüllte: »Wage ja nicht, so mit mir zu reden! Du vergisst wohl, mit wem du sprichst.«

Sein schneidiger Sohn lächelte grimmig, die silbrig glänzenden Regentropfen auf der Fensterscheibe hinter ihm wirkten wie eine Gardine aus Edelsteinen. »Wohl kaum. Schließlich erinnerst du mich ständig daran.«

Finster musterte Lachlan seinen Sohn, der in dem Wohnzimmer auf und ab lief. »Warum richten wir in Hogmanay nicht einfach eine große Feier aus? Wir könnten die Murray-Hamiltons einladen. Die haben eine hübsche Tochter, die offenbar ziemlich scharf auf dich ist.«

Die Vorstellung, dass ihn ein Mädchen in einem zuckerwatterosa Kleid affektiert anlächeln würde, ließ ihn erschauern. Er konnte seinen Schmerz keine Sekunde länger in Schach halten. In seiner Brust brannte es so sehr, dass er zu explodieren glaubte. »Weißt du, was heute Morgen passiert ist, Vater?«

Lachlans weißes Gesicht und seine strenge Miene machten ihn noch wütender.

»Heute Morgen musste ich zusehen, wie die Frau, die ich liebe, einen anderen heiratet.«

Lachlan schlug mit der Faust auf die wattierte Lehne des Sessels. »Warum zum Teufel bist du dort hingegangen? Was ist nur los mit dir?«

Um den Zorn seines Vaters noch anzufachen, fing sein attraktiver Sohn zu lachen an. Es war ein trockenes, bitteres, von Hass verzerrtes Lachen. »Was mit mir los ist? Das kann ich dir sagen, Vater. Ich liebe sie immer noch, und daran wird sich niemals etwas ändern.« Er bückte sich und näherte sich dem Gesicht seines Vaters bis auf wenige Zentimeter. »Aber ich war so feige, dass ich sie gehen ließ.«

»Sei nicht so melodramatisch«, sagte Lachlan.

Der Sohn verzog den Mund. »Du hast so etwas nie empfunden, Vater. Du kannst dir nicht einmal ansatzweise vorstellen, wie ich mich fühle.« Er wich vor dem beißenden Zigarrenatem seines Vaters zurück.

»Ich konnte nun mal nicht zulassen, dass du Glenlovatt für eine Frau aus dem gemeinen Volk aufgibst«, fauchte sein Vater. »Du hättest das kleine Flittchen einfach nehmen und sie dann vergessen sollen.«

Lachlan Carmichael keuchte auf, als sein Sohn ihn mit beiden Händen beim Kragen packte. »Wenn du noch ein einziges Mal so von ihr redest, kann ich für nichts mehr garantieren.« Er ließ Lachlans graues Hemd los, und der Ältere sank auf seinen Stuhl zurück. Nach einem weiteren verächtlichen Blick in das schockierte Gesicht seines Vaters taumelte er zur Tür und stürmte in den Garten hinaus. Wütend bog er um die Ecke und erblickte einen Busch gelber Rosen, der schmerzliche Erinnerungen an diesen Morgen in ihm weckte.

Den Anblick, wie sie da im Kirchenportal stand, würde er nie vergessen; ihre roten Locken kringelten sich sanft unter einem kurzen Fontänenschleier, und das weiße Kleid reichte in mehreren Lagen üppiger Spitze bis zum Boden. Sie trug kurze weiße Handschuhe und hielt einen Strauß gelber Rosen in den Händen.

Um die schmiedeeisernen Streben des Tors zum Kirchhof wanden sich weiße Satinbänder. Die Glocken stimmten ihr rostiges Freudengeläut an, und sein Magen zog sich zusammen. Er versteckte sich hinter einer Gruppe von Hochzeitsgästen, denn sie anzublicken, tat ihm einfach zu weh. Auch ihren frisch gebackenen Ehemann wollte er nicht sehen, aber die Neugier trieb ihn dazu, sich leicht zur Seite zu neigen und genauer hinzuschauen.

Der Bräutigam hielt sich schützend hinter seiner Frau und hatte ihr eine Hand auf den nackten Oberarm gelegt. Er lächelte; das braune Haar hatte er streng zu einer Seite gekämmt.

Sehnsucht überkam ihn, als Reis geworfen wurde und auf das himmelwärts gerichtete Gesicht der Braut fiel. Er hatte genug gesehen. Er hätte niemals herkommen dürfen.

Für den Nachmittag war Regen vorhergesagt worden, aber in jenem Moment schien die Sommersonne auf die Hochzeitsgesellschaft. Sie beleuchtete Blumenhüte, nackte Schultern und mit Brylcreem geglättetes Haar. Er rempelte einen weiblichen Gast an, murmelte eine Entschuldigung und rannte auf die andere Straßenseite. Im Schaufenster des Hutmachers erblickte er sein Spiegelbild. Graue Augen starrten ihn gehetzt aus beinahe gemeißelt wirkenden Zügen heraus an. Er würde mit den Folgen seiner Schwäche leben müssen, damit, dass er es nicht geschafft hatte, sich gegen seinen Vater durchzusetzen. Aber Lachlans Unfähigkeit, Gefühle zu dulden, würde er nicht auch noch schweigend ertragen.

Noch immer betrachtete er sein Spiegelbild im Fensterglas, ohne den erschrockenen Blick der ernst wirkenden Frau hinter dem Ladentresen wahrzunehmen.

Seine Zeit würde kommen, und dann würde auf Glenlovatt geschehen, was längst überfällig war.

Dreizehn

»Danke, dass Sie bereit sind, mich zu empfangen«, sagte ich und lächelte Gordon über den Schreibtisch hinweg an.

Nur zwei Wochen nach der offiziellen Verlesung von Hugos letztem Willen war ich auf Glenlovatt, um mich noch einmal mit seiner Familie zu treffen und das Caféprojekt auf den Weg zu bringen. Okay, ich sage Familie, aber der mürrische Vaughan ließ sich bei dem Treffen gar nicht blicken. Wahrscheinlich biss er gerade irgendwo einer unschuldigen Jungfrau in den Hals.

Als Gordon zu sprechen begann, klingelte sein Handy, und er bedeutete mir mit einer Geste, mich zu setzen. »Entschuldigen Sie bitte, aber dieses Telefonat muss ich annehmen.« Er verdrehte bedauernd die Augen und verließ das Arbeitszimmer.

Ich nickte und lächelte erneut.

Während ich auf seine Rückkehr wartete, griff ich nach dem Notizbuch, in dem ich in den vergangenen vierzehn Tagen zahlreiche Ideen notiert hatte – von möglichen Farbkombinationen und Skizzen für die Einrichtung bis hin zu der Idee, erneut Führungen durch das Haus anzubieten. Dann war da noch das Problem, dass ich Personal sowohl für die Backstube als auch für die Reinigung einstellen musste. Auch über die Öffnungszeiten hatte ich mir Gedanken gemacht. Ich plante, von montags bis samstags von neun bis sechzehn Uhr zu öffnen und an Sonntagen etwas kürzer, nämlich von zehn bis sechzehn Uhr. Ich durchstöberte die Seiten und fand den Eintrag »Abwechselnd freie Tage fürs Personal«, denn jeder sollte in den Genuss einer Ruhepause kommen.

»Tut mir leid«, hörte ich Gordon sagen, als er zurückkam und die Tür mit einem leisen Klicken hinter sich schloss.

Sein Arbeitszimmer mit der unaufdringlichen Vertäfelung aus Massivholz und den polierten Möbeln aus Redwood passte zu ihm, dennoch spürte ich unter all dem deutlich den Wunsch nach Erfolg.

Ein großes Schiebefenster gab den Blick auf die üppigen Außenanlagen um das Haus herum frei, in denen neben einem Beet schottischer Glockenblumen weiße Büschel Wiesenschaumkraut mit sternförmigen Blüten um die Aufmerksamkeit des Betrachters buhlten. Ich räusperte mich und warf einen Blick auf das Notizbuch vor mir.

Gordon schien meine Nervosität zu spüren. »Fangen wir mit dem Essen an, einverstanden? Das ist wahrscheinlich das Wichtigste von allem.«

In Anbetracht seines freundlichen Verhaltens entspannte ich mich ein wenig. »Ja, gute Idee.«

Ich blätterte zu den Notizen vor, die ich mir zur Speisekarte gemacht hatte. »Ich weiß nicht, wie Sie das sehen, aber ich würde vorschlagen, dass wir ein paar einfache Gerichte zum Frühstück und Mittagessen anbieten.« Ich spielte mit meinem Stift herum. »Ich meine, kein komplettes Frühstück mit Bacon und Rührei und so weiter. Ich stelle mir das Thistles eher als stilvoll-elegantes Café vor.«

Ein Blick auf das silberne Teeservice, das bereits auf Gordons Schreibtisch stand, rief mir einen weiteren Punkt in Erinnerung. »Es wird keine Teebeutel geben, nur lose Ware von guter Qualität, und ich dachte, wir sollten traditionelle Scones mit und ohne Fruchtfüllung anbieten, außerdem Toast, Bagels mit Lachs und Frischkäse und vielleicht eine Quiche.«

Erneut ging ich meine Aufzeichnungen durch, denn ich wollte nichts Wichtiges vergessen. »Damit hätten wir ein paar einfache Gerichte im Angebot und können uns auf das Kuchensortiment konzentrieren.«

Gordon lächelte ermutigend und kritzelte mit seinem Füllhalter rasch etwas aufs Papier. »Das klingt ja wunderbar. Mir läuft das Wasser im Mund zusammen!«

Ich wandte kurz den Blick von ihm ab und betrachtete ein Porträt, auf dem vermutlich seine verstorbene Frau Lydia abgebildet war. Ihr elfenhaftes Gesicht wurde von den hellblonden Locken, die sich wie zufällig auf ihrem Kopf türmten, noch betont. Ein eisblaues Abendkleid aus Satin floss ihr über die milchweißen Schultern. Sie war atemberaubend schön.

Gordon ertappte mich dabei, dass ich das Gemälde anstarrte. »Es gibt nur wenige solcher Bilder, weil sie nicht gern für traditionelle Porträts Modell gesessen hat«, sagte er leise. »Sie mochte keinen Protz.« Ich drehte mich zu ihm und sah, dass eine ferne Sehnsucht seinen Blick verschleierte.

»Sie war sehr schön«, sagte ich leise.

Gordons graue Augen glänzten. »Ja, das war sie. Sie muss ungefähr in Ihrem Alter gewesen sein, als wir dieses Gemälde in Auftrag gaben.«

Meine Aufmerksamkeit wanderte von Lydias makellosen Zügen zu einem anderen Ölgemälde daneben, auf dem Vaughan abgebildet war. Sein rabenschwarzes Haar und die ausgeprägten Wangenknochen beherrschten das gesamte Bild. Seine kräftige Gestalt war mit einem schwarzen Jackett und einem weißen Hemd bekleidet. Im Gegensatz zu seiner Mutter umspielte kein verschmitztes Lächeln seine Lippen, vielmehr brachte sein trotzig gerecktes Kinn die übliche herausfordernde Haltung zum Ausdruck.

Als hätte er meine Gedanken gelesen, zog Gordon eine Braue hoch. »Er ist nicht so schlimm, wie er gern tut. Er will nur seine Familie beschützen – zumindest das, was davon noch übrig ist.« Mein Argwohn musste offensichtlich sein, denn Gordon beugte sich leicht über den Schreibtisch und fuhr fort: »Vaughan und Lydia standen einander sehr nah, und als sie starb, hat er lange gebraucht, um den Verlust zu verarbeiten. Mein Sohn ist auch nicht sehr von der Vorstellung angetan, Glenlovatt wieder für die Öffentlichkeit zugänglich zu machen.«

»Das hätte ich nicht gedacht«, sagte ich lächelnd. »Warum ist das so?«

Gordon hob resigniert die Hände. »Er ist ein sehr verschlossener junger Mann. Offenbar befürchtet er, dass wir uns bloßstellen und die Bedeutung unserer Familie schmälern könnten, wenn wir Glenlovatt wieder für die Allgemeinheit öffnen.«

»Aber wenn das Café geschmackvoll eingerichtet ist und gut läuft, dann kann das doch für das Anwesen nur gut sein, oder?« Ich spürte, dass ich wieder nervös wurde, und legte die Hände in den Schoß. »Ich wollte Ihnen nur sagen, dass ich die Sache mit dem Café gern so schnell wie möglich in Gang bringen würde.«

»Oh, wir auch«, versicherte mir Gordon. »Aber da Sie gegenwärtig noch für Kitty Walker arbeiten, möchte ich Ihnen nicht zu viel zumuten.«

»Ich glaube, das ist kein Problem. Ich bin gefeuert worden«, platzte ich heraus und spürte, wie meine Wangen heiß und vermutlich fleckig wurden.

Gordon blinzelte. »Gefeuert? Warum das denn?«

»Ich habe mir nichts zuschulden kommen lassen«, plapperte ich los, um Gordon davon zu überzeugen, dass ich nichts Schlimmes getan hatte, wie zum Beispiel in die Kasse zu greifen. Resigniert ließ ich die Schultern sinken und fuhr fort: »Ich glaube, Kitty betrachtet mich als ihre Gegnerin, weil ich ihr erzählt habe, was Hugo für mich getan hat, und seitdem will sie mich nur noch loswerden.«

»Aber das ist ja schrecklich!«

Ich schüttelte den Kopf. »Ehrlich gesagt, bin ich erleichtert, dass ich gehen kann. Es war sehr schwierig, für sie zu arbeiten.«

»Nun, ihr Verlust ist unser Gewinn.«

Gordon zog eine Schreibtischschublade auf und holte einen cremefarbenen Umschlag heraus. Eine kaum leserliche Handschrift bedeckte die Vorderseite. »Mir scheint«, sagte er, »dass mein Vater bis kurz vor seinem Tod sehr eifrig Briefe verfasst hat.« Er schob einen Finger in den bereits geöffneten Umschlag und zog den Brief heraus. »Apropos *an al-*

les gedacht«, sagte er, und in seiner Stimme lag mehr als nur ein Anflug von Bewunderung. »Vor seinem Tod hat Hugo veranlasst, dass die rechtlichen und finanziellen Verfügungen Lydias Atelier betreffend geändert werden.« Sein schottischer Akzent vermischte sich mit dem schwachen Duft von Tinte und Leder.

»Verzeihung, aber was heißt das?«, fragte ich.

»Das heißt, junge Frau, dass wir in der Tat in den Startlöchern stehen. Keine Bankkredite, keine Baugenehmigungen, kein Papierkrieg.«

Gordon betrachtete mein verwirrtes Gesicht über den Schreibtisch hinweg. »Sagen wir mal so: Mein Vater kannte die richtigen Leute. Die waren ihm den einen oder anderen Gefallen schuldig, und er hat nicht gezögert, ihre Dienste in Anspruch zu nehmen.« Er schüttelte den Kopf. »Vater hat bereits die besten Bauunternehmen im Westen von Schottland mit den Umbauarbeiten beauftragt.«

Ich lehnte mich auf dem Stuhl zurück. Allein der Gedanke an all die Verhandlungen und den Papierkram hatte mir große Sorge bereitet. Plötzlich wurde mir etwas klar, und erneut verzog sich mein Gesicht zu einem breiten Lächeln. »Er hat gewusst, dass ich Ja sagen würde.«

»Das wusste er in der Tat«, bestätigte Gordon. »Und darum bleibt für Sie jetzt nichts weiter zu tun, als aus diesem Café etwas Besonderes zu machen.«

»Kein Druck also«, brachte ich atemlos heraus, noch immer selig lächelnd.

Gordon legte den Brief wieder in die Schublade. »Ich wünschte nur, mein Sohn würde uns nicht im Wege stehen. Dann wäre alles viel einfacher.«

Ich warf Vaughans finsterem Porträt einen scharfen Blick zu, während ich nervös an meinem silbernen Armband nestelte. Vielleicht hatte ich Glück, und meine Backträume wurden endlich wahr, aber ich wusste, dass ich jede Unterstützung brauchen würde, um mit diesem Blödmann fertigzuwerden!

Schon im Gehen begriffen, blickte ich beiläufig auf ein paar Zeitungen, die am Rand von Gordons Schreibtisch lagen. Sie waren aufgeschlagen und zeigten zwei Fotos von Vaughan. Auf dem einen Bild hing ihm eine Blondine am Arm, auf dem anderen umschlang eine mürrisch wirkende Brünette seinen Nacken.

Gordons Blick folgte meinem, und seine Miene wirkte auf einmal grimmig. »Ich fürchte, mein Sohn ist heute Morgen gleich in zwei verschiedenen Klatschspalten aufgetaucht«, sagte er kopfschüttelnd. »Weiß der Himmel, was mit dieser brünetten Amerikanerin passiert ist, mit der er bislang ausgegangen ist.«

Unbehagliches Schweigen senkte sich auf das Arbeitszimmer. Ich konnte mir nicht vorstellen, dass der sehr korrekte Gordon häufiger mit nahezu fremden Leuten über solche Details redete; vermutlich war er also besorgt.

Hinter den rubinroten Gardinen wartete ein Maimorgen auf mich, und plötzlich sehnte ich mich danach, draußen zu sein. »Tja, ich gehe dann mal lieber«, meinte ich und erhob mich ein bisschen unbeholfen. »Es gibt viel zu tun.«

Ich war gerade auf dem Weg durch den großen Saal, da sah ich Vaughan aus der anderen Richtung kommen. Er lief den Flur entlang und betrat das Arbeitszimmer seines Vaters.

Vom Schreibtisch aus erklang gedämpft Gordons Stimme: »Lara war gerade hier, um über das Café mit mir zu reden.«

Als ich meinen Namen hörte, blieb mir fast die Luft weg. Ich hielt neben einer finster wirkenden Standuhr inne und redete mir ein, nicht zu lauschen, sondern interessiert die Antiquität zu betrachten.

»Na, glücklicherweise muss ich keine Diskussionen über Kuchenrezepte mit ihr führen«, erwiderte Vaughan. »Ich erwarte einen potentiellen Kunden, der über eine Installation mit mir reden will.«

Ich hörte Gordon seufzen, ehe er antwortete: »Weißt du, was dein Problem ist?«

»Nein, aber du sagst es mir sicher gleich.«

»Du hast einfach noch nicht die richtige Frau gefunden.«

Vaughan begann zu protestieren, aber Gordon beachtete ihn nicht. »Wenn du ihr begegnest, trifft es dich wie ein Blitz.«

Im Geist sah ich Gordon der Schwarz-Weiß-Fotografie seiner verstorbenen Frau zunicken, die auf seinem Schreibtisch stand. Lydia stand auf einer vom Wind gepeitschten Klippe, den Kopf in den Nacken gelegt, während ihr das Haar in das lebhaft wirkende Gesicht wehte. »Glaub mir, mein Sohn, nichts lässt sich mit diesem Gefühl vergleichen.«

»Also gut. Bis dieses Fabelwesen auftaucht, versuche ich von jetzt an ein bisschen vorsichtiger zu sein. Okay, Dad?«

Ich hörte Zeitungen rascheln und beschloss, dass es an der Zeit war, endgültig zu verschwinden. Irgendetwas sagte mir, dass Fairviews amtierender Griesgram sich weigern würde, nett zu mir zu sein.

Vierzehn

»Hast du das gesehen, Dad?«, schnaubte Vaughan, als er in Gordons Arbeitszimmer hineinplatzte. »Das sieht aus, als stamme es aus einem verdammten Puppenhaus!«

Ich öffnete den Mund, um mich zu verteidigen, aber Gordon kam mir zuvor. Ich schloss die Hand um mein Notizbuch, anhand dessen ich Gordon gerade über die Fortschritte informieren wollte, die die Dinge machten.

Gordon nahm seine Brille mit der rechteckigen Fassung ab und ließ sie auf einen Stapel Papiere fallen. »Ich weiß nicht, wie du jetzt schon zu diesem Schluss kommen kannst, mein Sohn. Der Boden ist lediglich abgeschliffen und poliert worden, und bisher steht nur die Kuchentheke in dem Raum.«

Vaughan zog die dunklen Brauen zusammen. »Ich sage es dir«, knurrte er, »dieses Café und die erneute Öffnung von Glenlovatt sind ein großer Fehler.«

Nervös sah ich zu, wie Gordon aufmerksam die Sonnenstrahlen betrachtete, die zum Fenster des Arbeitszimmers hereinfielen.

»Ich verstehe nicht, warum du so strikt dagegen bist«, sagte er. »Deine Mutter hat dieses Haus geliebt, und bis zu ihrem Tod war es immer für die Allgemeinheit zugänglich.«

Als seine verstorbene Mutter erwähnt wurde, drehte sich Vaughan demonstrativ zum Fenster. »Genau«, sagte er nach langem Schweigen. »Unsere Trauer ist privat, und das sollte sie auch bleiben.«

Unbehaglich verlagerte ich mein Gewicht auf dem Stuhl.

Gordon unterdrückte einen Seufzer und erhob sich. Gleich darauf stand er neben seinem Sohn. »Sie ist seit zwölf Jahren tot.«

»Dessen bin ich mir vollkommen bewusst«, erwiderte Vaughan mit schmerzerfüllter Stimme.

»Und wir werden sie niemals vergessen«, sagte Gordon besänftigend und legte seinem Sohn eine Hand auf die Schulter. »Aber deine Mutter würde nicht wollen, dass Glenlovatt in Unordnung gerät oder, schlimmer noch, verkauft werden muss.«

»Vielleicht sollte ich besser gehen«, murmelte ich und schloss mein Notizbuch.

Vaughan zog eine dunkle Braue hoch und blickte mich über die Schulter hinweg an.

»Nein, Lara«, befahl Gordon. »Sie tun, was Sie können, um uns zu helfen, und ich bin meinem Vater dankbar, dass er Sie zu uns geführt hat.«

Vaughan fuhr herum und starrte seinen Vater an, als hätten Gordons Worte ihm plötzlich etwas klargemacht. »Ist die Lage wirklich so schlimm?«

Gordon lachte nur trocken. »Du musst in den letzten Monaten ja schwer gearbeitet haben, wenn du das nicht weißt.«

»So ist es«, bestätigte Vaughan, als wollte er den Stachel noch tiefer treiben. »Ich habe verdammt hart an Auftragsskulpturen gearbeitet, Dad.«

»Deine Skulpturen meine ich nicht«, stellte Gordon mit demonstrativ hochgezogenen Brauen fest.

Nun war ich diejenige, die mit Nachdruck aus dem Fenster schaute. Das leuchtend grüne Gras kräuselte sich in der leichten Brise, und Narzissen nickten mit den schweren, goldgelben Köpfen, als wären sie miteinander ins Gespräch vertieft.

Ich konnte mir Vaughans anzügliches Grinsen vorstellen, als er sagte: »Europa ist voller schöner Frauen. Soll ich die etwa alle sich selbst überlassen?«

»Na prima«, blaffte Gordon. »Ich bin mir sicher, dass Lara noch weniger Interesse an deinen Heldentaten hat als ich!«

»Würden Sie mich bitte entschuldigen?«, sagte ich und lächelte gezwungen. »Ich habe noch viel zu tun.«

»Natürlich, Lara. Danke.«

Als ich mich umdrehte, um die Tür zum Arbeitszimmer zu schließen, sah ich, wie Gordon wieder hinter dem Schreibtisch Platz nahm und Vaughan musterte, als bewundere er dessen feine Gesichtszüge. Vielleicht dachte er daran, dass sein Sohn den Leuten ebenso den Kopf verdrehen konnte wie vor vielen Jahren Lydia.

»Ich meine doch nur, dass du vorsichtig sein sollst«, hörte ich ihn sagen. »Und versuch bitte, auch auf andere Rücksicht zu nehmen. Einige der Mädchen, die du verletzt hast, hatten aufrichtige Gefühle für dich.«

Bei diesen Worten verharrte ich vor der angelehnten Tür. Ich befürchtete bereits, dass die Lauscherei mir zur Gewohnheit werden würde, aber ich war zu fasziniert, um mich vom Fleck zu bewegen.

Vaughan nahm die mahnenden Worte seines Vaters nicht ernst. »Ach komm, Dad! Das ist doch alles nur Spaß.«

»Für dich vielleicht. Aber wie ich schon sagte, mein Sohn: Dein Problem ist, dass du noch nie verliebt warst.«

»Woher willst du das denn wissen?«, schnauzte Vaughan ihn an.

Gordons Stimme klang streng. »Glaub mir, wenn du jemals eine Frau so geliebt hättest, wie ich deine Mutter geliebt habe, dann wüsstest du es.«

Ich stellte mir vor, wie Vaughan mit den Zähnen knirschte. »Wir kommen mal wieder vom Thema ab, Dad. Und wie du selbst sagst: Über mein Liebesleben haben wir bereits gesprochen.« Dann stellte Vaughan eine Frage, bei der mein Herz einen Schlag aussetzte: »Steht es finanziell denn wirklich so schlecht?«

Ich hörte die Enttäuschung in Gordons Stimme. »Ja, es sieht ziemlich schlecht aus. Was glaubst du, warum sich dein Großvater bei seinem Testament solche Mühe gegeben hat?«

»Aber warum hast du mir denn nichts gesagt, Dad? Ich hätte euch helfen können.«

»Womit denn, mit deinem Atelier oder dem Boudoir deiner neuesten Eroberung vielleicht?« Darauf folgte frostiges Schweigen.

»Tut mir leid«, entschuldigte sich Gordon nach einer Weile. »Ich habe es nicht so gemeint. Ich wollte ja, dass du dich auf deine Aufträge konzentrierst. Das ist eine große Chance für dich. Das Letzte, was ich wollte, war, dich mit unserem undichten Dach und der unzuverlässigen Heizung zu belasten.«

Vaughan stieß ein kurzes Knurren aus, aber Gordon fuhr unbeirrt fort: »Hör zu, mein Sohn, ein zusätzliches Einkommen könnten wir verdammt gut gebrauchen, und das Café könnte da durchaus die Lösung sein.«

Erneut folgte Schweigen. »Wir müssen es Glenlovatt zuliebe versuchen«, sagte Gordon schließlich. »Es ist der Wunsch deines Großvaters, und ich weiß, wenn deine Mutter noch da wäre, würde sie das genauso sehen.«

»Okay«, antwortete Vaughan knapp. »Wenn es nicht anders geht.«

»Glaub mir, Sohn, es geht nicht anders. Und wer weiß, vielleicht ist dieses Café unsere Rettung.«

»Ich würde mich mit einem Urteil vorerst zurückhalten«, sagte Vaughan pessimistisch. Ich war in größter Versuchung, wieder ins Zimmer zu stürmen und Vaughans kantigem Kinn einen Faustschlag zu versetzen, da hörte ich ihn murmeln: »Und pass bloß auf, dass Lara McDonald Mums Atelier nicht in das Haus vom Nikolaus verwandelt.«

• • •

»Also, habe ich noch was vergessen?«

Morven zog eine sorgfältig gezupfte Braue hoch. »Machst du Witze, Lara? Du hast an alles gedacht, und wie du selbst sagst, hat der gute alte Hugo die grundlegenden Dinge noch vor seinem Hinscheiden geregelt.«

Wir sahen uns in Lydias altem Atelier um. Unmengen von Regalen warteten darauf, aufgehängt zu werden, und Dosen voll mit glänzend weißer Farbe standen da, offen wie gierige Münder, während die Maler sich mit dicken Pinseln ans Werk machten. Das Knistern des Radios war inmitten der zischenden und surrenden Bohrmaschinen kaum noch zu hören.

Ich deutete auf die Türen zum Innenhof an der Seite des Raums. »Ich habe Gordon vorgeschlagen, diese Türen als Eingang zum Café zu nutzen, zusätzlich zu dem im großen Saal – am Anfang jedenfalls.«

»Warum denn?«

Ich senkte die Stimme ein wenig und antwortete: »Na ja, ich dachte, die Gäste könnten vorerst durch den Saal hereinkommen, weil es sie neugierig macht und sie dann hoffentlich auch den Rest des Hauses sehen wollen.«

Langsam breitete sich ein Lächeln in Morvens Gesicht aus. »Du meinst, wenn sie wieder geführte Rundgänge anbieten?«

»Genau. Das würde nämlich neben mehr Geld für das Haus auch mehr Gäste für uns bedeuten.«

»Gute Idee«, sagte Morven. Dann musterte sie mich von der Seite. »Mach doch mal einen Augenblick Pause. Du siehst aus, als könntest du ein bisschen frische Luft gebrauchen.«

»Aber ich muss noch die Lieferzeit für die Spülmaschine bestätigen, und ich wollte ein Angebot von der Wäscherei im Ort einholen.« Ich seufzte. »Ach, und wir wollten doch noch über den Einsatz von Social Media für das Café reden, oder? Ich glaube, wir brauchen spezielle Seiten auf Facebook und Instagram.«

Mit einem Stoß zwischen die Schulterblätter beförderte mich Morven zur Terrassentür hinaus. »Das ist doch alles schon erledigt, Lara.«

»Und was ist mit den Stellenangeboten fürs Personal?«

»Ja doch! Es reicht! Geh eine halbe Stunde vor die Tür und mach mal Pause. Ich bin durchaus in der Lage, ein Telefon zu benutzen, weißt du.«

»Aber ich muss noch mit der Lokalzeitung wegen der Werbekosten reden«, protestierte ich und ging im Geist die Daten durch. »Wenn wir am 16. Juli eröffnen wollen …«

»Raus!«, brüllte Morven, die Hände mit den French-Manicure-Nägeln in die Hüften gestemmt.

Ich setzte eine beleidigte Miene auf, dann formte ich mit dem Mund das Wort: »Danke.«

• • •

Die Gärten von Glenlovatt schäumten förmlich über vor Farben. Die Narzissen waren von lavendelblauen Mauerblümchen, buschigen Stiefmütterchen, grüner Brunnenkresse und rosa Magnolien verdrängt worden.

Ein Streifzug durch die Grünanlagen des Guts war eine sehr viel angenehmere Art, die Mittagspause zu verbringen, als die fünfundvierzigminütige Atempause von Kitty, die ich im True Brew gehabt hatte. Ich blickte auf die Uhr. Zehn Minuten blieben mir noch. Morven gab als Wonder Woman eine perfekte Vorstellung. Ich wusste nicht, was ich ohne sie getan hätte.

Ich atmete durch, sog den Duft von Minze und frischem Gras tief in mich ein. Ich sprang mehrere Stufen hinab und hörte Wasser in einem Springbrunnen plätschern, als klingelten winzige Glöckchen.

Der Rasen federte unter meinen mit Glitzersteinen besetzten Ballerinas, und ich hob das Gesicht zum Himmel, um die Sonnenstrahlen zu spüren, die sich durch eine störrische Wolkenbank kämpfen mussten. Ziellos schlenderte ich weiter, duckte mich unter vereinzelten Ästen hindurch, bis auf einmal, ohne jede Vorwarnung, das Mausoleum der Carmichaels vor mir aufragte, dessen kunstvoll verziertes Mauerwerk sich dunkel gegen den Himmel abzeichnete.

Plötzlich sah ich Hugos Bild vor mir. Er zwirbelte seinen grauen Schnurrbart und sagte: »Heute ist der richtige Tag dafür.«

Ich schluckte hart, blinzelte ein paarmal und ging einige Schritte weiter, doch dann sprang ich erschrocken hinter den nächsten Baum.

Mit dem Rücken zu mir stand Vaughan im Eingang des Mausoleums. In einer Hand hielt er etwas, das wie eine einzelne weiße Rose mit ein paar Disteln aussah und mit kariertem Band zusammengebunden war. Die Kombination der Blumen passte zum Familienwappen der Carmichaels, das in den Stein über der Eingangstür gemeißelt war. Er senkte den Kopf. »Die sind für dich, Mum«, sagte er leise und lehnte das Sträußchen an den Türbogen.

Ich versteckte mich hinter dem Baumstamm, mein Herz pochte wild. Sollte ich mich zeigen? Irgendwie hatte ich das Gefühl, dass ihm meine Anwesenheit nicht gefallen würde. Schuldbewusst sah ich noch einmal in seine Richtung.

»Du hast immer gesagt, du bist eine Rose zwischen zwei Dornen«, sagte Vaughan.

Ich lächelte wehmütig.

Seine tiefe Stimme war voller Trauer. »Ich versuche wirklich, nicht so ein Arschloch zu sein, Mum. Ups. Pardon. Ich hätte ›Idiot‹ sagen sollen, nicht wahr?« Meine Augen weiteten sich, als er leise lachte. »Ich sehe deinen tadelnden Blick regelrecht vor mir.«

Ich reckte ganz leicht den Kopf, um ihn zu sehen.

»Ich liebe dich, Mum«, flüsterte er mit rauer Stimme. »Du fehlst uns.«

Ich schlang die Arme um mich selbst, und mir war trotz der Sonnenstrahlen, die durch die Äste über meinem Kopf fielen, merkwürdig kalt.

Während Vaughan auf seinen langen, mit Jeans bekleideten Beinen unerschütterlich dastand, schlich ich mich langsam davon und wurde erst schneller, als ich den Rasen erreicht hatte. Bald waren meine baumwollene weiße Hemdbluse und die schwarze Caprihose nur noch als undeutliche Flecken zu sehen, so schnell rannte ich zurück, wobei Vaughans von Herzen kommende Worte an seine verstorbene Mutter in meinem Kopf widerhallten.

Fünfzehn

»Und, was sagen Sie dazu?«, fragte Ben Wallace.

Der örtliche Tischler, den Hugo für die Zimmerarbeiten im Café beauftragt hatte, gestikulierte stolz mit den schwieligen Händen.

Unwillkürlich schnappte ich vor Bewunderung nach Luft. Die Kuchentheke, die er für das Café nach Maß gezimmert hatte, war eine solide, mit Eichenholz getäfelte und glänzend weiß lackierte Konstruktion. Ich hatte zu verstehen gegeben, dass es ein netter Zug wäre, dem Familienwappen der Carmichaels die Ehre zu erweisen, und Ben hatte dazu das künstlerische Talent seiner Tochter, einer Grafikdesignerin, genutzt.

Sie hatte die Oberfläche der Theke mit einer Reihe von handgemalten Disteln verziert, deren stachlige Schönheit mit den geäderten grünen Blättern sich effektvoll von dem schneeweißen Untergrund abhob. Sie verliefen über die gesamte Länge der Theke und lenkten den Blick auf die verglaste lange Platte gleich darüber. Hier würden wir die Kuchen präsentieren. Bei der Vorstellung, dass die Theke mit Kirsch-Scones, Karottenkuchen mit dickem Guss und glasierten Muffins bestückt war, begann mein Magen vor Begeisterung zu knurren. Ich lächelte in mich hinein, als ich mir unseren Kuchen des Tages auf dem Ehrenplatz in der Mitte vorstellte – vielleicht eine glänzende Salzkaramelltorte oder ein Zitronen-Thymian-Olivenöl-Kuchen mit Zitronenschale und weißer Glasur …

»Das ist wundervoll«, flüsterte ich. »Vielen Dank, Ben. Und bitte sagen Sie Ihrer Tochter, dass sie ein Wunderwerk geschaffen hat!«

Bens breites Gesicht strahlte vor Freude. »Freut mich, das zu hören.«

Ich näherte mich der Theke und strich vorsichtig mit den Fingern über die aufgemalten Disteln. Sie wirkten so echt, dass ich fast glaubte, ihre Stacheln auf der Haut zu spüren. »Ich bin sicher, dass es auch den Carmichaels sehr gefallen wird – na ja, zumindest einem von ihnen.«

Ben verschränkte die muskulösen Arme. »*Aye*. Dieser junge Typ ist ein ziemlicher Kotzbrocken, hab ich recht?«

Zum Zeichen der Zustimmung verdrehte ich die Augen.

Seit Wochen wurde hektisch renoviert. Zwei von Bens Söhnen waren mit Schleifarbeiten beschäftigt, und das Rattern ihrer Werkzeuge übertönte das knisternde Radio. Stimmen hallten durch das lärmende Chaos. Seltsamerweise machte mich der Geruch der Farbe und des Staubs noch nervöser.

Während ich mir gerade ausmalte, dass cremefarbene und weiße Stühle mit hohen Lehnen um runde Tische standen und Distelmotive die Regalbretter schmückten, drang eine Stimme vom anderen Ende des Raums zu mir durch.

»Kommen Sie, sehen Sie sich das mal an!«, rief Craig, einer der Dekorateure. Er hockte vor einer staubigen Kiste, die wie eine altmodische Kleidertruhe aussah.

»Was ist das?«, fragte ich und bückte mich über das Möbelstück.

Craig zwinkerte mir zu. »Machen wir sie doch mal auf und werfen einen Blick hinein.«

»Ich glaube, das sollten wir nicht tun. Das gehört uns nicht.« Ohne mich weiter zu beachten, machte sich Craig am Deckel der Truhe zu schaffen. »Wir können sie nicht einfach aufmachen«, protestierte ich, obwohl meine Neugier wuchs. »Diese Truhe gehört bestimmt der Familie.«

Ben nickte. »Lara hat recht, mein Junge. Wo hast du die gefunden?«

Craig deutete mit dem dunklen, kurzgeschorenen Kopf auf einen Schrank in der Wand, der zuvor unter dem Putz verborgen gewesen war. »Der Kasten ist schon auf, Leute. Seht mal.«

Tatsächlich, der Deckel der Truhe stand eine Handbreit offen, und im Inneren war rosa Seidenpapier zu sehen. Nun lag nicht mehr nur die angenehme Stimme des Radiomoderators, sondern auch gespannte Erwartung in der Luft.

Craig schob seine farbverschmierten Finger unter den schweren, gewölbten Deckel, und ein muffiger Geruch entstieg der Truhe. Neugierig beugten wir uns darüber.

Ehe ich ihn daran hindern konnte, hatte Craig die oberste Lage Seidenpapier entfernt, und mehrere Lagen dickes, mit Skizzen bedecktes Kunstdruckpapier kamen zum Vorschein.

Ich fühlte mich zum Einschreiten verpflichtet, um zumindest dafür zu sorgen, dass die Entwürfe sanft behandelt wurden. Craig trat zur Seite, als ich mich hinkniete, um die zuoberst liegenden Zeichnungen zu betrachten, farbige Skizzen von sonnengelben Narzissen und violettfarbenen Stiefmütterchen, die zwischen sorgfältig ausgearbeiteten Zeichnungen majestätischer weißer Lilien und champagnerfarbener Orchideen lagen, deren Blütentrichter aus dem Papier herauszuragen schienen.

Ich wühlte weiter in der Truhe herum und spürte etwas Hartes unter den Fingern, vermutlich Holzschnitzereien, die ebenfalls in mehrere Lagen rosa Seidenpapier eingewickelt waren. Ich fühlte mich zwar immer noch schuldig, konnte meine Neugier nun aber nicht mehr zähmen. Ich wickelte eine prachtvolle Schnitzerei aus, die eine Distel darstellte. Das Holz war feingeschliffen und dann in lebhaften violettfarbenen und moosgrünen Tönen bemalt worden. Die Adern der Blätter waren aufwändig gearbeitet; die feinen Rillen ließen sich mit den Fingern ertasten.

Craig wiegte sich auf den Fersen und stieß einen anerkennenden Pfiff zwischen den Zähnen aus. »Da hat aber jemand wirklich Talent.«

»Da *hatte* jemand Talent«, korrigierte ich ihn, nachdem ich die Distel umgedreht hatte. In glänzender schwarzer Schrift waren auf die Rückseite die Initialen »L.C.« gemalt worden, klein und zu der Signatur unter den Skizzen passend. »Die stammen von der verstorbenen Gutsherrin«, sagte ich und lächelte traurig.

Craig zog die dunklen Brauen hoch. »Ich wette, die sind ein paar Pfund wert, vor allem, weil sie schon tot ist.«

Meine Lippen wurden schmal. »Craig!«

»Na ja, Sie wissen schon, was ich meine«, sagte er verlegen. »Die Werke eines Künstlers steigen immer im Wert, wenn er erst mal unter der Erde liegt. Weiß doch jeder, dass die keinen Cent verdienen, solange sie noch am Leben sind.«

Bens Miene verhärtete sich. »Ein bisschen mehr Respekt bitte, Junge.«

Aber Craig beäugte weiterhin nachdenklich das Kunstwerk und fuhr fort: »Ich sage nur die Wahrheit. Die Gutsherrin ist schon vor Jahren verstorben, also sind diese Sachen hier vermutlich einiges wert.«

»Ich glaube nicht, dass Sie das etwas angeht.«

Vaughans Stimme dröhnte bedrohlich durch den fast leeren Raum.

Ich fuhr herum und sah, dass er aus stahlblauen Augen die Truhe betrachtete, deren Inhalt nun offen zutage lag.

»Was machen Sie da?«

»Craig hat das gerade in der Wand gefunden«, erklärte ich nervös lächelnd. »Ich glaube, es hat Ihrer Mum gehört.«

Vaughan ging neben der Truhe in die Hocke und nahm zärtlich eine der geschnitzten Disteln in die Hand. Ich sah, wie er mit den Fingern über die Linien strich. Sein Blick wurde sanft.

In meinem Hals bildete sich ein Kloß. »Ich dachte nur, dass es vielleicht schön wäre, einige Kunstwerke Ihrer Mutter im Café auszustellen«, sagte ich zögerlich, »vor allem die Schnitzereien mit den Disteln.«

Vaughan kehrte in die Realität zurück und blickte mich unter zusammengezogenen Brauen zornig an. »Ach ja?«

Ich war mir bewusst, dass Ben und Craig mich neugierig anstarrten, als Vaughan aufstand und seine hoch aufragende Gestalt nichts anderes als Misstrauen ausstrahlte. Finster blickte er mich von oben herab an.

Vor Nervosität begann ich zu husten. »Da die Distel ein wichtiger Bestandteil Ihres Familienwappens ist, dachte ich mir, dass es hübsch wäre, sie zum Leitmotiv des Cafés zu machen.«

Ich betete, dass er nicht hörte, wie heftig mir das Herz gegen den Brustkorb hämmerte. Warum zum Teufel verwandelte ich mich jedes Mal in ein Nervenbündel, wenn Vaughan Carmichael in der Nähe war? Ja, er war adelig oder so etwas ähnliches, aber ein paar Lektionen in Sachen Manieren und Kommunikationsfähigkeit hätte er gut gebrauchen können.

Eine Sekunde lang sah er mir ins Gesicht, dann murmelte er zwischen zusammengebissenen Zähnen: »Gute Idee. Gefällt mir.«

Verblüfft sah ich ihn davonstolzieren. An der Tür, wo der Korridor in frühlingshaftem Sonnenglanz erstrahlte, blieb er unvermittelt stehen. »Aber Sie sorgen dafür, dass es geschmackvoll bleibt, ja? Wir wollen schließlich nicht, dass es hier aussieht wie bei Prinzessin Lillifee zu Hause, nicht wahr?«

Die Arbeiter unterdrückten ein Grinsen, als ich dem Rücken des Herrn und Meisters die Zunge herausstreckte.

»Äh … Verzeihung?«

Da, wo Vaughan mit großen Schritten hinausgestürmt war, tauchte nun ein junger Bursche auf, der neue Regale für die Küche brachte.

»Oh, prima!«, sagte ich und ging lächelnd auf ihn zu. Ich nahm dem beunruhigt dreinblickenden jungen Mann die Regalbretter ab und begann, die Luftpolsterfolie zu entfernen.

Soll das ein Witz sein?

Nicht der Elfenbeinton meiner Träume sprang mir ins Auge, sondern etwas aus einem Albtraum: ein Avocadogrün, auf das jede Situationskomödie in den Siebzigerjahren stolz gewesen wäre.

Hinter mir hörte ich Ben hämisch lachen. »Tja, Jungs, ich glaube nicht, dass wir mit der Küche heute noch fertig werden.«

Sechzehn

Am Abend saß ich mit einer Tasse dampfend heißem Tee zu Hause und stellte mir gewisse Körperteile von Vaughan Carmichael in einem Schraubstock vor.

Nach einem Nachmittag voller hektischer Telefonate mit dem Lieferanten der avocadogrünen Regale, bei denen meine Ohren ritueller Folter durch schlechte Jazzmusik ausgesetzt worden waren, wanderten meine Gedanken zwischen Hugo und seinem mürrischen Enkelsohn hin und her.

Der gute alte Hugo. Ich war so entschlossen, es ihm recht zu machen, dass es beinahe körperlich schmerzte. Glenlovatt war ein wunderschönes altes Haus, und ich wollte zumindest helfen, den Betrieb aufrechtzuerhalten, so klein mein Beitrag auch sein mochte.

Aber vor allem hatte Hugo Carmichael mir die Hoffnung und den Glauben an mich selbst wiedergegeben, die ich nach Malta vollständig verloren hatte. Ich richtete meine Aufmerksamkeit auf das Sortiment von Muscheln auf dem Fensterbrett, das die Rückreise aus Malta zusammen mit den Trümmern meines Selbstvertrauens und meinem gebrochenen Herzen angetreten hatte. Wie kleine helle Monde lagen sie in all ihrer mediterranen Herrlichkeit da, ein leuchtender Fleck vor den petrolfarbenen Vorhängen. Ich versuchte, die Bilder von tintenschwarzem, sternenübersätem Himmel und von Wellen, die an einem Sandstrand auslaufen, aus meinem Kopf zu vertreiben. Die nautische Dekoration meiner Wohnung war dabei nicht gerade hilfreich.

Ich gab mir einen Ruck und richtete meine Aufmerksamkeit auf die eilig niedergeschriebenen Notizen in dem Büchlein auf meinem Schoß. Ich war auf der Suche nach weiteren Ideen gewesen, nicht nur für das Café, sondern für Glenlovatt Manor im Allgemeinen. Vaughan war zwar ein furchterregender, unhöflicher Scheißkerl, aber ich war Hugo eine Menge schuldig, und ich konnte nicht zulassen, dass ein mürrischer, unglaublich reizbarer Bildhauer seine Hoffnungen für die Zukunft des Familiensitzes zunichtemachte. Verdammt noch mal, manchmal kam ich mir geradezu wie eine Vampirjägerin vor, die gegen die dunklen Kräfte von Graf Dracula kämpft! Ich verstand Vaughans Zögern, was das Café betraf – die Veränderung war riesig -, aber wenn er den Stammsitz seiner Familie erhalten wollte, würde er sich eben anpassen müssen.

Ich lächelte grimmig. Sich anzupassen würde ihm richtig wehtun, ungefähr so weh wie eine Wurzelbehandlung beim Zahnarzt.

Warum denkst du eigentlich dauernd an den Prinzen der Dunkelheit? Was hat das zu bedeuten?

Ich verstärkte den Griff um meinen Keramikbecher und wackelte mit meinen Zehen, die in kuscheligen roten Hausschuhen steckten. *Komm schon, Lara, zurück zum Geschäft. Halt durch. Prinz der Dunkelheit?*

In meinem Kopf überstürzten sich die Ideen und wetteiferten um meine Aufmerksamkeit. Ich nahm mein Notizbuch und ließ den Stift über die linierten Seiten tanzen. Vaughans Blutdruck würde in die Höhe schnellen, wenn er meinen Vorschlag hörte, aber bei Gordon würde ich möglicherweise auf offene Ohren stoßen. Ich hatte einen großartigen Vorschlag, wie wir Glenlovatt wieder in die Gemeinde Fairview eingliedern konnten. Während mir das Herz aufgeregt in der Brust hämmerte, machte ich mich daran, meine Idee genauer auszuarbeiten.

Ich kam gerade richtig in Fahrt, da klingelte es an der Tür, und ich schreckte hoch.

»Ich bin's«, sagte Morven.

»Ist alles in Ordnung?«, fragte ich, hörte aber bereits ihre Keilabsätze auf der Treppe klappern.

Ich riss die Tür auf, und sie wehte im geblähten Burberry-Trenchcoat zur Tür herein. »Ich brauche dich!«, rief sie. »Sofort!«

»Nichts für ungut, aber ich habe mir immer vorgestellt, dass ein attraktiver Schurke so was zu mir sagt und nicht meine beste Freundin.«

Morven wischte sich die Regentropfen von den Ärmeln. »Ich kann dir versichern, dass ich dich dringender brauche als irgendein sexhungriger Prachtkerl.«

»Okay, schon gut, setz dich, ich stelle den Wasserkocher an.«

Morven schüttelte den Kopf. »Dafür ist jetzt keine Zeit.« Sie rang die manikürten Hände. »Weißt du noch, was ich heute Abend mache?«

»Im Augenblick stehst du in meinem Flur.«

Frustriert schürzte sie die Lippen. »Es geht um diese Sommermodenschau im Lomond Hotel, die ich organisiert habe. Um Mittel für die Leihbücherei in Fairview aufzutreiben.«

»Ja, stimmt.« Ich nickte höflich und ließ nicht erkennen, dass ich das vor lauter Sorge um das Café vergessen hatte. »Und warum bist du dann nicht dort?«

Morven hob dramatisch die Hände, und ihre zahllosen goldenen Armreife bimmelten wie Glöckchen. »Eins unserer Models hat in letzter Minute abgesagt. Offenbar hat sie sich beim Zumba einen Oberschenkel gezerrt.«

»Und?«, drängte ich.

Morvens starrer Blick unter den perfekt gezupften Augenbrauen hätte mir eine Warnung sein sollen. »Kannst du für sie einspringen?«

»Für wen soll ich …? Oh nein!« Ich wich einen Schritt zurück.

»Du bist perfekt dafür«, versicherte sie mir. »All unsere Models sind ganz normale Mädchen.«

Ich verschränkte die Arme. »Mach nur so weiter. Du hast es dir schon fast mit mir verscherzt.«

»Aber nein, so meine ich das doch nicht!«, sagte sie beschwichtigend. »Die Models sind alle wunderschöne, normale Frauen und keine solariengebräunten Hungerhaken.«

»Morven, ich glaube wirklich nicht …«

Ihr Gesicht nahm einen flehenden Ausdruck an. »Es geht darum, Geld für die Bücherei zu sammeln. Das ist unser Beitrag zum Gemeinwohl. Stell dir nur all die Kinder vor, die bald brandneue, glänzende Bücher in den kleinen Händen halten!«

Ich hakte die Daumen in die Taschen meiner Jeans. »Beim nächsten Mal erzählst du mir, dass du für ausgesetzte Hunde und Waisenkinder sammelst.«

»Und würdest du dann Ja sagen?«

»Du bist unglaublich!«

Morven machte einen Schritt auf mich zu und riss die grünen Augen auf.

»Oh nein, lass es.«

»Was soll ich lassen?«

»Setz nicht diesen Dackelblick auf, den du immer bekommst, wenn du etwas von mir willst.«

Morven spielte die Empörte. »Ich habe keine Ahnung, wovon du sprichst, Lara.«

»Ich spreche hiervon«, sagte ich und ahmte ihren Gesichtsausdruck nach.

»So sehe ich nicht aus«, behauptete sie. »Es sei denn, ich leide unter Verstopfung.«

Patt.

»Du musst nur zwei Kleider am Ende der Show vorführen, mehr nicht«, versprach Morven. »Und die sehen auch noch super aus.«

»Sind sie kurz?«, fragte ich und seufzte, denn mir war klar, dass sie mich systematisch weichkochte.

»Eins davon ist ziemlich kurz«, gab sie widerstrebend zu, »aber du hast ganz tolle Beine.«

»Kann das nicht eins von den anderen Models übernehmen?«

»Das ist ja das Problem. Die anderen müssen alle früh wieder weg. Zwei haben kleine Kinder, eine fährt nach Südschottland zu einem Arbeitstreffen, bevor die Show zu Ende ist, und die andere muss sich wieder um ihre pflegebedürftigen Eltern kümmern.« Sie stützte ein Knie auf den Boden. »Ich flehe dich an, wenn du darauf bestehst.«

»Oh Mann, steh auf«, befahl ich ihr. »Sonst wird noch der Teppich schmutzig.«

»Du machst es also?«

Ich blickte auf meine farbverschmierten Hände. »Okay. Aber dann bist du mir echt was schuldig.«

Morven quiekte wie ein Ferkel, als ich mich auf den Weg ins Badezimmer machte. »Gib mir ein paar Minuten, um mich in Ordnung zu bringen.«

»Dafür ist keine Zeit mehr«, sagte sie und schob mich zum Garderobenständer. »Wir haben Friseurlehrlinge da, die kümmern sich schon um dich.«

• • •

Ehe ich mich versah, saß ich neben Morven in ihrem rapsgelben Audi TT, und wir flitzten über die nassen Straßen von Fairview. Dunkelheit umgab uns, nur gelegentlich unterbrochen vom orangefarbenen Licht einer Straßenlaterne.

Ich klappte die Sonnenblende auf der Beifahrerseite herunter und blickte in den Spiegel. Keine gute Idee. Ich sah aus wie Ronald McDonald nach einem besonders schlimmen Elektroschock. Der Rest des Augen-Make-ups war in meinem müden Gesicht verschmiert.

Ich wünschte mir nichts als eine Tasse Kamillentee und eine DVD-Box mit Folgen von *Modern Family* und hatte absolut keine Lust, in einem hauchdünnen Kleid über einen Catwalk zu watscheln.

Ich warf Morven einen verstohlenen Blick zu. Sie konzentrierte sich auf die Straße vor uns, aber ihre Miene verriet definitiv Erleichterung. Ich unterdrückte einen genervten Seufzer. Na gut. Wenigstens tat ich es für eine gute Sache und konnte bei nächster Gelegenheit Wiedergutmachung von ihr fordern.

Das Lomond war mit dem Auto nur eine Viertelstunde entfernt, andernfalls wäre ich in Morvens warmem, luxuriösem und nach Patchouli duftenden Wagen vermutlich eingeschlafen. Wir fuhren auf den riesigen Parkplatz, der von runden, an Christbaumkugeln erinnernden Lampen beleuchtet wurde. Das Hotel selbst stand auf einer grasbewachsenen Böschung, die Fassade aus dunklem Stein wirkte fast so schwarz wie die Bäume, die sich hinter dem Gebäude erstreckten. Ich war schon oft an dem Hotel vorbeigefahren, hatte aber nie Grund gehabt, ihm einen Besuch abzustatten. Aus Schiebefenstern mit schweren karmesinroten Vorhängen fiel Licht in schmalen Kegeln auf den Rasen vor dem Haus. Zwei kleine Kiefern, beleuchtet von Lichterketten mit silberfarbenen Eiszapfen, standen links und rechts der Eingangstür.

Inzwischen regnete es Bindfäden. Ich schlug den Kragen meines marineblauen Trenchcoats hoch.

»Mir nach«, rief Morven und platschte durch eine Pfütze.

Sie führte mich durch den hell erleuchteten Empfangsbereich, der prächtig mit weichen karamellfarbenen Ledersofas und Möbeln aus Walnussholz ausgestattet war. Aus einem großen Veranstaltungssaal an der Rückseite des Hotels wummerte Musik.

Von der Tür aus konnte ich lediglich runde Tische und in pinken Tüll gehüllte Stühle erkennen. Beim schemenhaften Anblick der Gäste rebellierte mein Magen. Meine Güte! Wie viele Leute kamen denn zu dieser Modenschau?

Der Catwalk (oder »Laufsteg«, wie Morven wiederholt richtigstellte) war mit rosa Teppichboden ausgelegt. Unter stürmischem Applaus und anerkennenden Pfiffen stolzierte eine wohlproportionierte schwarze Frau über die Rampe. Ein rotes Maxikleid schmiegte sich an ihre Kurven, und ihr geflochtenes Haar war kunstvoll hochgesteckt.

»Du bist in zwanzig Minuten dran, Lara«, sagte Morven und strahlte mich an. »Das hier ist Abbey. Sie kümmert sich um deine Haare und um das Make-up.« Zu einer Seitentür war ein junges Mädchen mit einem kantig geschnittenen blonden Bob hereingekommen.

»Du hast mir nicht gesagt, dass die halbe Bevölkerung von Fairview hier ist«, fauchte ich Morven an, und mir sank das Herz in die Hose.

Morven wischte meine Bedenken einfach beiseite. »Dann zeig's ihnen, Mädchen!«

Ich wüsste schon, wem ich's gern mal zeigen würde, wenn ich die Chance dazu bekäme.

Abbey führte mich in einen kleinen Raum, aus dem soeben ein anderes Model kam und zum Laufsteg ging. Sie trug eine Perücke mit silbernen Haaren, die ihr Gesicht einrahmten, und führte einen Hosenanzug im Stil von Katharine Hepburn vor.

Abbey ließ mich auf einem Stuhl Platz nehmen. »Bereit für die Verwandlung?«

Ich schluckte meine schlimmsten Befürchtungen herunter. »Ach, mach, was du willst«, sagte ich und lächelte dünn.

• • •

Nachdem sie meine Haut mithilfe des Inhalts mehrerer Tiegel geglättet, eingecremt und gepudert hatte, begutachtete Abbey meine Haare.

»Für das erste Kleid werde ich dir eine Hochsteckfrisur machen. Wann hast du dir die Haare zuletzt gewaschen?«

»Gestern Abend.«

»Großartig. Die Frisur hält besser, wenn sie nicht frisch gewaschen sind.«

Abbey hob meine Haare in alle Richtungen an, sodass ich aussah wie ein Tintenfisch, dann steckte sie sie mit Haarklemmen auf meinem Kopf fest. Anschließend führte sie mich hinter eine Trennwand, wo ich in das erste Outfit schlüpfen sollte. Es war ein langes, fließendes, nahezu engelhaft wirkendes champagnerfarbenes Teil mit V-Ausschnitt und Trompetenärmeln. Ein Paar farblich passende Stiefeletten vervollständigten den Look.

Als ich hinter der Trennwand hervorkam und noch an den Ärmeln herumfummelte, fiel Morven fast um. »Du siehst großartig aus«, sagte sie lächelnd. »Wie eine Figur aus *Der große Gatsby*.«

Ich hyperventilierte fast. »Ich glaube, mir wird gleich schlecht.«

»Kannst du damit warten, bis du den Modeljob erledigt hast?«, fragte Morven und linste durch einen Spalt im Vorhang auf die Bühne. »Hey, du bist dran!«

Sie gab mir einen sanften Stups zwischen die Schulterblätter, und schon stand ich draußen im blendenden Scheinwerferlicht vor den runden pinken Tischen. Undeutlich nahm ich in der Dunkelheit Gesichter und Umrisse wahr.

»Na los!«, sagte Morven und lächelte.

Als Popmusik aus den Lautsprechern dröhnte, wusste ich, dass ich etwas tun musste. Dazustehen wie eine Idiotin kam nicht infrage. Ich setzte ein heiteres Lächeln auf und ging langsam zum vorderen Ende des Laufstegs. Innerlich war ich in Panik wie eine Ente, die im tiefen Wasser um ihr Leben paddelte. Das Rockteil raschelte, als ich mich nach links und dann nach rechts drehte (das hatte ich mal bei einem Model-Wettbewerb auf Sky gesehen), ehe ich über den Laufsteg zurückging. Applaus dröhnte mir in den Ohren.

»Du hast es geschafft!«, rief Morven vom Rand aus. »Das war großartig.«

Ich spürte meinen Puls in den Ohren, als ich hinter den Vorhang und in den Backstage-Bereich stolperte. Abbey und ein anderes Mädchen lösten mir das fließende helle Kleid von der klammen Haut.

»Bitte sehr«, sagte Morven. »Outfit Nummer zwei.«

Schockiert starrte ich auf den schwarz und silbern gemusterten Fetzen in ihrer Hand. »Willst du mich auf den Arm nehmen?«

»Wieso, was hast du denn?«, fragte Morven und hielt es höher in die Luft. »Das ist doch fantastisch.«

»Tja, dann trag du es doch.«

»Wie bitte? Bei meinen Möpsen?«

Da hatte sie allerdings recht. Morven hatte Brüste für zwei, während ich in dieser Hinsicht bescheidener ausgestattet war.

Dennoch stemmte ich die Hände in die Hüften und sagte: »Ich putze sogar meine Küche mit Lappen, die größer sind als das hier.«

»Unsinn.«

Abbey löste mein Haar aus der Hochsteckfrisur und entfernte die zahllosen Haarklemmen. Schließlich fiel mir das Haar in wilden Locken über den Rücken. Sie fuhr mit dem Kamm hindurch und sprühte das Ergebnis ihrer Mühen großzügig mit Haarspray ein. »Du bist startklar, Lara.«

»Nein, bin ich nicht«, widersprach ich und starrte wütend das Kleid an. »Ich bin Bäckerin und keine Weihnachtsgans.«

Morvens kleines Kinn zuckte unter der Foundation. »Hast du etwa schon vergessen, warum du das hier machst?«

»Weil du mich lange genug drangsaliert hast.«

»Nein, nicht *den* Grund. Den anderen.«

Schuldgefühle überfielen mich. Warum schaffte Morven es immer wieder, dass ich mir wie Cruella de Vil vorkam?

Wenn ich mich beeile, ist es in einer Minute vorbei, dachte ich im Stillen. »Na schön«, schnauzte ich sie an. »Gib schon her.«

Ich verschwand in der improvisierten Umkleidekabine und schlüpfte in das Kleid. Hübsch geschnitten war es, das ließ sich nicht leugnen. Es war schulterfrei und fiel weich über den oberen Teil meiner Schenkel.

Morven hängte ein Paar Highheels mit silbernen Riemchen über die Trennwand. Großartig. Ich musste also nicht nur in diesem Fetzen nach Luft schnappen, sondern würde vom Staksen auf den hohen Absätzen auch noch Nasenbluten bekommen.

Ich schlüpfte in die Schuhe, zog ein letztes Mal vergeblich am Saum des Kleides und kam wie ein neugeborenes Hirschkalb auf Stelzen hinter der Wand hervor.

Würde meine Mutter mich so sehen, dachte ich, gebunden und mariniert wie ein Sonntagsbraten, würde sie sofort nach ärztlicher Hilfe für mich verlangen, gefolgt von einem Nickerchen in einem abgedunkelten Raum.

Morven schlug die Hand vor den Mund, und Abbey stieß einen Seufzer aus.

»Was ist?«, fragte ich.

»Du siehst unglaublich aus.« Morven strahlte vor Freude. »Ehrlich.«

»Umwerfend«, fügte Abbey hinzu und kam einen Schritt auf mich zu, um mir eine Strähne aus dem Gesicht zu schieben.

Hinter den Falten des schwarzen Vorhangs kündigte eine blecherne Stimme das letzte Outfit des Abends an.

Ich verdrehte die Augen und trat ins Scheinwerferlicht.

Langanhaltender Applaus und Jubel ertönten im Halbdunkel. Ich deutete ein Lächeln an, schwang so gut es ging die Hüften und bewegte mich so vorsichtig wie möglich, damit niemand glaubte, ich hätte mir vor Angst in die Hose gemacht.

Mir war überdeutlich bewusst, wie viel Bein ich zeigte und wie festlich meine Frisur war, aber in Anbetracht der jubelnden, applaudierenden Menge wuchs mein Selbstvertrauen ein wenig, und ich zog einen Schmollmund. Als ich am Ende des Laufstegs ankam, glänzten die silbernen Pailletten auf dem Kleid wie Regentropfen. Ich hob kokett die nackte Schulter, die Abbey mit einer schimmernden Bodylotion eingecremt hatte, und senkte sie wieder.

Dann drehte ich mich ein weiteres Mal zur Seite, diesmal mit einem natürlicheren Lächeln im Gesicht – und erstarrte.

An einem der Tische direkt neben dem Laufsteg stand Vaughan Carmichael und starrte mich an wie vom Donner gerührt.

Siebzehn

Ich weiß nicht, wer von uns schockierter war.

Wie erstarrt stand ich noch eine Weile da, bis Vaughan schließlich blinzelte und mich aus meiner Trance riss. Seine Miene wirkte undurchdringlich. Dann löste er den Blick von meinem Gesicht und musterte demonstrativ meine Beine. Ich zog am Saum des Kleides, trippelte eilig zurück und verschwand hinter dem Vorhang.

»Du warst einfach klasse«, sprudelte es aus Morven heraus.

Ich tippte mit einem silbern beschuhten Fuß auf. »Danke für das Kompliment, aber im Augenblick habe ich Wichtigeres im Kopf.«

»Und das wäre?«

Ich zeigte mit dem Finger in Richtung des Publikums. »Vaughan Carmichael hat gerade einen Blick riskiert.«

»Oh, ist er hier? Ich hoffe sehr, dass seine Familie einen großzügigen Beitrag leistet.«

Mir fiel die Kinnlade herunter. »Ist das dein Ernst, Morvs? Hast du überhaupt gehört, was ich gerade gesagt habe?«

Morven zuckte ihre mit weißer Spitze bedeckten Schultern. »Nun beruhig dich doch. Deine Ohren laufen sonst so komisch himbeerrot an.«

»Meine Ohren sind die kleinste von meinen scheiß Sorgen! Der Sohn des Gutsherrn hat mich angestarrt!« Ich fuhr mir mit der Hand über die nackten Beine, um zu verdeutlichen, was ich meinte. »Kannst du dir eigentlich vorstellen, wie demütigend das ist? Ich möchte als ernstzunehmende Geschäftsfrau gesehen werden. Wenn ich vor einem

Geschäftspartner meine blasse schottische Haut blitzen lasse, ist das nicht gerade förderlich!«

Morven schenkte meinen Worten keine Beachtung. »Deine Ohren haben immer diese seltsame Farbe, wenn du sauer oder gestresst bist.«

»Nein, haben sie nicht.«

»Doch. Weißt du noch, wie du in der Schule behauptet hast, dass du nicht auf Adam Scoular stehst? Und immer, wenn er vorbeikam, hast du ausgesehen wie Mr. Spock mit Ohrenschmerzen.«

»Gar nicht wahr!«, protestierte ich wütend. »Warum redest du eigentlich ständig über meine verdammten Ohren? Also, noch mal zum Mitschreiben: Vaughan Carmichael hat gerade meine nackten Oberschenkel gesehen!«

»Jetzt komm mal wieder runter«, sagte Morven und lachte. »Du siehst in dem Outfit einfach super aus.« Beruhigend drückte sie meinen Arm. »Wahrscheinlich hat er seinen Augen nicht getraut. Vielleicht hat er nicht mal gemerkt, dass du das warst.«

Schützend schlang ich die Arme um meine Taille. »Oh, das hat er garantiert gemerkt. Er hat mich so durchdringend angestarrt, dass es mich nicht wundern würde, wenn er die Waschanleitung auf diesem verdammten Fetzen gelesen hätte!« Ich schob mich an ihr vorbei und verschwand hinter dem Raumteiler. »Ach, was soll's! Mir doch egal, was dieser idiotische Hinterwäldler von mir denkt.«

«Ja nee, is klar.«

Ich lugte über den Rand der Trennwand, während das Kleid auf den Boden fiel. »Wie meinst du das?«

Morven schwieg.

Ich streifte die High Heels ab. »Ich will nur nicht, dass Vaughan Carmichael und seinesgleichen mich für eine Idiotin halten. Er verdächtigt mich sowieso schon, seinen verstorbenen Großvater manipuliert zu haben, damit der sein Testament ändert. Weiß der Himmel, was er jetzt von mir denkt.«

»Ich wette, er denkt eine ganze Menge«, murmelte Morven.

• • •

»Du machst wohl Witze!«, stieß Vaughan entsetzt hervor. »Dad, sag nicht, du bist damit einverstanden!«

Gordon saß in seinem Arbeitszimmer vor dem Fenster, gelassen und grauhaarig, und zuckte mit den Schultern. »Laras Idee gefällt mir«, sagte er. »Sie klingt lustig und stellt eine großartige Gelegenheit für uns dar, wieder Anschluss an Fairview zu bekommen.«

Vaughan sah aus, als hätte ihn jemand geschlagen. Ärgerlich fuhr er sich mit einer Hand durchs Haar. »Lustig?«

»Ja«, sagte ich, angespannt lächelnd. »Etwas, das einen zum Lächeln oder – Gott behüte! – sogar zum Lachen bringt.«

Gordons Augen funkelten vor Belustigung.

»Sehr spaßig«, brachte Vaughan zähneknirschend heraus. »Ob Sie es glauben oder nicht, aber ich weiß sehr genau, was lustig ist – und was nicht.« Demonstrativ an mich gewandt, fuhr er fort: »Übrigens, was haben Sie gestern Abend eigentlich gemacht? Etwas Interessantes?«

Hitze schoss mir in die Wangen. Dieser eingebildete Scheißkerl. »Ich bin für eine Freundin eingesprungen, wenn Sie es unbedingt wissen wollen. Bei einer Wohltätigkeitsveranstaltung.«

Ich hatte gewusst, dass er meinen Auftritt auf dem Laufsteg nicht für sich behalten würde. Ich warf Gordon einen flüchtigen Blick zu, der in diesem Augenblick aber mit den Papieren auf seinem Schreibtisch beschäftigt war. »Ich bin in einer Minute wieder da«, sagte er entschuldigend und eilte zur Tür hinaus.

Als ich Vaughan wütend anstarrte, musterte er mich noch immer. Warum blickte er mich an diesem Morgen ständig grundlos an?

»Was hatten Sie dort gestern Abend eigentlich zu suchen?«, fragte ich gereizt. »Ich hätte nicht gedacht, dass Sie sich auf Fashionshows für Wohltätigkeitszwecke herumtreiben.«

Vaughan zog die Brauen hoch. »Herumtreiben? Das klingt ja, als wäre ich ein Wolf auf der Jagd.«

»Das haben *Sie* gesagt.«

Er legte den Kopf schief. »Ach ja? Wollen Sie mal meine großen, scharfen Zähne sehen?«

Ich schenkte seinem anzüglichen Grinsen keinerlei Beachtung. »Nein, danke.«

Er lachte verächtlich. »Nur damit Sie's wissen: Ich bin lediglich dort vorbeigekommen, um einen Scheck von Dad zu überreichen. Wir wollen etwas zu den Mitteln für die Bibliothek beisteuern.«

»Oh, verstehe.« Ich überspielte meine Verlegenheit, indem ich intensiv meine Schuhe betrachtete.

»Aber ich bin froh, dass ich vorbeigekommen bin«, fügte er nach langem Schweigen hinzu, »denn sonst wäre mir Ihr fantastischer Auftritt entgangen.«

Er will nur eine Reaktion von dir provozieren, Lara. Ignorier den Trottel einfach.

Ich war erleichtert, als Gordon wieder hereinkam. In der Hand hielt er ein paar Rechnungen. »Tut mir leid, Leute. Mir ist gerade eingefallen, dass die hier dringend bezahlt werden müssen.« Lächelnd nahm er wieder hinter dem Schreibtisch Platz. »Also, wo waren wir gerade?«

»Dabei, dass ein Kostümball eine großartige Methode ist, mehr Einkommen für Glenlovatt zu erzielen«, erklärte ich nervös und verschränkte die Finger miteinander. »Die meisten Leute lieben es, sich zu verkleiden.«

»In der Tat. Und du musst mehr Werbung für deine Arbeit machen«, sagte Gordon zu seinem Sohn, dessen Miene wie versteinert wirkte. »Das hier ist eine hervorragende Gelegenheit dazu, und gleichzeitig nützt es Glenlovatt.« Vaughan öffnete den Mund, um zu protestieren, aber Gordon fuhr begeistert fort: »Wir können Leute aus der Kunstszene und aus dem Ort einladen.«

»Und Sie müssen sich um nichts kümmern«, sagte ich zu Vaughan. »Ich kann das organisieren.«

»Mit meiner Hilfe«, fügte Gordon hinzu. »Meine Erfahrung mit Kostümbällen hält sich zwar in Grenzen, aber ich werde tun, was ich kann.«

Die Morgensonne schien auf Vaughans dunkles Haar, und er wirkte einschüchternd. Er blickte zwischen uns hin und her, dann hob er beide

Hände und sagte: »Okay. Gut. Das ist ja, als steckte ich zwischen einem verdammten Tsunami und einem Erdbeben fest.«

Wir übergingen Vaughans Unwillen – es ist nicht leicht, einen mürrischen, eins neunzig großen Bildhauer zu ignorieren! – und einigten uns darauf, in sechs Wochen den Kostümball von Glenlovatt abzuhalten, noch vor der Eröffnung des Cafés. Man hatte uns versichert, dass alle Arbeiten rechtzeitig abgeschlossen sein würden und dass das Café am 16. Juli offiziell eröffnet werden konnte.

Vaughan schürzte zwar die Lippen, aber Gordon war auch von dem Thema begeistert, das ich vorschlug: »Ladys und Schurken«.

»In Fairview gibt es jede Menge Schurken«, knurrte Vaughan.

Gordon musterte seinen Sohn mit hochgezogenen Brauen. »Wer im Glashaus sitzt, sollte nicht mit Steinen werfen.«

Die Bemerkung schien Vaughan ziemlich unangenehm zu sein. Er riskierte einen Blick in meine Richtung, dann sagte er aufgebracht: »Dad!«

Gordon bedachte ihn mit einem gelassenen Lächeln. Ein Insider-Witz vermutlich. Es würde nicht leicht sein, den Ladys-und-Schurken-Ball zu organisieren, aber da Morven mir ihre Hilfe angeboten hatte, war ich fest entschlossen, mich der Aufgabe zu stellen. Ich würde online nach einem Lieferanten für die alkoholischen Getränke suchen.

Glücklicherweise konnte ich mich darauf verlassen, dass Ben, Craig und der Rest der Truppe bei der Arbeit am Café schnell vorankamen, obwohl ihre Teepausen recht lange dauerten. Ich nutzte die morgendliche Pause, um ihnen von dem Ball zu erzählen, und Ben straffte die muskulösen Schultern und versicherte mir mit strahlender Miene: »Keine Sorge, Lara. Ich und der Rest des A-Teams hier wissen genau, was zu tun ist.«

...

Jeden Morgen sah ich fasziniert, wie die Dinge sich entwickelten. Mit jedem Tag, der verging, ähnelte das Atelier ein bisschen mehr einem

Café. Die Kuchentheke stand in der Mitte zwischen den Fenstern und der Tür zum Innenhof, und die restaurierten Fußböden aus hübschem, blankem Schiefer schienen nur darauf zu warten, dass die Tische und Stühle bald eintreffen und Platz auf ihnen finden würden.

Neue Küchenregale waren geliefert worden, diesmal zum Glück in der richtigen Farbe. Zwei Tischler waren damit beschäftigt, an einer Seite des Raums offene weiße Wandschränke anzubringen. Ich hatte Gordon vorgeschlagen, eine Auswahl lokaler Erzeugnisse wie Konfitüre, Marmelade und Honig darin unterzubringen. Es gab einige örtliche Unternehmen, die sicherlich an einer Zusammenarbeit interessiert waren, was zudem zusätzliche Einnahmen für das Café und das Haus bedeuten würde. Ich hatte auch in Betracht gezogen, Teekannen aus Porzellan mit dem Wappen von Glenlovatt darauf zu verkaufen, aber ob wir all das noch vor der Eröffnung organisieren konnten, war fraglich. Ich platzte fast vor Begeisterung!

Aber eins nach dem anderen. Zuerst musste ich mir ein ruhiges Plätzchen abseits des Gehämmers suchen, um die Bewerbungen zu lesen, die ich auf die Stellenangebote im Internet bekommen hatte.

In diesem Augenblick erschien Oron, der dritte Tischler, und im Arm hatte er eine schüchterne junge Frau, die eine große Tupperdose umklammert hielt.

»Morgen, Lara«, sagte er. »Ich möchte dir meine Schwester Jess vorstellen. Wir haben deine Stellenangebote für das Café gesehen, und ich glaube, Jess ist die Richtige für dich.« Er lächelte sie ermutigend an.

Die nervöse junge Frau nahm die Dose in die eine Hand und reichte mir die andere. »Jess Murdoch. Ich habe bisher für eine große Bäckerei in Glasgow gearbeitet. Ich habe Ihnen eine E-Mail geschrieben, aber ich dachte, ich komme mal mit etwas Selbstgebackenem vorbei – nur, um Ihnen zu zeigen …« Ihre zaghafte Stimme verklang.

»Fantastisch! Wir finden es großartig, wenn jemand selbst die Initiative ergreift!« Ich strahlte sie an. »Reden wir draußen weiter. Ich habe noch etwas Zeit, bevor ich einen Lieferanten anrufen muss. Nehmen wir Ihre Leckerbissen einfach mit«, fügte ich hinzu.

Ich führte sie in den Innenhof. Wir liefen einen der Wege im Garten entlang, bis wir eine alte, aber hübsch anzusehende Holzbank erreichten, von der aus wir die erste Baumreihe betrachten konnten. Gelegentlich durchbrachen die Strahlen der Sommersonne die Wolkendecke, und wir nahmen Platz.

Jess lächelte. Sie war offenkundig noch immer ein bisschen nervös, und das kastanienbraune Haar wehte ihr in der leichten Brise um das sommersprossige Gesicht.

»Also«, setzte ich an. »Sie sagten gerade, dass Sie für eine Bäckerei in der Stadt gearbeitet haben?«

»Ja, vier Jahre lang. Die Einzelheiten und meine Referenzen finden Sie in der E-Mail. Ich habe eigentlich alles gebacken, aber meine Spezialität ist Pikantes – Quiches, Pasteten und Brot.«

Während sie noch sprach, öffnete sie vorsichtig die Tupperdose, und der tröstliche Duft einer warmen Quiche mit Emmentaler und Kürbis stieg mir in die Nase. Neben dem üppigen Stück lagen eine winzige Pastete und ein Viertellaib Ciabatta.

Ich lächelte bewundernd. »Darf ich?«

»Ja, bitte.«

Ich nahm die Serviette, die sie mir anbot, und genoss nacheinander die köstlichen Proben. Die Quiche schmolz mir auf der Zunge, die Pastete mit Steak war gehaltvoll und wärmte mich innerlich, während das Ciabatta meine Geschmacksknospen mit seiner luftigen Weichheit kitzelte. »Wow«, sagte ich atemlos. »Die sind aber wirklich gut.«

Jess‘ Sommersprossen tanzten auf ihren Wangen, als sie lächelte. »Wirklich?«

»Ja, wirklich.«

Mutiger geworden, fügte sie hinzu: »Oron hat gesagt, dass er ein gutes Wort für mich einlegen würde, aber ich wollte lieber selbst vorbeikommen. In Ihrer Anzeige heißt es, dass das Café auch Lunch anbieten wird, und ich dachte mir, dass so etwas sicher gut ankommen würde.«

»Da haben Sie recht«, sagte ich. »Wir suchen jemanden, der frühmorgens kommt und bis kurz nach dem Mittagessen bleibt.« Ich versuchte, es vorsichtig zu formulieren. »Sicher haben Sie gesehen, dass es kein Vollzeitstelle ist. Nur von morgens bis früh am Nachmittag.«

»Oh, das wäre perfekt für mich«, sagte Jess begeistert. »Das würde bedeuten, dass meine Arbeitszeit zu Harrys Schulstunden passt. Er ist mein Sohn.«

»Was ist denn mit den Wochenenden?«, fragte ich. »Es gibt natürlich ein Rotationssystem, sodass alle Mitarbeiter ausreichend Freizeit haben.«

»Oh, Harrys Dad kann an den Wochenenden auf ihn aufpassen, und wenn es da Probleme gibt, würden Oron und meine Mum aushelfen, haben sie gesagt. Nur der späte Nachmittag wäre ein Problem gewesen, jetzt, wo mein Sohn zur Schule geht.« Errötend fügte sie hinzu: »Meine Güte. Ich rede ja, als hätte ich den Job bereits.«

»Na ja, der Gedanke ist nicht falsch«, antwortete ich. »Das klingt alles sehr vielversprechend. Wer so eine köstliche Quiche machen kann, hat mich im Grunde schon überzeugt.«

Eine Sekunde lang erstarrte Jess.

»Ich werde mir natürlich noch Ihre Bewerbung und die Referenzen ansehen, aber ich habe ein gutes Gefühl bei der Sache.«

Als ich Jess mit dem breitesten Grinsen, das ich je gesehen hatte, in ihrem kleinen weißen Fiat von Glenlovatt wegfahren sah, musste ich lächeln. Ich hatte ihr versprochen, ihr noch vor dem Wochenende Bescheid zu geben.

Achtzehn

»Morven!«, keuchte ich in den Telefonhörer. »Um Himmels willen, hilf mir!«

Die ruhige, besonnene Stimme meiner Freundin floss mir ins Ohr wie warmer Honig. »Jetzt hol erst mal Luft. Du klingst, als bräuchtest du eine Verschnaufpause.«

»Ich schnaufe schon die ganze Zeit«, stöhnte ich. »Seit Stunden.«

Morven seufzte. »Die Arbeit der anderen zu organisieren ist dein Spezialgebiet. Organisation ist sozusagen dein zweiter Vorname.«

Entmutigt blickte ich auf meine To-Do-Liste. »Ich wünschte, ich wäre genauso zuversichtlich wie du. Ich glaube, ich schaffe das nicht.«

»Was schaffst du nicht?«

»Alles. Das Café, der Ball. Hugo hat so viel Vertrauen in mich gesetzt …«

Traurig sah ich mich in meiner Küche um. »Sieh nur, in welchem Zustand meine Zitronen-Lavendel-Fondant-Teilchen sind!«

»Wie bitte?«

Verzweifelt betrachtete ich das Ergebnis meiner Anstrengungen. Joghurt und Ei waren auf der Arbeitsfläche in der Küche verschmiert, und schmutzige Glasschüsseln standen inmitten des Gemetzels. Obwohl ich vorsichtig mit dem neuen Glasurrezept umgegangen war, sah jedes einzelne der Biskuitküchlein wie etwas aus einem Science-Fiction-Film aus. Und die Zuckerrosen waren mir vollständig misslungen.

»Das sollten eigentlich appetitliche kleine Geschenke werden«, jammerte ich in den Telefonhörer. »Und keine geschmolzenen schiefen Klumpen wie das, was ich hier fabriziert habe.«

Darauf folgte Schweigen, bis Morven endlich verkündete: »Du schwächelst nur gerade ein bisschen. Und das ist absolut verständlich. Aber du hast etwas sehr Wichtiges vergessen: Du bist bei all dem nicht allein. Ich bin an deiner Seite.«

Meine Antwort bestand aus einem Wimmern.

»Hör zu«, fuhr Morven fort. »Bei deinem Backtalent und meiner Fähigkeit, den Leuten Honig ums Maul zu schmieren, *kann* dieses wundervolle kleine Café nur ein Erfolg werden.« Ich hörte, wie sie am anderen Ende der Leitung auf und ab ging. »Gib mir zwanzig Minuten, dann bin ich bei dir.«

»Bist du sicher?«

»Natürlich. Dir muss mal jemand die Leviten lesen.«

Ich steuerte auf den Kühlschrank zu. »Danke, Morvs. Ich köpfe eine Flasche Wein für uns.«

• • •

Nachdem wir saubergemacht und uns je zwei große Gläser frischen Sauvignon Blanc gegönnt hatten, ließen Morven und ich uns auf mein Sofa plumpsen.

Sie warf ihr langes blondes Haar über die Schulter zurück. »So wenig Selbstvertrauen zu haben, passt gar nicht zu dir. Wie ist es dazu gekommen?«

»Ich will nicht, dass Vaughan Carmichael sich hinstellt und verkündet: ›Hab ich's doch gesagt‹, obwohl er das wahrscheinlich sowieso tut, ob die Sache nun scheitert oder nicht.«

Morven musterte mich aus grünen Augen. »Jetzt hast du diesen Namen zum dritten Mal innerhalb von zehn Minuten erwähnt.«

Ich wackelte mit meinen Füßen, die in Pantoffeln steckten. »Wirklich?«

Sie verschränkte die Arme, und ihre zahlreichen goldenen Armreife klirrten. »Ja.«

»Du würdest auch ständig über ihn reden, wenn du dich mit ihm abgeben müsstest«, sagte ich finster. »So ein arroganter, unhöflicher Scheißkerl.«

Morvens Mundwinkel zuckten. »Er steht oft in den Klatschspalten, weißt du.«

Ich umfasste meinen Becher. »Ach ja?«, fragte ich leichthin. »Wusste ich gar nicht. So was lese ich nicht.«

Morven hingegen verschlang die Klatschblätter mit großem Genuss. Was sie über Prominente nicht wusste, war es auch nicht wert, gewusst zu werden.

Sie verlagerte neben mir leicht das Gewicht und sah mich unter dichten Wimpern hervor lange an. »Weißt du, wie sie ihn manchmal nennen?«

»Spuck's schon aus. Ich weiß, dass du darauf brennst, es endlich loszuwerden. Er heißt nicht zufällig mürrischer Mistkerl?«

Morvens Augen funkelten. »Tja, ganz falsch liegst du damit nicht. Man nennt ihn den Heathcliff der Kunstwelt.«

»Heathcliff?«, stammelte ich. »Na, das ist tatsächlich der passende Name für ihn.«

»Und er hat einen ziemlich schlechten Ruf, was Frauen betrifft.« Sie zupfte einen nicht vorhandenen Faden aus ihrem Seidenrock. »Er ist so eine Art Bad Boy, weißt du.«

Die Bemerkung, die sein Vater kürzlich hatte fallen lassen, ging mir durch den Kopf. Dann erinnerte ich mich an die Zeitungsfotos von Vaughan, die auf Gordons Schreibtisch gelegen hatten. Ärger stieg in mir auf. »Warum erzählst du mir das alles, Morvs?«

»Ich will nicht, dass du noch einmal verletzt wirst. Nicht nach dem ganzen Mist, den du auf Malta durchmachen musstest.«

Ich winkte ab. »Anton ist längst Vergangenheit. Die Sache habe ich hinter mir gelassen. Na ja, ich versuche es zumindest.«

Morven sah sich in meiner Wohnung mit den blauen Streifen, den Nippsachen im Marinestil und den vielen Muscheln um.

»Was ist?«, fragte ich argwöhnisch.

»Hier drin sieht es aus wie in einer Hafenkneipe am Mittelmeer.«

»Vielen Dank auch.«

»Ich meine es nicht böse«, erklärte Morven. »Es ist hübsch. Ich frage mich nur, ob du mit dem Herzen noch immer auf der Insel bist.«

Ich schüttelte abwehrend die roten Locken. »Versteh mich nicht falsch. Ich vermisse Malta immer noch, aber was Anton betrifft ...« Ich verstummte und zuckte mit den Schultern. »Ich habe ihn geliebt und er mich nicht. Ende der Durchsage.«

»Ehrlich gesagt, mochte ich ihn noch nie«, sagte sie und schnitt eine Grimasse.

»Du bist ihm doch nur ein einziges Mal begegnet.«

»Ja, und das hat mir gereicht«, sagte sie.

Ich lachte trocken, und wir lehnten uns auf dem Sofa wieder zurück und blickten durch mein Wohnzimmerfenster auf die schöne wilde Landschaft um Fairview hinaus. Der Abendhimmel war von rosa Wolken übersät.

»Das Thistles hat von jetzt an für mich Priorität«, brach ich das Schweigen zwischen uns.

Verwirrt fragte Morven: »Das Thistles?«

»Ja. Das ist der Name, den ich für das Café vorschlagen werde.« Begeistert setzte ich mich auf. »Ich habe lange nachgedacht, und endlich ist mir etwas eingefallen, das passend und gleichzeitig originell ist. Ich habe Gordon gefragt, aber er hat diese Aufgabe nur zu gern mir überlassen. Dann ist es mir eingefallen. Im Wappen der Carmichaels kommen viele Disteln vor.«

»Und Vaughan hat eindeutig Stacheln«, fügte Morven ironisch lächelnd hinzu.

Obwohl ich nicht bestreiten konnte, dass sie recht hatte, bedachte ich sie mit einem vernichtenden Blick.

»Also, dann lass uns anstoßen«, sagte Morven und hob ihr Weinglas. »Auf das Thistles und alle, die dort Kuchen essen werden.«

Grinsend erhoben wir die Gläser.

Neunzehn

Nachdem Morven und ich einen Abend lang Brainstorming für den Ladys-und-Schurken-Ball betrieben hatten, marschierte ich am nächsten Morgen mit einem Notizbuch voller Vorschläge nach Glenlovatt Manor. Außerdem würde ich Gordon und Vaughan meine Namensidee für das Café unterbreiten.

»Gehen wir ins Wohnzimmer«, sagte Gordon mit strahlendem Lächeln, als wir unsere morgendliche Runde über die Baustelle beendet hatten. »Drinnen ist es gemütlicher.«

Vaughan bedachte mich mit einem eisigen Lächeln und ließ mir mit einer Geste den Vortritt. Verlegen tappte ich über den schwarzweiß gefliesten Boden und riskierte einen Blick über die Schulter. Für den Bruchteil einer Sekunde hätte ich schwören können, dass Vaughans Blick sich in meinen Rücken bohrte, aber sein kantiges Gesicht wirkte so undurchdringlich, dass ich den Gedanken sofort wieder verwarf. Ich wünschte nur, ich hätte mich für einen anderen Rock entschieden als für den, den ich trug. Er saß ein bisschen zu eng.

In das Wohnzimmer hatte ich bereits einen Blick werfen können, als ich mit Hugo im Herrenhaus gewesen war. Die zwanglosen Gespräche, die wir an jenem Tag geführt hatten, sein trockener Humor, das köstliche Lunch und die ansteckende Liebe, die er für das Anwesen seiner Familie empfand, all das kam mir wieder in den Sinn.

Gordon öffnete die Türen aus dunklem Holz. Durch zwei Schiebefenster fielen schmale Lichtstreifen ins Zimmer und sammelten sich auf der grünen Chaiselongue und den beiden Blumensofas. Das Wohnzimmer erinnerte mich in mehrfacher Hinsicht an Hugo: Es wirkte klassisch, warm und charaktervoll.

Gordon deutete auf ein Sofa, und ich nahm dankbar Platz. Vaughan und sein Vater setzten sich in die beiden flaschengrünen Sessel mir gegenüber. Wie durch Zauberei erschien plötzlich Travis, Hugos geschätzter Chauffeur. Er trug einen eleganten Anzug und hielt ein silbernes Tablett in Händen, auf dem sich eine passende silberne Teekanne, Tassen und Untertassen und ein Teller mit Shortbread befanden. Er stellte es auf den Tisch und lächelte mich aufmunternd an, ehe er sich wieder zurückzog.

»Also«, sagte ich lächelnd und strich unnötigerweise mein Notizbuch glatt, »ehe ich einige Vorschläge für den Ball mache, wollte ich kurz über einen Namen für das Café mit Ihnen sprechen.«

Gordon, der mit der Teekanne geklappert hatte, hielt inne und sagte dann: »Fahren Sie fort.«

Ich atmete tief durch und verkündete: »Thistles.«

Für einen Moment war im Wohnzimmer außer dem Klirren von Teelöffeln nichts zu hören.

»Thistles?«, wiederholte Vaughan mit der für ihn typischen harten Stimme, mit der er vermutlich Gläser zerspringen lassen konnte.

Oh nein. War ich mit meinen Schuhen in Größe 39 etwa mal wieder ins Fettnäpfchen getreten? Vielleicht war ich ihnen mit diesem Vorschlag zu nahegetreten, denn immerhin gehörte die Distel auch zu Lydias Signatur auf ihren Kunstwerken.

Ich trommelte nervös mit den Fingern auf meinem Notizbuch herum. »Tut mir leid«, platzte ich heraus. »Vielleicht ist das zu …«

»Nein«, fiel Vaughan mir in überraschend sanftem Tonfall ins Wort. »Ich glaube, das ist eine gute Wahl.« Er blickte mir noch einmal ins Gesicht, dann richtete er seine Aufmerksamkeit auf seinen Vater.

Verblüfft griff ich nach meiner Teetasse. Mir wurde bewusst, wie wichtig mir die Zustimmung und Anerkennung der Carmichaels waren. Dieses verrückte, aufregende Unternehmen bedeutete mir unglaublich viel, und bei dem bloßen Gedanken, etwas gegen meinen Instinkt zu tun, flatterte mir ein ganzer Schwarm von Schmetterlingen im Bauch herum. Über den Rand meiner Tasse hinweg sah ich Gordons wehmütige Miene.

»Lydia hat Disteln geliebt«, sprach er seine Gedanken laut aus. Sein Mund verzog sich zu einem ironischen Lächeln. »Wenn man bedenkt, dass die Gärten hier voller prächtiger Blumen stehen und sie sich stattdessen in Disteln verliebte. Aber so war sie. Sie sah die Schönheit in allem, ob sie auf den ersten Blick erkennbar war oder nicht.«

»Noch dazu sind Disteln ein Bestandteil Ihres Familienwappens«, fügte ich leise hinzu. »Ich dachte, es wäre ein angemessener Name.«

Gordon nickte gerührt, während Vaughan mich eine Weile fragend anblickte. »Ja. Okay«, sagte er nach einer bedeutungsschweren Pause knapp.

Ich wandte den Blick ab. Meine Güte! Vaughan Carmichael zu durchschauen, war ungefähr so einfach wie die Abseitsregeln beim Fußball zu begreifen. Ich entdeckte ein Foto von Hugo, das in einem silbernen Rahmen auf einem auf Hochglanz polierten Beistelltisch stand. In einer kirschroten Strickjacke, einem cremefarbenen Hemd und mit marineblauer Krawatte sah er äußerst gepflegt aus.

Gordons Blick folgte meinem. »Manchmal war er wirklich ein Mistkerl«, sagte er seufzend. »Aber wir vermissen ihn trotzdem sehr.«

Vaughans schlanke Finger spielten mit einem Faden seiner schwarzen Jeans. »Er konnte einen ganz schön frustrieren. Ich weiß nicht, was dieses ›nicht vor dem 27. Oktober öffnen‹ bezwecken soll.«

»Tja, das weiß niemand von uns, nicht wahr?«, antwortete Gordon nur. »Wir werden uns seinen Wünschen beugen müssen, und nach dem 27. Oktober wissen wir mehr.«

Vaughan runzelte die Stirn. Seine Miene verriet mehr als nur ein wenig Argwohn.

Erneut durchstöberte ich die Notizen, die ich mir zusammen mit Morven über den Ball gemacht hatte, und als ich aufblickte, setzte ich ein kühles Lächeln auf. »Wollen wir nun zum Kostümball kommen?«

Ich freute mich, den beiden mitzuteilen, dass eine örtliche Barockgruppe gebucht worden war und zog eine Liste mit Zusagen der bisher geladenen Gäste hervor. Ich zeigte ihnen Fotos der Blumenarrangements, die die örtliche Floristin für uns vorgesehen hatte, und wir sahen die Menüvorschläge zweier Caterer durch und besprachen das Für und Wider eines Fingerfood-Menüs und eines Büffets.

»Die Häppchen sehen zwar am appetitlichsten aus«, meinte ich, »aber das Büffet ist kostengünstiger.«

Gordon überflog das Dokument. »Das können wir noch Ende der Woche entscheiden.«

Vaughans Miene war undurchdringlich. »Sie haben wirklich an alles gedacht, stimmt's?«

Da ich nicht wusste, ob er mir ein Kompliment gemacht hatte oder nur sarkastisch war, blätterte ich stumm weiter, bis ich bei dem Ergebnis unseres Brainstormings für Glenlovatt angekommen war. »Gordon, haben wir noch Zeit, um kurz einige Vorschläge für das Anwesen zu besprechen?«

Gordon trank einen Schluck Tee. »Ja, bitte.«

Vaughan musterte mich entsetzt.

»Nun, für dieses Jahr ist es schon zu spät, aber ich dachte, nächstes Jahr könnten wir Eintritt nehmen und eine Ostereiersuche auf dem Gelände veranstalten. Vielleicht bitten wir jemanden, sich als Osterhase zu verkleiden.«

Übermut blitzte in Gordons Augen auf, und er drehte sich demonstrativ zu Vaughan.

»Sieh mich nicht so an«, knurrte der und rutschte unbehaglich auf dem Stuhl hin und her.

Ich unterdrückte ein Lachen und blickte erneut in meine Aufzeichnungen. »Wir könnten Ostern auch unter dem Motto der Distel feiern und alles gelb dekorieren. Ich könnte Ostereikuchen backen, warme süße Osterbrötchen, Lebkuchenhasen, Marzipanküken, solche Sachen eben.« Als ich Gordon zustimmend lächeln sah, fasste ich Mut und fuhr fort: »An Halloween könnten wir einen Gruselpfad einrichten. Natürlich nicht *zu* gruselig, wegen der Kinder.« Ich beugte mich in meinem

Sessel vor. »Wir könnten orange Lichterketten in einige Bäume hängen und den Kindern Naschtüten schenken. Auch dafür können wir Eintritt verlangen und vielleicht einen Preis für das beste Kostüm verleihen.« Dann kam mir ein weiterer Gedanke. »Wie wär's, wenn wir einen örtlichen Kinderbuchautor einladen, damit er eine passende Gespenstergeschichte vorliest, bevor die Kinder sich auf den Weg machen?«

Vaughan starrte mich an, als käme ich von einem fremden Planeten und wäre gerade auf der Erde gelandet. »Na, da bin ich ja gespannt, was Ihnen zu Weihnachten so einfällt.«

Mit einem müden »Bitte fahren Sie fort, Lara« brachte Gordon ihn zum Schweigen. »Ich versichere Ihnen, dass wir aufmerksam zuhören. Beide.«

»Zu Weihnachten«, sagte ich gleichmütig, »könnten wir für Familien einen Rentierritt durch die Grünanlagen anbieten.« Ich deutete mit meinem Stift auf die Gärten, die sich jenseits des Fensters erstreckten. »Hübsche Lichterketten in den Bäumen würden hier prächtig aussehen, und wir könnten Glühwein, Mince Pies und heiße Kastanien anbieten.«

»Das klingt ebenfalls nach einer fantastischen Idee«, sagte Gordon.

Vaughan streckte die langen Beine aus, verschränkte die Arme und schwieg.

»Solche Events sollten Glenlovatt wieder zu einem zentralen Treffpunkt für die Einheimischen machen, vor allem, nachdem das Anwesen mehrere Jahre für die Öffentlichkeit nicht zugänglich gewesen ist.«

Vaughan und sein Vater tauschten vielsagende Blicke.

Gordon deutete mit einer Handbewegung auf das prächtig ausgestattete Wohnzimmer und sagte: »Für deinen Großvater und deine Mutter war Glenlovatt alles, und nun ist es an uns, seine Zukunft zu sichern.«

Ich spürte, wie ich puterrot anlief, denn ich befürchtete, ein weiteres Mal ins Fettnäpfchen getreten zu sein. Ich erinnerte mich an das Vertrauen, das Hugo in mich gesetzt hatte, schluckte heftig und fuhr fort: »An Muttertag können wir im Thistles einen Nachmittagstee ausrichten und an Vatertag vielleicht ein Event mit Irish Coffee und Guinnesstorte anbieten.« Vaughan blickte mir ins Gesicht, als ich sagte: »Ich weiß, im Augenblick sind das ziemlich viele Details, aber ich finde, ich bin es Ihrem Großvater schuldig, mein Bestes zu geben.« Ich klappte das Notizbuch zu und legte es auf meinen Schoß.

Gordon nickte begeistert, während Vaughan vergeblich einen gelangweilten Seufzer zu unterdrücken versuchte.

Ich war Hugo wirklich sehr dankbar, weil er an mich geglaubt hatte, aber bei Gelegenheiten wie dieser fragte ich mich, ob die Sache den Ärger mit seinem unberechenbaren Enkelsohn wirklich wert war.

• • •

Im Café ließ ich mich neben Morven auf einen Stuhl in der Nähe der Türen zum Innenhof plumpsen. Bis zum Kostümball waren es nur noch drei Tage. Zahlreiche Zettel lagen auf dem Tisch vor uns, dazu achtlos abgestellte Teetassen und halb gegessene Kuchenstücke.

Es gab unzählige Listen: eilig in letzter Minute gekritzelte Zu- oder Absagen von Gästen, eine Liste von Gegenständen, die örtliche Unternehmen für die Wohltätigkeitsversteigerung gespendet hatten, und Einzelheiten zum Büffet und dem Zeitpunkt, an dem es geliefert werden sollte.

Morven lehnte sich auf ihrem Stuhl zurück. Ihr blonder Pferdeschwanz fiel über die Lehne, und sie gähnte laut. »Ich glaube, ich kriege keinen einzigen Bissen Kuchen mehr hinunter.« Sie rieb sich den nicht vorhandenen Bauch. »Ich habe viel zu viel gegessen.«

Ich beäugte ihren flachen Bauch, der von einem gerippten roten Top bedeckt war. »Oh ja, ich sehe es von hier. Die Leute werden glauben, dass du schwanger bist.«

Sie streckte sich. »Ich glaube, wir haben alles. Und wenn nicht? Tja, Pech gehabt! Dann improvisieren wir an dem Abend einfach.«

Ich trank einen Schluck kalten Tee. »Igitt! Ich mache schnell neuen.« Müde stand ich auf. »Glaubst du, dass alles gutgehen wird?«

»Natürlich wird es das. Und wenn nicht, kannst du dich immer noch als Mr. Grantigs neues Aktmodell anbieten.«

Ich versuchte, Morven einen Klaps auf den Hinterkopf zu geben, aber ohne Erfolg. »Das ist nicht lustig!«

Jemand klopfte laut an die Tür zum Café, und gleich darauf kam Travis mit einem Karton auf dem Arm herein. »Hier ist eine Lieferung für Sie. Ich glaube, es sind die Speisekarten.«

Wir sprangen beide auf, als er den Karton auf den Boden stellte. »Danke, Travis.« Ich strahlte ihn an, während Morven den Karton bereits aufriss. »Ich bringe Ihnen eine Kaffeespezialität für Ihren hervorragenden Service.«

»Dazu sage ich nicht Nein.«

Lächelnd sah ich ihm nach, bis er verschwunden war, dann klatschte ich in die Hände und wirbelte auf dem Absatz herum. Morvens aufgeregte Miene hatte sich in einen Ausdruck leichter Panik verwandelt.

»Was ist los? Die Karten sind doch nicht etwa auch avocadogrün?« Ich lachte freudlos.

»Nein, sie sind nicht grün«, sagte sie stockend und drehte sich zu mir um.

Ich nahm ihr die Karte aus der Hand. »Wo ist das Problem?«

»Ganz oben. Da, wo Thistles stehen sollte.«

Um Himmels willen!

»Fizzles?«, sagte ich ungläubig. »Wie kommen sie denn darauf, verdammt noch mal?«

Morven tätschelte mir den Arm. »Keine Sorge«, beruhigte sie mich. »Ich regle das.«

Erschöpft fuhr ich mir mit der Hand über Nase und Mund.

»Ich rede gleich mit der Druckerei, okay?«

Mit langen Schritten durchquerte sie den großen Saal, und ich wandte mich wieder dem Papierkram zu. Im Stillen betete ich, dass es keine weiteren Pannen geben würde.

Zwanzig

Das Herz hämmerte mir gegen die Rippen.

Im Obergeschoss von Glenlovatt lehnte ich mich aus dem Fenster des Gästezimmers und betrachtete die Fassade des Herrenhauses. In diesem scharlachroten Sonnenuntergang im Juli sah sie einfach spektakulär aus. Stein und Glas wurden effektvoll von Fackeln in Szene gesetzt, die längs der gekiesten Zufahrt strategisch angeordnet waren. Die gelb-orangefarbenen Flammen züngelten in der warmen Luft und zuckten wie exotische Tänzer. Unten auf den Stufen zum Herrenhaus waren zwei eindrucksvolle Herren in passender marineblauer Livrée postiert und boten auf Tabletts aus massivem Silber weißgolden perlenden Champagner an.

Ich atmete nervös die süß duftende Abendluft ein, ehe ich wieder im Haus verschwand, um letzte Hand an meine Hochsteckfrisur zu legen.

Den ganzen Tag lang hatten wir hektisch Vorbereitungen in letzter Minute getroffen, aber als Morven und mir endlich klar wurde, dass wir nichts mehr tun konnten, waren wir nach oben gestürmt, um uns fertig zu machen. Gordon hatte darauf bestanden, dass wir die beiden Gästezimmer und die dazugehörigen Duschen des Herrenhauses benutzten. Obwohl die Rohrleitungen hin und wieder stöhnten, als litten sie an chronischer Verstopfung, war der heiße Wasserstrahl so wohltuend, dass ich gern länger unter der Dusche geblieben wäre.

Im Mittelpunkt des Gästezimmers stand ein eichenes Himmelbett mit wunderschönen Schnitzereien, dessen Kissen und Bettdecken zu den langen Vorhängen aus satt goldfarbenem, fein geripptem Stoff passten. Was mir zusätzlich zu meinem opulenten Abendkleid, das ausgebreitet auf dem Bett lag, das Gefühl gab, mich auf einer Zeitreise in die Vergangenheit zu befinden.

Als wir fertig waren, trafen Morven und ich uns auf dem Treppenabsatz und machten uns auf den Weg zum Eingang, um die Gäste zu begrüßen. Während ich unter dem Portal stand, erhaschte ich in einem von Glenlovatts herrlichen Fenstern einen Blick auf mein Spiegelbild. Morven hatte vorgeschlagen, einen Kostümladen in Edinburgh aufzusuchen, der einer Freundin ihrer Mum gehörte, und ich war sehr froh, dass wir das getan hatten, obwohl der Preis meines Outfits ein nervöses Zucken an meinem linken Auge ausgelöst hatte. Der himmelblaue, von weißer Spitze bedeckte Satin ließ mich an tosende Ozeanwellen denken, deren weißer Schaum über den Strand kriecht. Der Stoff umspielte meine Ellbogen und wurde dort von einem kleinen Bändchen zusammengehalten. Meine Locken hatte ich locker hochgesteckt und sie mit einer blauen Orchidee geschmückt. Meine Füße steckten in eisweißen Pumps im Aschenputtel-Stil. Ich umklammerte das kleine blaue Handtäschchen, das Morven mir aus ihrer riesigen Sammlung geliehen hatte, und hob das Kinn, um selbstbewusster zu wirken.

Ich lächelte meine Freundin nervös an. Sie hatte sich für ein blassgoldenes Seidenkleid entschieden, das mit breiten zitronengelben Stoffbahnen abgesetzt war. Auch ihr reichten die Ärmel bis zu den Ellbogen, waren aber dezent gerafft, und das Haar hatte sie sich mit einem goldenen Band auf eine Seite gebunden. Butterblumengelbe Ballettschuhe schmückten ihre Füße. Sie sah wirklich wie eine Prinzessin aus.

Im großen Saal schimmerten die Lichter und lockten die ersten Gäste herein. Alle, vom Lokaljournalisten bis zu den Mitgliedern der Unternehmervereinigung von Fairview, versammelten sich zu einer lachenden, plaudernden Menschenmenge. Und alle hatten sich ins Zeug gelegt und sich mit Gewändern und Abendkleidern, Fräcken oder raffinierten Hüten herausgeputzt. Üppige Kleider aus Satin und Seide raschelten um mich herum, und die feurigen Rottöne, goldglänzenden Gelbnuancen und das Mintgrün der Kostüme erinnerten mich an den himmlischen Blumengarten des Herrenhauses. Die Männer trugen alles Mögliche, von Dreispitzen über bortenbesetzte Jacketts bis hin zu fließenden Mänteln und Rüschenhemden. Es war ein eindrückliches Schauspiel, als die livrierten Kellner die Gäste in den Speisesaal führten.

Morvens Flirtradar schien wegen eines großen Mannes in braunen Reitstiefeln, der sich ständig in ihrer Nähe aufhielt, schon jetzt zu übersteuern.

»Ich fordere Sie nachher mal zum Tanzen auf«, sagte er lächelnd, wobei sich auf seiner linken Wange ein ziemlich reizendes Grübchen abzeichnete.

Morven holte einen Fächer aus ihrem zitronengelben Seidentäschchen. »Oh, das hoffe ich doch sehr«, sagte sie kokett und klimperte zu allem Überfluss auch noch mit den Wimpern.

Als er gegangen war, schüttelte ich ungläubig den Kopf. »Woher hast du den Fächer? Und was ist mit Jake?«

»Das alte Ding hier?«, fragte sie und wedelte mit dem Blumenfächer. »Der gehörte meiner Großmutter. Und was Jake betrifft, na ja ... Wenn ich schon auf Diät bin, kann ich die Sahnetorte doch wenigstens bewundern, oder nicht?«

Der große Saal mit seinem schachbrettartig gefliesten Boden war nun ein Meer von Gästen, die in bunten, klaren Farben vor meinen Augen auf und ab tanzten. Vom Saal aus ging es rechts ins Speisezimmer, das sich über die gesamte Länge des Hauses zog wie eine Säule aus Lärm und spektakulären Farben. Den Klängen der Band folgend, steuerten wir darauf zu; anschwellende Töne von Mandolinen, Kesselpauken, Harfe und Klavier stiegen zu der von Putten gesäumten Decke auf. Einige Paare tanzten bereits und drehten sich sanft umeinander. Die Musiker in aufeinander abgestimmten grünen Samtjacken und Kniehosen leiteten zu einem peppigen Barockstück über, um weitere Tänzer auf die Fläche zu locken.

Morven winkte mir kurz zu, dann tänzelte sie davon, um sich zu dem Mann in Reitstiefeln zu gesellen. Ich stand auf und betrachtete sie von meinem Platz gleich neben der Tür zum Speisezimmer, und als ein Kellner vorbeikam, nahm ich dankbar ein Glas Champagner an. Irgendwie musste ich meine Hände beschäftigt halten. Dann wechselte ich ein paar Worte mit vorbeigehenden Kellnerinnen, erfreut, weil sie so höflich und tüchtig waren – und alles schien nach Plan zu laufen.

Während ich die Gäste beobachtete, fiel mir einer der Musiker auf, ein großer, blonder Typ, der die Mandoline zupfte und in meine Richtung sah. Ich senkte den Blick auf die Champagnerflöte, ehe ich ihn erneut verstohlen musterte. Ja. Er beobachtete mich, das war eindeutig. Kaum wahrnehmbar glitt ein träges Lächeln über sein Gesicht.

Plötzlich tauchte Gordon neben mir auf. Er sah prächtig aus in einem mitternachtsblauen Frack und einer dunklen, enganliegenden Hose.

»Guten Abend«, sagte er lächelnd und fuhr sich mit dem Finger über den Kragen des Rüschenhemds. »Sie sehen einfach hinreißend aus.«

Ich lächelte anerkennend. »Und Sie sind richtig flott.«

Gordon rollte mit den Augen. »Dieses verdammte Hemd kratzt wie verrückt, aber was sein muss, muss eben sein.« Er verschränkte die Hände auf dem Rücken und nahm eine hoheitsvolle Haltung ein. »Die Party läuft bislang ziemlich gut, finden Sie nicht?«

»Ja, sieht so aus«, stimmte ich zu und genoss den Chor aus Gelächter, Musik und Geplauder. »Ich hoffe, dass alle sich prächtig amüsieren.«

In diesem Augenblick kam Morven auf mich zu gerauscht und hakte mich unter. »Lara, sieh nur, die Gäste haben jede Menge Spaß.«

Gordon nickte. »Und das haben wir vor allem Ihnen beiden zu verdanken.«

»Ach, ich weiß nicht«, sagte ich errötend und umfasste den Stiel des Champagnerglases ein bisschen fester als nötig.

Morven klimperte mit den Wimpern. »Vielen Dank, Gordon. Im Gegensatz zu Lara nehme ich Ihren Dank gern an.«

Also wirklich. Manchmal war sie einfach schamlos.

Gordon tätschelte meinen Arm. »Hugo wäre sehr stolz auf Sie.« Er dankte einem Kellner, der ihm ein Glas Champagner gereicht hatte, und sah mich an. Bedauern lag in seinem leicht gebräunten Gesicht. »Ich wünschte, Sie hätten Lydia noch kennengelernt. Sie sind ihr in vieler Hinsicht sehr ähnlich.« Und mit einem verschmitzten Lächeln fügte er hinzu: »Sie war nämlich auch eine verdammt gute Sklaventreiberin.«

In gespielter Empörung schnappte ich nach Luft und wollte gerade etwas erwidern, als meine Aufmerksamkeit – ebenso wie die der meisten Frauen in der Nähe – von einer großen Gestalt angezogen wurde, die mit ausgreifenden Schritten den Raum betrat. Sie trug einen langen schwarzen Umhang, Reitstiefel, ein offenes weißes Hemd und einen Dreispitz. Eine schwarze Maske à la Zorro verbarg ihre Gesichtszüge, und die breiten Schultern und langen Beine ließen die Gestalt in dem Outfit noch beeindruckender wirken.

Rasch strich ich mir das Kleid glatt und fragte mich, wer dieser Typ war, da trat Gordon einen Schritt vor.

»Vaughan!«, rief er fröhlich. »Hier drüben!«

Mir blieb der Mund offenstehen – vermutlich kein schöner Anblick -, als Vaughan sich in unsere Richtung drehte und sich das Meer von Kleidern und schwingenden Fräcken für ihn teilte.

»Hi, Dad«, sagte er, aber die Augen hinter der Maske waren auf mein Gesicht gerichtet. »Hallo, Lara.« Er betrachtete mein Outfit, von den Haaren bis zu den Falten aus weichem Satin und Spitze, die meine Beine bis zu den Füßen umspielten. Sein Kinn, das normalerweise hart und kompromisslos wirkte, sah entspannter aus, und ein kleines Lächeln umspielte seine Lippen. »Sie sehen beeindruckend aus.«

Moment mal. War das etwa ein Kompliment? Vermutlich nicht.

Ich ließ mir meine Überraschung nicht anmerken. »Danke. Ihr Kostüm gefällt mir«, krächzte ich.

Großartig. Jetzt klang ich auch noch, als hätte ich eine Halsentzündung.

»Vielen Dank«, sagte er und schnipste lässig gegen seinen Umhang. »Eine Freundin von Dad arbeitet für eine Fernsehproduktionsgesellschaft. An solchen Sachen vollbringen ihre Hände die reinsten Wunder.«

Ich wünschte, deine Hände würden ein Wunder an mir vollbringen … Nervös trank ich einen großen Schluck Champagner. *Verdammt noch mal, Frau, reiß dich zusammen! Vergiss nicht, warum du hier bist.*

»Also«, meldete sich Gordon zu Wort, »ich lasse euch junge Leute jetzt mal allein und mische mich unter die Gäste.«

Morven hustete dezent in ihr Champagnerglas. »Ich glaube, ich gehe dann mal mit.«

Ich warf ihr einen flehenden Blick zu, aber sie grinste nur und zwinkerte mir zu, dann nahm sie Gordons Arm und verschwand mit ihm in der Menge.

Ich blickte Vaughan kurz von der Seite an. Auf seinem kantigen Kinn war die Andeutung eines Bartschattens zu sehen. Langsam zog er sich die Wegelagerer-Maske vom Gesicht und schob sie in seine Hosentasche. Es war eine der erotischsten Gesten, die ich je gesehen hatte.

Schluss jetzt.

»Alles in Ordnung mit Ihnen?«, fragte er.

»Ja, klar, alles gut, danke.«

Er deutete auf die Gäste. »Das haben Sie großartig gemacht.«

Ich zupfte am Spitzenbesatz meines Kleides. »Danke. Tatsächlich war Morven mir eine große Hilfe.«

Vaughan schüttelte leicht den Kopf. »Sie sollten wirklich mal lernen, wie man Komplimente annimmt.«

Ehe ich nachdenken konnte, platzte auch schon aus mir heraus: »Wundert es sie etwa, dass mir das schwerfällt? Komplimente zu machen, scheint Ihnen nicht gerade leichtzufallen.«

Vaughan lächelte und entblößte weiße, ebenmäßige Zähne. »Tja, das habe ich dann wohl verdient.«

So hatte ich ihn noch nie lächeln sehen. Sein Gesicht leuchtete förmlich.

Um seinem durchdringenden Blick auszuweichen, drehte ich mich leicht nach links. Dabei entdeckte ich eine kleine hölzerne Skulptur auf einer Vitrine in der Nähe. Ein nacktes Pärchen, das sich umarmte, war in modernem Stil gestaltet; die Frau hatte verzückt den Kopf zurückgeworfen, das wellige Haar fiel ihr über den Rücken, und der Mann hielt sie im Arm. Die Linienführung war schlicht, aber sehr ausdrucksvoll. Mich wunderte, dass mir das Objekt nie zuvor aufgefallen war.

»Interessieren Sie sich für Kunst?«, fragte Vaughan, der meinem Blick gefolgt war.

Ich war von den Figuren so hingerissen, dass ich ihn fast vergessen hatte, doch jetzt begab ich mich automatisch wieder in Abwehrhaltung. »Warum, darf sich eine Bäckerin etwa nicht für Kunst interessieren?«

In gespielter Kapitulation hob Vaughan die Hände. »Seien Sie nicht so empfindlich. Das habe ich doch gar nicht gesagt.«

Verlegenes Schweigen senkte sich auf uns herab.

»Was gefällt Ihnen denn?«, fragte er plötzlich. »Was Kunst betrifft, meine ich?«

Ich zuckte mit den Schultern. »Alles, was mir irgendwie besonders vorkommt.«

Vaughan deutete auf das sich umarmende Paar, das ich soeben bewundert hatte. »Die beiden habe ich gemacht, als ich sechzehn war.«

»Wirklich? Das ist wunderschön«, flüsterte ich und musterte erneut die Linien und Flächen der beiden Liebenden.

»Ja«, sagte er bedächtig. »Mit den Händen war ich immer schon gut.«

Ein trockenes Husten entrang sich meiner Kehle. Machte er das absichtlich? Ich versteckte mein scharlachrotes Gesicht, indem ich vorgab, in meiner Handtasche nach einem Papiertaschentuch zu suchen.

»Was wissen Sie über Bildhauerei?«, fragte er.

»Nicht besonders viel, fürchte ich.«

»Oh, Sie müssen sich nicht entschuldigen«, erwiderte er. »Ich weiß auch nichts übers Backen.« Er kam einen Schritt auf mich zu. Seine Kinnlinie war wirklich bemerkenswert. »Zwei meiner Lieblingsskulpturen sind die Bronzestatuen von Riace. Haben Sie die schon mal gesehen?«

Ich räusperte mich, entnervt, weil seine Nähe so eine Wirkung auf mich hatte. »Ich glaube nicht. Wie sehen die aus?«, fragte ich so gleichmütig wie möglich.

»Es sind antike Bronzestatuen von zwei nackten griechischen Kriegern. Man weiß nur sehr wenig über sie, denn sie wurden im Meer vor der süditalienischen Küste gefunden, nahe der Stadt Riace«, fuhr er fort, »aber die sehnigen Details ihrer Körper und ihre charaktervollen Gesichter sind faszinierend.« Vaughans eisblaue Augen funkelten, als er fortfuhr: »Sie sind tatsächlich die Verkörperung von Schönheit und Kraft.« Sein Blick schweifte mit einer solchen Intensität über meinen Körper, dass ich kurz wegsehen musste. »Egal, ob Erotik oder Eifersucht – die Bildhauerei kann alles einfangen.«

»Was ist mit moderner Kunst?«, fragte ich, um das Thema zu wechseln und von etwas weniger Verfänglichem als dem menschlichen Körper zu sprechen.

»Meine Vorlieben sind ehrlich gesagt ziemlich vielseitig«, gab er zu. »Ich bewundere Jeff Koons. Schon mal von ihm gehört?« Als ich den Kopf schüttelte, fuhr Vaughan fort: »Er benutzt gern aufblasbare Figuren und Kinderspielzeug für seine Arbeiten.« Er holte sein Handy aus der Tasche der engen Reithose und tippte auf das Display. »Sehen Sie sich das hier an«, sagte er und reichte mir das Telefon. »Koons' Popeye aus rostfreiem Stahl ist etwas ganz Besonderes.«

Für den Bruchteil einer Sekunde berührten wir uns; es fühlte sich an wie ein leichter Stromstoß, aber Vaughan zuckte nicht einmal zusammen. Ich blickte lächelnd auf das Display, auf dem ein auf Hochglanz polierter Popeye mit angespannten, glänzenden Muskeln zu sehen war. »Ich finde es großartig, wie er den Gesichtsausdruck eingefangen hat«, sagte ich.

»Meinen Sie den hier?«

Als ich von dem Handy aufblickte, schnitt Vaughan eine alberne Grimasse, hob das Kinn und presste fest die Lippen zusammen.

»Wenn Sie jetzt jemand erschreckt, bleibt Ihr Gesicht für immer so«, sagte ich lachend.

Er spielte den Beleidigten und erwiderte: »Ich dachte eigentlich, das würde es nur besser machen.«

Ich lächelte nur schwach. *Mehr kriegst du von mir nicht,* beschloss ich im Stillen. Auf keinen Fall wollte ich mich in die Schlange der Frauen einreihen, die ihn bewunderten, obwohl ich allmählich kapierte, warum es diese Schlange gab. Wenn er sich nicht gerade wie ein Ekel aufführte, konnte er ziemlich charmant sein.

»Und was ist mit Ihnen?«, fragte ich. »An was für Kunstwerken arbeiten Sie?«

Seine Augen funkelten, als er antwortete: »Nun, ich genieße es, mich an zeitgenössischer Kunst zu versuchen, aber eigentlich ist die klassische Bildhauerei mein Ding. Marmor und Ton vor allem. Ich mache nichts lieber, als Gesichter und Figuren nach meinen Vorstellungen zu modellieren.«

Hinter uns zerriss ein schrilles Geräusch unsere Luftblase.

»Da bist du ja!«, kreischte eine Frau in einem Kleid aus flammend orangefarbenem Satin. Ihr gebleichtes, zum Zopf geflochtenes blondes Haar fiel ihr über die gebräunte Schulter.

Vaughan presste die Lippen zusammen. »Petra«, murmelte er. »Ich wusste gar nicht, dass du auf Maskenbälle stehst.«

Oh, bitte.

Mit gerunzelter Stirn und einem Lächeln, bei dem sie ihre makellosen Zähne zeigte, drehte sie sich zu mir. »Wer ist das denn?«

Ich setzte ebenfalls ein Lächeln auf, das allerdings weniger übertrieben ausfiel. »Ich bin Lara McDonald.«

»Oh, die Lady mit dem Café!«, flötete sie und bedachte Vaughan mit einem Seitenblick.

»Lara ist nicht die Lady mit dem Café«, stellte er kurz angebunden richtig. »Ihr gehört das Thistles, unser neues Café auf Glenlovatt.«

Petras Blick wurde glasig, ihr Gesicht wirkte noch angespannter. »Nun, da Vaughan mich offensichtlich nicht vorstellen will, muss ich das wohl selbst tun.« Sie reichte mir ihre üppig beringte Hand, an der violett lackierte Fingernägel blitzten. »Ich bin Petra Montgomery-Carlton«, sagte sie und drückte meine Hand ein wenig fester als nötig. »Vaughans Verlobte.«

Einundzwanzig

Der kräftige Geruch der kleinen Wildpasteten und Wellington-Filets, die auf silbernen Tabletts vorbeigetragen wurden, verursachte mir Übelkeit.

Vaughan war verlobt. Mit dieser blonden Frau mit dem endlos langen Namen. Na und?

»Glückwunsch«, brachte ich heraus.

Zögerlich machte Vaughan einen Schritt auf mich zu. »Lara ...«

Ich fiel ihm ins Wort. »Wenn Sie mich bitte entschuldigen würden, ich habe noch eine Menge zu tun.«

Damit drehte ich mich um und bahnte mir einen Weg zwischen tressenbesetzten Schultern, mit Spitze geschmückten Kleidern, aufwändigen, gepuderten Perücken und fließenden Umhängen hindurch. Die Eröffnung des Cafés am Montag rückte beunruhigend näher, und darauf musste ich mich konzentrieren. Das Café stand im Mittelpunkt meiner Aufmerksamkeit.

»Lara?«

Draußen im großen Saal musterte mich Travis mit besorgtem Blick. »Geht es Ihnen gut?«

»Ja. Ja, vielen Dank. Alles in Ordnung.«

Er war nicht überzeugt. »Wenn Sie erlauben ... Es hat doch nichts mit dem jungen Gutsherrn zu tun, oder?«

Ich spürte, dass ich rot wurde. »Nein, es ist ...«

Hinter mir hörte ich jemanden unbeherrscht kichern.

Es war Morven, erneut in Begleitung des Kerls mit den Reitstiefeln.

Neben ihm sah ich den sexy blonden Musiker, der mich vorher so aufmerksam gemustert hatte. Morvens grüne Augen leuchteten vor Übermut, und ich bemerkte, dass sie vom Tanzen noch ganz außer Atem war.

»Na komm schon«, trällerte sie und umfasste mein Handgelenk. »Auf die Tanzfläche mit dir.«

»Nein, Morvs. Ich sollte jetzt wirklich gehen und alles mit den Caterern klarmachen. Ich weiß nicht, wann das Essen geliefert wird ...«

Aber Morven schüttelte nur den Kopf. »Oh nein, das musst du nicht! Es ist an der Zeit, einfach mal du selbst zu sein, Lara.«

Ich protestierte vergeblich. Morvens Hand hielt meine fest umklammert, bis wir zwischen den anderen Gästen auf der Tanzfläche gelandet waren. Die Band tippte auf die Instrumente, stampfte dreimal mit den Füßen auf, und dann stimmten sie die wirbelnden Klänge eines schottischen Reels an. Andere Gäste tanzten um uns herum, hakten sich unter und drehten sich schnell umeinander, sodass die Farben ihrer Abendkleider und Fräcke miteinander verschmolzen. Morvens Musiker wirbelte mich lächelnd herum, bis ich schließlich wieder vor meiner Freundin stand.

»Hast du dich über ihn aufgeregt?«, flüsterte sie mir ins Ohr.

Ich knetete den Saum meines Kleides. »Wen meinst du?«

Morven verdrehte die Augen. »Jetzt tu doch nicht so.«

Wir hakten uns unter, und als ich mich umdrehte, stand mir erneut der aufmerksame Musiker gegenüber. »Ich bin Mark«, sagte er lächelnd.

»Ich bin Lara.«

»Ja, das hat Morven mir schon erzählt.«

Mark nahm mich bei den Händen, und als er mich sanft drehte und mein spitzenbesetzter Rock raschelte, entdeckte ich Vaughan in der Menge. Er starrte mich an. Petra hielt seinen Arm umklammert. Die Musik schwoll zu einem Crescendo an, wurde immer lauter, und die Leute, die bislang fieberhaft getanzt hatten, brachen nun in wildes Gelächter aus. Alle applaudierten, und die Band sonnte sich in unserer Anerkennung. Den Rest des Abends verbrachte ich damit, Marks Aufmerksamkeit zu entgehen, ohne dabei unhöflich zu wirken, und ich gab mir alle Mühe, Petras triumphierende Worte zu vergessen, die noch immer in meinem Kopf widerhallten.

• • •

Das restliche Wochenende ging in einem Nebel aus Enttäuschung, gespannter Erwartung und dem Gefühl, ausgesprochen dumm zu sein, vorüber. Warum machte mich die Erkenntnis, dass Vaughan verlobt war, dermaßen fertig? Er war ein sturer Scheißkerl, der dauernd schlechte Laune hatte, und bis zu diesem Tag waren wir einander unsympathisch gewesen. Petra war offensichtlich ein reiches Mädchen aus der High Society. Die beiden waren füreinander gemacht. Und ich war es Hugo und Gordon schuldig, mich auf das Thistles zu konzentrieren und auf sonst gar nichts. Was auch immer es mit meinem Sinneswandel in Bezug auf Vaughan auf sich hatte – es war schon wieder vorbei.

Am Sonntagnachmittag machte ich mich auf den Weg zum Thistles, um mich zu vergewissern, dass alles für die Eröffnung bereit war. Ich trat vom Innenhof her ein; durch die Türen fielen diesige Sonnenstrahlen ins Haus und malten kunstvolle Dreiecke auf den Holzfußboden. Wir hatten draußen ein paar Tische aufgestellt, die hoffentlich einige Gäste dazu verleiten würden, uns einen Besuch durch den Garteneingang abzustatten, wenn sie nicht aus dem großen Saal hereinkamen.

Mit frischem Blick nahm ich die glänzenden Holztische und die Stühle mit den hohen Lehnen wahr. Hinter der Kuchentheke verliefen nun mehrere Holzregale an der Wand entlang. Allerlei Tee- und Kaffeegläser mit Schraubverschluss standen dort neben einer großen verchromten Kaffeemaschine. Eine kleine Tafel, auf der noch nichts stand, hing neben der Kaffeemaschine, bereit, unsere verschiedenen Leckerbissen anzupreisen. Mein Herz setzte einen Schlag aus, als ich die elektronische Kasse und das Kartenlesegerät sah. Ich war keine Siebenjährige, die mit einem Kaufmannsladen spielte. Ich war eine siebenundzwanzigjährige Geschäftsfrau, verantwortlich dafür, dass das Thistles Gewinne einfuhr und die Zukunft von Glenlovatt Manor sicherte.

Ganz ruhig bleiben.

Dann entdeckte ich die Kartons mit den neu gedruckten Speisekarten, die sich säuberlich in einer Ecke stapelten. Gerade noch rechtzeitig waren sie angekommen. Mit der Küchenschere riss ich einen Karton auf und überflog eine Karte auf der Suche nach Druckfehlern. Ich seufzte erleichtert. Alles war perfekt.

Ich nahm die restlichen Exemplare aus den Kartons und fing an, auf jedem Tisch zwei Karten an die kleinen Zuckerdosen zu lehnen, die Morven aufgetrieben hatte. Sie waren mit einem Band im Muster des Carmichael-Clans geschmückt, moos- und salbeigrün mit blauen Karos.

Dann holte ich die To-Do-Liste heraus und versuchte, meine Nerven zu beruhigen, indem ich alles systematisch durchging. Dreimal überprüfte ich, ob die Kühlschränke, die Speisekammern und die Station des Baristas allesamt gut gefüllt waren; ich schaltete das Kartenlesegerät und die Kasse ein, um sicherzugehen, dass es keine technischen Pannen geben würde, und ich sorgte dafür, dass sämtliche Konfitüren und Marmeladen, die zum Kauf angeboten wurden, mit Preisetiketten versehen waren.

Schließlich nahm ich meine Jacke und die Handtasche, die ich auf einem Tisch in der Nähe abgestellt hatte, denn ich wusste, dass es vor dem Backen am nächsten Morgen nichts mehr zu tun gab. Bei dem Gedanken rebellierte mein Magen, dennoch wandte ich mich zum Gehen.

»Oh verdammt!«

Rasch zog ich den Finger aus dem Türspalt zum Innenhof, denn ich hatte ihn mir eingeklemmt, als ich die Türen schließen wollte. Auf einen dumpfen Schmerz folgte ein scharfer Blitz, und meine Fingerkuppe begann zu pulsieren. Die Quetschung würde sich bis zum nächsten Morgen zweifellos in einen eindrucksvollen Bluterguss verwandeln.

»Alles in Ordnung?«

Direkt hinter mir stand Vaughan.

»Ja, schon okay, danke. Ich habe mir nur gerade den Finger eingeklemmt.«

Ich machte Anstalten, an ihm vorbeizugehen, aber er streckte eine Hand aus und sagte schroff: »Zeigen Sie mal.«

Bitte, geh weg, flehte ich innerlich. *Du und dein weißes Hemd und die ausgeblichene Jeans, verschwindet doch einfach.*

»Nein, alles gut, wirklich«, wiederholte ich. »Ich habe mir nur den Finger geklemmt. Wiederbelebung überflüssig.«

Ein schelmisches Lächeln huschte über sein Gesicht. »Das würde ich gern übernehmen, wenn Sie einverstanden wären.«

Ich straffte den Rücken und sagte: »Nein, danke. Morgen ist der große Tag, ich sollte also langsam mal gehen.«

Vaughan machte einen Schritt vorwärts und versperrte mir den Weg. »Nicht, bevor ich mich vergewissert habe, dass mit Ihrer Hand alles okay ist. Mit dem Auto brauchen Sie für den Heimweg nur zwanzig Minuten.«

»Oh, um Himmels willen!« Ich streckte meine Hand aus. »Sehen Sie? Ist schon wieder gut.«

Er berührte mich sanft am Ellbogen. »Ich glaube, das wird ein fieser blauer Fleck. Kommen Sie, in der Vorratskammer ist noch ein bisschen Arnikasalbe.«

Er führte mich durch das Café in den großen Saal, dann ein paar Steinstufen hinunter, die eine scharfe Kurve nach rechts beschrieben. Im Gegensatz zu meinen Turnschuhen waren seine Timberland-Boots auf den Stufen ziemlich laut. Er stieß eine schäbige alte Tür auf, hinter der ein schmaler Schrank mit einem sehr staubigen Fenster und ein paar billigen Regalen zum Vorschein kam. Unterhalb des Fensters standen eine Spüle und ein klappriger Unterschrank.

Vaughan drehte den Kaltwasserhahn auf, und ehe ich reagieren konnte, hielt er meinen Finger darunter, der so rot war, als schämte er sich.

»Aua! Das Wasser ist ja eiskalt! Sie hätten mich wenigstens warnen können.«

»Und wie hätte ich das tun sollen? Hätte ich ein paar Duftkerzen aufstellen müssen? Ätherische Öle durch die Luft wabern lassen?«

Finster betrachtete ich seine Gestalt, die über mir aufragte. »Kein Grund, sarkastisch zu werden. Sie wissen schon, was ich meine.« Ich zog die Hand aus dem Wasserstrahl, und Vaughan drehte den Hahn zu. Die Leitungen gaben ein missmutiges Gurgeln von sich.

»Halten Sie still. Ich trockne Ihnen den Finger ab und streiche etwas Salbe darauf. Können Sie ihn bewegen?«

Ich war schwer in Versuchung, ihm zu zeigen, wie flexibel mein Mittelfinger tatsächlich war, entschied mich dann aber dagegen.

Er griff in den Schrank über der angeschlagenen weißen Spüle und holte die Creme heraus.

»Ist die nicht längst abgelaufen?«

Er verdrehte die blauen Augen. »Natürlich nicht. Ich habe sie erst letzte Woche gekauft. Die brauche ich beim Arbeiten oft. Berufsrisiko.«

In meiner Kehle bildete sich ein Kloß, als er meine Hand sanft mit einem sauberen Handtuch aus einem der Regale abtrocknete und dann die Creme einzumassieren begann.

Ich riskierte einen flüchtigen Blick in sein Gesicht in der Erwartung, dass er unter dichten, schwarzen Wimpern hervor auf meine Hand und die vor ihm liegende Aufgabe blicken würde. Stattdessen musterte er mich; das schwarze Haar fiel ihm über die Schultern.

»Es ist schon viel besser, danke«, brachte ich heraus. Hustend entzog ich mich seinem Griff. »Der Schmerz lässt schon nach, aber morgen habe ich wahrscheinlich, wie Sie sagten, einen hübschen blauen Fleck.«

Vaughans sanfter Gesichtsausdruck wurde wieder hart. »Ja, wahrscheinlich.«

Ich hob meine Tasche vom Boden auf und marschierte rasch aus dem spärlich beleuchteten Raum.

Zweiundzwanzig

Ich lenkte meinen Clio auf den Parkplatz neben dem Haus und umklammerte das Lenkrad länger als nötig. Es war noch sehr früh, aber am Eröffnungstag brauchte ich ein bisschen Vorsprung.

Ich schob mir die Sonnenbrille ins Haar und überprüfte im Spiegel der Blende mein Gesicht. Da ich in der Nacht zuvor nur wenig geschlafen hatte, starrten mich meine Augen an wie zwei pochierte Eier auf einem weißen Teller. Ein Chor von Ringeltauben brachte mir ein Ständchen, als ich in weißem T-Shirt, schwarzer Jeans und Turnschuhen aus dem Wagen stieg – wenn ich so viel backen musste wie an diesem Tag, brauchte ich bequeme Klamotten. Ich nahm meine Handtasche vom Rücksitz und schloss das Auto ab.

Die ersten Sonnenstrahlen fielen auf die Rasenflächen, und eine frische Brise blies durch die Bäume an der Zufahrt und über die Blumenbeete hinweg, auf denen Kamelien die üppigen Blüten gen Himmel reckten. Glenlovatt Manor besaß die Fähigkeit, sich dem Besucher ins Herz zu schleichen und es zu stehlen, ohne dass er es bemerkte. Kein Wunder, dass Hugo und Lydia das Anwesen so sehr geliebt hatten. Ich spähte zu dem Mausoleum hinüber, das sich weiter hinten friedlich ins Gelände schmiegte. Ich wusste, dass sich Hugo meinen Erfolg sehr wünschte.

Ich steuerte auf die Innenhoftüren des Cafés zu und betete, dass ein gewisser dunkelhaariger Bildhauer noch im Bett liegen möge. Entschlossen verscheuchte ich die Vorstellung aus meinem Kopf, wie Vaughans sehniger Körper unter der Bettdecke lag, und betrat das Café. Aus dem großen Saal kam mir Gordon entgegen. »Meine Güte, welch erfreulicher Anblick für meine müden Augen an einem Montagmorgen!«, rief er.

Ich erwiderte sein Lächeln und deutete auf seinen eleganten dunkelblauen Anzug, das blaue Hemd und die blassgoldene Krawatte. »Sie wissen schon, dass die Damen von Fairview ganz schwach werden, wenn Sie so schicke Sachen tragen, oder?«

Leichte Röte huschte über Gordons Wangen. »Ach, sagen Sie so was nicht!« Er verschränkte die Arme und fuhr fort: »Ich war ein bisschen überrascht, dass Sie nach dem Ball nicht hier übernachtet haben wie Morven auch, aber Travis meinte, Sie seien etwas unpässlich gewesen ...«

Beim Gedanken an Travis unterdrückte ich ein zärtliches Lächeln. Was täte ich nur ohne ihn?

»Das stimmt. Ich fühlte mich nicht ganz wohl.«

Gordon runzelte die Stirn. »Wie schade. Na ja, ich lasse Sie gleich wieder in Ruhe, ich bin nur hergekommen, um Ihnen zu danken, Lara.«

Ich spürte, wie mir die Röte in die Wangen stieg. »Ich habe *Ihnen* zu danken, Gordon.«

»Oh nein, das stimmt nicht«, entgegnete er freundlich. »Sie haben sich dieser Herausforderung gestellt, obwohl Sie das wirklich nicht mussten.«

»Doch, das musste ich. Ich muss Ihnen und Hugo beweisen, dass es kein Fehler war, so großes Vertrauen in mich zu setzen.«

Als Gordon sich auf den Weg in sein Arbeitszimmer machte, ging ich in die Küche.

Wir würden erst in einigen Stunden öffnen, also band ich mir rasch eine der neuen Thistles-Schürzen um und fing an, ein paar Kirsch-Cupcakes zuzubereiten. Danach war die Kokos-Limetten-Torte dran und dann ein Guinness-Schokokuchen. In einer halben Stunde war mit Jess zu rechnen, und kurz vor der Eröffnung würde sich Morven zu uns gesellen.

Aufregung durchfuhr mich wie ein Stromschlag, als ich dem Teig gebrannte Mandeln hinzufügte. Ich sah zu, wie die kandierten Kirschen, die ich unter den Teig hob, im Mixer auf und nieder tanzten. Sie sahen aus wie kleine blutrote Boote, die über ein chamoisfarbenes Meer fuhren. Ich tauchte einen Teelöffel ein, um den Teig zu kosten, und schloss die Augen. Das Aroma der würzigen Kirschen verband sich mit dem der gebrannten Mandeln. Pure Vollkommenheit.

• • •

»Bitte sehr, Tee für zwei, eine Scheibe Gin-Tonic-Kastenkuchen und eine Frangipani-Tarte.«

Mit einem zufriedenen Lächeln im Gesicht hatte ich die Bestellung zum Tisch gebracht. Das Thistles war erst seit wenigen Stunden geöffnet, aber wir hatten bereits durchgehend zu tun.

Unsere beiden Kuchen des Tages für die Eröffnung – ein Birnen-Ingwer-Kuchen mit Schlagsahne und Rum-Karamell-Guss und eine traditionellere, mehrstöckige Orangentorte – standen wie zwei eitle Damen ganz oben auf ihren jeweiligen Kuchenständern. Die Theke war ein Füllhorn an Farben. Platten von dicht mit Früchten besetzten Kuchen mit schneeweißer Glasur drängten sich an pinkfarbene Cupcake-Förmchen, die mit goldgelbem Gebäck gefüllt waren. Jess hatte ihre letzte Ladung Focaccia aus Sauerteig auf eine gläserne Servierplatte am Ende der Theke gelegt. Sie waren frisch aus dem Ofen gekommen, und Stückchen von grünen Oliven und Flaschentomaten glänzten wie Juwelen in den knusprigen Brothügeln. Als kleine Variation der traditionellen Hafer-Dattel-Schnitte hatte ich dem Teig Karamell hinzugefügt und den Schnitten mit dunklen Schokoraspeln den letzten Pfiff verliehen.

Genießerisch betrachtete Jess die Leckerbissen. »Ich weiß schon, was ich in der Pause zu meiner Tasse Tee essen werde.«

»Aber nur, wenn ich dir nicht zuvorkomme«, sagte Morven und grinste. »Verdammt, Mädels, wenn ich länger hier arbeite, muss ich meine Klamotten eine oder zwei Nummern größer kaufen!«

Früher an diesem Morgen war Gordon noch einmal hereingekommen, um ein Stück von meinem Schoko-Guinnesskuchen zu testen und seinen Durst mit einem Caffè Americano zu löschen. Nun tauchte Mrs. Baylis auf, eine pensionierte Bibliothekarin aus dem Ort, die inzwischen Führungen auf Glenlovatt anbot. Sie hatte sich mit Tweed und Perlen herausgeputzt, und ihr sorgfältig gepudertes Gesicht strahlte vor Freude, als sie das Café erstmals in Augenschein nahm.

»Das ist ja wundervoll«, sagte sie atemlos und nahm meine Hand, »die verstorbene Gutsherrin wäre begeistert gewesen.«

Wegen ihrer Leidenschaft für die Geschichte des Orts war Mrs. Baylis auf Gordons Angebot, offiziell Fremdenführerin auf Glenlovatt zu werden, sofort angesprungen. So wurde beschlossen, dass sie anfangs an drei Tagen der Woche je zwei Führungen anbieten würde, um festzustellen, wie groß die Nachfrage war. Wenn die Rundgänge gut angenommen wurden, konnte die Zahl erhöht werden.

Mrs. Baylis blickte auf ihre elegante Armbanduhr. »Die erste Busladung Touristen müsste bald eintreffen.«

»Dürfen die Besucher sich überall im Haus umsehen?«

Sie schüttelte den Kopf. »Nein, nur im großen Saal, im Speisezimmer und im Wohnzimmer. Und dann in den Gästezimmern im ersten Stock. Natürlich auch in den Außenanlagen.« Lächelnd fügte sie hinzu: »Ich sorge dafür, dass die Rundgänge im Café enden.«

»Das ist sehr gut!«, sagte ich. »Ich bin mir sicher, dass es kein Problem ist, weiteres Personal einzustellen, wenn die Führungen erst richtig losgehen.

Das metallene Heck eines Reisebusses kam in Sicht. Mrs. Baylis lächelte erneut, als sie sich auf den Weg zum großen Saal machte. »Das ist die richtige Einstellung, Lara.«

Ein älteres Paar in Wanderkleidung steckte die geröteten Gesichter zu den Innenhoftüren herein. »Verzeihung. Haben Sie geöffnet?«, fragte der Mann hoffnungsvoll.

»Ja, natürlich. Bitte, kommen Sie herein.«

Sie nickten den Gästen an den anderen Tischen zur Begrüßung höflich zu und fingen an, ganz offen die Kuchen und Torten zu bewundern.

Unter dem Summen der Gespräche und der gedämpften Musik – ich hatte eine Auswahl an Klassiktiteln und schottischen Reels von meinem iPod zusammengestellt – holte ich schwungvoll zwei Teller hinter der Theke hervor, um die Wanderer zu bedienen.

Der Morgen verging unter dem Ansturm hungriger Urlauber; sogar eine kleine Gruppe von Grundschülern stattete dem Anwesen einen kurzen Besuch ab. Die Mittagszeit kam, und Morven hatte den letzten Teil des Vormittags damit verbracht, die Essensreste der Kinder abzuräumen und sie mit Geschichten von Gary, dem Piraten von Glenlovatt, zu unterhalten. Die Befriedigung, die ich empfand, als unsere Küche nach dem mittäglichen Andrang wieder halbwegs in Ordnung gebracht war, wurde abrupt unterbrochen, als hinter mir eine Stimme erklang.

»Lara?« In der Küchentür stand Vaughan und schob sich eine Haarsträhne aus dem Gesicht. Meine Aufregung verwandelte sich sehr schnell in Ärger, und zwar mehr auf mich selbst als auf irgendjemand sonst.

Hinter ihm tauchte Morven auf. Ihr Blick wanderte zwischen Vaughan und mir hin und her. Dann steckte sie ihren Blondschopf zur Küchentür herein. »Jess, ich brauche hinter der Theke kurz deine Hilfe.«

»Oh. Verstehe. Okay«, antwortete Jess.

Ich atmete tief durch und warf mir ein Geschirrtuch über die Schulter. »Hi«, sagte ich und deutete auf ein paar klebrige Toffee-Muffins, zwei Scheiben Himbeer-Kokosnuss-Kuchen und ein einzelnes Stück Zitronentorte mit Baiserhaube. »Die Reste von heute Morgen. Etwas, was Sie besonders mögen?« Oh, um Himmels willen! Warum hatte ich ihn nicht einfach mit einem eisigen Blick bedacht, anstatt mich auf leeres Geplauder zu verlegen?

Vaughans Mundwinkel zuckten. »Erwarten Sie darauf wirklich eine Antwort?«

Ich verschränkte die Arme vor der Brust. »Sie wissen schon, was ich meine.«

Er grinste. »Ja, stimmt. Es sieht großartig aus hier drin.«

»Also nicht wie in einer Schneekugel.«

»Nein, wirklich großartig. Sehr stilvoll. Genau wie die neue Inhaberin.«

Okay, damit hatte ich nicht gerechnet. Mein Gesicht prickelte vor Hitze. »Danke.«

Er beugte sich vor und musterte mich so durchdringend aus blauen Augen, dass ich einen Schritt zurückwich. »Ich muss mit Ihnen über Petra reden.«

»Ach ja?«, erwiderte ich argwöhnisch.

Er kam weiter in die Küche hinein, die langen Wimpern berührten fast seine Wangen, wenn er blinzelte. »Na ja, die Sache ist die ... Eigentlich bin ich nicht verlobt.«

Das schien mir ein guter Augenblick zu sein, um die bereits saubere Arbeitsfläche ein weiteres Mal abzuwischen. »Eigentlich nicht verlobt?«, fragte ich und wünschte, ich würde nicht so verdammt neugierig klingen. »Was soll das heißen?«

Vaughan räusperte sich. »Petra und ich waren ein paar Monate lang mal zusammen und mal nicht. Unsere Familien sind seit unserer Kindheit eng miteinander verbunden.«

Ich legte das Geschirrtuch ab. »Sie müssen mir das nicht erzählen. Ehrlich gesagt weiß ich nicht, warum Sie überhaupt hier sind. Das alles geht mich gar nichts an.«

Vaughan sah zu, wie ich einen Stapel Teller in den Geschirrspüler räumte. »Ich wollte es Ihnen nur erklären, das ist alles. Petra will um jeden Preis heiraten. Bei jeder Gelegenheit winkt sie mit dem Zaunpfahl. Aber wir sind nicht verlobt.«

Ich blickte ihm in die Augen. Warum starrte er mich so an?

»Und warum erzählen Sie das nicht ihr?«

Vaughan fuhr sich mit einer Hand durchs Haar, und die Strähnen fielen herab und umrahmten sein Gesicht. »Glauben Sie mir, das habe ich bereits getan.« Das Gespräch stockte, als ich ein paar Schranktüren schloss. »Petra glaubt offensichtlich, dass ich sie eines Tages heirate, wenn sie nur oft genug darauf zu sprechen kommt.« Er beugte sich über die Arbeitsfläche zu mir und reckte das leicht stoppelige, kantige Kinn.

»Aber ich bin nicht mit ihr verlobt«, wiederholte er. »Und dazu wird es auch nie kommen.«

Schweigen senkte sich über uns, und ehe ich wusste, wie mir geschah, waren unsere Lippen nur noch wenige Zentimeter voneinander entfernt. Ich ertappte mich dabei, dass ich auf die dunklen Stoppeln blickte, die sein Kinn überzogen.

»Vaughan?«, erklang eine hohe Stimme irgendwo hinter ihm. »Wann kommst du denn endlich?«

Eine junge blonde Frau stand in der Küchentür, eingehüllt in ein weißes Bettlaken, aus dem eine goldbraune Schulter herausragte. Verspätete Mittagsgäste starrten die nur halb bekleidete Blondine ungläubig an. War das Vaughan Carmichaels Ernst?

Ich sprang zurück, als hätte ich einen Stromschlag bekommen. »Sie sollten jetzt besser gehen«, brachte ich mühsam heraus. »In dem Ding da holt sie sich noch den Tod.«

»Es ist nicht so, wie es aussieht«, protestierte Vaughan.

»Das ist es doch nie, oder?«

Vaughan blinzelte mehrmals. »Sie sind fest entschlossen, immer das Schlimmste von mir zu denken, stimmt's?« Mit einem trockenen Lachen fügte er hinzu: »Nun, denken Sie, was Sie wollen, Lara. Vielleicht sollte ich mal anfangen, Ihren hohen Erwartungen gerecht zu werden.«

Er drehte sich um und legte einen Arm um die Schultern der blonden Frau unter dem Bettlaken, dann schlenderte er lässig mit ihr aus dem Café hinaus.

Dreiundzwanzig

»Ich glaube, das kann ich nicht.«

Morvens smaragdgrüne Augen weiteten sich, als sie mich über den Rand ihrer Kaffeetasse hinweg musterte. »Sei nicht albern!«

»Ich bin nicht albern!«, jammerte ich und zupfte an meinen ausgefransten Socken herum. »Ich glaube, wir haben einfach unterschätzt, wie viel Arbeit das Thistles mit sich bringt. Ich fürchte, dem bin ich nicht gewachsen.«

Ein Monat war seit der Eröffnung des Cafés und seit dem Streit mit Vaughan vergangen. Seit jenem Tag hatten wir einander bei den wenigen Malen, die ich ihn durch Glenlovatt streifen sah, nur mit einem knappen »Hallo« begrüßt. In dieser Woche hatte Gordon erwähnt, dass Vaughan nach London gefahren war, um seine jüngsten Skulpturen bei einigen wichtigen Kunstmessen zu zeigen.

Ich war erleichtert. Unter den gegebenen Umständen war es so am besten.

Morven knallte ihre Tasse auf den Tisch und holte mich in die Realität zurück. »Ich lasse auf keinen Fall zu, dass du jetzt aufgibst. Du kriegst das mit dem Café richtig gut hin, und außerdem bist du es dem Andenken dieses netten alten Mannes schuldig. Er hat an dich geglaubt, und das tue ich auch.«

»Es ist nicht fair von dir, Hugo ins Spiel zu bringen.«

Morven nickte. »Stimmt, du hast recht. Ich hätte Hugo nicht erwähnen sollen. Aber ich weiß, dass es nichts damit zu tun hat, dass du der

Aufgabe nicht gewachsen wärst. Das liegt alles nur an diesem blöden Bildhauer.«

Die Kaffeetasse schwebte vor meinem Mund in der Luft. »Was denn?«

Morven verschränkte die Arme. »Dass du so niedergeschlagen bist, hat nichts mit der Arbeitsbelastung durch das Thistles zu tun. Der Grund ist Vaughan Carmichael. Habe ich recht?«

Ich schwieg. Und ich musste ihr auch nicht antworten. Mein schuldbewusster Blick sagte alles.

»Ich will das Thema nicht schon wieder ansprechen«, sagte Morven leise, »aber hast du vergessen, dass vor ein paar Wochen erst eine halbnackte Blondine im Café aufgetaucht ist?«

Abrupt drehte ich den Kopf und sah sie an. »Nein, das habe ich nicht vergessen.«

Morven zog die Füße auf dem Sofa weiter unter sich, dann beugte sie sich zu mir und drückte zärtlich meinen Arm. »Du darfst nicht zulassen, dass deine Gefühle für Mr. Grantig dein Urteilsvermögen beeinträchtigen.«

Morven hatte recht. Natürlich hatte sie das. Wenn ich jetzt aufgab, ließ ich mich selbst im Stich, ganz zu schweigen von Hugo, Gordon und Glenlovatt.

»Aber da ist auch noch Petra«, murmelte ich. »Was ist, wenn sie wirklich verlobt sind?«

Morven seufzte. »Tja, wenn das wahr wäre, dann würdest du glimpflich davonkommen.« Sie blickte mich unter dichten Wimpern hervor an. »Aber dieser Typ lässt sich nicht zweimal mit ein und derselben Frau blicken, deshalb geht die Wahrscheinlichkeit, dass er mit Petra Soundso verlobt ist, gegen Null. Das hast du dir vermutlich schon gedacht, obwohl die Welt des sogenannten niederen Landadels ziemlich inzestuös ist.«

Ich schnitt eine Grimasse.

»Nein, doch nicht so, du dummes Huhn. Ich meine damit, dass jeder jeden kennt, und das bedeutet, dass es sich in Nullkommanichts herumspricht, wenn Gräfin Großmops sich mit Graf Gauner verlobt.«

»Bei diesen Namen können einem die Kinder wirklich leidtun«, scherzte ich.

Morven seufzte entnervt. »Die Namen sind doch nur ein Produkt meiner lebhaften Fantasie. Aber wenn Petra mit Vaughan verlobt wäre, dann hätte ich davon gehört, glaub mir.« Sie rückte ein bisschen näher an mich heran. »Ja, er sieht fantastisch aus, aber er ist auch ein Scheißkerl. Sein Ruf als Frauenheld eilt ihm voraus. Also halt dich von ihm fern – um deiner selbst willen, okay?«

Ich zwang mich, meine beste Freundin anzulächeln. Ich wusste, dass mir nichts anderes übrigblieb, als Morvens Ratschlag anzunehmen, obwohl ich es insgeheim nicht wollte. Meine Laune verschlechterte sich noch weiter, als mein Handy klingelte. Es war Babs, die Reinigungskraft im Thistles.

Morven beobachtete mich genau, als ich den Anruf einsilbig entgegennahm. Offenbar hatte sie das Wesentliche der Unterhaltung erfasst, denn als ich auflegte, schloss sie für einen Moment die Augen.

»Du brauchst nichts zu sagen. Babs hat gerade gekündigt.«

»Es ist nicht ihre Schuld, und sie hat sich tausendmal entschuldigt«, erklärte ich und seufzte entmutigt. »Ihre Tochter fängt nach der Geburt des Babys wieder an zu arbeiten, und sie braucht Babs' Hilfe bei der Kinderbetreuung. Sie hat mir von Anfang an gesagt, dass das passieren könnte, aber ich brauchte nun mal eine gute Putzfrau.« Ich starrte in meinen Becher. »Jetzt muss ich mir also eine neue suchen, und Babs war so gründlich und zuverlässig, dass es schwer sein wird, angemessenen Ersatz zu finden.« Ich stellte meinen Tee wieder auf den Untersetzer und griff nach meinem Stift und der To-Do-Liste, die irgendwie nie kürzer zu werden schien. »Ich bitte dich nicht gern darum, Morven, aber könntest du vielleicht eine Stellenanzeige für eine neue Reinigungskraft formulieren? Bitte!«

Morven nickte. »Sei nicht albern. Natürlich kann ich das.«

»Babs sagt, sie kann nur noch bis Ende der Woche arbeiten. Je eher wir einen Ersatz finden, desto besser.«

Plötzlich straffte Morven neben mir auf dem Sofa den Rücken. »Warte mal. Ich glaube nicht, dass wir eine Stellenanzeige aufgeben müssen.« Ein strahlendes Lächeln erhellte ihr Gesicht.

»Erinnerst du dich an meine Tante Bea? Nun, sie arbeitet wieder bei einer Agentur für Haushaltshilfen.«

Ich legte meinen Stift ab. »Meinst du, sie kann uns jemanden besorgen?«

»Natürlich kann sie das. Sie hat viele Kontakte. Überlass das nur mir. Ich rufe sie gleich an.«

Ich hörte zu, wie meine dynamische Freundin ihrer Tante am Telefon die Situation erläuterte. Als sie auflegte, schäumte sie vor Begeisterung fast über. »Eine Freundin von ihr, Connie Hunter, hat bei den Barwood-Symes oben in Tydell geputzt.«

Ich lächelte sie an. »Das klingt ja wie ein geheimer Code, wenn du so redest.«

In gespielter Entrüstung rollte Morven mit den Augen. »Glaub mir, diese Familie ist pingelig, und zwar mehr, als du dir vorstellen kannst. Jedenfalls ist Connie die Fahrerei leid und hat Bea gebeten, ihr eine zentraler gelegene Putzstelle zu besorgen.«

»Und ihre Referenzen?«, fragte ich und straffte ebenfalls den Rücken.

»Die sind offenbar glänzend. Bea schickt sie gleich rüber.«

Während wir warteten, trank ich einen Schluck Kaffee. »Bereust du eigentlich inzwischen, dass du dich auf mich und das Thistles eingelassen hast, Morvs?«

Morven runzelte die Stirn. »Was soll denn diese blöde Frage?«

Ich zuckte mit den Schultern. »Ich meine ja nur. Du bist mir eine unschätzbare Hilfe, aber ich weiß, dass dir dadurch kaum noch Zeit bleibt, im Unternehmen deines Vaters zu arbeiten.«

»Hör zu«, sagte Morven, »solange du mich gern um dich hast und ich dir bei allem helfen kann, was getan werden muss, ist das für mich absolut in Ordnung.«

Sie lehnte den Kopf wieder an das Sofa. »Ich weiß, das Thistles gehört dir, aber irgendwie habe ich auch ein persönliches Interesse an dem Lokal, und es ist einfach großartig, etwas zu tun, das nichts mit meiner Familie zu tun hat.«

»Okay, wenn du dir sicher bist …«

Sie tätschelte mir das Bein. »*Absolut* sicher. Und außerdem kann ich nicht zulassen, dass Jess und du all den leckeren Kuchen allein aufesst, nicht wahr?«

Auf einmal pingte Morvens Handy, und eine Textnachricht leuchtete auf. Wir scrollten eine beeindruckende Liste von Referenzen für Connie durch, und Morven schrieb ihrer Tante, dass wir sie gern kennenlernen und uns unverbindlich mit ihr unterhalten würden.

»Siehst du?«, sagte Morven und strahlte mich an, während sie ihr Handyetui zuklappte. »Die meisten Dinge regeln sich von selbst.

Ich erwiderte ihr Lächeln. »Du solltest mal ein Motivationsbuch schreiben. Das würde sicher weggehen wie warme Semmeln.«

»Nee.« Morven kicherte und trank einen großen Schluck. »Ich glaube, dazu bin ich selbst nicht motiviert genug.«

• • •

Die Septembersonne hüllte mich in ihre Strahlen wie in eine goldene Decke, als ich die Flügeltüren des Thistles öffnete.

Obwohl das Café bereits seit zwei Monaten geöffnet war, erfüllte mich der Anblick der Stühle mit den hohen Lehnen, der Tische, die auf die nächste Ladung Gäste warteten, und der Anblick von Lydias Kunstwerken in goldenen und hölzernen Rahmen immer wieder mit Befriedigung. Ohne den guten alten Hugo wäre all das nicht möglich gewesen. Auf einmal sah ich ihn vor meinem geistigen Auge in der Ecke sitzen und sich verschmitzt den silbergrauen Schnurrbart zwirbeln, und ich musste lächeln.

Hinter den raumhohen Fenstern glitzerte taufeuchter Rasen. Glenlovatt bedeutete mir von Tag zu Tag mehr, und an diesem Morgen im Frühherbst, als das Café und das Haus noch in sanftem Schlummer lagen, schenkte ich dem Anwesen tatsächlich mein Herz.

Ich schaltete die Kaffeemaschine ein und ging sofort in die Küche, um Schoko-Flapjacks und Plätzchen sowie Muffins mit Cremetopping, die ich von zu Hause mitgebracht hatte, in die Kuchentheke zu stellen. Danach machte ich mich an einen überaus köstlichen Kuchen mit spiegelglatter Schokoglasur. Es handelte sich um eines der Lieblingsrezepte meiner Großtante – Genueser Biskuit mit Orangengeschmack, mit Schokolade überzogen und mit einer Schicht Salzkaramell zwischen den Teiglagen, äußerst dekadent. Während Musik aus meinem iPod die Küche erfüllte, vermischte ich Orangenschalen und Salz und ließ die geschmolzene Butter seitlich in die Glasschüssel rinnen, um sie dann vorsichtig unterzuheben. Frühe Sonnenstrahlen schlichen über den Küchenfußboden, während ich einige Esslöffel Crème double hinzufügte.

In Momenten wie diesen war ich Hugo besonders dankbar.

Die Geschäfte liefen so gut, dass wir eine Anzeige für einen weiteren Mitarbeiter aufgegeben hatten. Obwohl wir nur eine kleine Annonce ins Internet gesetzt hatten, war die Reaktion darauf überwältigend. Morven und ich beschränkten uns auf vier Bewerber, mit denen wir Vorstellungsgespräche führten, und schließlich fanden wir in Becky Taylor mit ihrem pinkfarbenen Haar, der positiven Ausstrahlung und ihrer Erfahrung als Bedienung in einem Café in Glasgow die perfekte Verstärkung unseres Teams. Außerdem war sie eine ehrgeizige Konditorin und brachte ihren eigenen, sensationell leckeren Zitronenkuchen zum Vorstellungsgespräch mit.

»Guten Morgen!«, rief Becky, als sie in die Küche getänzelt kam, wo ich gerade den Fortschritt des Kuchens im Ofen überprüfte. Die schulterlangen, himbeerfarbenen Locken hatte sie zum Pferdeschwanz zusammengebunden. Sie warf einen Blick auf die Schoko-Flapjacks und wirkte ernüchtert. »Oje. Ich glaube nicht, dass meine Dattelschnitten da mithalten können.«

»Ach, du bist zu bescheiden«, sagte ich und lachte.

Becky tat schockiert. »Oh nein, gar nicht!«

»Doch, das bist du. Hast du schon vergessen, wie schnell gestern deine Kirsch-Kokosnuss-Scones weggegangen sind?«

Ihr hübsches schmales Gesicht strahlte. »Ja, die sind wirklich gut angekommen.«

In diesem Augenblick kam Jess herein. Ihre Ballerinas tappten über den Holzboden. »Guten Morgen, ihr zwei«, sagte sie und beäugte erwartungsvoll Beckys Tupperdose. »Na komm schon, spuck's aus. Was ist in der Dose da?«

Becky warf sie ihr zu. »Da, guck doch rein. Und seid bitte ehrlich. Ich bin auch nicht beleidigt, versprochen.«

Ich stellte den großen Behälter vorsichtig auf die Arbeitsfläche und zog den Deckel ab. Das Innere der Dose war in vier Abschnitte aufgeteilt. Red-Velvet-Cupcakes mit Vanillecreme und glänzende, mit kandierten Kirschen belegte Empirekekse füllten die ersten beiden Fächer. Baiserkuchen-Teilchen mit gemischten Beeren lagen wie dunkelrote Tränen in den anderen beiden neben dreieckigen Stücken Lemon-Chiffon-Kuchen.

»Wow!«, rief ich bewundernd aus. »Du übertriffst mich ja bei Weitem!«

Becky schälte sich aus ihrer schwarzen Lederjacke und lächelte mich an. »Ich möchte, dass ihr mir ehrlich sagt, was ihr denkt. Seitdem zwischen Jack und mir Schluss ist, habe ich mehr Zeit zum Backen.«

»Oh nein. Was ist passiert?«

Becky drehte sich um; die Zeichen der Müdigkeit waren unter ihrem Make-up noch sichtbar. »Es lief schon eine ganze Weile nicht mehr gut zwischen uns. Wegen Jack und der Probleme, die ich mit diesen verdammten Red-Velvet-Cupcakes hatte, war die Nacht ziemlich kurz.«

Jess und ich musterten Becky mitfühlend, aber sie lächelte nur, drehte sich um und holte ihre köstlichen Mitbringsel aus der Tupperdose.

Morven kam in die Küche geflitzt, das glänzende blonde Haar fiel ihr über den Rücken. »Guten Morgen, Ladys! Vielleicht findet ihr das verrückt, aber ich habe die ganze Nacht überlegt, ob wir nicht eine Party schmeißen sollten, ›Großes Anbacken auf Glenlovatt‹ oder so.«

»Das ist eine großartige Idee.« Ich stellte den Kuchen zum Abkühlen auf die Arbeitsfläche und reichte Morven einige Tabletts mit Leckereien.

Wir gingen hinaus, um die Kuchentheke aufzufüllen. »Wo wir gerade von Werbemaßnahmen reden: Erinnere ich mich richtig, dass du früher mal Webdesign studiert hast, Morvs?«

Morven betrachtete anerkennend Jess' Avocado-Feta-Törtchen. »Ja, das stimmt, aber irgendwann habe ich eingesehen, dass ich auf dem Holzweg war. Warum fragst du?«

Ich bat Becky, mir ihr iPad zu leihen, rief die Website von Glenlovatt auf und drehte das Display herum. »Wie findest du das?«

Morven nahm an einem Tisch in der Nähe Platz, um sich die Seite genauer anzusehen, während ich weiterhin die Leckerbissen des Tages aufbaute. »Mir gefällt das Motiv des verschneiten Glenlovatt«, antwortete sie, »aber insgesamt wirkt die Seite ein bisschen altmodisch.«

»Genau das habe ich auch gedacht. Gordon hat mir erzählt, dass Lydia die Website vor Jahren erstellt hat, aber nach ihrem Tod hat sich niemand mehr darum gekümmert. Sie sieht einfach vernachlässigt aus, und das Thistles wird natürlich nirgendwo erwähnt.«

Lächelnd sagte Morven: »Mit anderen Worten: Du willst, dass ich mir die Website ansehe und sie aktualisiere?«

»Bin ich denn wirklich so leicht zu durchschauen?«

»Ja.«

»Ich wäre dir sehr dankbar, wenn du das tätest«, sagte ich und lachte. »Du musst ja nicht das Rad neu erfinden, aber vielleicht hast du ein paar Verbesserungsvorschläge und kannst auch das Café hinzufügen, das wäre großartig.«

Morven tippte beiläufig auf das Display. »Hast du schon mit den Carmichaels darüber gesprochen?«

Ich schüttelte den Kopf. »Nein, noch nicht. Vielleicht ist es besser, wenn wir ihnen konkrete Vorschläge machen können. Da Lydia die Seite angelegt hat, möchte ich Gordon und Vaughan auf keinen Fall verärgern.«

Morven zog eine Braue hoch. »Okay. Ich sehe sie mir noch mal an und notiere meine Ideen dazu.« Erneut beugte sie sich vor und betrachtete die bieder wirkende Webseite. »Sie braucht nur ein kleines Update und ein etwas anderes Layout«, sagte sie, während sie die Inhalte durchsah. »Eine Website sollte übersichtlich sein, aber hier sind die Texte einfach überall verteilt.« Sie hob den Kopf und sah mich an. »Wir müssen eine neue Seite für das Café einfügen und sie mit unseren Accounts bei Instagram und Facebook verlinken. Vielleicht können wir auch einen Blog ins Leben rufen und uns beim Schreiben der Beiträge abwechseln? Wir könnten unsere Backwaren bewerben, Tipps geben, Wettbewerbe ausschreiben, einen Gast der Woche wählen, solche Sachen halt.«

»Das ist eine fantastische Idee.«

Morven wischte über das Display und las uns Textabschnitte über Glenlovatt vor.

»Wie wär's, wenn wir eine eigene Facebookseite für Glenlovatt erstellen?«, schlug ich vor. »Wie die, die du für das Thistles gemacht hast? Ehrlich gesagt glaube ich, dass Gordon weder Zeit noch Lust hat, sich in die virtuelle Welt zu begeben.«

Morven nickte. »Wenn man heutzutage nicht in den Social Media präsent ist, kann sich das negativ aufs Geschäft auswirken. Und ein Geschäft muss Glenlovatt sein, wenn es überleben will. Traurig, aber wahr.«

Ich beugte mich zu ihr, um mir die Textabschnitte über das Anwesen und die seltsamen und wundervollen Persönlichkeiten seiner Vergangenheit anzusehen. Es war schwer, dem eng gesetzten und klein geschriebenen Text auf die Schnelle viele Informationen zu entnehmen.

Als hätte sie meine Gedanken gelesen, sagte Morven: »Ich glaube, in einer anderen Schriftart wäre der Text viel leichter lesbar. Und die Farbgebung muss auch moderner werden. Überlasst mir das. Ich erstelle einen Entwurf, den wir Gordon zeigen können.« Sie sprang auf. »Da fällt mir etwas ein. Mein Cousin Aidan interessiert sich für Fotografie, er ist sehr talentiert. Ich könnte ihn bitten, herzukommen und ein paar Aufnahmen von Glenlovatt und uns zu machen. Die könnten wir dann für die Website und die Social Media Auftritte benutzen.«

Ich klatschte in die Hände. »Das klingt fantastisch. Ich liebe es, wenn Pläne Gestalt annehmen.«

Genau in diesem Augenblick wehte aus dem großen Saal etwas herein, das wie ein platinblonder Helium-Luftballon aussah. Ein fast durchsichtiges Kleid mit Leopardenmuster bedeckte notdürftig große Flächen brauner Haut, und die Füße des Wesens steckten in grellroten Plateauschuhen.

Morven und ich blickten uns entsetzt an.

»Oh, wie schön retro!«, rief der Ballon mit schriller Stimme. »Nicht gerade meine Farben, aber das lässt sich ja leicht ändern.«

Sie zog einen Schmollmund, begab sich auf einen Rundgang durch das Café und nahm die laminierte Speisekarte in die Hand. »Marmorkuchen«, las sie laut vor. »Haben Sie auch Kokoswasser oder Grünkohl-Spinat-Smoothies?«

Ohne unsere Antwort abzuwarten, schlängelte sie sich zwischen den Tischen und Stühlen hindurch. »Mutige Wahl«, bemerkte sie und bückte sich leicht, um die gesteppten Kissen auf den Stühlen zu begutachten. »Aber dieses Vintagezeug war doch 2017 schon out, meinen Sie nicht?«

Mein Gesicht nahm dieselbe Farbe wie mein Haar an. »Entschuldigung, aber Sie sind …?«

Die Frau ließ den Blick in alle Richtungen schweifen, ehe sie sich wieder uns zuwandte. »Rhiannon Kincaid«, antwortete sie mit gelangweilter Miene.

»Rhiannon!«, rief Gordon verzweifelt und kam aus dem Flur fast in die Küche gerannt. »Da bist du ja. Ich habe mich schon gefragt, wo du bleibst.« Wenig begeistert legte er ihr den Arm um die Taille. »Für einen richtigen Rundgang ist später noch Zeit.« Er verzog entschuldigend das Gesicht und führte die Leopardenlady aus dem Thistles hinaus.

»Was war das denn?«, fragte ich Morven, deren sorgfältig gezupfte

Brauen beinahe ihren Haaransatz berührten. »Rhiannon Kincaid, hat sie gesagt?«

»Ja«, bestätigte Morven finster. »Hast du noch nie von ihr gehört?«

»Nein. Sollte ich?«

»Wenn du das People-Magazin lesen würdest, wüsstest du, wer sie ist. Sie ist die Tochter von Royston Kincaid, Eigentümer des Kincaid-Shoe-Imperiums.«

»Sie steht ständig in den Klatschspalten. So eine, die für Publicity alles tun würde, du weißt schon.«

Ich nickte geistesabwesend. Morven war gerade wieder auf ihre Idee zurückgekommen, einen Backwettbewerb auszurichten, da klopfte ein großer, sehr schlanker Mann in einem förmlichen marineblauen Anzug und mit einem Aktenkoffer in der Hand an die Türen auf der Innenhofseite.

Um Himmels willen. Allmählich kam ich mir vor wie in einer Shopping Mall am Tag vor Heiligabend, dabei hatte der Tag noch nicht mal richtig angefangen.

»Ich suche Lara McDonald.«

»Das bin ich«, sagte ich hinter dem Tresen und lächelte. »Was kann ich für Sie tun.«

Das glatt zurückgekämmte dunkle Haar des Mannes erinnerte mich an das Gefieder einer Krähe. »Fraser Doyle. Ich komme vom Gesundheitsamt.« Er hielt mir eine laminierte Ausweiskarte vors Gesicht. »Uns liegt eine Beschwerde bezüglich der hygienischen Zustände in Ihrem Lokal vor, der wir nachgehen müssen.«

Vierundzwanzig

Erneut tauschten Morven und ich verwirrte Blicke.

»Gesundheitsamt?«, wiederholte sie ungläubig. »Dieses Lokal ist makellos sauber.«

In meinem Kopf überschlugen sich die Gedanken. Wer in aller Welt konnte so etwas getan haben? Und warum? Ich betrachtete die gründlich gefegten Holzdielen, die glänzenden Tische und das funkelnde Besteck. In Sachen Sauberkeit waren wir geradezu penibel. Das hier ergab einfach keinen Sinn.

»Wer hat sich über uns beschwert?«, fauchte ich den Mann an, obwohl ich nicht damit rechnete, dass er die Information preisgeben würde.

Hinten in der Küche verstummte das Surren des Mixers. Vielleicht hatten Becky und Jess den scharfen Unterton in meiner Stimme gehört, denn sie steckten die Köpfe zur Tür herein.

Diensteifrig teilte Mr. Doyle uns mit: »Ich fürchte, das kann ich Ihnen nicht sagen.«

Ich biss die Zähne zusammen. »Wir wollen zwar bald aufmachen, aber bitte, tun Sie, was Sie nicht lassen können. Becky, Jess – geht einen Augenblick hinaus, während Mr. Doyle einen Blick in die Küche wirft.« Meine Finger umklammerten den Thekenrand, als ich mich wieder dem Prüfer zuwandte und sagte: »Sie werden sicherlich feststellen, dass alles in Ordnung ist.«

Mr. Doyle zog nur herausfordernd eine Braue hoch.

Becky mischte sich ein und fragte: »Möchten Sie eine Tasse Kaffee, Mr. Doyle? Und vielleicht ein Stück Kuchen?«

Der Mann machte einen Schritt nach vorn und warf einen Blick auf die Kuchentheke. »Ein Cappuccino wäre sehr nett. Oh, und eine Scheibe von Ihrem Persischen Liebeskuchen, bitte.« Dann ging er an uns vorbei und in die Küche.

»Angst, sich mit unserem Gebäck eine Lebensmittelvergiftung einzuhandeln, hat er offenbar nicht«, murmelte ich, als ich hinter der Theke hervorkam. »Aber wer zum Teufel hat uns beim Gesundheitsamt angezeigt?«

Morven hob ratlos die Hände, und ihre tadellos manikürten Fingernägel blitzten auf. »Irgendein bösartiger Kerl, der zu viel Zeit hat.« Sie schob sich näher zu mir. »Keine Sorge. In diesem Café könnte man vom Fußboden essen. Du hast absolut nichts zu befürchten.«

»Huhu! Überraschung, Liebling!«

Oh nein. Nein. Das konnte nicht sein.

Wie in Zeitlupe drehte ich den Kopf, löste langsam den Blick von Morvens offenem, selbstsicheren Gesicht.

»Mum«, flüsterte ich mit ausdrucksloser Stimme.

»Deine *Mum* hat uns angezeigt?« Becky blinzelte ungläubig.

»Nein. Ich wollte sagen: Das *ist* meine Mum«, erklärte ich und deutete ungläubig mit dem Finger auf meine Mutter, die in der Terrassentür stand, Arm in Arm mit einem jungen Hipster.

Starr vor Schreck stand ich auf, als sie in einem orangeroten, mit Fransen besetzten Kaftan und mit offenem, silbergrauem Haar auf mich zu gerauscht kam. Dramatisch hauchte sie mir einen Kuss auf jede Wange, ehe sie Morven mit aufgeregtem Quieken und zwei ebenso aufgeregten Schmatzern begrüßte. Dann trat sie in ihren üppig mit Schmucksteinen besetzten Sandalen einen Schritt zurück.

»Du bist etwas fülliger geworden«, sagte sie mit ihrem kehligen Akzent. »Muss wohl am Kuchen liegen.«

Wie hypnotisiert beobachteten Becky und Jess die bizarre Szene, die sich vor ihren Augen abspielte.

»Mum«, sagte ich. »Was willst du hier? Du hast gesagt, du kommst vielleicht an Weihnachten.«

Meine Panik ließ sich kaum noch beherrschen, als ich einen hohen Stapel Gepäck erspähte, der wacklig am Türrahmen lehnte.

Mums grüne Augen funkelten übermütig in ihrem sonnengebräunten Gesicht. »Wolf und ich haben beschlossen, dich zu überraschen.«

»Oh, das ist euch gelungen ... Entschuldige, aber hast du gerade ›Wolf‹ gesagt?« Ich musterte den jungen Mann an ihrer Seite, der ein gebatiktes blaues T-Shirt, eine beige Cargohose und kurzgeschorenes, braunes Haar trug. »Ich dachte, er heißt Alvar?«

Dem wütenden Blick aus schmalen Augen nach zu urteilen, mit dem mich meine Mutter bedachte, hatte ich offenbar einen Fauxpas begangen. »Nein«, knurrte sie, »das ist Wolf. Mein neuer Partner.«

»Dann musste also schon wieder einer dran glauben«, murmelte ich der verwirrten Morven zu.

Als Wolf sich in Bewegung setzte, um Lydias Kunstwerke zu bewundern, straffte Mum die Schultern und sagte: »Alvar hat mich einfach nicht verstanden.«

»Da ist er nicht der Einzige.«

Bevor meine Mutter antworten konnte, kam Wolf wieder zurück und reichte mir eine Hand mit zahlreichen Ringen an den Fingern. »Schön haben Sie es hier. Chrissie hat mir alles über Ihr neues Projekt erzählt.«

Sein Akzent klang verdächtig nach elitärem, englischem Internat. Nur meine Mutter brachte es fertig, nach Spanien zu gehen und sich dort mit jemandem zusammenzutun, der so britisch war wie Regenwetter und Tee mit Scones, roter Marmelade und dicker Sahne.

»Ja, aber mir gehört nur dieses Café«, erklärte ich vorsichtshalber, »nicht das ganze Haus.« Diese schlechte Kopie eines Holzfällers mit ledernen Armbändern sollte nicht glauben, dass er auf die Butterseite gefallen war. Wenn Wolf mit meiner Mum ausging – und ich versuchte, mir nichts bildlich vorzustellen, was über Händchenhalten hinausging -, dann sollte er das aus den richtigen Gründen tun.

Er nickte beiläufig. »Cool.«

Darauf folgte betretenes Schweigen, bis Mum schließlich in die Hände klatschte und sagte: »Also, kann man hier eine Tasse Tee und ein Stück Kuchen bekommen, wenn wir schon den weiten Weg auf uns genommen haben, um dich zu sehen?«

»Natürlich. Becky, Jess, das ist meine Mutter, Christine.«

Während meine beiden Bäckerinnen hinter der Theke standen und den Laden schmissen, hielt ich mich abseits wie ein schlechtgelaunter Teenager. Nicht genug, dass das Gesundheitsamt in meiner Küche herumschnüffelte – nein, nun musste ich auch noch mit meiner feministischen Hippiemutter und ihrem neuen bärtigen Lustknaben fertigwerden. Und ihrem umfangreichen Gepäck nach zu urteilen, waren sie nicht nur für ein langes Wochenende angereist.

Während Becky den Tee aufgoss und Jess zwei Banoffee Muffins auf Teller gleiten ließ, nervte meine Mutter Morven damit, wie »schrecklich« die Taxifahrt vom Flughafen nach Glenlovatt gewesen sei. »Es hat *ewig* gedauert!«, rief sie und fuchtelte mit den gebräunten Händen vor ihrem Hals herum.

»Mum, der Flughafen ist nur fünfundzwanzig Minuten von hier entfernt.«

In diesem Moment tauchte Mr. Doyle aus der Küche auf und machte Anstalten, die Toilette zu inspizieren. Auf dem Weg dorthin musterte er meine Mum und Wolf abschätzig. Glücklicherweise war Mum damit beschäftigt, Jess‘ Spezialitäten – Quiche mit Zucchini und gerösteter Paprika und Chorizo mit Rucolaröllchen – auf der Kreidetafel zu studieren, denn in diesem Augenblick hätte ich keine ihrer Hasstiraden gegen das Establishment mehr ertragen.

Aber die Glückssträhne währte nur kurz. Mit dem Klemmbrett in der Hand marschierte Mr. Doyle auf mich zu und sagte: »Es scheint alles in Ordnung zu sein, Ms. McDonald.« Er hielt mir ein Blatt Papier hin. »Entschuldigen Sie den Überfall, aber sicher verstehen Sie, dass wir verpflichtet sind, jeder Beschwerde nachzugehen.«

Oh Shit.

Meine Mutter wirbelte herum. »Kommen Sie von der Stadtverwaltung? Gesundheitsamt, sagten Sie?« Unter Mums katzenhaftem Blick schien Mr. Doyle ein bisschen blasser zu werden. »Gehe ich recht in der Annahme, dass jemand sich über die Hygiene meiner Tochter beschwert hat?«

»Nicht über meine persönlichen Gewohnheiten, Mum«, sagte ich und lachte nervös. *Oh bitte, du hölzerner Boden. Öffne deinen Schlund und verschlinge mich. Gleich jetzt. Ich werde mich nicht dagegen wehren.*

Mr. Doyle leckte sich die dünnen Lippen. »Ma'am, wir sind verpflichtet, jeder Beschwerde nachzugehen, aber das Lokal Ihrer Tochter befindet sich in einem mehr als zufriedenstellenden Zustand.«

Christines volle Lippen zuckten ungläubig. »Zufriedenstellend?« Sie breitete die gebräunten Arme aus. »Diese Räume sind makellos sauber. Hören Sie? *Makellos!*« Sie fasste Mr. Doyle am Arm und wirbelte ihn so schnell herum, dass ich mich fragte, ob ihm dabei schwindelig und übel geworden war. »Sehen Sie sich diese großartige Kuchentheke an. Sehen Sie nur! Das ist doch wie im siebten Himmel. Und Sie haben die Stirn, hier hereinzukommen und als Vertreter der Obrigkeit überall herumzuschnüffeln?« Ungeachtet der Tatsache, dass sie das Café fünf Minuten zuvor zum ersten Mal gesehen hatte, fuhr sie fort: »Ich will Ihnen zugutehalten, dass es sich leider in einem elitären, ererbten Steinhaufen befindet, der wahrscheinlich mit den unrechtmäßig erworbenen Einkünften eines Haufens inzestuöser Adliger finanziert wurde ...«

Neben mir begann Morven vor Lachen zu prusten, während mein Teint sich ein weiteres Mal meiner Haarfarbe anglich.

»Aber dennoch«, fuhr Mum atemlos fort, »macht meine Lara das Beste aus einem schlechten Job.«

Wolf, der neben Mum stand, nickte zustimmend, während er gierig ein großes Stück von einem Muffin verschlang und mit vollem Mund murmelte: »Proletarier aller Länder, vereinigt euch!«

In diesem Moment schien die Zeit stehenzubleiben, denn Gordons Stimme erklang im Türrahmen zum Saal und hallte in dem großen Raum wider.

»Guten Morgen, Lara. Wenn Sie einen Augenblick Zeit haben,

könnte dieser adelige, durch Inzucht gezeugte Landräuber dann vielleicht eine Ihrer köstlichen Kaffeespezialitäten bekommen, bitte?«

Fünfundzwanzig

Zorn und Verlegenheit brodelten in meiner Brust, aber ich schaffte es, mich zu beherrschen, bis Gordon sich mit verwirrter Miene wieder in sein Arbeitszimmer zurückgezogen hatte.

»Raus!«, blaffte ich so laut, dass Mr. Doyle erschrak. »Los, raus hier!«

Er wurde noch blasser, als er ohnehin schon war, und tastete nach seinen Papieren.

»Nein, nicht Sie! Ich meine die beiden hier.«

Morven unterdrückte ein Kichern, während Mum dastand wie ein begossener Pudel. »Wie bitte?«, fragte sie.

»Ich versuche hier ein Geschäft zu führen, falls dir das noch nicht aufgefallen ist. Und ich hoffe, dass gleich eine Horde von kuchenhungrigen Gästen zu dieser Tür hereingestürmt kommt.«

»Wir sind doch nicht im Weg«, protestierte Mum und verschränkte die goldbraunen Arme.

»Oh doch, das seid ihr. Ihr habt es bereits geschafft, nicht nur den Gutsherrn, sondern auch die meisten anderen Leute in diesem Raum zu beleidigen, dabei haben wir noch nicht mal Mittag.«

Ich holte meine Handtasche aus blauem Leder hinter der Theke hervor, fischte meinen Wohnungsschlüssel heraus und reichte ihn meiner Mutter, wobei ein silberfarbenes L in der Luft baumelte. »Hier. Fahrt zu meiner Wohnung, und macht es euch bequem. Ich bestelle euch ein Taxi.«

Mums gebräuntes Kinn sah aus wie gemeißelt. »Na, das ist ja reizend. Wir nehmen den weiten Weg auf uns, und du hast keine Zeit für deine eigene Mutter? Wo bleibt die Solidarität unter Frauen?«

Fast hätte ich die Augen verdreht. »Wie ich schon sagte: Ich bin bei der Arbeit.«

Mum zog eine Show ab und wühlte in ihrer gestreiften Strandtasche herum. »Ein Taxi, hast du gesagt? Ich fürchte, ich habe den Großteil meiner Barschaft schon ausgegeben.«

Wolf imitierte ihre theatralischen Gesten, indem er die Hände in die Hosentaschen steckte und dann ein trauriges Gesicht aufsetzte, das jeden Pantomimen neidisch gemacht hätte.

Ich atmete hörbar aus und holte eine Zwanzig-Pfund-Note aus meiner Handtasche. »Hier, für euer Taxi.«

»Danke, Liebling. Das gebe ich dir nachher natürlich wieder.«

»Proletarier aller Länder, vereinigt euch!«, rief Wolf noch einmal über die Schulter, als sie an dem kleinlaut wirkenden Mr. Doyle vorbeischlenderten, der sich zu seinem Schutz hinter einen Ecktisch zurückgezogen hatte. Mum und Wolf legten sich gegenseitig eine Hand auf den Po. Glücklicherweise waren unsere Stammgäste noch nicht eingetroffen, denn sonst wären ihnen die Bagels mit Lachs und Frischkäse vermutlich im Hals stecken geblieben.

»Könnt ihr hier ein paar Minuten lang die Stellung halten, Leute?«, fragte ich. »Ich muss mich bei jemandem entschuldigen.«

»Keine Sorge, ich kümmere mich gleich wieder um die Bagels«, sagte Jess.

Becky reichte mir den Cappuccino für Gordon, den sie mit einer Distel aus Schokolade verziert hatte. »Du bist doch nicht diejenige, die ihn beleidigt hat.«

Kopfschüttelnd nahm ich die Tasse und ging steifbeinig zu dem Ecktisch, hinter dem sich Mr. Doyle verschanzt hatte. »Es tut mir sehr leid. Kann ich Ihnen noch etwas bringen? Geht aufs Haus.«

Der Prüfer blickte ängstlich zur Tür. »Sie kommt doch nicht zurück, oder?«

»Meinen Sie meine Mutter? Nein. Zumindest hoffe ich das.«

Mr. Doyle nickte zögerlich. »In Ordnung. Ich muss noch ein bisschen Papierkram erledigen. Das dauert vermutlich nur fünf Minuten, aber ein Earl Grey wäre nett.«

Becky stand lächelnd hinter der Theke und bereitete bereits eine Teekanne vor.

Draußen im Saal traf ich auf Travis. »Ist Mr. Carmichael wieder in seinem Arbeitszimmer?«, fragte ich.

Er nickte und deutete auf die große Kaffeetasse, die ich in Händen hielt. »So einen könnte ich heute Morgen auch gebrauchen.«

»Fragen Sie Becky«, antwortete ich. »Sagen Sie ihr, das geht aufs Haus.«

Ich umfasste die Kaffeetasse aus Keramik fester. Wenn ich weiterhin kostenlos Getränke servierte, würde ich nicht viel Gewinn erzielen.

Gordon war so verständnisvoll und gastfreundlich gewesen. Er hatte es nicht verdient, von meiner Mutter derart beschimpft zu werden. Ich dachte über eine passende Entschuldigung nach. Ihre Hasstiraden gegen das Establishment sollten auf keinen Fall das Bild trüben, das Gordon sich von mir oder meinen Absichten für Glenlovatt machte.

Ich kam an der steinernen Büste eines seiner Vorfahren vorbei und hielt vor der Tür zum Arbeitszimmer. Ich richtete den Kragen meiner Bluse und hob die Hand, um anzuklopfen, aber ein schmaler Lichtstreifen verriet mir, dass die Tür offenstand, und nun hörte ich, dass Gordon telefonierte.

»Tja, was soll ich tun?« Seine Stimme klang sehr ernst. »Diese Petra Montgomery-Carlton ...«

Äußerst beunruhigt spitzte ich die Ohren. Ich wusste, dass es falsch war, mich dort zu verstecken, und von Schuldgefühlen überwältigt, weil ich lauschte, stand ich da und umklammerte die Tasse noch fester. Dennoch schienen meine Sneakers auf dem gefliesten Boden festzukleben. Ich beugte mich noch ein wenig weiter zum Türspalt vor.

Gordon brummte und murmelte etwas, dann wurde seine Stimme wieder deutlich. »Oh, ich habe Rhiannon neulich bei einem wohltätigen

Event kennengelernt. Nein, nicht dort. An dem Abend, als Geld für Obdachlose gesammelt wurde.« Es folgte Schweigen, ehe er erneut das Wort ergriff. »Das Lustige daran ist, dass sie erst meinte, sie könne nicht teilnehmen, weil sie nicht wisse, in welchem ihrer vier Häuser sie sich zu dem Zeitpunkt aufhalten würde. Ja, du hast recht, das ist paradox.« Gordon murmelte etwas Unverständliches, dann sagte er: »Ich weiß, Vaughan glaubt, dass er all das aus den richtigen Gründen tut, aber ... na ja ...«

Stille trat ein, als die Person am anderen Ende der Leitung sprach.

Nach einer Weile fuhr Gordon fort: »Ich will nicht, dass er sein Glück opfert, nur damit Glenlovatt weiterbestehen kann.« Eine weitere Pause folgte, dann sagte er: »Ich weiß. Ich kann mir nicht vorstellen, dass es leicht ist, mit Petra verheiratet zu sein, du etwa?«

Was sagte Gordon da? Wie bei einem Puzzle begannen die Teile sich zusammenzufügen. Meinte er, dass Vaughan über eine Heirat mit Petra nachdachte, um Glenlovatt zu schützen? Nach dem Ladys-und-Schurkenball war ich wie Aschenputtel nach Hause geflüchtet, hatte meinen Laptop hochgefahren und Petra gegoogelt. Das Internet spuckte alle möglichen Informationen über den Clan der Montgomery-Carltons aus, die ihr Vermögen mit maßgeschneiderten Brautkleidern gemacht hatten.

Mit besorgter Stimme fuhr Gordon fort: »Ja, das Café läuft gut, genau wie die Führungen, aber weißt du, Alistair, wir haben da noch ein Problem, das gerade erst zutage getreten ist.«

Wieder Schweigen, unterbrochen nur durch das gelegentliche Knarren von Gordons Stuhl. »Oh, Lara ist ein reizendes Mädchen. Fleißig und sehr engagiert. Aber du weißt selbst, dass Glenlovatt ein Groschengrab ist.«

Es folgte langes Schweigen, ehe er wieder etwas sagte. »Nicht nur die verdammte Heizung ist kaputt. Unsere Landschaftsgärtner haben die Preise erhöht, und wegen dieses neuen Problems, das die Bausubstanz betrifft ...«

Wovon sprach er? Ich umklammerte die Tasse in meiner Hand. Fast hätte ich das blöde Ding fallen lassen.

Gordons Seufzer klang so resigniert, dass ich die Schultern sinken ließ. »Ich weiß, ich weiß«, sagte er und tippte mit dem Stift auf den Schreibtisch. Mit gesenkter Stimme fuhr er fort: »Aber ich werde auf keinen Fall zulassen, dass mein Sohn sich den Rest seines Lebens verdirbt, indem er eine Frau heiratet, die er nicht liebt, selbst wenn das bedeutet, dass wir Glenlovatt verlieren werden.«

Es folgten unverständliche Worte, dann sagte Gordon: »Nein, Vaughan hat keine Ahnung von diesem verflixten neuen Problem. Wenn ich es ihm erzähle, tut er womöglich etwas Unüberlegtes, und dieses Risiko gehe ich nicht ein.«

Ich hatte mehr als genug gehört und wollte auf dem Absatz kehrtmachen, doch bei dem, was Gordon nun sagte, blieb ich wie angewurzelt stehen. »Ich sehe keine andere Möglichkeit«, meinte er, und es klang endgültig. »Ich wollte dir das eigentlich nicht erzählen, Alistair, aber ich bin es meinem Vater, Vaughan und Lydia schuldig, Glenlovatt für die Familie zu erhalten.« Ein dumpfer Aufprall war zu hören, als Gordon etwas auf den Schreibtisch warf. »Ich hatte das große Glück, dass ich mich verlieben und meine Traumfrau heiraten durfte. Ich lasse nicht zu, dass Vaughan diese Chance einfach vertut.« Mit einem resignierten Seufzer fügte er hinzu: »Und darum habe ich beschlossen, Rhiannon Kincaid einen Heiratsantrag zu machen.«

• • •

Ich schlich zum Café zurück.

»Alles in Ordnung mit dir?«, fragte Becky.

Die Tasse mit dem kalten Cappuccino klirrte, als ich sie auf der Kuchentheke abstellte. »Ja. Ja, alles gut.«

Ihre rauchig geschminkten Augen wurden schmal.

Ich fragte: »Kannst du bitte einen frischen Kaffee für Gordon machen und ihm bringen?«

»Klar, kein Problem. Morven ist weggegangen, um mit jemandem von der Lokalzeitung zu sprechen. Sie haben wegen der Kosten für einen Werbebericht angerufen.« Becky musterte mich ein weiteres Mal von der Seite, ehe sie den frischen Kaffee für Gordon nahm und zur Tür ging.

»Okay. In Ordnung. Danke«, sagte ich.

Die ersten Gäste waren eingetroffen, und Jess räumte einen Tisch ab, an dem sich ein amerikanisches Paar niederlassen wollte. Ich versuchte zu verarbeiten, was ich gerade gehört hatte. Sicher hatte Gordon das nicht ernst gemeint – jemanden heiraten, damit er das Anwesen behalten konnte? Jeder wusste, dass er seine verstorbene Frau noch immer liebte.

Ich holte mein Handy und suchte nach dem Namen Rhiannon Kincaid. Halb rechnete ich damit, dass heiße Bilder auftauchen würden, aber auf den meisten Fotos war sie in geschlitztem Kleid und mit extrem hohen Absätzen zu sehen. Sie schien von einem Mann zum anderen zu taumeln, und wenn sie nicht am Arm irgendeines reichen Typen hing, ging sie offenbar im Reich der billigen Schuhe hausieren, das ihr inzwischen verstorbener Vater gegründet hatte.

Auf einmal war ich niedergeschlagen. Gordon musste doch irgendwie zusätzliches Geld für Glenlovatt auftreiben können, ohne dass diese Schickeriatussi mit ihren roten Krallen nach dem Anwesen griff.

Wenn Gordon Rhiannon und Vaughan Petra heiratete ... du lieber Himmel! Davon würden sich Glenlovatt und die Familie Carmichael nie mehr erholen.

Sechsundzwanzig

An jenem Abend drehte ich auf dem Heimweg das Autoradio voll auf, konnte aber trotzdem an nichts anderes denken als an mein letztes Gespräch mit Vaughan.

Was für eine voreingenommene blöde Kuh war ich gewesen! Finster und undurchdringlich hatte er vor mir gestanden und mir erklären wollen, was es mit Petra auf sich hatte, doch ich hatte voreilig falsche Schlüsse gezogen, weil ich aufgrund seines bisherigen Verhaltens einen Schürzenjäger in ihm sah. Und was diese Blondine im Bettlaken betraf ... Auch zu ihr hatte Vaughan sich äußern wollen, aber meine Meinung stand bereits fest, und ich hatte mich geweigert, ihm zuzuhören. Vielleicht war sie sein Aktmodell. Als ich genauer darüber nachdachte, zuckte ich innerlich zusammen.

Draußen vor der Windschutzscheibe verfärbte sich das Hellblau des Himmels zu Orangerot. Ich umklammerte das Lenkrad fester. Das Thistles und die Besichtigungen liefen gut, aber offensichtlich nicht gut genug, um ein Anwesen wie Glenlovatt zu finanzieren, denn sonst hätten Gordon und Vaughan wohl kaum in Erwägung gezogen, diese Schickimicki-Tussen zu heiraten.

Der arme Hugo würde sich im Grab umdrehen. Und Lydia erst ...

Ich musste irgendetwas tun, damit sich Glenlovatt auch ohne zwei Kamikaze-Hochzeiten über Wasser halten konnte. Die Vorstellung, dass dieses herrschaftliche Haus in Zukunft mit Leopardenfellen dekoriert werden würde, war unerträglich.

Meine Mutlosigkeit verwandelte sich rasch in Verärgerung, als ich erschöpft in meiner Wohnung ankam.

Wolf hatte die langen Glieder auf dem Sofa ausgestreckt und hielt eins meiner gestreiften Marinekissen an die Brust gedrückt. Mum hatte es sich in meinem Sessel gemütlich gemacht, auf der Nase die halbmondförmige Brille mit dem Goldrand, und las ein gebundenes Buch mit dem Titel: *Die Macht deiner Vagina – Der ultimative Guide*. Das Motiv des Einbands bestand aus pink- und purpurfarbenen Wirbeln rund um eine sehr zweideutige Silhouette. Da ich noch zu Abend essen wollte, wandte ich rasch den Blick ab.

»Hattest du einen schönen Tag, Liebling?«, rief meine Mutter.

»Ich hatte schon bessere«, sagte ich und nahm die Sonnenbrille vom Kopf.

Mum klappte ihr Buch zu. »Ich hoffe, dieser schreckliche Beamte hat dir keine Schwierigkeiten mehr gemacht.«

»Nein, Mum, hat er nicht. Der arme Kerl war nach deiner Standpauke völlig erledigt.«

Mums Lippen wurden schmal. »Ich habe nur meine Tochter in Schutz genommen.«

»Mag sein. Ich brauche aber keinen Schutz. Ich komme sehr gut allein zurecht.« *Schließlich musste ich verdammt früh auf eigenen Beinen stehen, weil du nicht da warst.*

»Wenn du das so siehst, stelle ich mich in Zukunft eben nicht mehr schützend vor dich«, sagte meine Mutter gereizt.

Wolf drehte den kurzgeschorenen Kopf zwischen uns hin und her, als säße er in Wimbledon auf einem der guten Plätze.

Ohne ein weiteres Wort zog ich mich in die Küche zurück. Ich wünschte mir nichts mehr, als im Pyjama durch die Wohnung zu schlurfen und meinen Frust in irgendeinen unschuldigen Teigklumpen zu prügeln.

Während ich mich in der Küche zu schaffen machte, hörte ich Wolf aus dem Wohnzimmer rufen: »Was hat es eigentlich mit diesem geheimnisvollen Brief auf sich, Lara?«

»Wie bitte?«

»Der alte Mann, der neulich gestorben ist. Der hat in seinem Testament doch einen Brief hinterlassen, der an einem bestimmten Tag geöffnet werden soll, oder?«

Wie von der Tarantel gestochen sprang ich auf. Dann hörte ich deutlich, dass meine Mutter Wolf einen Klaps versetzte. »Aua, Chris! Was soll das, verdammt noch mal?«

Ich schlenderte zurück ins Wohnzimmer. »Hast du etwa in meinen Sachen gewühlt, Mum?«

»Nein, natürlich nicht! Wofür hältst du mich?«

Ich verschränkte die Arme und beschloss, diese Frage nicht zu beantworten. »Und woher weißt du dann von dem Brief? Ich habe dir nichts davon erzählt.«

Unter ihrer spanischen Bräune lief meine Mutter rot an. »Vielleicht habe ich ja auf Glenlovatt im Hinausgehen mit diesem Typen da gesprochen, mit diesem Chauffeur. Curtis, oder?«

»Travis.« Meine Augen wurden noch schmaler, während ich sie musterte. »Was genau hast du ihn gefragt?«

»Ich würde nicht sagen, dass Chris ihn *gefragt* hat«, sagte Wolf kichernd und zupfte sich einen Fussel von der Socke. »Es war eher ein Verhör. Der arme Kerl war vor Schreck wie gelähmt.«

Gereizt erwiderte meine Mutter: »Ich habe den Chauffeur nicht verhört. Ich habe nur gefragt, warum ein alter Gutsherr meiner Tochter ein Café vermacht, und er meinte, das sei noch nicht ganz klar. Und dann hat er diesen Brief erwähnt.«

Vor meinem geistigen Auge sah ich, wie meine Mutter Travis an eine der Ahnenbüsten drückte und ihm mit ihrem Handy in die verstört blickenden Augen leuchtete. »Stimmt«, sagte ich nach kurzem Zögern, um die Sache möglichst schnell hinter mich zu bringen. »Der Notar hat gesagt, dass der Brief auf Hugos Weisung erst am 27. Oktober geöffnet werden darf.«

Ich ging wieder in die Küche und füllte den Wasserkocher, wobei ich benommen auf das silbrig glitzernde Wasser starrte. In Gedanken machte ich mir eine Notiz, am nächsten Tag zu Travis zu gehen und mich bei ihm zu entschuldigen.

»Und du hast absolut keine Ahnung, worum es in diesem Brief gehen könnte?«

Ich zuckte zusammen. »Um Himmels willen, Mum! Bist du neuerdings als verdeckte Ermittlerin unterwegs?«

Beschwichtigend hob sie die Hand.

»Nein«, sagte ich, als sich mein Puls ein wenig beruhigt hatte. »Und um deine Frage zu beantworten: Ich habe keine Ahnung, warum Hugo mir das Café vermacht hat.« Ich holte ein paar Teelöffel aus der Schublade. »Wenn der 27. Oktober gekommen ist, wird der Brief uns hoffentlich sämtliche Fragen beantworten.«

»Nun, ich kann nur hoffen, dass du gut auf dich aufpasst«, riet mir meine Mum. »Solche Familien können sehr manipulativ sein. Die sehen nur sich selbst. Denk an die Highland Clearances.«

»Solche Familien?«, wiederholte ich ungläubig und ging wieder ins Wohnzimmer. »Und was in aller Welt hat die Vertreibung der Kleinbauern und Pächter durch Gutsherren aus den Lowlands mit meinem Café zu tun?«

Zu meiner Überraschung meldete sich Wolf zu Wort: »Du kannst nicht einfach alle über einen Kamm scheren, Chris.«

Meine Mutter riss die Augen auf. »Seit wann verteidigst du das Establishment?«

Wolf rieb sich den Bart. »Ich verteidige niemanden. Ich sage nur, dass nicht alle adligen Familien so selbstsüchtig sind, okay?« Er schwang die langen Beine vom Sofa herunter. »Sehr oft haben sie dieselben Sorgen und Familienstreitigkeiten wie alle anderen auch.«

Mum öffnete den Mund, um etwas zu erwidern, aber Wolf war bereits auf dem Weg ins Gästezimmer.

• • •

In jener Nacht lag ich im Bett und versuchte die quietschenden Bettfedern im Gästezimmer zu überhören. Verdammt noch mal! Das klang ja, als wohnte ich neben dem Zoo von Edinburgh. Mum und Wolf hatten nach ihrer Meinungsverschiedenheit offensichtlich den Waffenstillstand ausgerufen.

Aber dieses Problem verblasste zur Bedeutungslosigkeit, als ich an Gordon und Vaughan dachte. Bei dem Gedanken, dass Gordon diese schreckliche Rhiannon heiraten würde, während er noch immer um Lydia trauerte, wurde mir schwer ums Herz. Und was Vaughan betraf ...

Unruhig wälzte ich mich unter der Bettdecke hin und her. Vor meinem geistigen Auge sah ich ihn und Petra vor den Altar treten; in Vaughans dunklem Haar hatte sich Konfetti gesammelt; ich sah den Hochzeitsempfang auf Glenlovatt und Petra, die im üppigen Satinkleid vor dem Hintergrund majestätischer Bäume fotografiert wird.

Ich schlug auf das Kissen und setzte mich kerzengerade auf. Durch den Spalt zwischen den dunkelblauen Vorhängen konnte ich die tiefschwarze Silhouette der Fairview Hills und ein Stück sternenübersäten Himmel erkennen. Ich musste mich auf vernünftige geschäftliche Entscheidungen und Hugos Vertrauen in mich konzentrieren. Ein gebrochenes Herz war nach Malta und dem Fiasko mit Anton das Letzte, was ich gebrauchen konnte.

Langsam glitt ich wieder unter die Bettdecke, entschlossen, meinen inneren Aufruhr loszulassen und zum ersten Mal an diesem Tag zur Ruhe zu kommen.

Siebenundzwanzig

Der Montagmorgen kam und mit ihm ein verregneter Herbsttag.

Ich schlängelte mich in der Küche an meiner Mutter vorbei und schob mir einen letzten Löffel Müsli in den Mund. Christine und ihr junger Liebhaber wohnten erst seit wenigen Tagen bei mir, aber mir kam es bereits wie ein Vierteljahr vor. Wenn sie nicht durch die Räume tollten oder einander an den Hintern fassten, führten sie hitzige Diskussionen über Politik, Geschlechtergleichheit oder den Klimawandel. Müdigkeit befiel mich wie ein Hautausschlag.

Als ich gerade nach meiner dunkelblauen Lederjacke griff, tauchte Wolf aus dem Badezimmer auf, eingehüllt in einen grauen Bademantel.

»Morgen«, sagte er und lächelte müde. »Nur keine Müdigkeit vorschützen, stimmt's?«

Ich setzte ein künstliches Lächeln auf. »Ja, so was in der Richtung.«

Dieser Wolf war mir irgendwie ein Rätsel. Noch immer hatte ich nicht herausgefunden, wovon er lebte, und wenn dieses Thema zur Sprache kam, wich er jedes Mal geschickt aus. Ständig gab er irgendwelche philosophischen Äußerungen von sich und klang dabei wie ein Highschool-Schüler, der Murmeln im Mund hatte. Das heißt, wenn er nicht ganz in sein Handy versunken war.

Während ich in meiner Handtasche nach dem Autoschlüssel suchte, beschloss ich, beim Heimkommen unter vier Augen mit meiner Mutter zu sprechen. Ich hoffte sehr, dass sie Wolf kein Geld gab. Als Dozentin am College hatte sie nie besonders gut verdient, und nach Dads Tod hatte sie so viel beiseitegelegt, wie sie nur konnte. Darum erfüllte mich die Vorstellung, dass sie ihr mühsam verdientes Geld an einen Faulenzer verschwendete, mit Entsetzen.

Plötzlich tauchte Mum hinter ihm auf und zog den Gürtel ihres honigfarbenen Morgenrocks enger. Das graue Haar hatte sie sich zu einem tiefsitzenden Pferdeschwanz gebunden. Abschätzig betrachtete sie mein Outfit aus einer dunkelblauen Jeans, einem roséfarbenen T-Shirt und Sneakers. »Lass dich bloß nicht von multinational operierenden Konzernen ausbeuten, Liebling. Und pass auf, dass du dich nicht unwissentlich in eine Welt kapitalistischer Propaganda ziehen lässt.«

Ich folgte ihrem Blick. »Wie bitte? Sagst du das, weil ich Klamotten von einem Filialunternehmen trage?«

Mum verzog die Lippen. »So fängt es an. In einem Moment bist du eine selbstbestimmte Frau, die sich nicht durch die Fesseln der Konvention einschränken lässt. Und im nächsten Moment ...«

»... kaufst du Avocados ein, gehst mit einem Labrador Gassi und trägst eine Handtasche von Dior?«

Mums Augen funkelten, als sie meine sarkastische Antwort hörte. »Wenn du so bist, kann man einfach nicht mit dir reden, Lara.«

Ich nahm die Autoschlüssel von dem Tischchen im Flur. »Ich muss los«, rief ich. »Sonst bleibt mir nicht genug Zeit, um vor der Klasse der Landeigentümer zu knicksen.«

• • •

Im Café hatte Becky bereits begonnen, Ordnung zu schaffen, und als ich eintraf, fegte sie den Boden. Jess war in der Küche. Sie schob eine frische Ladung Croissants mit Pekannüssen in den Ofen, und Morven plapperte an einem Tisch in der Nähe in ihr Handy und schrieb etwas in ein teuer aussehendes Notizbuch. Ihr Mund formte die Worte: »Kostenlose Werbung«, dann hob sie den Daumen.

Hinter der Theke gurgelte die Kaffeemaschine, und die sanften Klänge eines Violinstücks passten hervorragend zum Duft frisch gebackener Scones. Der Regen hatte vorübergehend nachgelassen; nur ein paar letzte Tropfen kullerten an den Fenstern herab und ließen das Thistles noch gemütlicher wirken.

Auf dem Weg zur Arbeit hatten sich in meinem Kopf die Ideen, wie man mehr Mittel für Glenlovatt auftreiben könnte, förmlich überschlagen. Nun brauchte ich nur noch Vaughans Zustimmung. Vor Nervosität bekam ich Magenschmerzen. Ich zwang mich, in die Gegenwart zurückzukehren und sagte: »Bin in zwei Minuten wieder da.«

Becky lächelte. »Kein Problem.«

Ich atmete tief durch, verließ das Café und nahm den gewundenen Aufgang im großen Treppenhaus in Angriff. Die dunkelgrünen Wände glitten an mir vorbei, als ich die Stufen hinaufstieg, an Gemälden von sehnigen Pferden, Vorfahren mit kunstvoll gestalteten Hüten und getüpfelten Landschaftsbildern vorbei, stille Zeugen meines heimlichen Aufstiegs. Travis schien nicht in der Nähe zu sein, und auch Gordon hatte ich noch nicht entdeckt. Meine Finger tasteten über das dunkle, hübsch verzierte Geländer. Gordon hatte am Tag zuvor erwähnt, dass Vaughan in Edinburgh sein würde, darum hoffte ich, dass dies ein guter Zeitpunkt war. Ich wusste, was ich tat war riskant, aber ich tat es Glenlovatt zuliebe.

Ich erinnerte mich, dass Gordon mich bei einer kleinen Runde durchs Haus auch durch den Flügel auf der rechten Seite geführt hatte. Und ich war mir sicher, dass er gesagt hatte, die Tür am Ende führe zu Vaughans Atelier.

»Er wacht eifersüchtig darüber«, hatte Gordon lächelnd gesagt. »Ich bin erst zweimal drin gewesen, und beide Male konnte er mich nicht schnell genug wieder rauskomplimentieren. Tja, so sind Künstler eben.«

Mein Herz raste. Vaughan hätte mich aus dem Haus geworfen, hätte er gewusst, wohin ich unterwegs war.

Meine Beine zitterten leicht, aber ich zwang mich weiterzugehen. Zwei weitere Türen standen halb offen und erlaubten mir einen flüchtigen Blick in eine kleine, mit samtrotem Teppichboden ausgelegte Bibliothek und in einen Abstellraum, der ein Himmelbett für eine Person mit frischem Bettzeug aus blauem Leinen beherbergte. Bodenlange Satinvorhänge an den Fenstern rahmten den Ausblick auf Hügel voller Heidekraut ein.

Die letzte Tür war schwer und mit dunklem Holz getäfelt. Ich drehte den goldfarbenen Knauf. Anfangs glaubte ich, es sei abgeschlossen. Als ich den Knopf ein zweites Mal drehte, erklang ein Geräusch wie leiser Protest.

Ich zögerte einen Moment. Nur das Ticken der Uhr weiter unten im Flur war zu hören. Ich straffte die Schultern und drehte den Knauf entschlossener um. Es stellte sich heraus, dass Vaughan die Tür zwar zugezogen, offenbar jedoch vergessen hatte, sie auch abzuschließen – vermutlich war er in Eile gewesen.

Erneut atmete ich tief durch, dann stieß ich die Tür auf.

Dunkle Vorhänge hingen vor einem sehr großen Fenster am Ende des Raums. Sie waren zugezogen, sodass ich nur die seltsamen Rundungen und scharfen Kanten von Vaughans Skulpturen erkennen konnte. Ich schob mich an mehreren auf Böcken ruhenden Tischplatten vorbei, die über Eck mitten im Raum standen. Mit den Fingern tastete ich nach dem Lichtschalter. Verdammt. Er funktionierte nicht.

Abgesehen von einem beharrlichen Klopfen war es in dem Raum gespenstisch still. Ich bemerkte, dass das Geräusch von meinem Herzen stammte, das gegen meinen Brustkorb schlug wie ein außer Kontrolle geratener Feuerwerkskörper. Was tat ich hier?

Ich schob meine Bedenken beiseite, ging zu den Vorhängen und zog sie auf. Fahles Morgenlicht strömte in das Atelier, und was ich nun sah, verschlug mir den Atem.

Die gewölbte Decke, eine dramatische Kombination aus Schneeflockendesign und neugierig dreinblickenden Putten, erhob sich über einer erstaunlichen Sammlung von Figuren, von traditionellen Büsten in verschiedenen Stadien der Bearbeitung bis zu modernen Installationen, die aus Glasscherben geformt waren. Wohin ich auch blickte, starrten mich milchig weiße Gesichter an. Die Statue einer nackten Frau mit ausgebreiteten Armen schien aus reinstem Marmor gearbeitet zu sein und ließ mich wegen ihrer angespannten Glieder an eine Ballerina denken.

Meine Nasenflügel blähten sich, und ich nahm den Duft von Metall, Keramik und Stein in mich auf, der in der Luft lag, während mein Geist sich mit Bewunderung für Vaughans abwechslungsreiches, von Geschick und Können geprägtes Werk füllte. Ich hatte nicht geahnt, dass er so talentiert war. Die sinnliche Kraft seiner Werke war so groß, dass ich einen Kloß im Hals bekam.

Sogar eine moderne Installation aus geschliffenem Glas, die eine Ecke eines Tisches in der Nähe bedeckte, übte eine sonderbare Anziehungskraft auf mich aus. Zögerlich streckte ich die Hand aus. Das Objekt sah aus wie ein funkelnder Stern, gepflückt in einer entlegenen Ecke der Galaxie. Was ich über Kunst wusste, hätte locker auf die Rückseite eines Briefumschlags gepasst, aber ich hätte jedem widersprochen, der von Vaughans Werk nicht beeindruckt war. Meine Finger prickelten, als ich das sternförmige Gebilde berührte. Der Gedanke, dass Vaughans Finger all dies geschickt zusammengefügt und ihm lebensechte Form verliehen hatten, trieb mir die Röte in die Wangen.

Um Himmels willen, Lara, reiß dich endlich zusammen!

In meinem Geist begannen Ideen Gestalt anzunehmen. Ja, manchmal war er in Bezug auf seine Arbeit ziemlich verschlossen, aber wenn ich ihm vor Augen führen könnte, dass seine Skulpturen für Glenlovatt nützlich waren, wäre er vielleicht empfänglich für meine Vorschläge. Dann mussten weder er noch sein Vater in Betracht ziehen, zwei reiche Idiotinnen zu heiraten.

Ich zog die Vorhänge wieder zu. Wie schade, dass diese anmutigen Skulpturen und gewagten Werke moderner Kunst wieder in Dunkelheit gehüllt wurden. Es war, als stieße Vaughans Atelier einen melancholischen Seufzer aus, als die Samtvorhänge sich mit leisem Rauschen wieder schlossen.

Tief in Gedanken versunken wandte ich mich zur Tür, aber nun wurde meine Aufmerksamkeit von etwas in der Ecke angezogen, das von einem dunkelblauen Stück Samt bedeckt war. Warum hatte Vaughan eines seiner Werke abseits aufgestellt, wo es den Blicken entzogen war, während alle anderen stolz mitten im Raum standen?

Ich versuchte, meine Neugier zu unterdrücken, aber vergebens.

Zögerlich ging ich einige Schritte auf das geheimnisvolle Objekt zu und zog den Stoff beiseite. Darunter befand sich die halb fertige Marmorbüste einer Frau. Ein Teil ihres Kopfes mit feinen Gesichtszügen und welligem Haar war bereits deutlich zu erkennen. Ein heiteres Lächeln zeichnete sich um ihren halb vollendeten Mund herum ab. Die andere Seite ihres Gesichts war leer, so als hätte Vaughan die Arbeit abrupt beendet. Als ich mich vorbeugte, um die hohen Wangenknochen und das halb gestaltete Kinn genauer zu betrachten, dämmerte es mir.

Das hier war Lydia.

Schuldbewusst, weil ich in das Atelier eingedrungen war, bedeckte ich die Büste wieder mit dem Stoff und huschte auf die noch immer halb offenstehende Tür zu. Plötzlich ragte eine hohe Gestalt vor mir auf, von der nur der Umriss zu erkennen war.

Wie lange hatte er schon dort gestanden?

Sein wie gemeißelt wirkender Kiefer verriet, dass es lange genug gewesen war.

Vaughans Schultern versteiften sich. »Was zum Teufel haben Sie in meinem Atelier zu suchen?«

Achtundzwanzig

Seine blauen Augen blitzten im Halbdunkel, und ich wich einen Schritt zurück. »Ich wollte sie nur mal sehen«, stammelte ich.

»Was wollten Sie sehen?«

Ich blickte ihm in die Augen und sagte so ruhig wie möglich: »Ihre Kunstwerke.«

»Und wozu?«

»Was soll das hier werden, die spanische Inquisition?« Diesem idiotischen Scherz ließ ich ein halbherziges Lachen folgen.

Vaughan lachte nicht. Er verschränkte nur die Arme.

Ich räusperte mich und überlegte fieberhaft, wie ich ihn von der Tatsache ablenken könnte, dass ich in das Atelier, sein Heiligtum, eingedrungen war. »Warum haben Sie dieses Kunstwerk da in der Ecke versteckt?«

Vaughan runzelte die Stirn. »Welches?«

»Das unter dem blauen Stoff.«

»Ich habe es nicht versteckt.«

»Warum steht es dann da hinten, abseits von den anderen? Weil es Ihre Mum darstellt?«

Gut kombiniert, Sherlock. Kaum waren die Worte aus meinem Mund gekommen, hätte ich sie am liebsten zurückgenommen.

»Meine Arbeit geht Sie nichts an, und Sie haben kein Recht, mein Atelier zu betreten.«

Das stimmte allerdings. *Okay, Zeit zu beichten.* Ehe ich mich eines Besseren besinnen konnte, öffnete ich den Mund und sagte: »Hören Sie, Vaughan, ich weiß über Petra Bescheid.«

Seine Lippen waren eine schmale Linie. »*Was* wissen Sie?«

Wie lange wollte er mit diesem Frage-und-Antwortspiel noch weitermachen? Die Worte stürzten mir förmlich aus dem Mund: »Ich weiß, dass Sie darüber nachdenken, Sie zu heiraten – und zwar aus den völlig falschen Gründen.«

Vaughans Blick wurde hart. »Ich weiß nicht, wovon Sie reden. Und außerdem – was geht Sie mein Privatleben an?«

Ich verhaspelte mich und wusste doch, dass mir nichts anderes übrigblieb, als weiterzureden. Ich hatte die Sache ohnehin spektakulär vor die Wand gefahren, warum also jetzt aufhören?

»Ich weiß, dass es mich nichts angeht. Aber Sie dürfen Ihr Leben nicht wegwerfen, nur um die Zukunft dieses Anwesens zu sichern. Es gibt noch andere Möglichkeiten.«

»Ach ja? Und was kümmert Sie das?«

Ich starrte auf Vaughans hochgezogene Augenbrauen. »Verzeihung?«

Er machte ein paar Schritte in den Raum hinein, sodass ich nervös zurückwich. In einem weißen Baumwollhemd, dunkler Jeans und beigefarbener Weste sah er unwiderstehlich aus. *Verdammt.*

»Sind Sie etwa eifersüchtig?«, fragte er und grinste höhnisch.

Ein schrilles Lachen entfuhr mir. »Eifersüchtig? Warum sollte ich eifersüchtig sein?«

»Sagen *Sie* es mir.«

Die Dunkelheit des Raums, die Umrisse der in Arbeit befindlichen Skulpturen und Vaughans Nähe – all das zusammen war nervenaufreibend. Ich warf meinen Pferdeschwanz über die Schulter zurück. »Ich bin nicht eifersüchtig«, entgegnete ich barsch. »Ich wollte Sie nur darauf hinweisen, dass weder Ihr Vater noch Ihr Großvater damit einverstanden wären, wenn Sie aus den falschen Gründen heiraten.«

Die Versuchung, ihm zu erzählen, dass sein Vater genau dasselbe vorhatte, nagte an mir, aber wahrscheinlich hatte Vaughan im Augenblick schon genug mit der Tatsache zu kämpfen, dass ich in sein Atelier eingedrungen war. Angesichts seiner zornigen Miene war mir klar, dass ich vorerst besser nichts mehr sagen sollte.

Ich wünschte, er würde die Gardinen aufziehen, damit das Morgenlicht die Dunkelheit schlucken konnte; es war, als stünde ich Dracula in seiner Gruft gegenüber.

»Oh nein. Ich glaube, dass du Hintergedanken hast«, knurrte er und machte einen weiteren Schritt auf mich zu.

Wie vom Donner gerührt stand ich da.

»Ich glaube«, flüsterte er laut, »dass du Glenlovatt als Vorwand benutzt.«

»Wofür denn?«, fragte ich verunsichert.

»Dafür«, antwortete er und küsste mich. Der Schock verwandelte sich in Erregung, als ich ihn schmeckte und mein Körper sich mühelos an seinen schmiegte.

Vaughan legte mir eine Hand auf den Rücken; trotz des T-Shirts spürte ich seine Hitze auf der Haut. Seine Zunge umspielte meine, und ein Seufzer entrang sich meiner Brust. Sein Atem wurde schneller, doch der Klang meines eigenen Keuchens sorgte dafür, dass ich mich abrupt aus seinen Armen löste.

Was zum Teufel tat ich hier?

Ich zog mich zurück und betrachtete sein kantiges Gesicht, während er den Mund zu einem Grinsen verzog.

»Dachte ich es mir doch.«

Dass er mich auch noch verurteilte, machte das Maß voll. »Ach ja? Wer ist hier wohl derjenige, der zu vorschnellen Schlüssen neigt?«, platzte ich heraus. Meine Lippen kribbelten noch von seinem Kuss. »Ich bin hergekommen, weil ich mir eine genauere Vorstellung davon machen wollte, was Sie hier tun. Ich wollte Ihnen vorschlagen, mit Ihren Skulpturen Geld für das Anwesen zu verdienen.« Tränen traten mir in die Augen, und ich schob mich an ihm vorbei, ehe er es sehen konnte. »Wissen Sie was? Verfolgen Sie einfach Ihren Plan weiter und heiraten Sie diese Blondine, okay?«

»Lara, warte«, setzte er an.

»Sie haben recht, Vaughan«, rief ich über die Schulter, und die Tränen drohten mir über das Gesicht zu laufen, als ich blind die Treppe hinunterstürmte, »das alles geht mich nichts an.«

Neunundzwanzig

Glücklicherweise traf im Thistles gerade eine kleine Gruppe Touristen ein, sodass ich eine Zeitlang beschäftigt sein würde. Ein auffälliger Kleinbus hatte sie ausgespuckt, und nun reckten sie wie Blumen auf der Suche nach Sonne bewundernd die Köpfe und blickten an der Fassade von Glenlovatt hoch.

Becky bediente ein italienisches Pärchen und reagierte auf deren Lob für unsere Kuchen und Torten mit ihrem ansteckenden Lächeln und errötete vor Freude über so viel Begeisterung.

Mit dem Handrücken wischte ich meine Tränen weg und brachte es fertig, Becky und Morven mit fröhlicher Stimme zu fragen: »Na, wie läuft's denn so?«

Becky zog die Nase kraus. »Alles okay mit dir? Du wirkst irgendwie durcheinander.«

Ich wischte ihre Besorgnis beiseite. »Ach, ich bin nur ein bisschen müde, das ist alles.«

»Heute Morgen hast du noch nicht so ausgesehen.«

»Wie denn?«, murmelte ich und machte mich an einem Stapel Servietten zu schaffen.

Morven verschränkte die Arme vor der Brust und erklärte: »Na, so als wärst du gerade Achterbahn gefahren und hättest vergessen, dich vorher anzuschnallen.«

Ich glaubte, Vaughans Lippen noch immer auf meinen zu spüren. Mit einem tonlosen Lachen erwiderte ich: »Sei nicht albern«, und floh in die Küche. Ich stützte mich auf der kühlen Arbeitsfläche ab und schloss die Augen. Was für ein arroganter Schwachkopf! Dieser Kuss war seine Art, mir zu zeigen, dass ich nur eine von vielen war.

Nun, wenn er Petra Doppelname-Dingsbums heiraten und sein Glück mit einer Zweckehe verspielen wollte, dann war das sein Problem. Aber bei Gordon war das etwas anderes.

Ich schob die wütenden Gedanken an Vaughan beiseite und beschloss, mit Gordon über das zu sprechen, was ich zufällig mitgehört hatte. Wenn der Sohn schon nicht auf mich hören wollte, konnte ich vielleicht wenigstens den Vater zur Vernunft bringen.

• • •

Erleichtert stellte ich fest, dass Vaughan sich nicht in der Nähe des Cafés blicken ließ.

Der mittägliche Ansturm war vorüber, Jess hatte für diesen Tag Feierabend gemacht, und ich war dabei, einen weiteren Tisch abzuräumen, als ich spürte, dass sich mir jemand von hinten näherte. Es war Gordon.

»Wir haben ein Problem, Lara.«

»Oh, das klingt nicht gerade vielversprechend.«

Gordon lächelte. »Erinnern Sie sich noch an den Wettbewerb des *Fairview Herald*, bei dem eine vierköpfige Familie eine Führung und eine Einladung zum Nachmittagstee gewinnen konnte?«

»Vage«, gab ich zu. »Hier war so viel los, dass ich das ganz vergessen habe.«

»Nun, die Gewinner – eine Familie namens McNaughton – kommen gegen 14.00 Uhr.« Er zögerte.

»Mrs. Baylis ist doch sicherlich hier, um sie durch das Anwesen zu führen.«

Stirnrunzelnd antwortete Gordon: »Genau das ist das Problem. Die Schule hat sie angerufen. Sie muss ihre Enkelin abholen, weil die schwer erkältet ist.«

»Okay«, sagte ich gedehnt, denn ich ahnte bereits, worauf dieses Gespräch hinauslaufen würde, hoffte aber noch, dass ich mich irrte.

»Und ich habe eine Verabredung mit meinem Steuerberater, die schon lange feststeht«, fügte Gordon entschuldigend hinzu, »andernfalls wäre ich mit dem größten Vergnügen eingesprungen.« Er legte flehend die Hände zusammen.

Oh nein.

»Könnten Sie die Führung vielleicht übernehmen? Ich wäre Ihnen wirklich sehr dankbar.«

»Ich?«

»Ja. Das heißt, wenn Morven und Becky hier allein zurechtkommen.«

Becky zuckte gleichmütig mit den Schultern. »Im Augenblick ist es ruhig«, sagte sie, und Morven bestätigte ihre Worte mit eifrigem Nicken.

Verzweifelt suchte ich nach einer glaubhaften Ausrede. »Aber ich weiß nicht genug über Glenlovatt. Ich meine, ich kenne die grundlegenden Fakten, aber ich bin nicht annähernd so gut im Bilde wie Mrs. Baylis.«

Mit einem Wink seiner gebräunten Hand wischte Gordon meine Bedenken einfach weg. »Im Internet gibt es jede Menge Informationen zum geschichtlichen Hintergrund, die können Sie benutzen. Und außerdem sind Sie begeisterungsfähig und sehr geschickt im Umgang mit Menschen.«

Zu dick aufgetragen.

Becky begann, in ihrem lila Rucksack zu wühlen. »Hier«, sagte sie lächelnd, »du kannst mein Tablet benutzen. Es ist vollständig geladen und lässt dich in jeder Situation gut dastehen.«

»Oh, vielen Dank auch«, brachte ich zähneknirschend heraus. »Was würde ich nur ohne dich tun?«

Sie streckte mir die Zunge heraus, als sie mir das Gerät in die Hand drückte. »Immer gern zu Diensten.«

»Könnte Vaughan die Führung nicht übernehmen?«, fragte ich und blickte von Beckys regenbogenfarbigem Bildschirmschoner auf, aber von Gordon war nur noch der Rücken im dunkelblauen Anzug zu sehen. »Das war dann wohl ein Nein.«

Morven bugsierte mich zu einem der leeren Tische. »Hier. Setz dich, hol dir was zum Lunch und mach dich über die Geschichte dieses Anwesens schlau.«

Becky nahm ein Teeservice und mehrere Teller von einem anderen Tisch. »Wie wär's mit einem Stück Tomate-Mozzarella-Quiche? Jess hat sie vor Feierabend noch rasch zubereitet.«

»Ja, gern, vielen Dank«, sagte ich seufzend und tippte auf der Tastatur des Tablets herum. Ich versuchte, so unwiderstehlich wie möglich zu wirken, als ich fragte: »Morvs, könntest du das nicht übernehmen?«

»Sorry, Süße, aber ich muss gleich weg. Ich habe wegen der Flyer einen Termin bei einer Druckerei in der Stadt«, sagte sie und lächelte mich aufmunternd an. »Du hast doch früher im PR-Bereich gearbeitet, Lara. So was ist für dich ein Kinderspiel.«

Kopfschüttelnd rief ich im Internet weitere Informationen über Glenlovatt auf, und ein Bild des großen Hauses, von Schnee bedeckt wie von einer Schicht Puderzucker, erschien auf dem Display. Laut begann ich zu lesen: »Glenlovatt Manor, erbaut 1760 und am Stadtrand von Fairview in Schottland gelegen, ist ein eindrucksvoller Herrensitz.«

Becky brachte mir mein Mittagessen. »Wenn dieses Haus reden könnte, hätte es uns jede Menge pikante Geschichten zu erzählen, wetten?«

Erneut tippte ich auf das Display, wurde jedoch von einer schrillen Stimme unterbrochen.

»Ein Geschäft kann nicht laufen, wenn die Inhaberin nur dasitzt und am Computer herumspielt.«

Meine Haut prickelte. Diese Stimme kannte ich irgendwoher.

Langsam drehte ich mich auf dem Stuhl herum und sah Kitty Walker im Türrahmen zum Thistles stehen. Sie war nicht allein. Hinter ihrem Rücken spähte ihre klatschsüchtige Freundin Moira Kendrick hervor.

»Na großartig«, zischte ich Becky leise zu. »Das hat uns gerade noch gefehlt – ein Besuch von Cruella de Vil und Bellatrix Lestrange.« Ich machte ein freundliches Gesicht und rief: »Nanu, ist das True Brew heute etwa geschlossen?«

Kitty betastete ihre betonierten Locken. »Meine Schwester und meine Nichte haben heute Nachmittag Dienst. Was für eine Erleichterung, mein Unternehmen in solch zuverlässige Hände geben zu können.«

Autsch.

Den ausladenden Blumenkleidern und nicht dazu passenden Hüten nach zu urteilen, hatten sie sich für ihren Besuch auf Glenlovatt wenigstens ein bisschen Mühe gegeben. Die beiden sahen aus, als hätten sie im Dunkeln eine alte Kostümtruhe ausgeräumt.

Als Becky die beiden erkannte, wurden ihre Lippen schmal. »Deine alte Chefin und ihre Leibwache«, flüsterte sie. »Na super.«

»Und? Ist alles bereit, damit die McNaughtons ihren Preis in Empfang nehmen können?«, fragte Kitty mit ihrem breitesten, strahlend weißen Zahnlächeln.

»Natürlich«, log ich. »Aber woher wissen Sie, dass sie heute kommen?«

Kitty riss die mit glitzerndem Lidschatten geschminkten Augen auf.

»Im True Brew bleibt uns nichts verborgen«, flötete Moira, die offenbar endlich ihre Stimme wiedergefunden hatte.

Sie stolzierten durch das Café und beäugten hochnäsig Lydias Kunstwerke.

»Sie haben das von den McNaughtons also noch nicht gehört?«, fragte Moira leichthin.

Becky verschränkte über ihrer Thistles-Schürze die Arme. »Nein, sollten wir? Gehört die Familie etwa zufällig einem großen Verbrechersyndikat an?«

»Oh, ist das so?«, fragte Kitty und schürzte die Lippen. »Das würde mich nicht wundern.«

Um Himmels willen.

»Jedenfalls«, setzte Kitty an und nahm auf einem meiner armen

Stühle mit hoher Lehne Platz, »sind die McNaughtons Zugereiste.« Sie senkte die Stimme. »Sie kommen aus dem Osten.«

»Ach wirklich?«, hauchte Becky und legte sich eine üppig beringte Hand auf die Brust. »Komm, Lara, wir müssen sofort die Polizei informieren.«

Kitty musterte sie kalt. »Machen Sie sich nur lustig, junge Frau. Ich weiß über dieses Pack Bescheid.«

Na also.

»Was wissen Sie denn über sie?«, fragte ich gereizt.

Kittys perlrosa Lippen schnalzten so laut wie die Flossen eines klatschenden Seehunds. »Der Vater ist wegen Diebstahls verurteilt, die Mutter wirkt ständig gehetzt, und was die beiden Teenager betrifft ...«

»Die sehen aus, als wären sie jederzeit bereit, alte Leute zu überfallen und auszurauben«, mischte sich Moira mit der Sensibilität einer Eisenbahnschiene ein.

Kitty lehnte sich auf dem Stuhl zurück. »Zweimal Tee, wenn's recht ist, Bedienung. Und wenn Sie schon mal dabei sind, nehmen wir gleich noch zwei Stücke von dem Guinnesskuchen dort.«

»Ich finde, er sieht ein bisschen trocken aus«, murmelte Moira.

»Wir sind eben höflich«, antwortete Kitty ohne jede Spur von Ironie.

Ich senkte den Blick wieder auf Beckys Tablet. Allmählich lief mir die Zeit für meinen Crashkurs davon.

»Habe ich das vorhin richtig gehört, dass Sie die Führung für die McNaughtons übernehmen, Lara?«

Was für ein neugieriges altes Weib. Sie und Moira mussten uns von draußen belauscht haben.

Ich setzte ein Lächeln auf und sagte: »Ja, das stimmt. Wenn ich nach einer Stunde noch nicht zurück bin«, sagte ich, »dann durchsuchen Sie bitte Loch Fairview nach mir. Vielleicht schwimme ich ja schon bei den Fischen.« Energisch biss ich in mein Stück Quiche.

»Ähem.« Travis stand in der Tür, vier Menschen mit versteinerten Gesichtern im Schlepptau.

»Lara«, sagte er und verzog das Gesicht. »Darf ich Ihnen die McNaughtons vorstellen? Sie sind wegen der Führung hier.«

Ich nahm das Tablet in die Hand und betete zum Schutzheiligen aller Großmäuler, dass sie meine dumme Bemerkung nicht gehört hatten.

Mrs. McNaughton stellte sich als Erste vor, Claire war ihr Name, und auch ihrem Ehemann Eddie schüttelte ich die Hand. Robbie, ihr Sohn, und ihre Tochter Flora erinnerten mich an hohlwangige Models in einem schrillen Werbespot für Klamotten.

Kitty betrachtete die vier über den Rand ihrer Teetasse hinweg.

»Warten Sie nicht auf mich«, sagte ich mit zuckersüßer Stimme zu ihr.

Daraufhin machten es sich Kitty und Moira erst recht auf ihren Plätzen bequem wie zwei alte Gänse. Was sie ja auch waren.

»Nur keine Eile«, schnatterte Moira. »Wir haben den ganzen Nachmittag Zeit.«

Becky schlenderte zu uns herüber und wischte die laminierten Speisekarten mit einem Tuch ab. »Keine Sorge«, flüsterte sie mir zu. »Mit den beiden werde ich schon fertig.«

Ich deutete auf den großen Saal und ging den McNaughtons voran.

Ich wusste zwar einiges über Glenlovatt, war aber kein wandelndes Lexikon wie Mrs. Baylis. Um die Führung zu überstehen, würde ich einfach diskret Beckys Tablet zu Hilfe nehmen und mich ansonsten auf meine aufrichtige Bewunderung für das alte Haus verlassen. Hoffentlich würde ich meine Gäste nicht allzu sehr enttäuschen. Ich seufzte unhörbar. Ich mochte Gordon wirklich sehr, aber in diesem Augenblick hätte ich ihn am liebsten mit einer seiner Seidenkrawatten gelyncht.

»Behalten Sie das Familiensilber im Auge«, blaffte Kitty uns von hinten an.

Ich kochte vor Zorn.

»Nach dem Rundgang«, sagte ich lächelnd zu den McNaughtons, »wird es mir ein Vergnügen sein, Ihnen im Thistles einen köstlichen

Nachmittagstee zu servieren. Und nun noch einmal herzlichen Glückwunsch zum Gewinn des Wettbewerbs!«

Robbie hob nicht einmal den Kopf. Er tippte ununterbrochen Textnachrichten in sein Handy. Flora betrachtete ihre Fingernägel.

»Danke«, sagte Claire und lächelte verlegen. »Wir freuen uns darauf.« Sie stieß Eddie an, der daraufhin wortlos nickte.

Oh, lieber Gott, hilf mir.

Wir stiegen die Treppe hinauf, und durch das Stabwerksfenster fielen Lichtstrahlen herein. »Glenlovatt wurde im Jahr 1760 von Christopher Carmichael erbaut, einem erfolgreichen Händler feiner Weine«, erklärte ich.

»Das ist so langweilig«, flüsterte Flora und stöhnte leise. Robbie bekam hinter seinem Vorhang aus widerspenstigen blonden Strähnen von meinen Worten offenbar nichts mit, denn er schien sich weitaus mehr für Videos mit furzenden Hunden zu interessieren.

»Sei nicht so unhöflich«, ermahnte ihr Vater sie leise. »Es dauert nicht mehr lange, bis wir was zu futtern bekommen.«

Ich bedauerte Claire McNaughton zutiefst. Da stand sie im Sonntagsstaat und versuchte das Beste aus diesem Tag zu machen, indem sie ihrer Familie ein wenig Kultur einflößen ließ.

Ich führte sie zum ersten Eckturm und räusperte mich, als mir eine Geschichte einfiel, die mich immer schon fasziniert hatte. Einen Versuch war es wert. »Diesen Teil des Hauses liebe ich besonders«, erklärte ich. Verstohlen blickte ich noch einmal auf das Tablet, um sicherzugehen, dass meine Worte den Tatsachen entsprachen. »Und er existiert, weil Christopher Carmichael gesagt hat, Charity, seine geliebte Frau, erinnere ihn an eine Prinzessin mit goldenem Haar.«

Ein Funken von Interesse ließ Floras stahlgraue Augen flackern. Mit einem weiteren Blick auf das Display fuhr ich fort: »Er ließ Glenlovatt als Beweis seiner Liebe zu ihr erbauen.«

»Wie romantisch«, sagte Claire mit einem wehmütigen Seufzer. »Ist das nicht romantisch, Eddie?«

Ihr Mann grunzte nur. In seinem braunen Anzug erinnerte er entfernt an einen stämmigen Bären aus den Bergen.

Am Ende des Flurs stiegen wir einige Stufen hinab, die zu einem Alkoven mit einer kleinen Tür dahinter führten.

»Also, in diesem Teil«, erklärte ich, »sind der Legende nach beim Bau des Herrensitzes zwei junge Burschen ums Leben gekommen.«

Als ich dieses Ereignis erwähnte, verlor Robbie das Interesse an dem tanzenden Schwein auf dem Handydisplay. »Was ist passiert? Wurden sie zerschmettert? Hat jemand sie ermordet?«

Ich versuchte meine Freude darüber zu verbergen, dass es mir endlich gelungen war, seine Aufmerksamkeit zu erregen. »Es heißt, ihr Herr sei so darauf erpicht gewesen, Christopher Carmichael zu beeindrucken, dass er die Jungen zwang, bis tief in die Nacht hinein zu arbeiten. So etwas wie Arbeitsschutzvorschriften gab es damals noch nicht.«

»Und was ist dann passiert?«, fragte Robbie ungeduldig.

Unauffällig blickte ich auf das Display. »Die beiden jungen Männer machten sich allzu sorglos an die Arbeit. Es heißt, sie seien nach vielen Stunden auf dem Bau bereits erschöpft gewesen, und die Wand, die sie mauerten, war nicht so stabil, wie sie eigentlich sein sollte.«

Ich sah vom Tablet auf. »Das ganze Gebilde brach in sich zusammen und begrub erst den einen und dann den anderen unter sich.«

Flora umklammerte den Träger ihrer fransenbesetzten Schultertasche. »Das ist ja schrecklich. Spuken die etwa heute noch hier rum?«

»Nicht, dass ich wüsste«, antwortete ich, wobei mir Robbies offensichtliche Enttäuschung nicht entging. »Aber der Überlieferung nach hat einer der Männer kurz vor seinem Tod darauf bestanden, dass zu ihrem Gedenken zwei Vogelbeerbäume im Garten von Glenlovatt angepflanzt werden.«

»Und gibt es die Bäume noch?«, fragte Eddie.

»Ja, die gibt es noch. Ich zeige sie Ihnen später.«

Flora runzelte die Stirn. »Warum sollten es unbedingt Vogelbeerbäume sein?«

»Na ja«, setzte ich an und wiederholte, was ich gerade im Internet gelesen hatte, »in alten Volkssagen heißt es, dass Ebereschen magisch sind und Menschen auf Wanderschaft davor schützen, sich zu verirren.«

Meinen Worten folgte gebanntes Schweigen. Wie ich vermutet hatte, interessierte sich diese Familie nicht für die Gestaltung der Pfeiler oder dafür, wie viele verschiedene Blumenarten in den Gärten blühten. Sie wollten etwas darüber wissen, wie Glenlovatt das Leben der Menschen berührt hatte, über die glücklichen Seelen, die jeden Tag unter seinem Dach erwachten, und über die Romanzen, Opfer und Tränen, deren Zeuge es im Lauf von zweieinhalb Jahrhunderten geworden war.

»Können Sie uns noch mehr erzählen, Lara?«, fragte Flora, als wir uns dem Ende des Rundgangs näherten. »Irgendwelche Geschichten von attraktiven Prinzen?«

»Ist auf dem Gelände schon mal jemand exekutiert worden?«, meldete sich Robbie mit unverhohlener Begeisterung zu Wort.

»Noch nicht«, sagte ich mit dünnem Lächeln und dachte an die beiden ungebetenen Gäste im Café. »Aber was nicht ist, kann ja noch werden.«

• • •

Es war, als begleitete ich eine vollkommen andere Familie zum Thistles zurück. In einer Wolke aus Gelächter und Geplapper betraten wir im Gänsemarsch das Café.

»Das mit den Vogelbeeren finde ich echt cool«, sagte Robbie, »aber ich glaube trotzdem, dass es in diesem Haus spukt.«

»Da könntest du durchaus recht haben«, antwortete ich und stellte gleichzeitig überrascht fest, das Kitty und Moira noch immer auf ihren Plätzen saßen.

»Sie sind schon bei der dritten Kanne Tee«, klagte Becky und warf sich ein Geschirrtuch über die Schulter.

»Hauptsache, sie bezahlen. Alles andere spielt keine Rolle.«

Ich begab mich hinter die Kuchentheke, um gemeinsam mit Becky den Nachmittagstee für die McNaughtons zuzubereiten. Wir hatten einen Tisch neben den Türen zum Innenhof für sie reserviert, und sie ließen sich dankbar auf den Stühlen nieder.

Kitty und Moira musterten sie wie Prüfstücke aus dem Labor, während sie weiterhin geräuschvoll ihren Earl Grey schlürften.

»Und, ist alles an seinem Platz geblieben?«, fragte Kitty laut. »Vielleicht sollten Sie dem Gutsherrn mal vorschlagen, gründlich Inventur zu machen.«

Eddies bulliger Kopf fuhr herum.

»Nicht, Schatz«, bat Claire und legte eine Hand auf den Ärmel seines Jacketts. »Sie sind es nicht wert, dass wir uns mit ihnen abgeben.«

Unbeirrt fuhr Kitty fort: »Solche Leute sind wir in Fairview nicht gewohnt.« Sie spießte den Rest ihres doppelten Schokokuchens auf die Gabel, nachdem sie den Guinnesskuchen bereits verspeist hatte, und schob sich den großen Bissen in den Mund.

Ich überlegte gerade, ob ich die beiden auffordern sollte, das Café zu verlassen, da lenkte mich ein merkwürdig gurgelndes Geräusch ab. Anfangs glaubte ich, der Abfluss der Küchenspüle wollte mal wieder Ärger machen.

»Sie erstickt!«, kreischte Moira. »Kitty erstickt!«

Ich drehte mich um und sah, dass Kittys Gesicht tiefrot angelaufen war; ihre Augen quollen beängstigend aus den Höhlen hervor.

Ehe ich mich rühren konnte, war Claire bereits hinter ihr, zog sie vom Stuhl hoch und auf die Füße und drückte ihr so kräftig auf den Bauch, dass wir alle zusammenzuckten. Beim vierten Mal kam ein Stück Schokoladenkuchen aus Kittys Mund geschossen.

»Um Himmels willen, Claire«, sagte ich, noch immer schockiert von dem Tempo, in dem sich alles abgespielt hatte. »Gut gemacht!«

Claire schob sich das kurzgeschnittene braune Haar hinter die Ohren. »Ich war früher mal Krankenschwester.«

Aller Augen waren auf Kitty gerichtet, die nun wie ein ausrangierter Bettbezug aus den Siebzigerjahren aussah. Ich löffelte weiterhin frische Sahne in ein kleines Glas und ordnete für die McNaughtons üppige Scones auf einem Teller an. »Kitty, ich glaube, Sie sind Claire etwas schuldig.«

Meine ehemalige Chefin keuchte noch einige Male, dann sagte sie: »Danke. Vielen Dank.«

Claire setzte sich wieder und nippte an ihrem Tee, ehe sie Kittys Dank mit einem kurz angebundenen »Gern geschehen« quittierte.

Dreißig

An diesem Abend war ich so dankbar wie nie zuvor, endlich zu Hause zu sein. Das Gefühl hielt so lange an, bis mir wieder einfiel, dass ich zwei laute, ungenierte Gäste beherbergte.

Ich streifte meine Sneakers ab und ließ sie auf die Fußmatte fallen. Die Wohnung kam mir ungewöhnlich ruhig vor. Kaum hörbar drang Musik aus dem geschlossenen Gästezimmer, und auf der Frühstückstheke entdeckte ich einen Notizzettel von Mum:

Bin gerade bei einer Ausstellung über die Macht der Vagina im Schottland des 21. Jahrhunderts, ganz in der Nähe. Komme bald wieder! Alles Liebe, Mum xx

Ich schloss die Augen. Na großartig.

Dann ließ ich den Notizzettel in den Mülleimer fallen und nahm die aktuelle Tageszeitung aus meiner Handtasche. Wenn Wolf damit zufrieden war, sich in seinem Zimmer in den kreativen Ergüssen irgendeiner Folkband zu wälzen, war mir das nur recht. Ich schaltete den Wasserkocher ein und bereitete mir eine heiße Schokolade zu, ehe ich mich mit der Zeitung aufs Sofa plumpsen ließ und die Artikel überflog. Die Schlagzeilen verschwammen vor meinen müden Augen: Geschichten über fremdgehende Abgeordnete, über den endlosen Kampf um die richtige Work-Life-Balance und über einen Husky, der Opern singen konnte.

Ich blätterte mehrmals um und versuchte, die Worte in mich aufzunehmen, da ließ mich ein Schwarz-Weiß-Foto stutzen. Etwas an dem kantigen Kinn und den Schlupflidern des Mannes, dem eine Haarsträhne in die Stirn fiel, kam mir irgendwie bekannt vor. Er war auf eine Art attraktiv, wie es oftmals die Schüler elitärer Internate sind. Eine Baumgruppe ragte hinter ihm auf, und seine Miene wirkte angestrengt. Da er noch dazu einen Abendanzug trug, war der Gesamteindruck recht dramatisch. Über dem Bild verkündete eine Schlagzeile: »Suche nach jungem Erben geht weiter.«

Mein Blick wanderte wieder zu dem Bild des Mannes. Was war es, das mir an ihm so bekannt vorkam? Abgesehen von den Carmichaels hatte ich noch nie Zeit mit Angehörigen des Landadels verbracht.

Ich richtete meine Aufmerksamkeit auf den zugehörigen Artikel und las, dass auf dem Foto Brodie Fairbairn zu sehen war, Erbe des weithin bekannten Papierwaren-Imperiums Fairbairn Stationery. Der Artikel erwähnte, dass der Zweiunddreißigjährige plötzlich verschwunden war und familiären Druck als Grund dafür angeführt hatte, warum er sich heimlich vom Landsitz seiner Vorfahren, von dem aus man die düstere Schönheit von Loch Ness bewundern konnte, abgesetzt hatte. Nach einer Reihe hitziger Auseinandersetzungen mit seinen Eltern wegen seiner Zukunft war er vor einigen Monaten verschwunden.

Beim Weiterlesen wanderte meine Aufmerksamkeit immer wieder zwischen dem Artikel und dem Gesicht des Mannes hin und her. Dem Bericht zufolge hatte Brodie Fairbairn überaus deutlich gemacht, dass er eine Karriere als Schriftsteller anstrebte. Von dieser Idee waren seine Eltern nicht sonderlich angetan, was ihn dazu gebracht hatte, in der Nacht von Inverness zu verschwinden. Nach Hinweisen auf seinen Aufenthaltsort und Anzeichen dafür, dass er wohlauf war, wurde noch gesucht. Seine Eltern hatten ein Vermögen für Privatdetektive ausgegeben, aber niemand hatte ihn je zweifelsfrei gesichtet.

Ich zog die Stirn kraus. Er kam mir bekannt vor, das ließ sich nicht leugnen. Hatte er vielleicht das Thistles oder Glenlovatt besucht? Sicherlich nicht.

Das Quietschen der Gästezimmertür riss mich aus meinen Gedanken, und ich blickte über die Schulter. Wolf kam herausgeschlendert, mit seinem dunkelbraunen Bart und einer steingrauen Cargohose, die ihm locker auf der Hüfte saß; dazu trug er ein hellblaues T-Shirt. Er hielt einen Roman in der Hand, dessen Titelbild einem Phönix ähnelte.

Abrupt hob er den Kopf. »Oh, hi Lara. Hab dich gar nicht reinkommen hören. Hattest du einen guten Tag?«

Lag es an seinen Gesichtszügen? An seinen schrägstehenden schiefergrauen Augen? Was auch immer der Grund war, als mein Blick zwischen dem eleganten Burschen in der Zeitung und dem Hipster in meiner Wohnung hin und her schweifte, dämmerte es mir allmählich.

Ich rappelte mich vom Sofa auf und hielt ihm den Zeitungsartikel unter die Nase.

»Wolf. Das bist doch du, oder?«

Beunruhigung zeichnete sich auf seinem Gesicht ab. »Wovon sprichst du?«

»Davon«, sagte ich und hielt ihm die Seite mit dem Foto vors Gesicht. »Du bist doch Brodie Fairbairn, oder etwa nicht?«

Wolf neigte den Kopf und blickte auf den Artikel. Schweigen senkte sich auf uns.

Behutsam nahm er die Zeitung in eine Hand, den Roman hielt er in der anderen. Sein Blick war ein Kaleidoskop von Gefühlen. »Mist.« Ehe ich einen Kommentar abgeben konnte, machte er einen Schritt vorwärts. »Bitte, Lara. Sag Christine nichts davon.«

»Ist das dein Ernst? Du stehst in der überregionalen Presse. Sie suchen nach dir – deine Familie, Freunde, sogar Privatdetektive!«

Wolf fuhr sich mit einer Hand über das kurzgeschnittene Haar. »Und was ist, wenn ich nicht gefunden werden will? Wenn ich glücklich bin, so, wie es jetzt ist? Du weißt, was deine Mutter von den sogenannten Bessergestellten hält.«

»Aber Wolf … äh … Brodie.«

»Wolf«, sagte er rasch.

»Okay.« Ich seufzte. »Wolf. Du musst meiner Mum sagen, wer du wirklich bist. Oder soll sie es auf diese Art herausfinden?«, fragte ich und deutete vorwurfsvoll mit dem Finger auf die Zeitung.

Wolf strich sich über den Bart. »Weißt du, dass ich schon sehr lange nicht mehr so glücklich war wie jetzt?« Ich ließ mich rückwärts auf das Sofa fallen und sah, wie er entmutigt in den Sessel gegenüber sank. »Fairbairn. Dieser verdammte Name hängt seit Jahren wie ein Fluch über mir. Alle gingen wie selbstverständlich davon aus, dass ich im Familienunternehmen das Zepter in die Hand nehmen würde.« Er lachte, und es klang müde. »Der Gedanke, eine bescheuerte Papierfabrik zu managen und ein arrogantes Schickimicki-Mädchen zu heiraten, das mich nur wegen meines Geldes will ...« Seine Stimme senkte sich zu einem Flüstern. »Mir ist einfach die Decke auf den Kopf gefallen.« Er beugte sich leicht vor. »Du kannst dir nicht vorstellen, wie oft ich versucht habe, mit meinen Eltern über all das zu reden. Sie wissen, dass ich Schriftsteller werden will.«

»Aber sie sind nicht damit einverstanden.«

Wolf schnaubte verächtlich. »Das ist die Untertreibung des Jahres. Selbst als sich einer der besten Literaturagenten des Landes für mich interessierte, fingen sie wieder mit diesem Mist an, von wegen Pflicht und Tradition.« Er rieb mit den Füßen über den Teppich. Wenn sie mich nicht gerade mit Schweigen bestraften, haben sie mich ständig in Dads Büro antanzen lassen.«

»Und darum bist du ins Ausland verschwunden?«

Wolf nickte. »Jep. Hab mir einen Bart wachsen lassen und die Hilfe einiger guter Freunde in Anspruch genommen, die mir noch was schuldig waren. Ich habe mich bedeckt gehalten.« Der Blick seiner grauen Augen wirkte plötzlich warm. »Und dann habe ich deine Mum kennengelernt.« Ein sentimentales Lächeln breitete sich in seinem Gesicht aus. »Jemandem wie Chris bin ich nie zuvor begegnet.«

»Und es ist höchst unwahrscheinlich, dass du jemals wieder jemandem wie ihr begegnen wirst.«

Wolf lachte kurz auf und zeigte eine Reihe ebenmäßiger Zähne.

»Wissen deine Eltern denn, dass es dir gutgeht?«

»Natürlich wissen sie das. Ich habe es nicht über mich gebracht, sie einfach im Ungewissen zu lassen.« Resigniert hob er die Hände. »Als ich auf dem Kontinent war, habe ich ihnen eine Postkarte geschickt. Wenigstens ein Lebenszeichen.«

Danach erklärte Wolf mir, dass er Mum auf einem Kunstfestival in Spanien kennengelernt hatte. Zu dem Zeitpunkt hatte er die lässig-elegante Rolle des attraktiven Burschen mit dem halblangen Haar endgültig abgelegt und sich in einen coolen Hipster verwandelt gehabt.

»Ich habe meinen ersten Roman geschrieben«, fügte er hinzu, »und seitdem habe ich einen Agenten. Es ist eine schwarze Komödie. Mein Agent legt sie zurzeit verschiedenen Verlagen vor.«

Wir wandten uns beide der Zeitung zu, die nun als zerknitterter Papierhaufen auf meinem Couchtisch lag, und lasen den Artikel.

»Aber was ist mit deinem Pass?«, fragte ich. »Unter solchen Umständen ist das Reisen ganz schön riskant.«

Wolfs Mund zuckte bei der Erinnerung. »Sagen wir, ich habe da ein oder zwei Freunde, mit denen Mum und Dad mit Sicherheit nicht einverstanden wären. Ihre ›Verbindungen‹ sind von unschätzbarem Wert für mich, falls du verstehst, was ich meine.«

Ich konnte mir mühelos vorstellen, wie Wolf die Dienste von Passfälschern in Anspruch nahm. Wesentlich schwerer fiel es mir allerdings, das Bild seines Alter Egos, des Erben im eleganten Anzug, heraufzubeschwören.

Als Wolf mir seine ganze Geschichte erzählt hatte, sah er müde aus, darum bot ich an, Kaffee für uns zu kochen. »Du musst es Mum erzählen«, wiederholte ich, diesmal energischer. »Sie will das garantiert wissen.«

Wolfs flehender Blick erinnerte mich an den eines Welpen. »Aber vielleicht kann sie nicht akzeptieren, wer ich wirklich bin? Ich will sie nicht verlieren.«

Wow. Er war wirklich in meine Mutter verliebt. Ich schluckte und lehnte mich an den Rahmen der Küchentür. »Nach allem, was du mir erzählt hast, bist du tatsächlich Wolf und nicht Brodie Fairbairn.«

Er verzog den Mund zu einem dankbaren Lächeln.

»Aber du musst es ihr trotzdem sagen«, rief ich über das Geklapper der Tassen hinweg. »Ich will nämlich nicht, dass ein Sonderkommando meine Wohnung stürmt. Und noch schlimmer wäre es, wenn Mum es aus der Zeitung erfährt.«

Da waren mir Soldaten mit Sturmhauben noch lieber.

Einunddreißig

Meine kleine Unterhaltung mit Wolf führte zu einer schlaflosen Nacht.

Mum war mit so viel Material über die Macht der Vagina zurückgekehrt, dass es gereicht hätte, um mein Badezimmer zu tapezieren. Als sie und Wolf im Gästezimmer verschwanden, hatte ich ihm ermutigend zugenickt und mich in mein Bett zurückgezogen.

Noch mehr Geheimnisse. Nun war ich erst recht davon überzeugt, dass das drohende Heiratsdebakel ans Licht gebracht werden musste. Gordon trug offensichtlich das Gewicht der finanziellen Sorgen des Anwesens auf den Schultern, und aus naheliegenden Gründen hatte er wahrscheinlich das Gefühl, nicht mit Vaughan darüber sprechen zu können. Hugo war tot. Vielleicht konnte ich in die Bresche springen.

Unfähig, auch nur einen Bissen hinunterzubekommen, trank ich rasch einen Kaffee und schnappte mir dann meine Handtasche. Mum und Wolf schliefen wahrscheinlich noch, ihre Tür war geschlossen. Als ich im Flur meinen Lippenstift im Spiegel überprüfte, nahm ich an, dass Wolf meiner Mutter noch nicht gestanden hatte, wer er tatsächlich war. Während meiner durchwachten Nacht hatte ich keinen theatralischen Ausbruch meiner Mutter mitbekommen und keine Hasstiraden über die »ausbeuterische Oberschicht«; sie hatte kein einziges Mal die Stimme erhoben.

Unter einem Baldachin aus rostroten und gelben Blättern fuhr ich nach Glenlovatt. Ich passierte nebelige Feldwege, ohne das Zwitschern der Amseln und die Kurven der Fairview Hills zu genießen, wie ich es sonst zu tun pflegte. Wegen der schlaflosen Nacht wollte ich früher als üblich im Thistles sein und ein bisschen backen. Bilder von kleinen Vanille- oder Schoko-Cupcakes, Pekannuss-Ahornsirup-Schnitten und einem Bananenbrot gingen mir durch den Kopf.

Ich lenkte den Wagen über die gewundenen Wege von Glenlovatt. Was würde Gordon von meiner neuesten Idee halten, mit der wir etwas zusätzliches Geld für das Anwesen verdienen konnten – und, wichtiger noch, was würde er zu meiner vorlauten Empfehlung sagen, von einer Ehe mit der giftigen Rhiannon lieber abzusehen?

• • •

»Ich weiß, was Sie vorhaben, Gordon.«

Mist!

Ich hatte mir vorgenommen, mich dem Thema ausnahmsweise taktvoll zu nähern, anstatt mit der Tür ins Haus zu fallen. Mein Mund und mein Gehirn standen offensichtlich mal wieder nicht miteinander in Verbindung.

Gordon ging mit seinem Morgencafé an mir vorbei. »Tatsächlich?«, fragte er lächelnd. »Und was wäre das?«

Ich machte einen Schritt auf ihn zu, um außer Hörweite der besetzten Tische zu sein. Eine vierköpfige Familie in teurer Wanderausrüstung ließ sich Caffè Americano und Streuselkuchen schmecken.

Gordon musterte mich so neugierig, dass mein Magen einen Salto schlug. In der Nacht zuvor und an diesem Morgen war ich ganz heiß darauf gewesen, mit ihm über Rhiannon zu sprechen. Als er nun jedoch vor mir stand, erinnerte er mich mit seinen buschigen Augenbrauen und den breiten Schultern an Vaughan, und meine Entschlossenheit geriet ins Wanken.

»Was ist los?«, fragte er. »Stimmt etwas nicht, Lara?«

»Können wir bitte kurz in Ihr Arbeitszimmer gehen?«

Gordon trank einen großen Schluck Kaffee. »Natürlich.«

Schweigend liefen wir durch den kühlen Saal. Wohin ich auch sah, offenbarte sich Vaughans Talent. Ein fliegender Akrobat glänzte in einer antiken Vitrine, und ein elfenbeinfarbener Pferdekopf, dessen Mähne im imaginären Wind wehte, stand auf einem Sockel in der Nähe.

Bevor ich mich in Vaughans Atelier getraut und mit eigenen Augen gesehen hatte, wie viel Schönheit er zu erschaffen imstande war, hatte ich seine Kunstwerke, die hier und da im Haus verteilt waren, kaum wahrgenommen. Nun sprangen sie mich förmlich an, forderten meine Aufmerksamkeit und bewirkten ein seltsames Flattern in meiner Brust.

Gordon stieß die Tür zu seinem Arbeitszimmer auf und schloss sie hinter mir wieder.

»Ich weiß über Rhiannon Kincaid Bescheid«, platzte ich heraus. Na super. Ich mal wieder. Miss Taktvoll.

Ich wartete darauf, dass Gordon explodieren, dass er seinen Ärger herauslassen oder mir vorwerfen würde, ich hätte herumgeschnüffelt. Stattdessen drehte er sich langsam zum Fenster hinter dem Schreibtisch und spähte hinaus auf die nickenden Blumen, die aus den Beeten sprossen. Schuldgefühle stiegen in mir auf. Was für eine ungeschickte Art, auf dieses Thema zu sprechen zu kommen! Hätte ich ein Schild mit der Aufschrift »Heiraten Sie bloß nicht diese blondierte Schlampe!« geschwenkt, wäre das nicht taktloser gewesen.

Ich wünschte, Gordon würde etwas sagen. Irgendetwas. Schließlich ergriff er das Wort. »Ich glaube, mir bleibt nichts anderes übrig.« Seine Stimme klang resigniert. »Aber woher wissen Sie das eigentlich?«

Ich ließ mich auf einen Stuhl sinken. »Ich habe neulich zufällig gehört, wie Sie mit jemandem telefoniert haben.« Diesmal nahm ich meinen Verstand zusammen, ehe ich weitersprach. »Bitte tun Sie nichts Unüberlegtes. So schlimm kann die Lage doch nicht sein, oder?« Abwehrend hob ich die Hände und fuhr fort: »Sie müssen es mir nicht sagen, es geht mich ja nichts an, aber Sie waren so gut zu mir. Ich möchte nur helfen.«

Gordons silbergraue Augen wirkten hoffnungslos. »Sie helfen uns auch. Das tun Sie wirklich. Sie machen das mit dem Café ganz großartig, aber dieses Anwesen ...« Mit hilfloser Miene sah er sich in dem Arbeitszimmer um. »Es verschlingt sehr schnell sehr viel Geld.« Er stellte seine weiße Kaffeetasse auf den Schreibtisch. »Um Glenlovatt steht es viel schlechter, als wir befürchtet haben.«

Ich wusste nicht, ob ich überhaupt hören wollte, was Gordon nun sagen würde. »In welcher Hinsicht?«

Er nahm hinter dem Schreibtisch Platz, und die Gardinen warfen Schatten auf sein Gesicht. »Wir haben entdeckt, dass Glenlovatts Mauerwerk von Hausschwamm befallen ist.«

»Wie schlimm ist es?«

Gordon nahm seine Brille aus einem Lederetui in der Nähe und setzte sie auf. Dann griff er nach einem Zettel, der auf einem Papierstapel auf dem Schreibtisch lag. »Schlecht«, antwortete er knapp und wedelte aufgebracht mit dem Blatt Papier. »Dem Bauunternehmer zufolge hat es sich langsam über einen langen Zeitraum hinweg entwickelt.«

Ich rutschte auf dem Stuhl herum. »Und was kann man dagegen tun?«

Gordon musterte mich durch seine funkelnde halbmondförmige Brille. »Sie sagen, dass Hausschwamm sich überall im Mauerwerk ausbreiten und sich praktisch in jedem Winkel verstecken kann.« Er knallte das Dokument des Bauunternehmens auf den Tisch und griff nach seiner Kaffeetasse. »Und weil er sich so ausbreiten kann, hat man uns geraten, zusätzliche Maßnahmen zu ergreifen, zum Bespiel das Mauerwerk chemisch zu behandeln, damit wir kein Risiko eingehen.«

Gordon beugte sich vor und legte die Hände zu einem spitzen Dreieck zusammen. »So etwas kann großflächigen Schaden anrichten, genau das, was wir nicht wollen. Wenn wir feststellen, dass auch nur ein kleiner Teil des Holzes und des Mauerwerks von diesem Schwamm befallen ist, dann, meint der Bauunternehmer, müssen sie eine fungizide Flüssigkeit aufbringen, die als chemische Schutzbarriere fungiert.«

Die Richtung, die dieses Gespräch nahm, gefiel mir überhaupt nicht. »Und die Kosten?«

Gordon nannte einen Betrag, der mich sehr an eine Telefonnummer im Ausland erinnerte.

»Oh verdammt!«

»Offenbar ist das auf lange Sicht eine gute Investition, denn es verhindert für viele Jahre einen erneuten Befall mit Holzschädlingen.« Gordon lächelte kläglich. »Noch dazu wohnt unter dem Dach eine Fledermauskolonie, und ich möchte sichergehen, dass auch die Tiere keinen Schaden nehmen.«

Ich riss die Augen auf. »Wirklich?«

Gordon bemerkte meine entsetzte Miene und lachte. »Keine Sorge, hin und wieder hören wir sie, aber zu sehen sind die Tiere so gut wie nie. Gelegentlich segeln ein paar Exemplare bei Einbruch der Dunkelheit über die Gärten hinweg.«

»Da bin ich aber erleichtert.«

Gordons Brust unter dem rotkarierten Hemd hob und senkte sich. »Ich kann nicht zulassen, dass dieses Anwesen zugrunde geht. Es ist der Stammsitz unserer Familie.«

Ich schüttelte energisch den Kopf. »Aber deswegen können Sie doch nicht diese Frau heiraten. Sie lieben Lydia immer noch. Das sieht doch jeder.«

Gordons bestürzter Miene nach zu urteilen, war ich voll ins Fettnäpfchen getreten – mal wieder.

»Tut mir leid«, sprudelte es aus mir heraus. »Das war taktlos von mir.«

Gedankenverloren wandte er den Kopf ab. Lydias Porträt an der Wand blickte auf uns beide herab.

»Sie finden mich bestimmt schrecklich«, sagte er seufzend. »Weil ich darüber nachdenke, jemanden für Geld zu heiraten.«

Ich riss mich zusammen und sagte: »Nein, ich finde nicht, dass Sie furchtbar sind. Sie scheinen nur zu glauben, dass Sie keine andere Wahl haben – aber das stimmt nicht.«

Gordon ließ die Schultern noch weiter sinken. »Ich sehe keine andere Möglichkeit.«

Ohne einen zusammenhängenden Plan zu haben, auf den ich meine Aussage stützen konnte, platzte ich erneut heraus: »Aber ich. Und sie steht direkt vor Ihnen.« Ich lächelte manisch und sprang auf. »Überlassen Sie mir das. Und bitte, Gordon, versprechen Sie mir, dass Sie nichts überstürzen.«

Er sah aus wie ein Ertrinkender, dem jemand plötzlich einen Rettungsring zugeworfen hatte. »Aber was wollen Sie denn tun?«

»Wegen der Details melde ich mich bald wieder bei Ihnen. Vertrauen Sie mir einfach.«

Ich stürmte aus dem Arbeitszimmer. Es fehlte nicht viel, und ich wäre erschöpft an der Flurwand hinuntergerutscht. *Shit!* Jetzt musste ich ihm tatsächlich systematisch darlegen, wie ich Glenlovatt retten wollte – und dabei würde auch Vaughan eine Rolle spielen, ob es mir gefiel oder nicht.

• • •

Während der Mittagspause saß ich in Gedanken versunken da und blies Trübsal.

Ich musste mir etwas einfallen lassen – und zwar schnell. Wenn es eine Möglichkeit gab, Glenlovatt zu helfen, würde ich sie ohne zu zögern beim Schopf packen.

»Ta-daa! Na, was sagst du dazu?«

Ich schreckte hoch, als Morven mir ihr iPad vors Gesicht hielt, und ließ mein Sandwich mit Brie und Traubensalat auf den Teller fallen. Wie versprochen, hatte sie eine Testversion der neuen Website für Glenlovatt erstellt.

»Wenn Gordon sein Okay gibt, kann Aidan morgen Vormittag vorbeikommen und die Fotos machen.«

»Das sieht fantastisch aus!« Ich lächelte. »Gordon wird schwer beeindruckt sein.«

»Glaubst du wirklich?« Sie errötete. »Bist du sicher?«

»Natürlich!«

Das creme- und goldfarbene Layout gefiel mir sehr, und der Text lief in einer lesbareren und sehr hübschen Schriftart über das Display. Eine mintgrüne Rubrik an der Seite machte Werbung für das Thistles, und die ganze Seite sah wesentlich besser aus als vorher. Sie wirkte dezent und geschmackvoll und entsprach dem Charakter des alten Familiensitzes. In der vorherigen Form hätte die Seite eher zu einem Bestattungsunternehmen gepasst. »Lass uns zu Ende essen, und dann gehen wir zu Gordon und zeigen ihm den Entwurf. Am besten machen wir das, solange es hier noch ruhig ist.«

»Und was ist mit Vaughan?«, fragte Morven mit besorgtem Unterton in der Stimme.

Ich zog die Augenbrauen hoch. »Um den würde ich mir an deiner Stelle keine Gedanken machen. Er interessiert sich für nichts, bei dem kein Meißel zum Einsatz kommt.«

Becky schüttete eine Tüte frischer Kaffeebohnen in die Maschine. »Du magst ihn, habe ich recht?«

Ihre Frage schockierte mich so sehr, dass ich beinahe das iPad fallen ließ. »Sei nicht albern!«

Sie drehte sich um und warf den pinkfarbenen Pferdeschwanz über die Schulter zurück. »Er ist verdammt attraktiv, das kannst du nicht leugnen.«

»Genau darum sollte er ein Schild mit der Aufschrift ›Bitte Abstand halten‹ um den Hals tragen.«

Becky verzog die weinrot geschminkten Lippen zu einem spöttischen Lächeln. »Ich finde, das sind genau die, mit denen man am meisten Spaß hat.«

Vor meinem inneren Auge sah ich Antons Gesicht aufblitzen. »Ja, kann sein, aber für dieses Leben habe ich von Bad Boys mehr als genug, vielen Dank auch.«

Becky stemmte eine Hand in die Hüfte. »Oh nein! Bad Boys kann man nie genug haben.«

Morven verdrehte die Augen. »Jetzt stachle sie nicht auch noch an!«

Ich lachte ein bisschen zu laut, ehe ich noch einmal in mein Sandwich biss. »Wenn ihr euch so für unseren Griesgram vom Dienst interessiert, warum macht ihr euch dann nicht an ihn ran?«

Becky musterte mich mit vielsagendem Blick. »Lara, ich bin nicht diejenige, für die er sich interessiert.«

Zweiunddreißig

Am nächsten Morgen legte die Sonne ihre Strahlen wie fröhliche Finger auf die Hügel, die Fairview umgaben.

Gordon war von den Vorschlägen für Glenlovatts Website absolut begeistert. Er hatte der Testversion grünes Licht gegeben und Morven noch dazu mit einem ordentlichen Geldbetrag für ihre Mühen belohnt. Hell begeistert hatte sie Aidan angerufen, der sich bereit erklärte, gleich vorbeizukommen und neue Fotos von Glenlovatt, vom Thistles und dem Team zu machen.

Ich hatte gerade meinen Clio geparkt und mir die Sonnenbrille ins Haar geschoben, da fuhr Becky in ihrem neongrünen Polo in die Parklücke neben mir. Vom Fahrersitz aus winkte sie mir begeistert zu und schnappte sich ihre Taschen, ehe sie aus dem Wagen sprang. Sie sah süß aus in ihrem marineblauen, mit gelben und orangen Rosen bedruckten Teekleid. Kombiniert mit dunklen Plateauschuhen und dem zum Chignon zusammengebundenen rosa Haar sah sie aus, als wäre sie einem Musical aus den Vierzigerjahren entsprungen.

Morven, die bereits vor dem Seiteneingang wartete, hatte sich ebenfalls für ein Kleid entschieden, aber ihres war lang, rot und mit Spitze besetzt. Die Haare hatte sie zurückgebunden und ihr Outfit mit champagnerfarbenen Schuhen mit Keilabsatz ergänzt.

Ich blickte an meinem mintgrünen Etuikleid hinunter und auf die Schuhe mit den schmalen Blockabsätzen. Meine Haare hatte ich gewaschen und an der Luft trocknen lassen, auch, weil ich zu müde gewesen war, um sie mit dem Fön zu bearbeiten. In Korkenzieherlocken fielen sie mir über die Schultern. Solange es nicht regnete, war ich recht optimistisch, dass sie zumindest einen Tag lang in Form bleiben würden. Und natürlich trug ich auch mein Armband mit den Anhängern. Ich hoffte inständig, dass es mir weiterhin Glück bringen würde.

»Dein Outfit ist wundervoll«, sagte Becky und strahlte mich an. »Aber weißt du was? Sobald Aidan mit uns fertig ist, ziehe ich dieses Ding hier wieder aus.« Sie wedelte mit einer Tragetasche herum.

»Ganz deiner Meinung«, sagte ich lächelnd und deutete auf meine Schuhe. »Wenn ich den ganzen Tag lang darin herumlaufen müsste, würde ich am Ende noch über jemanden stolpern.« Ich nahm die Reisetasche mit meinen eigenen Wechselklamotten vom Beifahrersitz.

»So viel zum Thema Folterinstrumente«, murmelte Becky, hob ein Bein an und wackelte mit dem Fuß.

Quietschende Reifen ließen den Kies in alle Richtungen spritzen, und wir wirbelten erschrocken herum.

»Er ist pünktlich«, sagte Morven und blinzelte ins helle Morgenlicht.

Ein Paar lange, muskulöse Beine schwangen sich aus dem schwarzen Porsche. Der Besitzer war blond, hatte breite Schultern und ein ebensolches Grinsen; er besaß das gute Aussehen einer amerikanischen Sportskanone und trug Jeans und ein fliederfarbenes T-Shirt.

Schwungvoll nahm Aidan eine Tasche und ein Stativ aus dem Kofferraum seines Wagens und kam mit großen Schritten auf uns zu. »Morven!«, rief er und küsste sie mit dramatischer Geste auf beide Wangen.

»Hi, Aidan. Das ist meine Chefin und beste Freundin Lara McDonald. Lara, darf ich dir meinen Cousin Aidan Docherty vorstellen?«

»Ich bin nicht Morvens Chefin«, stellte ich richtig. »Wir sind Kolleginnen.«

Aidan richtete seine haselnussbraunen Augen auf mich und lächelte charmant. »Hi!« Wir stellten ihm Becky vor, die ihn unter ihren mit Kajal umrahmten Lidern hervor anerkennend musterte.

»Wir warten noch, bis unsere Kollegin Jess da ist. Sie müsste jeden Augenblick kommen. Ich zeige dir solange das Café«, sagte Morven lächelnd und verwickelte ihren Cousin gleich darauf in belanglosen Smalltalk. Die beiden steuerten auf die Innenhoftüren zu.

Während Aidan seine Ausrüstung aufbaute, sorgten Morven, Becky und ich dafür, dass das Café für die Fotos in Bestform kam.

»Tut mir leid, dass ich zu spät komme«, rief Jess aufgebracht. »Harry ließ sich einfach nicht vom Fernseher loseisen.«

Sie hatte die Haare zu einem glänzenden Pferdeschwanz hochgebunden und trug ein hübsches, pink und weiß gestreiftes Kleid. »Hab ihn gerade bei seiner Oma abgesetzt.«

Jess errötete, als wir sie Aidan vorstellten, und dann hatten plötzlich alle zu tun. Wir bestückten die Kuchentheke mit den Angeboten des Tages, unter anderem mit einer Himbeer-Pavlova, einem Marmorkuchen und einer Marzipan-Ricotta-Fruchttorte. Wir hatten bis in die Nacht hinein backen müssen, um für das Fotoshooting alles fertig zu bekommen.

»Ich habe keine Ringe unter den Augen«, flüsterte mir Becky ins Ohr, »das sind schon richtige Tränensäcke, verdammt.«

»Du siehst fantastisch aus«, versicherte ich ihr ebenso leise, »aber ich weiß, was du meinst. Ich habe noch um ein Uhr heute Nacht in dieser Küche gestanden und Eischnee geschlagen und Mandeln untergehoben.«

Becky verdrehte die Augen. »Und ich wäre zu Hause fast über meiner geschmolzenen Schokolade eingeschlafen.«

Jess ordnete auf einem Kuchenständer sorgfältig die Rosen-Macadamia-Cupcakes an, die ich gebacken hatte, dann schrieb sie rasch ihre Mittagsangebote auf die schwarze Tafel hinter der Theke.

»Gut, dass ihr mich heute Morgen nicht fluchen gehört habt, als ich aufstehen musste, um die Wildpastete zuzubereiten«, sagte sie, und ihre Wangen nahmen bei der Erinnerung ein bezauberndes Rosa an. »Gott sei Dank hat Harry noch geschlafen.«

»Warum, ist was schiefgegangen?«, fragte Morven. Sie beugte sich über Jess' Schulter, und ihre grünen Augen funkelten, als sie anerkennend die Wildpastete betrachtete, die eine große Keramikschüssel ausfüllte. »Ich finde, sie sieht unwiderstehlich aus.«

»Oh, die da ist gut«, erklärte Jess. »Aber mein erster Versuch war nicht so gelungen. Mein Fön hat den Geist aufgegeben, und ich war so sehr damit beschäftigt, ihn zu reparieren, dass ich die Pastete im Ofen ganz vergessen habe.«

»Tja, Wildvariante Nummer Zwei ist jedenfalls der Hammer«, munterte ich sie auf und nahm mir im Stillen vor, mir ein Stück davon fürs Mittagessen zu reservieren. »Was macht Aidan eigentlich sonst beruflich?«, fragte ich Morven leise.

»Er ist Fitnesstrainer«, flüsterte sie und fügte noch leiser hinzu: »Personal Trainer, mit starker Betonung auf *personal*.«

»Du hast ihn bislang nur selten erwähnt.«

Morven zog eine Braue hoch. »Er ist so was wie das schwarze Schaf der Familie.«

Ich bemerkte, dass Aidan mich vom anderen Ende des Raums her frech angrinste, während er sein Stativ aufbaute. »Lara, wie schaffst du es eigentlich, in Form zu bleiben, wenn du ständig von diesen fantastischen Leckerbissen umgeben bist?«, fragte er.

»Ein gutes Korsett«, gab ich mit ausdrucksloser Miene zurück. »Und es ist erstaunlich, was ein Miederslip alles bewirken kann.«

Becky kicherte.

Aidans verwirrtem Stirnrunzeln nach zu urteilen, hatte ich ihn vorübergehend aus dem Konzept gebracht. Als er den Fokus der Kamera einstellte, setzte er zu einer neuen Charmeoffensive an. »Du könntest mal ein Einzeltraining bei mir machen, und dann erstelle ich dir einen Trainingsplan. Ich meine ... nicht, dass du das nötig hättest, so, wie du aussiehst.« Erneut musterte er mich mit funkelnden Augen.

Oh, um Himmels willen.

»Er geht ganz schön ran, was?«, fragte ich Morven belustigt.

»Allerdings, das tut er«, knurrte eine vertraute Stimme an der Tür zum großen Saal.

Mir rutschte das Herz in die Hose. Vaughan.

In einem weiten weißen Hemd und einer dunkelblauen Jeans lehnte er im Türrahmen. Er schien gerade erst aus der Dusche gekommen zu sein, denn das Haar hing ihm in feuchten Strähnen über die Schultern.

Vaughan bedachte mich mit einem kühlen Lächeln. »Guten Morgen, Ladys. Was ist denn hier los?«

Becky stellte ihre Teetasse ab. »Holla«, flüsterte sie sarkastisch. »Testosteron im Morgengrauen.«

»Was stört Sie daran?«, fragte ich Vaughan gereizt. »Aidan ist hergekommen, um Fotos für unseren Auftritt in den Social Media und für die neue Webseite zu machen.« Ich versuchte zu ignorieren, wie sich das Hemd an seinen Bizeps schmiegte.

Vaughan zog eine Braue hoch. »Ach, das ist also der Grund seines Hierseins.«

»Er ist gerade erst gekommen.«

»Ja, ich habe seinen geschmackvollen Auftritt mitbekommen«, sagte Vaughan.

Aidan lächelte ihn eisig an, ehe er mich erneut mit einem raubtierhaften Grinsen bedachte.

»Vaughan Carmichael«, sagte Vaughan ruhig, ging mit großen Schritten auf Aidan zu und streckte eine Hand aus. Aidan ergriff sie und schüttelte sie.

»Sie sind also hier, um die Damen zu fotografieren …?«

»So ist es, obwohl ich glaube, dass es sogar mir schwerfallen wird, ihnen gerecht zu werden.«

Vaughan deutete ein Lächeln an. »Und für welches Magazin arbeiten Sie? *Scottish Society*? *Landed Gentry*? Oder vielleicht für *Social Scene*?«

Nur mühsam schaffte Aidan es, seine Verärgerung zu verbergen. »Ich bin Freiberufler.«

Es folgte peinliche Stille.

Morvens Cousin warf einen Blick in Richtung der Fenster und sagte: »Wenn Sie mich jetzt bitte entschuldigen? Ich muss mich beeilen. Ich würde das Tageslicht gern nutzen, so lange es geht.«

»Natürlich«, antwortete Vaughan, und unsere Blicke trafen sich kurz. »Verzeihung.«

Vaughan ging mit großen Schritten an uns vorbei und blieb erst stehen, als er bei mir angekommen war.

»Genieß dein Fotoshooting mit Action Man«, sagte er grinsend und verschwand durch die Tür des Cafés.

Ärger nagte an mir, doch als ich den Mund aufmachte, um etwas zu erwidern, war er bereits gegangen.

Was sollte dieses Machogehabe?

Ich erschrak, als Morven plötzlich hinter mir auftauchte und einen Seufzer ausstieß. »Weißt du was? Ich gebe auf. Warum geht ihr zwei nicht endlich miteinander ins Bett und setzt diesem Elend ein Ende?«

»Auf geht's, Ladys!«, rief Aidan.

• • •

Den Rest des Vormittags verbrachte ich in einem Meer plaudernder Cafégäste. Beinahe pausenlos liefen wir zwischen den Tischen hin und her.

Aidan hatte eine Reihe neuer Bilder von Glenlovatt aufgenommen. Er hatte die majestätische Schönheit des alten Hauses sehr gut eingefangen, wie wir feststellten, als er uns einige Fotos auf seinem Laptop zeigte. Es war ihm gelungen, die goldenen Lichtflecken zu nutzen, die von den Fenstern reflektiert wurden, und die hoheitsvollen Mauertürme zu zeigen, die sich in die herbstlichen Wolken reckten. Er hatte auch einige »künstlerische« Aufnahmen gemacht und den gelben Sandstein und die detaillierten Distelmuster der Stützpfeiler aus nächster Nähe aufgenommen, sodass die Bäume im Hintergrund verschwammen und Glenlovatt verträumt im Nebel zu liegen schien.

Im Haus hatte Aidan Bilder von Morven, Becky, Jess und mir Bilder gemacht, auf denen wir Torten in die Höhe hielten oder kunstvoll Kuchen und Pasteten auf einem Tisch anrichteten. Zum Schluss hatte er uns einzeln fotografiert. Als ich dran war, spürte ich, dass das Objektiv seiner Kamera etwas länger auf mir verweilte als nötig, und als er das Thistles verließ, drückte er mir seine Visitenkarte in die Hand. »Ruf mich an«, flüsterte er mit aufgesetzt theatralischem Augenaufschlag.

Ich dankte ihm höflich für seine Mühe, und gleich darauf sahen Morven und ich ihn mit röhrendem Motor in einem schwarzglänzenden Blitz davonrasen. Wieder im Café angekommen, ließ ich seine Telefonnummer in den Papierkorb fallen. So etwas konnte ich im Augenblick absolut nicht gebrauchen.

• • •

»Die Dame von neulich ist wieder da«, sagte Becky beim Mittagessen und nahm zwei saubere Tassen aus dem Regal. »Die mit dem violetten Mantel.«

Ich war damit beschäftigt, frische Milch in eine der Mini-Milchflaschen zu gießen, die wir als Kännchen benutzten. Erleichtert, weil ich nicht mehr ständig an Morvens Worte von vorhin denken musste, blickte ich auf. *»Warum geht ihr zwei nicht endlich miteinander ins Bett und setzt diesem Elend einfach ein Ende?«* Vaughans seltsames Benehmen an diesem Morgen hatte mich nachhaltig verwirrt. Hätte ich es nicht besser gewusst, hätte ich geglaubt, dass er eifersüchtig war!

Ich blickte zu der älteren Dame hinüber, auf die Becky mich hingewiesen hatte. »Mir kommt sie auch bekannt vor«, sagte ich. »Sie war jetzt schon ein paar Mal hier, stimmt's?«

Während sie vorsichtig ein Stück Frangipanikuchen abschnitt und es auf einen Teller verfrachtete, erwiderte Becky: »Wenn ich mich recht erinnere, war sie letzte Woche fast jeden Tag hier.«

Ich riss eine Tüte frischen Kaffee auf. Die Frau saß auf einem Fensterplatz weiter hinten im Café, von dem aus sie einen weniger förmlich gestalteten Bereich der Außenanlagen sehen konnte. Purpurfarbenes Heidekraut wuchs an den Rändern der Blumenbeete, und in der Ferne ließ sich der silbrige Bach namens Fairview Burn erahnen. An sonnigen

Tagen funkelte er wie ein glänzendes, nasses Band, das sich über Gestein und Kies schlängelte.

»Ich nehme ihre Bestellung auf«, sagte ich und griff nach einem Block und einem Stift auf der Theke.

Ihr verhärmtes, sommersprossiges Gesicht war dem Garten zugewandt, während ich mich dem Tisch näherte. Ich kam mir vor, als dränge ich in ihre Gedanken ein. »Guten Morgen. Was darf ich Ihnen bringen?«

Sie fuhr herum, offenbar hatte meine Stimme sie von ihrer gedanklichen Reise zurückgeholt. »Oh, hallo. Verzeihung. Kann ich bitte ein Kännchen Tee und ein Fruchtscone bekommen? Bitte ohne Marmelade.«

»Natürlich, gern.«

Ich blieb noch einen Moment stehen, unsicher, ob ich ein Gespräch mit ihr beginnen sollte. »Die Aussicht ist hübsch«, sagte ich versuchsweise. »An einem klaren Tag wie heute ist der Bach wirklich schön.«

Unter schweren Lidern ließ sie den Blick zum Wasser hinüberschweifen. »Ja, das ist er.« Sie zögerte, ihre fleckigen Hände betasteten nervös die Speisekarte. »Ich bin sehr froh, dass Glenlovatt nach so langer Zeit wieder für Gäste geöffnet ist.«

»Sie kennen das Anwesen offenbar gut.«

Die Frage schien sie zu erschrecken. »Ja, könnte man so sagen.«

»Haben Sie schon einen Rundgang durch das Haus gemacht?«, fragte ich lächelnd.

Die Frau zog den Mantel enger um sich. »Nein, noch nicht.«

»Es ist wunderschön«, ermunterte ich sie. »Mrs. Baylis, die Bibliothekarin aus dem Ort, bietet Führungen an, und was sie nicht weiß …«

»Ich interessiere mich eigentlich nicht für das Haus«, sagte die Frau. »Es sind die Gärten, die voller Erinnerungen für mich stecken.«

Ohne jede Erklärung hob sie plötzlich die Markenhandtasche hoch, die zu ihren Füßen stand. »Ich habe meine Meinung geändert. Ich muss gehen.« Geräuschvoll schob sie den Stuhl zurück, senkte den graumelierten Kopf und murmelte eilig eine Entschuldigung.

Dann war sie verschwunden.

Die Gäste an den anderen Tischen sahen der Frau neugierig nach, als sie das Thistles mit wehenden Mantelschößen verließ.

»Was war das denn?«, fragte Becky, als ich wieder zur Theke kam. »Hast du was Falsches gesagt?«

»Keine Ahnung. Ich habe sie nur gefragt, ob sie schon eine Runde durchs Haus gedreht hat, da wurde sie plötzlich komisch und hat sich verdrückt. Die Gärten schienen sie sehr zu interessieren. Sie hat gesagt, sie steckten voller Erinnerungen.«

Kaum merklich schüttelte Becky den Kopf. »Mach dir keine Gedanken. Ich bin mir sicher, dass sie wiederkommt.«

Um die Mittagszeit war es ruhiger als am Morgen. Also aß ich schnell ein Thunfisch-Sandwich und teilte Becky mit, dass ich an diesem Tag nicht lange bleiben würde. Glücklicherweise konnte ich mich auf sie verlassen!

Ich frischte meinen pinken Lippenstift auf, strich mein schlichtes blaues Baumwollshirt glatt und band mir den Pferdeschwanz neu, ehe ich die Treppe erklomm, vorsichtig einen Fuß vor den anderen setzend. Mit einem mulmigen Gefühl im Magen ging ich weiter, bis ich die geschlossene Tür erreichte und ein seltsames Klopfen hörte, das zwischen Musikfetzen leise zu mir herüberdrang. Zitternd hob ich eine Hand und klopfte an. Keine Reaktion. Ich versuchte es noch einmal – nichts. »Ach, scheiß drauf«, murmelte ich verärgert und öffnete die Tür.

»Hey!«

Vaughan stand über eine Werkbank gebeugt, vor ihm lag ein großer Stein. Er trug eine alte schwarze Jeans – und sonst nichts. Das Haar hing ihm über die verschwitzten Schultern, Staub klebte ihm an den Fingern. Die schwarzen Vorhänge waren nun aufgezogen, und das hereinfallende Licht brachte sein markantes Profil zur Geltung. Anschwellendes Vogelgezwitscher drang zum offenen Fenster herein.

Für einen Augenblick verschlug es mir die Sprache.

Er warf den Meißel auf die Werkbank. »Was zur Hölle willst du hier?« Dass sich gleich darauf ein schelmisches Lächeln in seinem Gesicht zeigte, brachte mich ein wenig aus der Fassung. »Ich nehme an, der Mädchenschwarm, dieser Fotograf, ist wieder weg?«

Ich schlug die Tür hinter mir zu und nahm all meinen Mut zusammen. »Jetzt hör mir mal zu«, blaffte ich. »Dein Vater trägt das Gewicht von Glenlovatt auf seinen Schultern, und es ist höchste Zeit, dass wir etwas dagegen tun.«

Vaughan schob die Hände in die Hosentaschen. Ich gab mir große Mühe, die schwarzen Haare nicht zu beachten, die sich über seine Brust bis zum Bund der Jeans erstreckten. »Ach ja?«

Behalte die Nerven, Lara. Er ist wie ein Tier. Zeig deine Angst nicht.

Ich straffte den Rücken. »Er hat mir von dem Problem mit dem Holzschwamm erzählt und auch, wie viel es kostet, ihn zu beseitigen.«

Vaughans Muskeln spielten unter seiner Haut. »Was für ein Holzschwamm? Wovon redest du?«

Oh Shit. Ich und mein großes Mundwerk! Als hätte ich an diesem Tag nicht bereits eine Cafébesucherin beleidigt, war ich auch schon in das nächste Fettnäpfchen getreten.

Dreiunddreißig

Vaughan nahm ein weißes Baumwellhemd von einem Stuhl in der Nähe und schlüpfte hinein. »Das glaube ich nicht«, knurrte er. »Dad erzählt mir immer, dass Glenlovatt eines Tages mir gehören wird, und dann verheimlicht er mir etwas so Gravierendes?«

Ich sah, wie seine Finger geschickt die Hemdknöpfe schlossen. »Du solltest nicht nur über den Holzschwamm Bescheid wissen«, stammelte ich. »Der ist nur ein Teil des Problems.«

Vaughan Augen funkelten. »Was denn noch?«

Ich nestelte an meinem Armband herum. »Na ja, es ist sehr teuer, die Sache wieder in Ordnung zu bringen. Die Türme und das Thistles sind nicht betroffen, aber diese Schwammgeschichte hat trotzdem beträchtliche finanzielle Folgen.«

Vaughan kam auf mich zu. »Lara, du redest um den heißen Brei herum. Bitte drück dich deutlicher aus.«

»Und ich glaube, Gordon wollte dich mit all dem nicht belasten, vor allem, da du in letzter Zeit so hart an deinen Kunstwerken arbeitest.« Ich atmete hörbar aus.

»Lara, bitte, spuck's aus!«

»Dein Vater denkt darüber nach, Rhiannon Kincaid zu heiraten.«

Stille, lauter als jeder Schrei, schien in dem Atelier widerzuhallen.

»Soll das ein Witz sein? Wozu denn, verdammt noch mal?«, fragte er und schnaubte verächtlich, ehe sein Blick verriet, dass er allmählich begriff.

»Hör mal, ich weiß, dass mich das nichts angeht, aber dir steht es wohl kaum zu, ihn zu verurteilen«, brachte ich zu Gordons Verteidigung vor. »Schließlich ziehst du aus denselben Gründen eine Ehe mit Petra in Betracht.«

Vaughans Miene verfinsterte sich. »Mach dich nicht lächerlich.«

»Dann stimmt es also nicht?«, fragte ich mit ausdrucksloser Stimme.

Er fuhr sich mit der staubigen Hand durchs Haar. »Nein, es stimmt nicht.«

Ich spürte das Herz in meiner Brust hämmern.

»Jedenfalls jetzt nicht mehr.«

Verwirrung ergriff mich. »Wie meinst du das?«

Vaughan kam einen Schritt auf mich zu und umfasste meine Arme. »Glaubst du wirklich, ich könnte diese nichtssagende Frau heiraten, obwohl ich nicht aufhören kann, an dich zu denken?«

Meine nackten Arme brannten unter seinem Griff. *»Was?«*

»Du hast es gehört«, krächzte er und drückte mir heftig die Lippen auf den Mund. Ich schmiegte mich an ihn, schwelgte in dem Gefühl der Muskeln, die unter seiner Haut spielten. Seine Zunge liebkoste meine, ich erwiderte ihr Spiel, und er stöhnte.

Gegen meinen Willen war es Vaughan gelungen, meinen Widerstand nach und nach zu zermürben.

»Warum hast du mir das nicht früher gesagt?«, flüsterte ich, als wir den Kuss beendeten.

»Weil ich solche Gefühle nicht gewöhnt bin. Normalerweise bin ich derjenige, der alles unter Kontrolle hat.« Mit dem Daumen zeichnete er langsam die Kontur meiner Wange nach. »Du bist wie eine Naturgewalt. Alles war ruhig hier, und dann kamst du und ...«

»Und?«

»Hast mir den Kopf verdreht.«

Er betrachtete meine Haare und drehte eine Locke zwischen den Fingern. Erneut zog er mich an sich, und selbstsüchtig erwiderte ich den Kuss, genoss den Geschmack und den Duft dieses wundervollen, komplizierten Mannes.

»Wir müssen doch irgendetwas tun können«, sagte Vaughan schließlich.

»Bestimmt«, versicherte ich ihm atemlos. »Uns wird schon etwas einfallen.«

Ein weiteres Mal musterte Vaughan mich verlangend, dann küsste er mich erneut. Elektrischer Strom durchzuckte meinen Körper, doch schließlich lösten wir uns voneinander. »Mein Vater wird diese Frau auf keinen Fall heiraten.«

Ich hob eine Hand und zeichnete die kantigen Linien seines Gesichts nach. »Er ist besorgt. Sehr sogar. Und er zieht diese Heirat nur in Erwägung, weil er deine und die Zukunft dieses Orts sichern will.«

Vaughan schloss die Lider, als meine Finger sein Kinn berührten. Seine geheimnisvollen Augen hatten mich längst in ihren Bann gezogen.

»Er liebt Mum immer noch«, sagte er leise und gab sich meinen Berührungen hin. »Und so wird es auch bleiben.« Er drehte sich um und ging zu der Skulptur zurück, an der er gearbeitet hatte, liebkoste die im Entstehen begriffenen Gesichtszüge mit den Fingerkuppen. Die Geste war so intim, dass ich mir auf die Lippe biss.

»Dein Dad wird sie nicht heiraten«, versicherte ich ihm.

»Ebenso wenig, wie ich Petra heiraten werde«, knurrte Vaughan. Er kam zu mir zurück und nahm mich noch einmal in die Arme. »Ich kann es nicht, Lara. Wegen dir. Und es ist mir egal, was passiert.«

• • •

Als ich spät am Nachmittag nach Hause kam, blitzten die gegensätzlichen Gefühle so schnell in mir auf wie das Licht in einer kaputten Glühbirne.

In Vaughan verliebt zu sein, glich einer Achterbahnfahrt. Nachmittags war er ein paarmal im Thistles aufgetaucht, hatte mich angelächelt und sich einen Tee und ein großes Stück Walnuss-Mokkatorte mitgenommen. Doch gleich darauf war sein Lächeln verblasst, und ich wusste, dass ihm die Situation von Glenlovatt und die Probleme seines Vaters sehr zu schaffen machten.

Ich lief in die Küche und wollte mich abreagieren, indem ich ein neues Rezept für einen Ananas-Karotten-Kastenkuchen ausprobierte. Ich wusste, ich sollte etwas essen, aber jedes Mal, wenn Vaughan sich in meine Gedanken schlich, rebellierte mein Magen. Immerhin reichte Wolfs Appetit für zwei, sodass mein Werk nicht schlecht werden würde.

Wie auf Zuruf kam Wolf in die Küche und schloss die Tür hinter sich.

»Hi«, begrüßte ich ihn lächelnd. »Alles okay?«

Er wirkte aufgewühlt. »Ehrlich gesagt, nein.«

In seinen abgetragenen blau-weißen Baseballstiefeln trat er von einem Fuß auf den anderen.

»Hast du es Mom schon gesagt?«, flüsterte ich über das Zischen des kochenden Wassers hinweg.

»Nein, noch nicht.«

Seine Worte hingen zwischen uns in der Luft. »Ach, um Himmels willen!« Ich seufzte. »In diesem Fall hast du wirklich keine Wahl, das weißt du doch.«

Unser Wortwechsel wurde von der Türklingel unterbrochen.

»Mach nicht auf!«, rief Wolf und streckte eine Hand nach mir aus.

Ich stellte die Herdplatte aus. »Verdammt, jetzt bleib doch mal ruhig.«

Mit bedrückter Miene wiederholte er: »Bitte, mach nicht auf. Beachte das Klingeln gar nicht.«

Ich verschränkte die Arme vor der Brust. »Warum habe ich das deutliche Gefühl, dass du mir etwas verheimlichst?«

»Ich fühle mich ziemlich schrecklich, weil ich dich in diese Sache hineinziehe, Lara«, sagte Wolf und fuhr sich mit einer Hand über den Bart.

Ich blickte ihm geradewegs in die Augen. »In welche Sache genau?«

Erneut war das laute Klingeln zu hören.

»Ich gehe schon!«, rief Mutters Stimme von irgendwoher.

»Nein, Chris, mach nicht auf!« Wie von der Tarantel gestochen raste Wolf aus der Küche.

»Hallo?«, fragte Mum, zur Sprechanlage vorgebeugt.

Im Knistern der Leitung ertönte eine barsche Stimme. »Hallo. Kann ich bitte mit Brodie Fairbairn sprechen?«

Als Mum auf den Knopf drückte, um zu antworten, wechselten Wolf und ich hinter ihrem Rücken besorgte Blicke.

»Tut mir leid, hier gibt es niemanden, der so heißt.« Ihre Miene verriet eine vage Ahnung, und sie fragte uns: »Ist das nicht dieser junge Mann aus reicher Familie, der vor Monaten verschwunden ist?« Sie blickte über die Schulter zu uns herüber. »Warum in aller Welt fragen sie hier nach ihm?«

Wolf wirkte gehetzt. »Christine«, sagte er mit flehender Stimme. »Ich kann dir das erklären.«

Erneut beschäftigte sich Mum mit der wie eingerostet klingenden Stimme unten vor der Tür. »Tut mir leid, wir können Ihnen nicht helfen.«

»Sind Sie sich da sicher, Ma'am?«, hakte die männliche Stimme nach. »Möglicherweise kennen Sie den Gentleman unter einem anderen Namen.«

Mum war verblüfft. »Wer ist denn da?«

Erneut knisterte es in der Leitung. »Mein Name ist Charlie Ronald. Ich bin Journalist bei der Zeitung *The Informer.*«

Mum warf uns einen verwirrten Blick über die Schulter zu und verzog das Gesicht, ehe sie noch einmal auf den Knopf drückte und sagte: »Da haben Sie sich wohl in der Adresse geirrt.«

Zögerlich ging Wolf ein paar Schritte auf sie zu. »Chris«, sagte er leise. »Bitte, hör mir zu.«

»Er heißt Brodie Fairbairn«, verkündete der Reporter, »aber Sie kennen ihn vermutlich unter dem Namen Wolf Skyjack.«

An Wolf gewandt, wiederholte ich ungläubig: »Skyjack?«

Doch er zuckte nur mit den Schultern. »Was soll ich dazu sagen? Der Name gefiel mir eben.«

Mit angespannter Miene blickte meine Mutter uns an. »Wovon spricht dieser Mann, Wolf?«

Vierunddreißig

Mum drehte den Kopf zwischen uns und der rauen Stimme hin und her.

»Von Brodie Fairbairn haben Sie doch sicher gehört«, fuhr Charlie Ronald unten vor der Tür fort.

Mum nahm den Finger vom Knopf der Sprechanlage, und im Zimmer herrschte Stille.

Wolf versuchte, sie am Arm zu fassen, aber sie schüttelte ihn ab.

»Ich habe dir doch gesagt, dass du es ihr erzählen musst!«, fuhr ich ihn an. »Ich habe dich davor gewarnt, dass so was passieren würde … dass sie es von jemand anderem erfahren würde.«

Mum blieb der Mund offenstehen. »Du *wusstest* das? Meine eigene Tochter weiß Bescheid und sagt keinen Ton?«

Erneut ertönte die Türklingel, und meine Wangen wurden heiß. Es reichte. »Ihr beiden müsst miteinander reden«, rief ich, nachdem ich bereits die Wohnungstür aufgerissen hatte und die Treppen hinunterklapperte. »Und ich sehe zu, dass wir diesen Journalisten loswerden.«

Eine frische Brise traf mich ins Gesicht, als ich die Tür zur Straße öffnete. Charlie Ronald lehnte an der Hauswand, ein Diktiergerät in der Hand. Er hatte schwarzes, sich lichtendes Haar, einen rötlichen Teint und in Sachen Lederjacken offenbar einen zweifelhaften Geschmack. Bei meinem Anblick machte er einen Satz wie ein Känguru im Koffeinrausch.

In meinem Geist herrschte Chaos. Ich wusste nicht, was ich tun oder sage sollte, ich wusste nur, dass Mum in diesem Moment höchste Priorität hatte.

»Hi«, sagte ich forsch. »Was kann ich für Sie tun?«

Das Abendlicht beleuchtete den dünnen Schweißfilm auf Charlie Ronalds Stirn. »Tut mir leid, dass ich Sie störe. Ich bin Ihnen für jede Information dankbar. Ich kann gut verstehen, dass Brodie Fairbairn gern bei Ihnen wohnt.«

Mit wem hatte Wolf nur geredet, verdammt?

Ich setzte ein unschuldiges Lächeln auf. »Tut mir leid, Mr. Ronald, aber in meiner Wohnung gibt es niemanden mit diesem Namen.«

Charlie Ronalds struppige Brauen kringelten sich wie zwei kämpfende Raupen. »Meine Quelle klang sehr überzeugend. Und verlässlich. Sie sind felsenfest davon überzeugt, dass Brodie Fairbairn sich bei Ihnen aufhält.«

Ich presste die Lippen aufeinander. Zwar rechnete ich nicht mit einer Antwort, aber ich würde ihn trotzdem danach fragen. »Von wem haben Sie diese Falschinformation? Wer ist diese angeblich verlässliche Quelle?«

Charlie Ronald lachte in sich hinein. »Nun, Sie wissen, dass ich Ihnen das nicht sagen kann, Ms. McDonald.« Verdammt, er kannte meinen Namen. »Ich muss meine Kontaktpersonen schützen.« Er schob eine Hand in die Hosentasche. »Ich bin mir sicher, dass ich gerade eben die Stimme eines Mannes in Ihrer Wohnung gehört habe.«

Ich tat seine Bemerkung mit einem perlenden Lachen ab. »Ach, das war nur mein Freund.« Ich beugte mich leicht zu ihm und wünschte sofort, ich hätte es nicht getan, denn mein Geruchssinn wurde von billigem Aftershave mit Zitrusduft überwältigt. »Aber wenn Sie wirklich wissen wollen, was los ist«, sagte ich, »ist Kitty Walker die erste Wahl. Ihr gehört das True Brew Café in der Stadt.« Unter Aufbringung all meiner schauspielerischen Fähigkeiten fuhr ich fort: »Wenn dieser Brody sich tatsächlich hier in der Stadt herumtreibt, dann weiß Kitty darüber Bescheid, glauben Sie mir.«

Charlie musterte mich eine Weile. Schließlich holte er einen Notizblock aus seiner Jackentasche und schrieb sich Kittys Adresse auf.

»Tut mir leid, dass Sie hier Ihre Zeit verschwenden mussten«, sagte ich mit süßlichem Lächeln, »aber ich bin mir sicher, dass Kitty Ihnen liebend gern weiterhilft.«

Noch immer rührte Charlie sich nicht vom Fleck und spähte argwöhnisch zu meinem Wohnzimmerfenster hinauf.

»Falls Sie Interesse an einem Artikel über mein neues Café haben, dürfen Sie mich gern interviewen.«

Wie ich gehofft hatte, zeigte seine Miene nun Desinteresse. »Danke, aber mit solchen Belanglosigkeiten gibt sich unsere Zeitung nicht ab«, erklärte er wichtigtuerisch. »Wir interessieren uns mehr für die Wahrheit, wissen Sie.«

Ja, solange euch die Betroffenen nicht mit Klagen überziehen, dachte ich.

Mit einem letzten Seitenblick auf meine petrolblauen Vorhänge machte sich Charlie Ronald auf den Weg zu seinem Auto. »Ich komme wieder.«

Ich fragte mich, wie lange ich ihn hinhalten konnte. Widerstrebend stapfte ich die Treppe zu meiner Wohnung hoch.

...

Ich trat ein und sah Mum und Wolf vor mir, die im Flur standen und sich gegenseitig anbrüllten. Na ja, um fair zu bleiben: Es war vor allem Mum, die schrie. Ihr Gesicht war fast so dunkelrot wie ihr Kaftan. Wolf hingegen wirkte kraftlos und blass.

Ich hoffte, ungesehen an den beiden vorbei und in mein Zimmer huschen zu können. Von wegen.

Wie eine silberne Peitsche warf Mum das Haar über die Schulter zurück. »Und was dich betrifft«, blaffte sie, die Hände energisch in die Hüften gestützt, »meine eigene Tochter! Warum hast du es mir nicht sofort gesagt, als du es herausgefunden hast?«

Jetzt übermannte mich der Zorn. »Mum, Wolfs ... äh ... Brodies Familie stellt Papierwaren her, keine Atomwaffen.«

Meine Mutter mahlte mit den Kiefern. »Sei nicht so respektlos. Darum geht es nicht, und das weißt du auch.«

Wolf rieb sich hilflos das Gesicht. »Chris, ich liebe dich. Es war dumm von mir, dir nichts über meine Herkunft zu erzählen, aber ich hatte einfach Angst, dich zu verlieren.«

Mums Mund war eine schmale Linie. »Bin ich denn so ein Ungeheuer?«

Ich schickte Wolf telepathisch die Anweisung, darauf nicht zu antworten, und glücklicherweise schien die Botschaft anzukommen.

»Wenn es um Politik geht, kannst du ziemlich beängstigend sein, Mum, das musst du zugeben«, sagte ich.

Meine Worte schienen sie zu treffen. »Ich dachte, du seist Wolf Skyjack, der engagierte Schriftsteller und Visionär, und nicht Brodie Fairbairn, Erbe eines Papierimperiums.«

Wolfs Lederarmbänder rutschten an seinen gebräunten Unterarmen hinauf, als er die Hände zu einer beschwichtigenden Geste erhob. »Verstehst du denn nicht, Chris? Wolf Skyjack ist der Mann, der ich wirklich bin. Er ist der Mensch, der ich immer schon sein wollte.« Er streckte die Hände nach ihr aus. »Und dir habe ich es zu verdanken, dass ich in den letzten Monaten der Mann sein konnte, der ich wirklich bin.«

Ein Schock durchfuhr mich, als ich die Tränen sah, die an Mums Wimpern hingen. Meine Mutter weinte nie. Nicht mehr, seitdem die Fairviewer Filiale von »Ich bin eine Frau, komm damit klar« im Jahr 2004 geschlossen hatte. Sie hatte immer gesagt, Tränen seien eine Schwäche, die sie sich nicht erlauben könne.

Ihre Stimme brach wie Pergamentpapier. »Im Augenblick weiß ich nicht, wer du wirklich bist, Wolf.« An mich gewandt fuhr sie fort: »Und was dich betrifft, Lara: Wo bleibt deine Loyalität?«

Dann stürmte sie ins Gästezimmer und knallte die Tür zu.

Wolf wollte ihr nachlaufen, aber ich hielt ihn zurück. Verzweiflung hatte sich in seine Züge eingegraben – oder zumindest in das, was man unter dem braunen Bart von ihnen erkennen konnte.

»Lass mich mit ihr reden«, sagte ich.

Wolf stieß einen tiefen Seufzer aus und nickte. »Ich will sie nicht verlieren, Lara«, sagte er mit hoffnungsloser Stimme. »Sie bedeutet mir alles.«

»Das weiß ich.« Ich klopfte ihm sanft auf die Schulter. »Geh in die Küche und mach dir einen Tee.«

Er schlurfte in die Küche, während ich überlegte, was ich meiner Mutter sagen würde.

Hinter der Tür zum Gästezimmer hörte ich unregelmäßige dumpfe Schläge. Ich klopfte leise an und trat ein, ohne zu warten, damit Mum mich nicht wegschicken konnte. Sie lief ziellos um das Bett herum, hob Kleidungsstücke auf und warf sie in einen Koffer.

Ich erkannte mein Gästezimmer kaum wieder. Wie die restliche Wohnung auch, war es mit nautischen Motiven dekoriert, mit einer marine- und himmelblauen Tagesdecke und seegrünen Satinkissen. Aber meine Mutter hatte den Dingen bereits ihren eigenen Stempel aufgedrückt. Ihre fabelhafte Sammlung von Halsketten hing über dem Rahmen des ovalen Spiegels auf dem Ankleidetisch gegenüber dem Bett. Wie Regentropfen perlten lange Stränge in lebhaften Farben über das Glas. Jedes Mal, wenn sie daran vorbeitaumelte, um ihre Sachen in den Koffer zu werfen, rasselten die Ketten unheilverkündend. Über das gewölbte weiße Kopfteil des Betts hatte Mum achtlos einen ihrer hellgrünen Schals geworfen. Der Raum schien sogar anders zu riechen als sonst, denn der Apfelduft des Lufterfrischers, den ich auf die Fensterbank gestellt hatte, wurde von Mums Lavendelkerzen überdeckt.

Ich lächelte in mich hinein. Wo meine Mutter auch hinging, ihre Anwesenheit war nicht zu übersehen …

Mit einem Klick schloss ich die Tür hinter mir und wartete einen Moment. »Mum, bitte. Was machst du da?«

Sie blickte zu mir auf, dann stopfte sie ein weites rotes Hemd in die Tiefen des Koffers. »Wonach sieht es denn aus?«

»Findest du nicht, dass das ein bisschen übereilt ist?«

Sie fuhr herum und sah mir ins Gesicht. »Nein, das finde ich nicht. Er ist nicht der, für den er sich ausgegeben hat. Schlimmer noch, du hast es gewusst.«

»Aber erst seit ein paar Tagen. Es war keine Verschwörung.« Ich ging einen Schritt auf sie zu. »Es tut mir so leid, dass du es auf diese Weise herausgefunden hast. Als ich es gemerkt hatte, habe ich ihm sofort gesagt, dass er dir reinen Wein einschenken muss, aber ich glaube, er hat die Nerven verloren, ganz ehrlich. Er hatte panische Angst, dich zu verlieren.«

Mums Augen glänzten, als sie ein Paar Leinenschuhe auf ein Fransenhemd stellte. »Ich habe plötzlich das Gefühl, ihn überhaupt nicht richtig zu kennen.«

Sanft berührte ich ihr Handgelenk und sagte: »Doch, du kennst ihn. Du hast gehört, was Wolf gesagt hat. Mit deiner Hilfe ist er der Mensch geworden, der er jetzt ist.« Vaughan schlich sich in meine Gedanken, als ich fortfuhr: »Du hast großes Glück, dass du jemanden wie Wolf gefunden hast. Er hat viel aufs Spiel gesetzt, um mit dir zusammen zu sein.«

Mum machte Anstalten, etwas zu erwidern, schloss den Mund jedoch wieder.

»Er wusste, dass er bei seiner Rückkehr ins Vereinigte Königreich wahrscheinlich auffliegen würde, aber weil er so viel für dich empfindet, ist er das Risiko eingegangen.« Ich zog sie neben mich auf das Bett. »Und was ist passiert? Irgendein gieriger Schwachkopf, wahrscheinlich ein angeblicher Freund von ihm, hat ihn sofort ans Messer geliefert. Sie haben die Presse informiert, nur um ein paar mickrige Pfund zu verdienen.« Ich zwang sie, mir in die Augen zu sehen, ehe ich weiterredete: »Aber war das etwa seine Hauptsorge? Dass jemand, den er kennt und dem er vertraut hat, sich hinter seinem Rücken an die Presse gewendet hat? Nein.« Ich nahm ihre Hände in meine. »Der erste Mensch, an den er gedacht hat, warst du, Mum. Wolf kann nichts dafür, dass er aus einer privilegierten Familie kommt. Aber er kann sich aussuchen, mit wem er zusammen sein will – und das bist du.«

Erneut glitzerten Tränen in Mums Augen. »Hat Wolf das wirklich alles gesagt?«

Verdammt! Erst ein einziges Mal hatte ich erlebt, dass meine Mum wegen eines Mannes in einem solchen Zustand war, und das war, als mein Vater starb.

»Ja«, antwortete ich. »Das hat er.«

Sie nahm einen hellrosa Schal aus dem Koffer und begann, geistesabwesend damit zu spielen. »Er ist kaum älter als du. Was ist, wenn er irgendwann genug von mir hat?«

Ich betrachtete sie, bewunderte ihre ausgeprägten Wangenknochen und die makellose Haut. »Das passt gar nicht zu dir, Mum. Normalerweise ist dein Selbstvertrauen riesengroß. Viel wahrscheinlicher ist doch, dass der arme Kerl kämpfen muss, um mit dir mithalten zu können.« Ich stupste spielerisch gegen ihre Schulter. »Was hast du damals zu mir gesagt, nachdem wir Dad verloren hatten?«

Einen Moment lang blickte sie mich nachdenklich an. »Ich habe gesagt, dass wir nur einmal leben und dass wir das Glück beim Schopf packen müssen, egal, wo und wann es daherkommt.«

Ich zog eine Augenbraue hoch. »Ich finde, du solltest deinen eigenen Ratschlag befolgen.« Ich stand auf und ging zur Tür. »Ach, und wenn ihr zwei rumknutscht, könnt ihr das bitte leise tun? Ich muss mich noch um meinen Karotten-Ananas-Kuchen kümmern.«

Fünfunddreißig

Meine Küche ähnelte einem Schlachtfeld.

Mehl bedeckte die Arbeitsfläche aus schwarzem Marmor, und neben der Spüle türmten sich Rührschüsseln. Es war, als hätte jemand eine Schneekugel genommen, sie heftig geschüttelt und den Inhalt über sämtliche Oberflächen verteilt. Mein fieberhafter Anfall von Backwut war heilsam gewesen – bis zu einem gewissen Punkt. Jetzt musste ich die Trümmer wegräumen.

Als die Ordnung wiederhergestellt war, bot Mum an, rasch etwas Pasta zum Abendessen zuzubereiten – das war, nachdem Wolf und sie es schließlich geschafft hatten, sich voneinander zu lösen.

Sie machte sich ans Werk, und ich goss jedem von uns ein Glas Wein ein und ließ mich neben Wolf aufs Sofa sinken.

»Ich weiß zwar nicht, was du ihr erzählt hast, aber danke«, sagte er und lächelte mich durch seinen wirren Bart hindurch an. »Ich weiß das wirklich zu schätzen.«

»Keine Ursache.« Ich gähnte. »Ich wünschte nur, ich würde auch mein eigenes Liebesleben mal auf die Reihe kriegen.«

»Ah ja?«, fragte Wolf neugierig. »Hat das zufällig etwas mit diesem Vaughan zu tun?«

Himmel, gab es eigentlich noch jemanden, dem unsere alles andere als unauffällige gegenseitige Anziehung entgangen war? Mum hatte es eindeutig mitbekommen. Immer, wenn zufällig sein Name fiel, wurden ihre Augen schmal. Nach der Enthüllung, dass Wolf aus einer bekannten und betuchten Familie stammte, würde sie die Entdeckung, dass auch ihre Tochter einem Mitglied des schottischen Establishments nähergekommen war, vermutlich um den Verstand bringen.

In meiner Herzgegend prickelte es, so stark waren meine Gefühle für Vaughan. Anton und die schäumenden Wellen am Strand von Malta schienen schon lange der Vergangenheit anzugehören. Es war, als wäre dieses ganze Trauma einem anderen Menschen widerfahren.

»Hallo Lara? Erde an Lara?«

Wolfs Stimme riss mich aus meinem Tagtraum. »Sorry.«

»Du musst es mir ja nicht erzählen, aber es könnte vielleicht helfen, oder?«, sagte er und wackelte mit den Augenbrauen.

Ich zog die Füße unter mich und begann, Symptome eines schlimmen Anfalls von verbaler Diarrhöe zu zeigen. Ich ertappte mich dabei, dass ich Wolf alles erzählte: wie verzweifelt ich versuchte, aus dem Thistles ein erfolgreiches Unternehmen zu machen, dass Glenlovatt Unmengen an Geld verschlang, dass Gordon in Erwägung zog, eine Frau zu heiraten, die er nicht liebte, dann Vaughans Dilemma, der einerseits das Haus und andererseits seinen Vater retten wollte, und was ich für diesen mürrischen, hinreißenden Künstler empfand. Wolf hörte aufmerksam zu, nickte gelegentlich und murmelte aufmunternde Worte. Als ich endlich fertig war, legte ich den Kopf in den Nacken und auf die Lehne des Sofas.

»Deine Mum hat mir das eine oder andere erzählt, aber ich hatte keine Ahnung, dass es so schlimm ist – und dass du so verrückt nach dem Burschen bist.« Er beugte den schlanken, muskulösen Oberkörper in dem orangefarbenen T-Shirt vor. »Aber ich kann Vaughan verstehen. Es geht im Leben nicht nur um teure Klamotten und Land Rovers, nicht wahr?« Wolf verschränkte die Finger. »Natürlich, es hat auch Vorteile, zu einer Familie mit ererbtem Vermögen zu gehören, aber wenn du das Gefühl hast, dass du für den ganzen Kram einfach nicht gemacht bist ...« Er seufzte tief.

»Mein Dad hat immer gesagt, dass die meisten Dinge sich von selbst regeln«, sagte ich, »aber jetzt, wo dieser Brief aus Hugos Testament wie ein Damoklesschwert über unseren Köpfen hängt, frage ich mich doch, was uns wohl als Nächstes erwartet.«

Eine Weile saßen wir schweigend da, nur hin und wieder war aus der Küche, wo Mum arbeitete, ein Geräusch zu hören. Gelegentlich summte sie eine Melodie, die ich aber nicht erkannte. Wolf quittierte ihren Gesang mit einem Lächeln.

Ich schob mir eine Locke aus dem Gesicht und fragte: »Also, was glaubst du, wer hat der Presse verraten, dass du hier bist?«

Wolfs Mundwinkel verzogen sich nach unten. »Ich hätte da eine Idee. Es gibt ein paar sogenannte ›Freunde‹, denen Geld vermutlich mehr bedeutet als die Freundschaft mit mir.«

»Und was wirst du jetzt tun?«, fragte ich. »Ich meine, ihr beide könnt natürlich so lange hierbleiben, wie ihr wollt.« Überrascht hörte ich, was ich da sagte. Offenbar entspannte ich mich allmählich. Mums Schmuck nicht mehr klimpern zu hören oder Wolfs Turnschuhe nicht mehr im Flur stehen zu sehen, war eine Aussicht, die mich seltsam traurig stimmte.

Wolfs Blick wirkte entschlossen. »Ich habe beschlossen, mit Chris für ein paar Tage nach Edinburgh zu fahren und meine Eltern zu treffen.«

»Bist du sicher? Meinst du nicht, du solltest dich erst deinen Eltern wieder annähern, ehe du sie mit einer Granate wie Mum überraschst?«

Lächelnd entblößte Wolf eine Reihe ebenmäßig weißer Zähne. »Mit einer Granate, die noch dazu wunderschön ist.« Träge reckte er die Arme über den Kopf. »Meine Leute werden sich damit abfinden müssen, dass die Dinge sich geändert haben. Ich habe mich verändert. Chris ist nun ein Teil meines Lebens.«

Ich wünschte mir sehr, ich könnte dabei sein, wenn meine Mutter mit ihren unverblümten Meinungsäußerungen und dem lauten Lachen in die Welt der Fairbairns platzte, die aus Wohltätigkeitsdinnern und Pferderennen bestand.

»Und außerdem«, fügte er geheimnisvoll hinzu, »muss ich ihnen einige geschäftliche Vorschläge machen.«

»Ach ja?«

Wolf setzte zum Sprechen an, verstummte aber, als Mum in einer Wolke aus Lavendelduft hereingestürmt kam.

»Zeit, den Tisch zu decken?«, fragte ich und rappelte mich vom Sofa hoch.

Sie blickte Wolf an und nickte. »Ja, bitte.«

Ich ging in die Küche, ohne zu merken, dass er mir gefolgt war.

»Mann, hast du mich erschreckt!«

Wolf legte einen Finger an die Lippen und blickte flüchtig über die Schulter zu Mum, die gerade den Nudeltopf auf den Küchentisch stellte. »Mach dir wegen dieser Glenlovatt-Sache keine Sorgen, okay?«, sagte er leise. »Alles wird gut.« Er zog die Besteckschublade auf.

»Ich wünschte, ich wäre auch so optimistisch.«

Wolf zwinkerte mir zu. »Ich bin dir was schuldig.«

»Sei nicht albern. Ich habe doch gar nichts gemacht«, sagte ich errötend.

»Du hast mir hier Unterschlupf gewährt, und du hast deine Mum und mich wieder zusammengebracht. Dafür bin ich dir sehr dankbar.« Er nahm die Gabeln heraus. »Überlass mir das. Ich werde mich für deine Hilfe revanchieren.«

Ich runzelte die Stirn. »Wie meinst du das?«, fragte ich, aber er war schon wieder unterwegs ins Wohnzimmer, um Mum Gesellschaft zu leisten, und ich blieb mit einem Stapel Teller und einem Fragezeichen im Gesicht zurück.

Sechsunddreißig

Meine Wohnung kam mir leer vor, seit Mum und Wolf nicht mehr darin herumpolterten.

Wolf hatte Kontakt zu seinen Eltern aufgenommen und angekündigt, sie bei seinem Wochenendausflug nach Edinburgh zu besuchen. Seine Mutter hatte am Telefon offenbar vor Freude geweint, während sein Vater seine Gefühle schroffer zum Ausdruck gebracht hatte, worüber Wolf sich jedoch nicht weniger freute. Und an diesem Punkt hatte er ihnen mitgeteilt, dass er seine neue »Partnerin« mitbringen würde.

Ich konnte nur vermuten, was die Fairbairns von meiner zweiundfünfzigjährigen Mutter und ihrem voluminösen Kaftan, der antikapitalistischen Weltanschauung und der vaginalen Emanzipation halten würden. Hoffentlich erstickten sie nicht an ihrer Gänseleberpastete.

Wolf und Mum waren immer noch außer sich vor Glück. Wolf schien sich selbst besser annehmen zu können, und das schrieb ich zum größten Teil meiner Mutter zu. Sie war wie ein Wirbelwind an positiver Lebenseinstellung. Ihre Zukunftspläne schienen jedoch ein bisschen schwammig zu sein. Und obwohl ich die beiden vermisste, war ich mir nicht sicher, was ich von der Aussicht halten sollte, sie als permanente Mitbewohner zu haben. Jedenfalls sollten sie an diesem Abend aus Edinburgh zurückkommen, und ich konnte es kaum erwarten, Mums Meinung zu Wolfs Familie zu hören.

Als ich auf den Parkplatz fuhr, zogen hinter der buttergelben Fassade von Glenlovatt Wattewölkchen über den Himmel. Der Kontrast betonte noch die erhabene Schönheit des Herrenhauses. Ich nahm den großen, rechteckigen Plastikbehälter von der Rückbank, denn am Abend zuvor hatte ich noch etwas gebacken, um alles rechtzeitig fertig zu bekommen. Das Gewicht der frischen Ladung Himbeer-Fondanttorte mit weißer Schokolade, Kirsch-Kokosnuss-Scones und Vanille-Cupcakes lastete schwer auf meinen Händen. Eine frische Brise bahnte sich ihren Weg zwischen den Baumkronen hindurch, und eine rundliche Holztaube gurrte laut zur Begrüßung.

Vorsichtig balancierte ich die unhandliche Last über den Kies. Müdigkeit beschlich mich. Ich hatte nicht nur bis spät in die Nacht hinein wie wild gebacken, sondern auch eine Fülle ungeordneter Ideen niedergeschrieben, wie sich mehr Geld für Glenlovatt beschaffen ließe. Meine Vorschläge waren, gelinde gesagt, etwas beliebig, aber da wir nun mal diese teuren Maßnahmen zur Bekämpfung des Holzschwamms ergreifen mussten, war alles einen Versuch wert. Glenlovatt hatte sich in mein Herz geschlichen (genauso wie ein gewisser mürrischer Bildhauer, gestand ich mir ein), und ich weigerte mich, mir auch nur vorzustellen, dass es verfallen könnte. Als ich die Terrassentüren aufschloss, versprach ich Hugo im Stillen, nicht aufzugeben.

Gordons und Vaughans laute Stimmen drangen aus dem großen Saal herein. »Warum hast du mir nichts davon gesagt, Dad? Warum musste ich es von Lara erfahren?«

Oh nein. Hatte ich wirklich geglaubt, dass Vaughan ein Thema taktvoll angehen konnte? Er war ein hitzköpfiger, leidenschaftlicher Mensch. *Und genau darum fühlst du dich so sehr zu ihm hingezogen,* trällerte eine Stimme in meinem Kopf.

Ich stellte den Plastikbehälter auf einem Tisch ab, verließ nervös das Café und ging zu ihnen in den Saal. Die beiden Männer fuhren herum.

»Der verdammte Holzschwamm oder Rhiannon Kincaid«, knurrte Vaughan. »Ich weiß nicht, was schlimmer ist.«

Gordon hob hilflos die Hände. »Ich wollte doch nur vermeiden, dass du dir Sorgen machst, mein Sohn.«

»Aber darum geht es ja gerade, Dad. Ich will nicht, dass du diese Last ganz allein trägst.«

Gordon straffte sichtbar den Rücken. »Glenlovatt ist keine Last für mich. Es ist unser Zuhause.« Er drehte sich um und betrachtete liebevoll die Treppe, die sich hoch hinaufschraubte. »Wohin ich auch sehe, überall ist deine Mutter.«

Vaughans Miene wurde sanfter. »Ja, ich weiß.« Mit einer Hand rieb er sich das Gesicht. »Hör mal, Dad, ich weiß, wie viel Geld dieses Anwesen verschlingt, und auch, dass es einige Probleme gibt. Darum habe ich in Betracht gezogen, Petra zu heiraten. Ich konnte den Gedanken nicht ertragen, dass Glenlovatt zugrunde geht.« Er seufzte. »Ich meine, die Probleme, von denen du mir erzählt hast, sind schlimm genug ... Ich wünschte, du hättest mir schon früher die ganze Wahrheit gesagt.«

»Ich wollte nicht, dass du dir auch noch darüber Sorgen machst. Die Lage war ohnehin problematisch genug.« Gordon lächelte seinen Sohn an. »Als ich gehört habe, dass du sie heiraten willst, habe ich gehofft, dass du wieder zur Vernunft kommst. Und als ich dann von dem Holzschwamm erfuhr, war mir klar, dass du die Dinge erst recht überstürzen würdest, wenn ich dir davon erzähle.«

»Aber du warst aus demselben Grund bereit, Rhiannon Kincaid zu heiraten«, sagte Vaughan. »Wie passt das zusammen?«

»Ich habe mit deiner Mutter eine wundervolle Ehe geführt, und ich halte jeden Tag in Ehren, den ich mit ihr verbringen durfte. Aber du bist erst zweiunddreißig, und dass du dein Leben einfach so wegwirfst, ist das Letzte, was ich will.«

Ich betrachtete Vater und Sohn und biss mir auf die Lippe. »Sorry, Gordon, aber ich musste es ihm sagen. Sie hatten beide denselben Gedanken und waren kurz davor, denselben dummen Fehler zu begehen.« Ich näherte mich den beiden, streckte die Hand aus und berührte Vaughans Arm. Unter der eisblauen Wolle seines Pullovers mit V-Ausschnitt fühlte ich warme Haut.

Gordon musterte uns, und als er endlich begriff, zuckten seine Mundwinkel. Ich machte noch einen Schritt vorwärts, bis ich fast zwischen den beiden stand. Sie ragten neben mir auf, ihre gleichgroßen

Gestalten mit den breiten Schultern warfen Schatten auf das Schachbrettmuster der Fliesen.

»Mir bleiben noch zwanzig Minuten, bis ich das Thistles aufmache«, sagte ich. »Wollen wir in Gordons Arbeitszimmer gehen und über die Ideen reden, die ich zu Glenlovatt habe?« Ihre fragenden Gesichter ermutigten mich zum Weiterreden. »Ich behaupte nicht, dass Glenlovatt wegen meiner Vorschläge im Geld schwimmen wird, aber ich hoffe, dass der eine oder andere zumindest hilfreich ist.«

Gordon und Vaughan blickten sich an, dann nickten sie. »Schade, dass wir keinen A-Promi für ein Konzert in den Außenanlagen engagieren können«, sagte Vaughan und lachte.

Eine vertraute männliche Stimme erklang im Eingang.

»Verzeihung, Sir«, sagte Travis, »aber diese Dame und der Herr bestehen darauf, Sie und Master Vaughan zu sprechen.«

Ich glaubte, mir würden die Augen aus dem Kopf fallen.

»Mum! Wolf!«

Siebenunddreißig

Vaughans Blick huschte zwischen mir und dem Paar, das in der Tür stand, hin und her. »Hast du gerade ›Wolf‹ gesagt?«, fragte er mich kaum hörbar.

»Lange Geschichte«, flüsterte ich zurück. Beim Anblick meiner Mutter und ihres jungen Liebhabers blieb mir der Mund offenstehen.

Sie waren kaum wiederzuerkennen. Wolf trug einen eleganten marineblauen Anzug, kombiniert mit einem weißen Hemd und einer dunkelroten Satinkrawatte. Von dem zotteligen Bart hatte er sich getrennt, und an dessen Stelle waren gepflegte braune Bartstoppeln getreten. Um ihm in nichts nachzustehen, hatte Mum ein hübsches, schiefergraues Maxikleid angezogen. Der kannelierte Stoff fiel in Plisseefalten herab und betonte die Farbe ihrer Haare, die sie mit mehreren weißen Bändern zur Seite gebunden hatte. Sie hatte ihr Outfit mit einer dunkelblauen Jacke kombiniert und trug einen Aktenkoffer aus Leder, was ihr das Aussehen einer geschäftstüchtigen griechischen Göttin verlieh.

»Wie du dich vielleicht erinnerst«, krächzte ich schließlich, »ist dies meine Mum, Christine, und das ist Wolf, ihr Partner. Verzeihung, ich meinte: Brodie. Oder ...«

Um mich aus meiner Verlegenheit zu erlösen, trat Wolf vor und schüttelte Gordon und Vaughan energisch die Hand. »Sagen Sie einfach Wolf zu mir«, meinte er lächelnd. »Oh, und Lara, du kannst deinen Mund jetzt wieder zumachen.«

Mum reichte Wolf den Lederkoffer. Ich versuchte, sie mit Blicken zu fragen, was zur Hölle hier vor sich ging, aber meine Mutter beschloss, wegzusehen und mir keinerlei Beachtung zu schenken. Warum waren die beiden in Glenlovatt aufgetaucht, noch dazu herausgeputzt wie zwei Marketingmanager?

»Wenn Sie einen Augenblick Zeit für uns hätten, Mr. Carmichael, würde ich gern über ein geschäftliches Angebot mit Ihnen und Ihrem Sohn sprechen.« Wolf zwinkerte mir zu, als er meine schockierte Miene sah.

»Ich glaube, im Augenblick sind wir da für jeden Vorschlag offen«, gab Vaughan kleinlaut zu.

• • •

Wir gingen in Gordons Arbeitszimmer, wo Travis uns mit Tee und Shortbread versorgte. Zusätzliche Stühle wurden im Halbkreis vor dem Schreibtisch aufgestellt.

»Was ist los, Mum?«, fragte ich sie beschwörend.

»Geduld, Liebling.«

Wolf griff in den Lederkoffer und überreichte Gordon eine glänzende Broschüre. »Haben Sie zufällig schon mal vom Aspirations Arts Festival gehört?

Vaughan nickte. »Natürlich. Das ist ein riesiges Event.« Ich wusste, dass es das Festival bereits seit Jahren gab und dass es große Besuchermengen anzog und stark beworben wurde.

»Findet das nicht in Edinburgh statt?«, fragte Gordon.

»Ja«, bestätigte Wolf und lockerte seine Krawatte ein wenig. »Normalerweise schon. Auf Longleavie.«

Gordon lächelte. »Ach ja, richtig. Der Landsitz der Familie Curnow, stimmt's?«

Ich nahm an, dass es sich um eine weitere Dynastie von Adligen handelte und riskierte heimlich einen Seitenblick auf Mum. Sie zog leicht die Augenbrauen hoch, verzichtete aber glücklicherweise auf die übliche Schimpfkanonade.

»Nun«, sagte Wolf in meine Erleichterung hinein, »die Curnows sind gute Freunde meiner Eltern. Sie kennen sich schon seit Jahren.« Er trank einen Schluck Tee und beugte sich vor. »Das Aspirations Arts Festival war das Baby der Curnows, aber jetzt haben sie ein neues, lukratives Geschäft aufgebaut und wollen sich in Zukunft darauf konzentrieren. Sie haben das Gefühl, dass es ihnen einfach zu viel wird, wenn sie mit dem Festival weitermachen.«

Wolf legte eine Kunstpause ein, und mein Magen schlug Purzelbäume. Würde dieses Gespräch so verlaufen, wie ich glaubte?

»Ich habe mit dem Veranstalter gesprochen, den sie für das Festival immer beauftragen, und sie fänden es großartig, wenn die Veranstaltung auf Glenlovatt stattfinden würde. Das heißt natürlich, falls Sie interessiert sind?«

Vor Freude schnappte ich hörbar nach Luft. Mum lächelte über meine für alle wahrnehmbare Reaktion.

»Aber wir haben so etwas noch nie gemacht«, gab Gordon nervös zu bedenken, »zumindest noch nicht in dieser Größenordnung.«

Wolf lehnte sich selbstsicher auf dem Stuhl zurück. Kaum zu glauben, dass er noch vor einer Woche in ausgeblichenen Klamotten und mit einem Bart, in dem ein Siebenschläfer hätte nisten können, in meiner Wohnung herumgelungert hatte. »Das ist es ja gerade«, sagte er breit lächelnd. »Glenlovatt wäre genau die richtige Location für das Festival. Das Event selbst würde von einem professionellen Team betreut werden.« Erneut beugte er sich vor, sein Gesicht leuchtete vor Enthusiasmus. »Es ist ein fantastischer Veranstaltungsort, und das Gelände ist mit Sicherheit groß genug, um das Festival unterzubringen.« Als er Gordons und Vaughans hoffnungsvolle, aber noch unentschlossene Mienen sah, fuhr Wolf fort: »Wenn Sie sich bereit erklären, das Aspirations Arts Festival auszurichten, bedeutet das eine unbezahlbare Publicity für Sie. Künstler und Bands werden sich darum reißen, hier aufzutreten. Dieses Festival kann Ihre und die Zukunft Ihrer Familie sichern.« Er straffte die Schultern und fügte hinzu: »Wir reden hier von sechsstelligen Gewinnen.«

»Fast alle Teilnehmer für dieses Jahr haben sich bereits angemeldet«, meldete sich Mum zu Wort. »Sie müssten lediglich benachrichtigt werden, dass sich der Veranstaltungsort geändert hat … Wir haben uns die Freiheit genommen, bereits Anfang der Woche mit einigen Leuten darüber zu sprechen.« Sie lachte, als sie meinen Gesichtsausdruck sah. »Bitte, Lara, mach den Mund wieder zu.«

Gordon und Vaughan starrten einander nur an.

»Wann findet das Festival statt?«, fragte ich schließlich, da keiner der Carmichaels in der Lage schien, einen zusammenhängenden Satz herauszubringen.

»Vom 27. bis 29. Oktober, ein langes Wochenende voller Aktivitäten«, sagte Wolf und biss genüsslich in ein Stück buttriges Shortbread.

»Der 27. Oktober«, wiederholte Vaughan. »Das ist der Tag, an dem wir Großvaters Brief öffnen.«

Und der 27. Oktober war außerdem, fiel mir ein, der Geburtstag meiner verstorbenen Großtante Hettie. Noch so ein seltsamer Zufall! Weiß der Himmel, was Hugo sich bei all dem gedacht hatte.

Ungewohnt überschwänglich breitete Gordon die Arme aus. »Wenn das kein gutes Omen ist!«

»Fantastisch«, sagte Wolf mit strahlendem Lächeln. Er griff nach Mums Hand und drückte sie liebevoll. »Ich schicke Ihnen die Einzelheiten per E-Mail, und dann können Sie mit den Curnows sprechen. Sie haben gesagt, dass Sie Ihnen jederzeit gern mit Rat und Tat zur Seite stehen.«

Jeder schüttelte jedem die Hand, dann verließen wir munter plaudernd Gordons Arbeitszimmer. Mum ging neben mir. »Wahrscheinlich sollte ich dir das viel öfter sagen, Lara, aber ich bin wirklich stolz auf dich. Du bist eine sehr starke und entschlossene junge Frau!«

»Na, von wem ich das wohl habe?«

Mum grinste. »Als Wolf mir erzählt hat, dass er das Festival nach Glenlovatt bringen will, dachte ich sofort, dass das eine wunderbare Idee ist.« Dann seufzte sie. »Als ich deinen Dad verloren habe, war ich so damit beschäftigt, dir gleichzeitig Mutter und Vater zu sein, dass ich manchmal ein wenig vom Weg abgekommen bin.«

»Sei nicht albern, Mum.«

Einen Moment lang blickte sie ins Leere, dann sagte sie zu mir gewandt: »Ich hätte dich weniger belehren und mehr bemuttern sollen …«

»Mum«, widersprach ich, »du warst großartig, und das bist du immer noch.«

Sie lächelte. »Danke, aber ich würde trotzdem gern einen Neuanfang machen. Was sagst du dazu?«

Ich nahm sie in die Arme und atmete den Duft ihres chemiefreien Shampoos ein. »Das würde mir sehr gefallen.«

Wir beugten uns zurück und lächelten einander an. »Danke, dass du das getan hast«, sagte ich.

Sie winkte ab. »Ich bin nicht diejenige, der du danken solltest.«

Wolf tauschte Höflichkeiten mit Gordon aus, doch ich marschierte einfach auf ihn zu und gab ihm einen dicken Kuss auf die Wange. »Womit habe ich das denn verdient?«, fragte er errötend.

»Das weißt du ganz genau«, brachte ich krächzend heraus. »Das hättest du wirklich nicht tun müssen.«

Er zuckte mit den Schultern. »Wollte ich aber«, sagte er und blickte erst Mum und dann wieder mich an. »Können wir kurz miteinander reden?«

Mum und Wolf führten mich von den anderen weg. Er legte ihr den Arm um die Schultern und verkündete: »Wir ziehen zusammen.«

Ich blinzelte mehrmals. »Ihr verlasst mich?«

Die beiden lächelten. »Ich fürchte, ja«, sagte Wolf. »Ich hoffe, es bricht dir nicht das Herz, dass du meine Meditations-CDs dann nicht mehr in Endlosschleife hören kannst.«

»Wo werdet ihr wohnen?«

»In einer Wohnung am Stadtrand von Edinburgh, nicht sehr weit von hier.«

»Und Wolf hat gerade erfahren, dass ein Verlag ein großzügiges Angebot für sein Buch abgegeben hat«, fügte Mum hinzu. »Ich schätze, der Medienrummel um seine ›Entdeckung‹ hat dabei nicht geschadet.«

Breit lächelnd erklärte Wolf: »In meinem Buch geht es um den gequälten Erben eines Vermögens, der zu verschwinden beschließt und unterwegs die Frau seines Lebens trifft.«

»Kommt mir irgendwie bekannt vor. Kann ich ein signiertes Exemplar bekommen, wenn das Buch erschienen ist?«

»Ich denke, das lässt sich machen.«

»Also, ich freue mich sehr für euch«, sagte ich lächelnd. »Und der Klang der Meditationsmantras wird mir tatsächlich fehlen, anfangs zumindest.«

Ich drückte und küsste die beiden. »Und bitte denk dran, wenn dein Buch verfilmt wird, wäre ich dir für eine Einladung zur Premiere sehr dankbar.«

Wolf salutierte scherzhaft. »Wird gemacht!«

Travis erhielt die Anweisung, die beiden wieder zu meiner Wohnung zu bringen, und als ich sie in dem glänzenden Daimler lautlos davonfahren sah, tauchte Vaughan neben mir auf. Gordon war verschwunden – wir standen allein auf den granitenen Stufen der Freitreppe.

»Vorsichtig«, knurrte er an meiner Schulter. »Ich werde eifersüchtig, wenn du einen anderen Mann küsst.«

Seine neckenden Worte überliefen mich wie warmer Honig. Eine Haarsträhne fiel ihm ins Gesicht, und ich hätte sie ihm furchtbar gern zurückgestrichen.

»Meinst du, ich kann dich am Samstag zum Dinner ausführen?«

Ich hob den Blick und musste einen Freudenschrei unterdrücken. »Das wäre wunderbar.«

Spiel die Unnahbare, McDonald!

Ein breites Lächeln ließ sein Gesicht förmlich leuchten, und ich hatte plötzlich Schmetterlinge im Bauch.

Ich wusste, dass ich mit dem Feuer spielte, aber ich riskierte nur zu gern, lichterloh zu brennen ... na ja, oder zumindest ein bisschen angesengt zu werden.

• • •

Den Rest des Tages trieb ich dahin wie auf Wolken. Ich nahm mehrere Bestellungen falsch auf, goss Milch anstatt Wasser in drei Kännchen Pfefferminztee und gab sechs Gästen das Wechselgeld falsch heraus – und das war erst der Vormittag.

Die Mittagszeit kam, und ich hatte noch immer nichts anderes im Kopf als die Frage, was ich bei meinem Dinner mit Vaughan tragen würde. Ich stellte gerade die Bagels mit Frischkäse und Lachs und die zwei Kännchen Assamtee, die ein älteres Paar bestellt hatte, zusammen auf ein Tablett, da unterbrach mich Becky, indem sie mir einen kräftigen Stoß in die Seite versetzte.

»Sieh mal, da draußen.« Sie führte mich zum Fenster auf der anderen Seite des Cafés.

Am Himmel waren graue Wolken zu sehen, und die Baumwipfel von Glenlovatt bewegten sich leicht. In der Ferne zog Regen auf. Und vor einem der weniger förmlich gestalteten Blumenbeete stand eine ältere Dame in einem violetten Mantel.

Morven, die einen Blick auf die Konten geworfen hatte, tauchte an meiner Schulter auf. »Ich habe sie letzte Woche schon hier gesehen. Meinst du, mit ihr ist alles in Ordnung?«

»Wenn sie nicht innerhalb der nächsten Minute hereinkommt, wird sie jedenfalls klitschnass.«

Jess tauchte aus der Küche auf und wischte sich eine Spur Mehl von der rechten Wange. »Ist das wieder diese ältere Dame? Ich frage mich, was hier so interessant ist, dass sie immer wiederkommt.«

Ich schlängelte mich zwischen den leeren Tischen hindurch und steuerte auf die Türen zum Innenhof auf der anderen Seite des Cafés zu. »Ich gehe zu ihr. Mal sehen, ob alles in Ordnung ist.«

Der Wind frischte auf, als ich die Türen hinter mir schloss und die wenigen Stufen zum Rasen hinabstieg. Grashalme winkten wie grüne Finger, und hin und wieder war das Geräusch des Bächleins zu hören, in dem das Wasser seine Kraft an Findlingen und kleineren Gesteinsbrocken erprobte. Mit gesenktem Kopf ging die Frau einen schmalen Weg entlang.

»Entschuldigung?«, rief ich und winkte ihr zu. »Ist alles in Ordnung bei Ihnen da drüben?«

Sie blieb stehen und drehte den Kopf zu mir. Ich sah, dass ihre Miene ziemlich bekümmert wirkte.

Zögerlich ging ich auf sie zu. »Es fängt gleich an zu regnen. Also, was mich betrifft ... Wenn meine Haare nass werden, sehe ich immer aus, als wäre eine Bombe explodiert.«

Die Andeutung eines Lächelns umspielte ihren Mund. »Vermutlich haben Sie recht«, gab sie nach kurzem Zögern zu und machte sich mit mir zusammen auf den Weg in die Wärme des Cafés.

»Nehmen Sie bitte hier vorne Platz«, bat ich sie, »ich bringe Ihnen einen Tee. Wie wär's mit einem Stück Mandelkuchen dazu?«

»Oh bitte, ich will Ihnen keine Umstände machen.«

»Das tun Sie nicht«, beteuerte ich. »Ehrlich.«

Während die Frau sich verlegen den Mantel auszog, machte ich mich daran, ein Tablett mit Tee vorzubereiten. »Irgendetwas scheint sie aufgeregt zu haben«, sagte ich leise zu Morven, die den Buchhaltungskram vorläufig ad acta gelegt hatte.

Sie runzelte die Stirn. »Die Arme. Glaubst du, dass sie ... ein bisschen verwirrt ist?«

Ich legte ein Stück Mandelkuchen auf einen Teller. »Ich glaube nicht. Ich meine, sie ist zwar schon älter, aber sehr munter. Trotzdem macht ihr etwas zu schaffen, das ist eindeutig.«

Ich schob mich zwischen ein paar Tischen hindurch und stellte Kuchen und Tee vor der Dame ab. Erneut war sie in Gedanken versunken und schien jedes Detail der Gärten, die sich vor ihr erstreckten, in sich aufzunehmen.

»Bitte sehr«, sagte ich fröhlich. »Das hier sollte Sie ein bisschen aufwärmen.«

»Danke.«

Ich goss ihr Tee ein. Sie umfasste die mit Distelzweigen bedruckte Tasse mit pergamenten wirkenden Händen und trank dankbar ein paar Schlucke.

»Entschuldigen Sie, ich bin hoffentlich nicht zu neugierig, aber in diesem Beruf plaudert man ständig mit den Leuten.«

Die Dame schüttelte den grauhaarigen Kopf. »Sie müssen sich nicht entschuldigen. Bestimmt haben Sie geglaubt, dass da draußen eine verwirrte alte Frau herumläuft.« Vorsichtig stellte sie die Tasse wieder ab. »Vermutlich fragen Sie sich, warum ich so oft hierherkomme.«

»Nun, ich hatte gehofft, dass es an unseren unwiderstehlichen Backkünsten liegt, aber allmählich habe ich den Verdacht, dass das nicht der Grund ist«, scherzte ich.

Sie lachte und zog ihre Nase kraus. »Dieses Haus«, sagte sie nach einer Weile mit zitternder Stimme, »und vor allem diese Gärten sind voller Erinnerungen für mich. Ich war jahrelang nicht hier, aber als er gestorben ist, wusste ich, dass ich zurückkommen musste.«

»War er Ihr Mann?« Ich lächelte sanft. »Liebte er es, hierherzukommen?«

»Er war nicht mein Mann«, antwortete sie rasch und sah mir tieftraurig ins Gesicht. »Ich war in Hugo Carmichael verliebt.«

Achtunddreißig

Meine Stimme verriet, wie überrascht ich war. »Hugo?« Ich ließ mich auf den Stuhl neben ihr sinken.

Ein tiefer Seufzer entrang sich ihrer Brust. »Als ich noch eine junge Frau war, hat er mir eine Stelle gegeben, ich war Helferin bei den Gärtnern. Wissen Sie, als junges Mädchen war ich ein richtiger Wildfang. Ich liebte die frische Luft und habe meinem Vater gern in seinem Schrebergarten geholfen.« Sie trank noch einen Schluck Tee. »Vater hat mir alles über Pflanzen und Böden beigebracht, wie man Gemüse zieht, und mein Interesse an Gartenbau wurde immer größer. Eines Tages haben meine Freundin und ich beschlossen, zum Wandern nach Glenlovatt zu fahren.«

Bei der Erinnerung leuchteten ihre blauen Augen. »Ich war damals erst zwanzig. Es war ein prächtiger Frühlingstag im April 1959. Schneeglöckchen steckten die Köpfe aus dem Boden, und der Himmel war so blau wie das Meer.« Sie schluckte, sprach aber weiter. »Enid und ich liefen in der Nähe der formalen Gärten herum, als ich hörte, wie sich zwei Männer unterhielten. Sie waren gleich dort drüben, wo so viel Heide wächst«, sagte sie und deutete mit zittriger Hand nach draußen.

Ich folgte ihrem Finger mit dem Blick.

Sie legte sich eine Hand auf die Brust und ließ sie auf der lavendelfarbenen Wolle ihres Pullovers ruhen. »Zu diesem Zeitpunkt wusste ich noch nicht, wer Hugo war, aber als er einen der Gärtner um Rat fragte, wurde es mir klar.« Einen Moment lang schloss sie die Augen. »Er war so attraktiv mit diesem schwarzen Haarschopf und dem reizenden Lächeln.«

»Was ist dann passiert?«, fragte ich, selbst ganz fasziniert.

»Nun, er hat den anderen Burschen gefragt, wie er eine Friedenslilie wieder zum Leben erwecken kann. Aber der Gärtner hatte selbst keine Ahnung. Ohne nachzudenken, unterbrach ich höflich ihr Gespräch und schlug Hugo vor, er solle den Boden durchtränken, falls er trocken sei, und dafür sorgen, dass das überschüssige Wasser ablaufen kann. Und er sollte die Pflanze nur gießen, wenn der Boden wieder ganz trocken war, dann würde sich die Pflanze erholen.« Sie errötete. »Verzeihung, ich rede zu viel.«

»Nein, das tun Sie nicht. Was hat Hugo geantwortet?«

Sie kicherte leise und fuhr fort: »Ich merkte, dass er beeindruckt war. Sein Gärtner schien allerdings nicht sehr glücklich darüber zu sein, dass er von einem jungen Ding wie mir übertrumpft worden war, noch dazu von einer Frau. Er bedachte mich mit einem ziemlich frostigen Blick, oh ja.« Ihre Miene wurde sanfter, und sie sagte: »Hugo und ich haben uns über die Gärten unterhalten, und ehe ich mich versah, bot er mir auch schon eine Stelle als Hilfsgärtnerin an.«

Ich stützte das Kinn in die Hand. »Bitte, erzählen Sie weiter.«

Die Brust der Lady hob und senkte sich. »Um ehrlich zu sein: Ich habe mich in Hugo Carmichael verliebt, als ich ihn das erste Mal gesehen habe. Und als ich hier auf Glenlovatt für ihn zu arbeiten begann, wurde das Gefühl noch stärker.« Ohne die klirrenden Tassen und das Summen der Gespräche um uns herum wahrzunehmen, erklärte die Frau: »Natürlich habe ich es ihm nie gesagt. So was machte man einfach nicht.«

»Glauben Sie, dass er es wusste? Dass Sie in ihn verliebt waren?«

»Nein«, sagte sie, offenbar entsetzt von dem Gedanken. »Das habe ich ihm verheimlicht – oder es zumindest versucht.« Ihr Blick wurde wehmütig. »Und selbst wenn ich ihm gesagt hätte, was ich für ihn empfinde, wären wir noch immer Welten voneinander entfernt gewesen«, sagte sie mit düsterer Stimme. »Sein Vater, der alte Gutsherr, hätte es sowieso niemals erlaubt.«

Mir wurde schwer ums Herz. »Und wie ging es dann weiter?«

»Gar nicht«, antwortete sie schlicht. »Gar nichts passierte, aber als ich etwa ein Jahr lang bei ihm gearbeitet hatte, verlobte sich Hugo.«

»Das muss schrecklich für Sie gewesen sein«, sagte ich mitfühlend. Allein der Gedanken, dass Vaughan so etwas tun könnte, fühlte sich an wie ein Blitz, der mir direkt ins Herz fuhr.

»Für ihn war es genauso schrecklich«, sagte sie und trank den restlichen Tee. »Lachlan, Hugos Vater, hat ihn mit Madeleine Tennant verheiratet.« Bei der Erinnerung verzog sie das Gesicht. »Sie war eine richtige Dame.«

Madeleine Tennant, wiederholte ich im Stillen, *Gordons Mutter.*

»Als Hugo und Madeleine ihre Verlobung bekanntgaben, trat ich aus seinen Diensten aus und zog nach London. Ich konnte den Gedanken nicht ertragen, hierzubleiben und die zwei Tag für Tag zusammen zu sehen.« Sie lächelte geistesabwesend. »Ich habe lange in London gelebt. Habe mir einen Job gesucht und in diversen öffentlichen Parks als Gärtnerin gearbeitet.« Sie verschränkte die Hände, ein weißgoldener Ehering steckte an ihrem linken Ringfinger. »Dort habe ich meinen Mann Eric kennengelernt. Als er vor einem halben Jahr starb, hat meine Nichte mir vorgeschlagen, zu ihr nach Fairview zu ziehen.« Traurigkeit umwölkte ihr Gesicht. »Ich hatte tatsächlich darüber nachgedacht, ihn nach meiner Rückkehr und einer Phase der Eingewöhnung einmal zu besuchen. Na ja, das war wohl ziemlich dumm von mir.«

»Überhaupt nicht.«

»Ich wünschte, ich hätte es getan!«, platzte sie heraus, und die Teetasse klirrte. »Als Janet, meine Nichte, mir von Hugos Tod erzählte, konnte ich es nicht glauben. Sogar in unserem Alter denkt man manchmal noch, dass die Zeit für einen arbeitet.« Sie blickte sehnsüchtig in den grauen Himmel hinauf. »Da habe ich beschlossen, nach Glenlovatt zurückzukommen, obwohl ich wusste, dass die Erinnerungen schmerzen würden.« Sie senkte den Blick. »Ich wünschte nur, ich könnte Hugo sagen, dass ich ihn nie vergessen habe.«

In mir keimte ein Gedanke. »Wissen Sie was, ich glaube, ich habe da eine Idee.«

...

Am Freitagmorgen richteten wir als Erstes eine zwanglose Feier aus.

Die Frau, die sich mir als Nancy Stewart vorgestellt hatte, wünschte sich, dass der Baum, den sie ausgewählt hatte, eine Roteiche, in der Nähe des Mausoleums gepflanzt werden sollte, und Gordon fand das absolut angemessen und war damit einverstanden.

Um Nancy zu schützen, hatte ich die Fakten ein wenig frisiert und behauptet, dass sie eine ehemalige Gärtnerin des Anwesens sei (richtig) und Hugo die letzte Ehre erweisen wollte (auch richtig). Möglicherweise vermuteten Gordon und Vaughan, dass mehr hinter der Geschichte steckte, aber sie waren taktvoll genug, um nicht weiter in sie zu dringen.

Hugo hätte dieser klare Herbstmorgen auf dem Grundstück von Glenlovatt sehr gefallen. Tausend Vogelstimmen vereinten sich zu einem Konzert, als wir uns vor Hugos letzter Ruhestätte versammelten.

Morven und ich beschlossen, das Thistles erst später am Vormittag zu öffnen, damit Nancy ungestört ihren Baum pflanzen konnte. Für die Stunden danach hatten wir ein kleines privates Zusammensein im Café geplant.

Auf Gordons Drängen wurde Travis losgeschickt, um Nancy mit dem Daimler bei ihrer Nichte in Fairview abzuholen. In einem schwarzen Glockenmantel mit rot abgesetztem Kragen kam sie auf Glenlovatt an. Dunkle Markenschuhe glänzten an ihren Füßen. Nachdem sie Gordon begegnet war, blickte sie sich nervös um.

»Hallo, Nancy. Sie sehen hinreißend aus«, sagte ich.

Ihr Lächeln wirkte unsicher. »Danke, Lara. Sie auch.«

Aus trüben Augen musterte sie abwechselnd Morven, Becky und Jess. »Sie sehen alle so schick aus.«

Ich hatte mich für eine Hochsteckfrisur und ein marineblaues Etuikleid mit einem schmalen, weißen Gürtel entschieden. Beckys pinke Haare, die zu einem straffen Zopf aus dem Gesicht gekämmt waren, fügten ihrem schwarzen Baumwollkleid einen Farbtupfer hinzu. Morven stand in einem eleganten dunkelblauen Hosenanzug neben mir, die Haare im Nacken zu einem straffen Knoten gebunden, während Jess sich für ein auberginefarbenes Top und einen Rock mit dunkler, taillierter Jacke entschieden und das kastanienbraune Haar zu einem akkuraten Zopf geflochten hatte.

Nancy blickte in den Himmel. Wolken jagten über die Türmchen von Glenlovatt hinweg. »Ist der Baum gut angekommen?«

»Natürlich«, sagte Gordon lächelnd. »Dafür haben wir gesorgt.«

Warmherzig ergriff Vaughan Nancys Hand. »Grandpa hätte sich sehr geehrt gefühlt, dass Sie so etwas für ihn tun.«

Nancys Lippen zitterten, aber sie brachte ein schwaches Lächeln zustande.

Travis, ebenfalls sehr elegant im schwarzen Anzug, befahl einem der Gärtner, mit dem kleinen schmiedeeisernen Anhänger, den er hinter sich herzog, näherzukommen. Leise knackend drehten sich die Räder auf dem hellen Gehweg. Als Nancy in den flirrenden Sonnenstrahlen den Baum auf dem Anhänger sah, nickte sie nur und formte das Wort »Danke« mit ihren Lippen.

Vaughan zog die Brauen zusammen und flüsterte mir zu: »Sie war nicht nur eine Angestellte von Großvater, oder?«

»Wie kommst du denn darauf?«, fragte ich, Unschuld heuchelnd.

Er strich sich die taubenblaue Seidenkrawatte glatt. »Nancy sieht genauso am Boden zerstört aus wie mein Vater, als wir Mum verloren haben.« Forschend blickte er mir ins Gesicht. »Sie war in Großvater verliebt, stimmt's?«

»Ja«, sagte ich. »Ja, das war sie.«

»Haben sie ...«

»Oh nein! Nichts dergleichen. Er hat nie erfahren, was sie für ihn empfindet. Sie hat es ihm nicht gesagt.«

Vaughan betrachtete Nancy, die nervös dastand und wie gebannt auf das Mausoleum starrte, das hoheitsvoll vor uns aufragte.

»Dass Hugo sich mit deiner Großmutter verlobt hat«, erklärte ich leise, »hat Nancy das Herz gebrochen, und sie hat Fairview endgültig verlassen. Sie ist nach London gegangen und erst vor Kurzem zurückgekehrt.«

Vaughans blaue Augen wirkten nachdenklich. »Verstehe«, sagte er und sah mir ins Gesicht. »Du bist eine richtige Romantikerin, Lara McDonald.«

»Ich weiß«, sagte ich und seufzte.

Sein Mund näherte sich meinem Ohr. »Ich muss heute Nachmittag aus geschäftlichen Gründen weg, aber ich bin rechtzeitig zu unserem Dinner morgen zurück.« Er kam noch näher. »Ich kann es kaum erwarten.«

Erregung strömte durch meinen Körper. Ich riss mich zusammen, als Gordon höflich zu hüsteln begann. »Das hier ist zwar nur eine kleine Versammlung«, sagte er, »aber alle Anwesenden sind Menschen, die meinen Vater entweder kannten oder uns von unschätzbar großer Hilfe sind, seitdem wir ihn verloren haben.«

Ermutigend lächelte er Morven, Jess und Becky an, die unter ihren erdbeerfarbenen Strähnen erröteten. »Nancy war eine geschätzte Mitarbeiterin auf Glenlovatt und möchte nach Hugos Hinscheiden einen besonderen Baum pflanzen, um seines Lebens zu gedenken.«

Gordon hob eine Hand, und der Gärtner nahm den Baum behutsam aus dem Anhänger und stellte ihn neben ein sorgfältig ausgehobenes Loch auf dem Grasteppich vor uns. Der Baum hatte eine glatte, silbergraue Rinde und schlanke Äste.

»Nancy hat eine Roteiche gewählt«, erklärte Gordon. »Sie findet diese spezielle Art nicht nur wegen ihrer lebhaften Farben passend, sondern auch, weil dieser Baum zwanzig Jahre braucht, um erstmals zu blühen, und weitere zwanzig Jahre, um Eicheln zu tragen.« Nancy senkte den Kopf, als Gordon hinzufügte: »In gewisser Weise ist die Roteiche wie Hugo: Mit dem Alter wird sie immer besser.«

Zustimmendes Gemurmel erhob sich in unserer kleinen Gruppe, und Travis nickte feierlich. »Bevor wir den Baum einpflanzen«, schloss Gordon, »möchten Sie vielleicht noch etwas sagen, Nancy?«

Sie blickte mich fragend an. »Nur zu«, formte ich mit dem Mund.

Nancy schürzte die Lippen und trat vor. Erneut blickte sie über die Schulter verstohlen zu Hugos letzter Ruhestätte mit dem stolzen blau-gelben Familienwappen der Carmichaels.

»Vielen Dank für diesen Tag«, sagte sie mit unsicherer Stimme. »Vielen Dank Ihnen allen.« Sie atmete zitternd durch. »Als meine Nichte mir erzählt hat, dass Hugo verstorben ist, wollte ich es nicht glauben. Ich wusste, dass er neunzig war, aber wenn jemand wie er von dieser Welt geht, hinterlässt das spürbare Auswirkungen.« Sie hob leicht das Kinn. »Ich stand nur ein Jahr lang in seinen Diensten, aber in dieser Zeit ist mir klargeworden, was für ein freundlicher, positiver und intelligenter Mann er war.« Einen Moment lang suchte sie nach den passenden Worten. »Ich habe ihn nie vergessen«, gestand sie. Ihr verlorener Blick suchte meinen. »Und ich werde ihn auch niemals vergessen.«

Dann senkte sie einfach wieder den Kopf.

Gordon räusperte sich und sagte: »Danke, Nancy, für diese schönen Worte.« Dann bückte er sich und nahm den Griff des Spatens, den der Gärtner ihm gegeben hatte. »Also, pflanzen wir diesen Baum.«

»Und danach geht's zu Tee und Kuchen ins Thistles«, sagte Becky und legte Nancy einen Arm um die Schultern.

Vaughan tastete nach meiner Hand, und wir gingen auf Nancy zu. Er ragte vor der zierlichen Frau auf, als wäre er selbst eine riesige Eiche. »Nancy, Sie sind auf Glenlovatt jederzeit willkommen und können Hugo besuchen, wann immer Sie wollen.«

Sie lächelte ihn warmherzig an, dann sagte sie: »Hat Ihnen schon mal jemand gesagt, dass Sie fast so gutaussehend sind wie Ihr Großvater?«

Neununddreißig

»Oh, was ist das denn?«, fragte Morven später an jenem Tag und zog den Farbkatalog auf der Kuchentheke zu sich heran.

»Vorhin war ein Vertreter da. Ziemlich schickes Zeug da drin.«

Morven war fasziniert. »Was denn zum Beispiel?«

»Na ja, bestickte Servietten, Untersetzer, bedruckte Chiffonschals, edle Schreibwaren ...«

Morven blätterte die glänzenden Seiten des Katalogs durchs. »Schade, dass es in Glenlovatt keine Geschenkboutique gibt«, dachte sie laut. »Ich glaube, manches davon würde sich hier gut verkaufen.«

Ich streute etwas Schokolade auf einen Cappuccino. »Da könntest du recht haben.«

Der Nachmittag verging unter dem Ansturm ausgehungerter Wanderer und einer Busladung älterer Urlauber aus Newcastle. Die zweite Gruppe der Busreisenden war gerade von dem geführten Rundgang durch Glenlovatt mit Mrs. Baylis zurückgekehrt und konnte es kaum erwarten, endlich etwas zu essen und zu trinken.

»Verzeihung«, sprach uns eine Frau aus der Gruppe an. »Haben Sie zufällig gesehen, dass einer unserer Herren aus dem Café gegangen ist?«

Morven, Becky und ich schüttelten einhellig den Kopf. »Nein, tut mir leid«, sagte ich. »Aber wir waren auch mit den Gästen beschäftigt und dadurch etwas abgelenkt.«

In den weit auseinanderstehenden blauen Augen der Frau zeigte sich wachsende Besorgnis. »Oje. Er trägt einen blau-grün karierten

Schal und einen langen schwarzen Mantel. Er hat schütteres graues Haar. Sein Name ist Mr. Stelling. Norman Stelling.«

Morven blickte sie mitfühlend an. »Tut mir leid, nein. Gibt es ein Problem?«

Die Frau, vermutlich die Reiseleiterin, seufzte tief. »Er ist manchmal ein bisschen verwirrt«, sagte sie. »Norman neigt dazu, umherzuwandern, wenn niemand auf ihn aufpasst.«

»Soll ich Sie nach draußen begleiten, damit wir zusammen nach ihm suchen können?«, fragte Morven. »Wäre das okay für dich, Lara?«

»Ja, natürlich. Wir kommen hier drin schon zurecht. Wenn er wiederkommt, sage ich sofort Bescheid.«

Die Dame lächelte mich dankbar an. »Vielen Dank.«

Morven führte die besorgte Frau zur Tür.

»Vielleicht gehe ich am besten gleich wieder in die Außenanlagen«, schlug die Frau vor. »Norman ist zu Hause ein begeisterter Gärtner, es ist also durchaus möglich, dass er wieder hinausgegangen ist.«

»Und ich sehe mich hier um«, sagte Morven und machte sich auf ihren Pumps im Leopardenmuster auf den Weg in den Saal. Als sie das Café verließ, hörte ich sie nach Mr. Stelling rufen; ihre Stimme hallte zwischen den Mauern wider.

Bald darauf kam die Reiseleiterin zurück, den verwirrten Mr. Stelling im Schlepptau. »Er war genau da, wo ich ihn vermutet habe«, sagte sie lächelnd. »Norman hat es sehr genossen, die Blumen zu bewundern.«

Ich berührte den Mann sanft am Arm. »Hauptsache, es geht Ihnen gut, Sir.«

Beim Lächeln entblößte Norman seine leicht gelblichen Zähne. »Oh ja, sehr gut, vielen Dank. Ich habe einen schönen Spaziergang gemacht, bis sie kam und mich wieder ins Haus gezerrt hat.«

Die Frau schob sich eine weiße Haarsträhne aus dem Gesicht. »Also, ich weiß nicht, wie es Ihnen geht, aber ich brauche jetzt noch eine Tasse Tee.« Sie lächelte mich verstohlen von der Seite an und sagte: »Wenn Sie etwas Stärkeres haben, sage ich auch nicht Nein.«

Ich lächelte ebenfalls. »Kommt sofort – der Tee, meine ich.«

»Vielen Dank noch mal für Ihre Hilfe«, sagte die Frau. »Ich hoffe, Ihre Freundin sucht nicht mehr im Haus nach Norman?«

Ja, wo war Morven? In diesem Augenblick kam sie aus dem Saal hereingestürmt, ihr gerötetes Gesicht wirkte äußerst aufgeregt.

»Ach, da bist du ja«, rief ich. »Ich wollte gerade den Suchtrupp losschicken. Mr. Stelling war die ganze Zeit im Garten.«

»Was? Ach ja, natürlich«, sagte Morven zerstreut. »Das dachte ich mir. Aber hör mal, du glaubst nicht, was ich gerade gefunden habe.« Sie zog mich hinter die Kaffeestation, denn sie konnte die Nachricht, was auch immer es sein mochte, nicht länger für sich behalten.

Sie erzählte mir, dass sie bei der Suche auf dem Flur an ein paar Türen geklopft und dann den Kopf in das jeweilige Zimmer gesteckt hatte. Eines davon war ein Lagerraum, vollgestopft mit abgelegten Jacken, entsorgten Gummistiefeln und diversen Hüten, aber von Mr. Stelling war keine Spur zu sehen. Sie war zur nächsten Tür ein paar Meter weiter gegangen. »Es war noch ein Lagerraum«, erklärte sie. »Darin befanden sich alte graue Aktenschränke, ein Tisch und ein Stuhl aus Holz.«

Sie war rasch weitergegangen und hatte eine dritte Tür am Ende des Korridors gefunden, deren Klinke sich jedoch nicht bewegen ließ. Und wenn der Vermisste in dieses Zimmer gestolpert und dort hinter der Tür zusammengebrochen war?

»Ich habe mir wirklich Sorgen gemacht«, sagte Morven, »vor allem, als ich es noch einmal versucht habe und die Tür sich nur einen Spaltbreit öffnen ließ.« Im Stillen hatte Morven sich bei den Carmichaels für den Schaden entschuldigt, den sie vielleicht anrichten würde, dann hatte sie eine Hand auf die Tür und die andere auf die Klinke gelegt. Mit einem erbitterten Knurren warf sie sich mit dem ganzen Körper gegen die dunkel getäfelte Tür, bis sie nachgab und aufsprang, so dass Morven ins Zimmer stolperte. Sie wischte sich den Staub von der Jeans. Wenigstens war kein verletzter oder verwirrter, hilfsbedürftiger Rentner zu sehen gewesen. »In diesem Moment fiel mir der Grundriss des Raums auf, und mir kam eine Idee.« Aufgeregt lächelte sie mich an. »Ich muss dir das Zimmer heute Nachmittag nach Geschäftsschluss unbedingt zeigen.«

• • •

Morven führte mich aus dem nun leeren Café und durch den Korridor.

»Ich weiß nicht, wie du das siehst«, sagte sie, »aber ich sehe da einiges an Möglichkeiten.« Ihre Ballerinas tappten schneller über den Boden, je näher wir der Tür kamen. »Es ist nicht riesig, aber groß genug, und am Ende befindet sich ein kleines Fenster. Vielleicht haben sie früher ihr Werkzeug hier gelagert.« Morven winkte mich herein. »Das Regal auf der rechten Seite könnten wir als Theke benutzen.«

Ich schob mich vor sie und steckte den Kopf in das Zimmer. »Dieses Haus ist wie Aladins Höhle«, sagte ich lachend. »Du glaubst, alles gesehen zu haben, und schon überrascht es dich aufs Neue.« Ich blickte mich um, nahm die Aussicht hinter dem Fenster in mich auf – eine Hecke und davor ein paar Apfelbäume. »Also, erzählst du mir jetzt endlich, was du mit dem Raum vorhast?«

Morven klatschte in die Hände. »Was würdest du sagen, wenn ich dir vorschlage, dass wir eine Geschenkboutique daraus machen?«

Ich begann innerlich zu glühen. »Dann würde ich sagen, dass das nach einer fantastischen Idee klingt! Wir müssten es natürlich mit den Carmichaels besprechen, aber es würde mich wundern, wenn sie etwas dagegen hätten.«

»Meinst du?«

»Ja, warum sollten sie?«

Wie eine Ballerina drehte sich Morven mitten im Raum um ihre eigene Achse. »Wir könnten uns anfangs auf wenige Artikel beschränken und ausprobieren, wie es läuft.«

Ich deutete auf das Regal. »Das Wichtigste ist schon da. Es muss nur gründlich gereinigt und mit Ware bestückt werden, und schon können wir loslegen.«

»Versteh mich bitte nicht falsch, Lara. Ich habe nicht vor, dich und das Thistles im Stich zu lassen. Ich dachte nur, dass ein Laden vielleicht noch etwas mehr Geld einbringen würde.«

»Ganz bestimmt«, meinte ich. »Und ich finde, wir sollten dafür jemanden einstellen.

Morven warf mir einen flüchtigen Blick zu, während sie mit einer Hand über ein Regal fuhr. »Na ja, ich dachte, wir könnten vielleicht zwei Teilzeitkräfte anheuern und dann abwarten, wie die Dinge sich entwickeln.«

Ich versetzte ihr spielerisch einen Stoß in die Rippen. »Hey! Du klingst ja schon wie ich.«

Morven lachte und betrachtete erneut prüfend den leeren Raum.

»Vermute ich richtig, dass du bereits zwei bestimmte Personen für diesen Job im Sinn hast?«

»Schon möglich.«

»Du bist eine Geheimniskrämerin, Morven Knight. Okay, dann lass uns mit Gordon über deinen Vorschlag reden.«

»Jetzt?«

Ich hakte mich bei ihr unter. »Wann denn sonst? Wie heißt es immer? Was du heute kannst besorgen, das verschiebe nicht auf morgen.«

Vierzig

»Er hat Ja gesagt!«, jubelte Morven, als wir aus Gordons Arbeitszimmer schlüpften. »Er hat Ja gesagt!«

»Ich weiß. Ich war dabei! Und nun komm«, neckte ich sie, während wir zum Thistles zurückgingen, »spann mich nicht auf die Folter.«

»Womit denn?«, fragte Morven unschuldig.

»Womit wohl? Wen hast du für den Job im Souvenirladen im Sinn?«

Morven lächelte. »Es sind zwei reizende Damen, die du bereits kennst.«

Ich runzelte die Stirn. »Hm, das schränkt die Auswahl nicht besonders ein.«

Sie bedachte mich mit einem rätselhaften Blick. »Ich rufe sie gleich an und frage, ob wir vorbeikommen und mit ihnen reden können. Einverstanden?«

»Du bist der Boss.«

...

Sobald wir aufgeräumt hatten, sprang ich in meinen Wagen und folgte Morven nach Fairview zur ersten unserer zwei Verabredungen. Die Luft war schon recht kühl, aber nicht einmal der Gedanke an die bevorstehenden kalten Monate konnte mich jetzt entmutigen.

Bald hielt ich hinter Morvens Wagen in einer Seitenstraße in der Nähe des Bahnhofs von Fairview. Sie grinste mich frech an, als sie mich durch ein Tor zu einem Haus mit weißem Rauputz führte, der sauber, wenn auch ein bisschen abgenutzt wirkte. Ein Flurlicht glitzerte hinter dem Mattglas der Haustür, und hinter dem Vorderfenster bellte begeistert ein West Highland Terrier. Morven drückte auf den silbernen Klingelknopf.

Claire McNaughton öffnete die Tür und starrte uns verwirrt an. »Oh, tut mir leid, Ladys«, sprudelte sie los. »Ich bin gerade erst wiedergekommen, ich habe Flora von der Chorprobe abgeholt. Kommen Sie herein.«

Sie führte uns ins vordere Wohnzimmer, wo Eddie Zeitung las. Wir tauschten ein paar Höflichkeiten aus, und dann verabschiedete er sich mit den Worten: »Ich lasse die Damen jetzt wohl mal besser allein.«

»Möchten Sie einen Tee oder Kaffee?«, fragte Claire.

Da wir im Thistles in den Pausen bereits Tee und Kuchen genossen hatten, lehnten wir höflich ab, und Morven kam sofort zur Sache. »Wir haben ein Jobangebot für Sie. Unser neues Projekt wird erst in einigen Wochen startklar sein, aber wir wollten unbedingt schon jetzt an Sie herantreten.«

Claires Blick huschte zwischen uns hin und her. »Aha?«

Warmherzig lächelnd fuhr Morven fort: »Wir haben uns gefragt, ob Sie vielleicht Interesse daran hätten, als Teilzeitkraft in unserem neuen Souvenirladen zu arbeiten.«

Claires erwartungsvolle Miene verwandelte sich in Entzücken. »Wie, Sie meinen, ich soll in diesem schönen großen Haus arbeiten?«

»Ja, das meinen wir«, sagte ich schmunzelnd.

Morvens Begeisterung war ebenso ansteckend. »Es wäre großartig, jemanden zu haben, der auch Erste Hilfe leisten kann. Wenn noch mal jemand zu ersticken droht, was Gott verhüten möge, wären Sie gleich zur Stelle.«

Claire lächelte vergnügt.

»Aber wir müssen darauf hinweisen«, fügte Morven hinzu, »dass der Verdienst nicht besonders hoch sein wird und dass wir vorhaben, mit wenigen, einfachen Dingen anzufangen, um zu sehen, ob der Souvenirladen läuft.«

Claire stand auf und schloss leise die Wohnzimmertür, ehe sie ihren Platz auf dem Sofa uns gegenüber wieder einnahm. »Soweit es mich betrifft, ist Ihr Jobangebot perfekt. Aber es gibt etwas, das ich Ihnen erzählen möchte, bevor Sie es von jemand anderem erfahren.«

Ich warf Morven einen neugierigen Blick zu.

Claire betrachtete ihre Hände und setzte an: »Wahrscheinlich wissen Sie noch, was diese Kitty über uns gesagt hat, als wir zu der Führung, die wir gewonnen hatten, nach Glenlovatt kamen.«

Angewidert verzog Morven das Gesicht. »Jeder weiß, was Kitty für eine alte, tratschsüchtige Hexe ist. Machen Sie sich deswegen keine Sorgen.«

Claire lächelte halbherzig. »Den Eindruck habe ich zwar auch, aber was sie gesagt hat, trifft zum Teil leider zu. Wir haben in Stirling in einem hübschen Viertel gewohnt. Ich habe als Oberschwester in einem Krankenhaus in der Stadt gearbeitet, und Eddie war Projektmanager bei einer Baufirma.« Nervös spielte sie an ihren kurzgeschnittenen braunen Haaren herum. »Alles war in bester Ordnung, bis Eddie zu spielen anfing«, sagte sie und errötete. »Unsere finanzielle Situation war bald katastrophal, die Lage erschien hoffnungslos.«

Ich folgte ihrem Blick zum Wohnzimmerfenster hinaus und sah die kleine, gepflegte Rasenfläche und die beiden stämmigen Rosensträucher am Rand. Eine dunkle Wolke zog vorüber.

»Eddie konnte nicht mehr klar denken«, fuhr sie fort. »Er hatte in seinem ganzen Leben noch nichts Illegales getan.«

»Was ist passiert?«, fragte ich zögerlich.

Claire rang die Hände. »Er ist erwischt worden, als er im Laden an der Ecke etwas zu essen gestohlen hat.« Bei der Erinnerung schauderte sie. »Eddie hat es sofort bereut, aber da war es schon zu spät.«

»Und wie ging es dann weiter?«, fragte Morven.

»Er hat nur eine Verwarnung bekommen, aber wie Sie sich sicher denken können, landete die Sache trotzdem bei der örtlichen Zeitung. Für die Klatschmäuler um uns herum war es ein gefundenes Fressen. Die Kinder hatten in der Schule eine schwere Zeit.«

Ich seufzte. »Und darum sind Sie umgezogen?«

»Ich habe meinen Job gekündigt, und wir beschlossen, woanders noch mal von vorn anzufangen«, sagte Claire und nickte. Sie nahm ihre Teetasse in beide Hände. »Eddie hat Hilfe gegen seine Spielsucht bekommen und einen Job als Hilfsarbeiter in Glasgow gefunden.« Liebevoll betrachtete sie ein Foto von Robbie und Flora auf der Anrichte. Die Sonne beschien ihre Gesichter und einen saphirblauen, von Palmen umstandenen Swimmingpool hinter den beiden. »Ich habe darüber nachgedacht, wieder als Krankenschwester zu arbeiten, aber die Kinder brauchten mich in ihrer Nähe, als Eddie so viele Probleme hatte.« Sie lächelte uns dankbar an. »Und ich will sie für die langen Schichten nicht allein lassen. Nicht, bevor sie sich hier eingewöhnt und wieder etwas Selbstvertrauen gewonnen haben. Und darum ist der Job bei Ihnen perfekt für mich. Danke.«

Als wir gingen, versicherte Morven Claire, dass sie ihr weitere Informationen zukommen lassen und ihr Bescheid geben würde, wenn die Eröffnung des Ladens kurz bevorstand.

»So, und jetzt zu unserer potentiellen Angestellten Nummer zwei«, sagte Morven und lächelte geheimnisvoll. »Ich hoffe nur, dass du damit einverstanden bist und dass sie ebenso begeistert sein wird wie Claire.«

Ich folgte Morven in meinem Wagen. Wir fuhren eine Schleife am Bahnhof vorbei und durch den Kreisverkehr neben dem Park. Die Schaukeln bewegten sich leicht im Wind, die Bäume in der Umgebung streckten sich in den Himmel wie Finger, die nach etwas tasten. Morven hielt am Bordstein, und ich parkte den Clio hinter ihr.

»Hier muss es irgendwo sein«, erklärte sie und suchte auf ihrem Handy in Google Maps. »Wir müssen zur Nummer 33.«

Endlich fanden wir das Haus. Es wirkte, als hätte es früher einmal Sozialwohnungen beherbergt – ein Zweifamilienhaus mit einem neueren Wintergarten, der in den Garten hineinragte. Efeu rankte an der schwarzen Haustür hinunter.

Ehe wir anklopfen konnten, öffnete eine attraktive Frau mit fragendem Blick und elegant geschnittenem blondem Haar die Tür. Nachdem wir einander freundlich begrüßt hatten, führte sie uns den Flur entlang. »Tante Nancy ist gleich dort hinten. Bitte kommen Sie herein.«

Im Flur roch es nach Preiselbeeren, und auf einem Beistelltisch brannte ein kleines Licht. Als wir ins Wohnzimmer geführt wurden, erkannte ich, mit wem ich es zu tun hatte, und lächelte erfreut. Mit einer violettfarbenen Strickjacke über den Schultern und mit sorgfältig hellrosa geschminkten Lippen saß Nancy Stewart in einem Sessel.

»Perfekt«, flüsterte ich Morven zu und näherte mich Nancy, die nun aufstand. Sie zielte mit der Fernbedienung auf den Fernseher, und die Quizsendung, die sie sich angesehen hatte, erlosch mit einem Zischen.

»Warum so geheimnisvoll?«, fragte sie und nahm die Brille mit dem Goldrand ab. Mein Blick wanderte zu einem Foto auf dem Kaminsims. Darauf waren Nancy und vermutlich ihr verstorbener Mann auf einer Klippe zu sehen, zerklüftete Felsen erhoben sich vor einem Streifen blauen Himmels. Er lächelte freundlich, das flachsblonde Haar wehte ihm aus der Stirn.

Nancy musterte uns beunruhigt. »Ist mit der Roteiche alles in Ordnung?«

»Oh ja, keine Sorge«, sagte Morven. »Deshalb sind wir nicht hergekommen.«

Sie lächelte mich auffordernd an, und ich brachte das Gespräch in Gang. Ich erzählte Nancy von Morvens Idee, einen Souvenirladen zu eröffnen, und dass wir unbedingt etwas in Bewegung bringen wollten, obwohl unsere Pläne noch nicht ausgereift waren.

»Also«, sagte Morven, deren Stimme leichte Nervosität verriet, »wir haben uns gefragt, ob Sie vielleicht Lust haben, als Verkäuferin in Teilzeit in unserem Laden zu arbeiten.«

Nancys Miene wirkte so erschrocken, dass ich besorgt die Hände hob. »Wenn Sie das nicht möchten, verstehen wir das natürlich vollkommen. Und wenn Sie aus irgendeinem Grund das Gefühl haben, der Aufgabe nicht gewachsen zu sein, ist das auch in Ordnung.«

Abgesehen vom Ticken einer Uhr war es still im Zimmer. Dann

beugte sich Morven lächelnd vor. »Ich habe es Ihrer Nichte gegenüber versuchsweise erwähnt, und sie meinte, das sei eine wunderbare Idee.«

Ich lächelte meine beste Freundin an. »Das hast du wirklich getan?«

Nancy atmete durch. »Ich würde sehr gern für Sie arbeiten.«

Morven und ich lächelten erleichtert.

»Dann also abgemacht«, bekräftigte Morven, die sich bereits erhob. »Wir haben unsere neuen Mitarbeiterinnen gefunden. Nun müssen wir nur noch den Souvenirladen ins Leben rufen!«

• • •

Seit Wolfs und Mums folgenschwerem Besuch auf Glenlovatt Anfang der Woche waren die Planungen und Vorbereitungen für das Kunstfestival in vollem Gange.

Gordon hatte mit den Curnows über das Aspirations Arts Festival gesprochen, und sie waren gern bereit, ihm zu helfen und all seine Fragen zu beantworten. Sie hatten Gordon sogar auf ihr Anwesen in Edinburgh eingeladen.

Als ich endlich wieder Gelegenheit bekam, mit den beiden zu reden, erfuhr ich, dass Wolfs und Mums Besuch bei seiner Familie in jeder Hinsicht »unterhaltsam« gewesen war. Nachdem sie sich davon erholt hatten, dass ihr einziger Sohn nach mehrmonatiger Abwesenheit wieder nach Hause gekommen war, hatten sie ihre Aufmerksamkeit auf Mum, den grauhaarigen *cougar*, gerichtet. Mit stolzgeschwellter Brust erzählte Wolf mir, wie Mum seine Eltern von Anfang an um den Finger gewickelt hatte. Sie war einfach souverän sie selbst gewesen, und sie hatten sich gefreut, weil Wolf und Mum einander so nahe waren.

Während er mich mit dem Bericht über ihren Besuch erfreute, wurde Wolf für einen Moment nachdenklich. »Für meine Eltern war es offensichtlich, was ich für Chris empfinde, und sie haben gesehen, wie sehr ich mich während meiner Abwesenheit verändert habe.«

»Und das Papierimperium?«, fragte ich.

Wolf ließ den Kopf an die Sofalehne sinken. »Auch darüber haben wir uns geeinigt. Ich werde vorerst in Teilzeit für das Familienunternehmen tätig sein, solange das Schreiben für mich an erster Stelle steht.«

Die Zufriedenheit, die Mum und Wolf ausstrahlten, wirkte ansteckend. An diesem Morgen hatte ich die Wohnung mit einem albernen Grinsen im Gesicht und einem leichten Kribbeln in der Herzgegend verlassen. Gedanken an Vaughan lauerten permanent am Rand meines Bewusstseins. Bei der Vorstellung, ihn später an diesem Tag wiederzusehen und mit ihm zum Dinner auszugehen, bekam ich vor Aufregung einen Kloß im Hals.

Die Sonne bahnte sich ihren Weg durch die Wolken und schien auf Glenlovatts sanft geschwungenen Rasen. Beim Aufschließen entdeckte ich in einem Fenster des Cafés mein Spiegelbild. Ich hatte mich für ein blau gestreiftes bretonisches Fischerhemd mit dreiviertellangen Ärmeln, eine marineblaue Steppjacke und eine eng sitzende schwarze Hose entschieden. Die widerspenstigen roten Locken hatte ich zu einem federnden Zopf gebunden, der mir über den Rücken fiel. Meine grauen Augen strahlten vermutlich vor Glück. Alles an mir, von den sorgfältig kombinierten Klamotten bis zu meiner leuchtenden Haut und dem erwartungsvollen Blick, schrie: »Ich bin verliebt, und ich kann verdammt noch mal nichts dagegen tun!«

Ja, ich benahm mich wie eine verknallte Fünfzehnjährige.

Ich klopfte ein weiteres Vichykaro-Kissen in Form, dann machte ich mich wieder daran, alles vorzubereiten, ehe Becky und Jess eintreffen würden. Ich klickte auf meinen iPod und summte mit, während ich das Tagesangebot an Kirsch-Kokosnussschnitten, Apfelstrudel und Wiener Wirbeln aufbaute. Immer wenn ich an den bevorstehenden Abend dachte, begann ich selig zu grinsen. Weil mir so viele Gedanken an Vaughan, den neuen Souvenirladen und das Festival durch den Kopf gingen, hatte ich kaum geschlafen.

Ich hörte auf, an der Kuchentheke herumzudoktern und genehmigte mir eine Tasse dampfenden Tee und ein Stück Blechkuchen. Ich nahm beides mit in den Innenhof hinaus, bewunderte die Aussicht und genoss das leise Plätschern des Wasserspiels weiter unten am Hang. Ich biss in den Kuchen, der süße Geschmack breitete sich in meinem Mund aus und reizte die Geschmacksknospen.

Ein Geräusch aus dem Inneren des Cafés erregte meine Aufmerksamkeit. »Jess? Becky?«

Keine Antwort. Ich stand auf, steckte den Kopf zur Tür hinein und glaubte am Durchgang zum großen Saal eine rasche Bewegung zu sehen. Als ich mich umdrehte, um wieder hinauszugehen, erschreckte mich das leise Rascheln einer offenen Zeitung auf dem Tisch, der den Türen zum Café am nächsten stand. Ich konnte mich nicht erinnern, die Zeitung schon vorher dort gesehen zu haben.

Ich nahm sie mit an meinen Frühstückstisch, um sie beim Essen durchzublättern. Später am Tag würde ich vermutlich keine Gelegenheit mehr haben, die Nachrichten zu lesen. Ich genoss den vollen Geschmack der Kirschen und ließ den Blick über die Buchstaben wandern. Als ich das Foto auf der aufgeschlagenen Seite sah, blieb mir der Kuchen fast im Hals stecken.

Einundvierzig

Ich ließ mich wieder auf den Stuhl sinken.

Vaughan konzentrierte sich offenbar auf etwas zu seiner Rechten, während die Blondine neben ihm der Kamera ein blendendes Lächeln schenkte. Das Foto war wohl abends aufgenommen worden, denn am schwarzen Himmel blinkten Sterne, und im Hintergrund flatterte die gestreifte Markise eines Restaurants.

Beim Anblick von Petras triumphierendem Grinsen fühlte ich mich, als steche mir jemand immer wieder mit einem Messer in die Brust. Ihre langen Beine steckten in einer engen schwarzen Hose, das Haar wehte wie eine glänzende Fahne hinter ihren Schultern. Vaughan erinnerte mit seinem kantigen Kinn und im dunklen Anzug eher an ein Model für Aftershave als an den tonverschmierten, stirnrunzelnden Bildhauer, den ich kannte. Ich wollte die dazugehörige Klatschspalte gar nicht lesen, aber die Worte sprangen mich förmlich an.

»Society-Beauty Petra Montgomery-Carlton hat sich offenbar einen attraktiven Liebhaber geangelt. Wie aus sicherer Quelle verlautet, werden sie und der flotte Bildhauer Vaughan Carmichael sich nach einer stürmischen Affäre das Ja-Wort geben …« Es folgten Angaben dazu, wie sie sich kennengelernt hatten und zum Wucherpreis von Petras Hose, aber ich war in Gedanken schon viel weiter. Konnte das wahr sein? War *das* die geheimnisvolle »Geschäftsreise«, auf der sich Vaughan gerade befand? Das würde erklären, warum er mir verschwiegen hatte, wohin er fuhr.

Ich dachte an seine Beteuerungen im Hinblick auf Petra und an die

Art, wie er mich geküsst hatte ... Wie hatte ich nur glauben können, dass ich mich von den vielen anderen Mädchen unterschied, mit denen er gespielt hatte? Warum hatte ich auf mein Herz und nicht auf meinen Verstand gehört? Vaughan Carmichael war von Anfang an ein Problem gewesen, und ich war mal wieder in die Falle gegangen, weil ich sämtliche Alarmglocken überhört hatte. Offenbar hatte ich seit Anton und Malta kein bisschen dazugelernt. Vaughan sah in mir nur eine nette Ablenkung, bis er schließlich Petra heiraten würde. Ich unterdrückte ein schmerzerfülltes Schluchzen und knallte die Zeitung wütend wieder auf den Tisch, wo sie sanft im herbstlichen Sonnenschein flatterte.

Was sollte ich jetzt nur machen?

Ich ging wieder ins Thistles und betrachtete die weiß gestrichenen Wände, die glänzenden Tische und Lydias Kunstwerke, die dort zur Schau gestellt wurden. Sonnenstrahlen fielen in goldenen Bündeln auf den Holzboden. Ich hatte mich so engagiert in dieses Projekt gestürzt, so leidenschaftlich. Wichtiger noch: Hugo hatte meinen Traum wahr werden lassen, und ich hatte das Gefühl, ihm einiges schuldig zu sein. Dazu kam die Unterstützung durch Morven, Gordon, Becky und Jess. Was würde aus dem Café werden, wenn Miss Überheblich Vaughans Frau wurde? Die Vorstellung, sie in Burberry-Gummistiefeln auf dem Anwesen herumstolzieren zu sehen, trieb mir erneut Tränen in die Augen.

Glenlovatt und das Thistles bedeuteten mir unendlich viel, und so würde es immer bleiben. Ich kann und werde hier nicht weggehen, selbst wenn Vaughan bald eine andere heiratet, dachte ich und fuhr mir mit der Hand über das tränenverschmierte Gesicht. Ich würde mich einfach auf die Hilfsarbeiten zur Vorbereitung des Festivals stürzen und Vaughan so gut wie möglich aus dem Weg gehen.

Puh. Leichter gesagt als getan. Schließlich befand sich mein Lokal mitten in seinem Familiensitz.

• • •

Die nächsten Stunden lief ich auf Autopilot.

Gott sei Dank würde Vaughan erst später zurückkommen. Allein der Gedanke, ihn in diesem Augenblick zu sehen, ließ mich vor Schmerz und Verlegenheit schaudern.

Mit einem leeren Lächeln im Gesicht servierte ich einem älteren Paar ihren Cream tea, marschierte wie ein Roboter wieder hinter die Kuchentheke und machte mich unnötigerweise an einem Ständer mit Karotten-Bananen-Cupcakes zu schaffen, den ich früher am Tag aufgestellt hatte. Innezuhalten und von der Theke aus mein kleines Reich zu betrachten, war keine gute Idee. Die runden Holztische, die stolzen Stühle mit den hohen Lehnen, Lydias Kunstwerke mit Distelmotiven überall, die riesigen Fenster, die die Blumen von draußen hereinzulocken schienen, die kleine, von einer Hecke mit winzigen weißen Blüten gesäumte Terrasse – der Anblick tat mir in der Seele weh. Ich hatte so hart gearbeitet, und auch, wenn ich mich wiederhole: Ich war nicht bereit, all das aufzugeben, nicht einmal, wenn ich dann zusehen musste, wie Vaughan und seine Verlobte vor meinen Augen glückliche Familie spielten.

»Hast du was dagegen, wenn ich fünf Minuten Pause mache, Morvs?«

Morven blickte von ihrem Laptop auf. »Natürlich nicht. Alles in Ordnung mit dir?«

»Ja, alles gut«, beteuerte ich allzu schnell. »Ich brauche nur etwas frische Luft.«

Gerade wollte ich auf einen leeren Tisch im Innenhof zusteuern, da hörte ich in den Tiefen meiner Tasche mein Handy trillern, das eine Textnachricht ankündigte. Ich holte es heraus und betrat den Innenhof

Der süße Duft von Geißblatt lag in der Luft, als ich mich auf ein gestepptes Stuhlkissen setzte und die Fassade des Hauses anblickte. Die prächtigen Fenster im gelben Mauerwerk schienen wie weise alte Augen zu zwinkern, so sehr glänzten sie. Während ich verzweifelt um Fassung rang, blickte ich auf mein Handy.

Es war eine Nachricht von Vaughan.

Komme heute Abend zurück. Kann es kaum erwarten, dich wiederzusehen. V. x

Ich brach in hysterisches Gelächter aus. Was für eine unglaubliche Frechheit!

Um sicherzugehen, dass ich mir die Nachricht nicht nur eingebildet hatte, las ich die Sätze noch einmal. Nein, dieser arrogante Schwachkopf hatte mir tatsächlich diese Textnachricht geschrieben. Hatte er das Foto von sich und Petra in der Zeitung gesehen? Offensichtlich nicht.

Ich hatte die Stunden bis zu unserem Date gezählt. Ich hatte mein Make-up und meine Garderobe geplant. Vor lauter Vorfreude hatte ich nicht richtig geschlafen oder gegessen. Ich kam mir vor wie die letzte Idiotin.

Vielleicht hatte er das Foto gesehen und beschlossen, einfach alles zu leugnen? Vielleicht baute er darauf, dass es mir entgangen war? Oder vielleicht hatte er es selbst gar nicht gesehen?

Ich blinzelte heftig und schluckte meinen Kummer herunter. Nun, ich würde ihm jedenfalls ein Willkommen bereiten, das er so schnell nicht vergessen würde.

• • •

Nachdem wir abends aufgeräumt hatten und Morven und Becky nach Hause gefahren waren – nicht, ohne mich forschend von der Seite anzublicken -, drückte ich mich im Thistles herum und wartete voller Zorn auf Vaughans Rückkehr.

Schmerz blickte mich aus dem Spiegel an, als ich auf der Damentoilette des Cafés frischen pinkfarbenen Lippenstift auftrug. Mein Bild in dem ovalen Spiegel wirkte geisterhaft, trotz der feurigen Farbe meiner Haare, die sich zum Teil aus dem lockigen Zopf gelöst hatten. Wütend zog ich den Reißverschluss meiner glitzernden Make-up-Tasche zu und steckte sie in die Handtasche zu dem Zeitungsfoto von Vaughan und Petra. Ich hörte seine raue Stimme, denn er sprach im Saal mit Travis. Ich drehte mich um und ging wieder ins Café. Zeit, reinen Tisch zu machen.

»Lara!« Seine tiefe Stimme dröhnte durch den leeren Raum.

Ich blickte auf. Er sah großartig aus in einer dunklen Jeans, Desert Boots und einem roten T-Shirt mit V-Ausschnitt.

Er sieht vielleicht aus wie Christian Bale, aber ein Arschloch ist er trotzdem.

Ehe ich mich zusammennehmen konnte, hatte er mich bereits erreicht und küsste mich. Hinter meinen geschlossenen Lidern sprühten Funken, aber ich nahm all meine Kraft zusammen und stieß ihn weg. Unter meinen Fingerspitzen fühlte ich noch seine Haut.

»Ich habe etwas für dich«, sagte ich.

Vaughans Lippen verzogen sich zu einem breiten Lächeln. »Das klingt gut.«

»Ich weiß nicht, ob es dir gefallen wird«, antwortete ich kalt und knallte die Zeitungsseite auf den Tresen.

Vaughans Lächeln verblasste. »Was ist das?«

»Sag du es mir«, brachte ich mühsam heraus, denn ich wollte nicht, dass meine Stimme zitterte. »Obwohl es von hier aus gesehen ziemlich eindeutig ist.«

Er schob sich die dunklen Haare aus dem Gesicht. »Ich verstehe nicht.«

»Oh, ich denke, du verstehst sehr gut. Deine angebliche Geschäftsreise hat für diese Schlagzeile gesorgt. Gratuliere.«

Vaughan betrachtete das Bild, das vor ihm lag. »Damit du's weißt: Ich habe an einer speziellen Skulptur gearbeitet. An einer *sehr* speziellen sogar.« Er deutete mit dem Kinn auf das Foto. »Ich weiß zwar nicht, woher dieses Bild kommt, aber es ist nicht neu.«

Abwehrend verschränkte ich die Arme vor der Brust. »Okay.«

Vaughans Miene versteinerte. »Du glaubt mir nicht? Du hast dieses Foto gesehen und dir schon eine Meinung gebildet? Heißt es nicht immer: Im Zweifel für den Angeklagten?« Ich machte den Mund auf, um etwas zu erwidern, aber er brachte mich mit erhobener Hand zum

Schweigen. »Weißt du was? Vergiss es einfach. Du glaubst mir nicht – zumindest *willst* du mir nicht glauben.«

Er griff nach seiner braunen Reisetasche, warf sie sich über die Schulter und verschwand.

Zweiundvierzig

Mir blieb nichts anderes übrig, als mich ständig beschäftigt zu halten.

Ich backte wie im Koffein-Dauerrausch, bot bei jedem dringenden Problem, das mit dem bevorstehenden Kunstfestival zu tun hatte, meine Hilfe an und sorgte dafür, dass die Unterlagen des Cafés tadellos in Ordnung waren, bevor ich sie Morven übergab. Und zum Glück musste auch für den Souvenirladen noch einiges organisiert werden.

Hin und wieder blickte ich in der Küche auf den Terminkalender für das Café. Das Wochenende vom 27. bis 29. Oktober war mit dickem schwarzem Filzstift eingekreist, sodass der Beginn des Aspirations Arts Festivals und die Lesung von Hugos geheimnisvollem Brief, bei denen ich Vaughan unweigerlich begegnen würde, markiert waren. Beim Gedanken daran rebellierte mein Magen.

Morven versicherte mir, dass sie absolut in der Lage war, mit allem fertigzuwerden, was mit den Vorbereitungen für den Souvenirladen zu tun hatte, und ich wusste, dass es stimmte. Aber ich wusste auch, dass meine Gedanken in dem Augenblick, in dem meine Konzentration nachließ, sofort zu Vaughan wandern würden. Mit meinem Schmerz konnte ich nur fertigwerden, indem ich mir keinen Augenblick Zeit zum Nachdenken ließ.

In einer kurzen Pause am Vormittag und in der verhältnismäßig ruhigen Mittagszeit saßen Morven und ich bei einer Kanne Tee zusammen und besprachen unser weiteres Vorgehen in Sachen Geschenkboutique. Beckys Mutter, eine begeisterte Schnäppchenjägerin, hatte einen bequemen alten Stuhl aufgetrieben, auf dem Claire und Nancy während der Arbeit sitzen konnten, und ich stürzte mich darauf, Morven bei der Beschaffung anderer wichtiger Dinge zu helfen, einschließlich einer Registrierkasse. Außerdem half ich ihr, einen Dienstplan für Claire und Nancy zu erstellen – Hauptsache, ich war beschäftigt und kam nicht zum Nachdenken.

Wir hatten beschlossen, vorerst nur wenige Artikel zu führen: luxuriöse Schreibwaren mit dem Logo von Glenlovatt darauf; Untersetzer mit grazilen Reproduktionen schottischer Kunstwerke; Farben und Stifte in verschiedenen Packungsgrößen; einige wunderschöne Handtaschen für Damen und Brieftaschen für Herren; eine Auswahl an Seidenschals und -krawatten sowie kompliziert geschnitzte Brieföffner und ein Sortiment Duftkerzen.

»Ich finde, wir sollten mit diesen Sachen anfangen und abwarten, wie es sich entwickelt«, sagte Morven. »Was meinst du, Lara?«

»Entschuldige, ich war gerade mit den Gedanken woanders.«

Morvens Augen wurden schmal. »Lara, geht es dir wirklich gut?«

»Ja, natürlich. Ich bin nur ein bisschen müde, das ist alles.

»Bist du sicher?«, hakte sie nach. »Es hat doch nichts mit ...«

»Ehrlich, Morvs, ich habe im Augenblick so viel um die Ohren, dass ich an dieses Thema nicht mal denken will.«

Morven spielte an den Seiten des Katalogs herum, der vor uns auf dem Tisch lag. »Du arbeitest in letzter Zeit auf Hochtouren. Übertreib es nicht, okay? »Sie blickte auf ihre roségoldfarbene Armbanduhr. »Du bist dran mit Mittagspause.«

Ich schlüpfte in meine dunkelblaue Lederjacke und ging hinaus in die Gärten. Es war Anfang Oktober, die Luft war frisch, und ein Gewirr von Wolken zog über meinen Kopf hinweg. Langsam ging ich den Pfad entlang, weiter hinunter in die Grünanlagen. Ich hörte das melodische Plätschern des Fairview Burn und das immer wieder unterbrochene Zwitschern der Vögel, die von Baum zu Baum flatterten. Äste voller orangefarbener und roter Blätter hingen über mir.

Ich zog den Kopf ein und schob behutsam einen Zweig aus dem Weg, als ich an einer hohen Hecke entlangging. Beim Anblick der Silhouette des Mausoleums, auf dessen rechter Seite nun Nancys Roteiche stand, musste ich einen Seufzer unterdrücken. Ich trat unter eine Weide und lehnte mich mit dem Rücken an den harten dunklen Stamm. Die Füße in den flachen beigen Schuhen schob ich ins Gras und sah zu, wie die tiefgrünen Halme sich wieder aufrichteten. Die Grashalme waren widerstandsfähig. Die Glücklichen.

Im Geiste hatte ich geprobt, was ich Hugo sagen wollte, hatte Worte gepflückt wie Blumen für einen ganz besonderen Strauß, bei dem alles zusammenpasste und sich gegenseitig ergänzte. Stattdessen öffnete ich den Mund, und heraus kam nur lautes Schluchzen. »Es tut mir leid, Hugo. Es tut mir so schrecklich leid!«

Fast rechnete ich damit, dass er mir antworten würde, aber nur mein eigener, stoßweise gehender Atem und gelegentliches Vogelgezwitscher waren zu hören. Mit dem Handrücken wischte ich mir die Tränen aus dem Gesicht. »Ich wollte mich nicht in Vaughan verlieben.«

Ich ließ mich an dem Baumstamm hinunterrutschen, und nun liefen mir Tränen über die Wangen. »Ich weiß nicht, wie ich damit fertigwerden soll, auf Glenlovatt zu sein, wenn Vaughan mit einer anderen zusammen ist.« Ich rieb mir die Augen, die daraufhin zu brennen begannen. »Aber ich verspreche Ihnen, dass ich Sie nicht enttäuschen werde. Nicht einmal nach dieser Geschichte.«

Ich rappelte mich auf und kam wieder auf die Füße. Blätter und Grashalme klebten an meiner Jeans, ich wischte sie entschlossen weg. »Ich habe in wenigen Monaten viel über mich selbst gelernt, und das habe ich Ihnen zu verdanken.« Mein Blick ruhte auf den Disteln und den goldenen und blauen Rosen im Familienwappen der Carmichaels, das den Eingang zum Mausoleum schmückte. »Jetzt muss ich daran arbeiten, den Erfolg, den wir bereits haben, noch weiter auszubauen. Oh, und ich muss Ihrem Enkelsohn aus dem Weg gehen. Ist wohl besser so.«

Dann warf ich Hugo eine Kusshand zu und verschwand.

Der Oktober neigte sich dem Ende zu und hinterließ einen Teppich aus roten und bernsteinfarbenen Blättern in den Gärten von Glenlovatt.

Währenddessen ging ich Vaughan weiterhin sorgfältig aus dem Weg. Absurderweise ärgerte es mich, dass er mich ebenfalls mied. Ein paarmal glaubte ich einen großen dunklen Schatten in der Nähe des Eingangs zum Café zu sehen, aber als ich genauer hinschaute, war niemand dort.

Bei anderen Gelegenheiten ließ Gordon im Vorbeigehen die Bemerkung fallen, Vaughan sei weggefahren, um an seinem »geheimen Projekt« zu arbeiten. Nur selten fragte er mich direkt, und dabei musterten mich seine freundlichen Augen stets prüfend: »Haben Sie meinen Sohn in letzter Zeit mal gesehen?« Ich setzte ein höfliches Lächeln auf und versicherte ihm, dass wir beide zurzeit schrecklich viel zu tun hatten. Er wusste, dass ich nicht ganz aufrichtig war, das sah ich ihm an, aber er drang nicht weiter in mich.

Nach einem weiteren langen Arbeitstag saß ich in meiner Wohnung und sah zu, wie Mehlwolken zur Küchendecke stiegen. Nur der Himmel wusste, was aus diesem Schokomatsch-Kuchen werden würde. Vermutlich ein Desaster, genau wie mein Privatleben. Ich schüttelte energisch den Kopf und schnitt dann mit untypischem Kraftaufwand dunkle Schokolade in kleine Stücke.

• • •

Das Aspirations Arts Festival war ein ausgelassener Karneval der Farben. Reihenweise waren Zelte aufgebaut worden, und Bänder mit roten und weißen Wimpeln flatterten in und um die Grünanlagen von Glenlovatt herum wie Dutzende Schmetterlinge.

Gordon und ich waren vorher über das Gelände geschlendert, erstaunt, wie schnell alles Gestalt annahm. In der Nähe des Eingangs zum Festival waren Zeltplanen aufgespannt worden und beherbergten eine Vielzahl von Kunstgewerblern – Handwerker, die Holz bearbeiteten, Juweliere mit keltischem Schmuck, Glasbläser und Sattler. Es gab einige mobile Büchereien, die von schottischen Gedichten bis zu Tartan Noirs alles im Angebot hatten. Außerdem entdeckte ich Bereiche für Kinder, ausstaffiert mit Sitzsäcken, Büchern und Ständen, an denen sie malen, kleben und zeichnen konnten. Ein Puppenspieler nahm letzte Korrekturen an seinem Ensemble aus Waldtieren vor, deren glänzende, aufgemalte Gesichter und hölzerne Glieder darauf warteten, zum Leben erweckt zu werden.

Etwas weiter unten auf der geschwungenen Rasenfläche befand sich eine Ansammlung von Malern und Schriftstellern, die ihre Arbeiten vorstellten und verkauften. Manche hielten mit nachdenklicher Miene ein spezielles Werk in Händen, suchten nach dem richtigen Platz für eine Landschaft mit zottigen Hochlandrindern oder zerklüfteten, von Meerwasser umspülten Häfen, oder sie stapelten ihre Romane, um die Besuchermassen anzuziehen, die hoffentlich bald kommen würden.

In der Nähe saßen zwei Stand-up-Comedians auf einer Bühne und gaben beim Soundcheck gurgelnde Geräusche von sich. Theaterleute in grellen Strumpfhosen und mit Federschmuck auf dem Kopf schlenderten vorbei und winkten ihnen fröhlich zu.

Das Festival sollte in einer Stunde eröffnet werden, und der Korb voller Schmetterlinge, den ich im Bauch mit mir herumtrug, drohte in meinen ganzen Körper auszuschwärmen. Ich konnte kaum glauben, dass tatsächlich schon der 27. Oktober war.

»Das wird ein langer Tag«, sagte Gordon lächelnd und nickte zwei Jongleuren mit Zylindern auf dem Kopf zu. »Und nicht vergessen: Um sechs kommt Hugos Notar und liest den Brief vor.« Er blickte in den Himmel. »Wer weiß, was für Enthüllungen er enthält. Aber das werden wir ja bald erfahren.« Seufzend fügte er hinzu: »Sogar nach seinem Tod bringt dieser Kerl es noch fertig, für Aufregung zu sorgen.«

Ich lachte gezwungen, aber dass er Hugos Brief erwähnte, brachte die Schmetterlinge in meinem Bauch erst recht zum Flattern. So angestrengt ich auch versuchte, in der Betriebsamkeit des Cafés, des Festivals und der Vorbereitungen für den Souvenirladen zu versinken – ich würde Vaughan Carmichael an diesem Tag nicht aus dem Weg gehen können. Und davor graute mir.

Travis erschien. »Mr. Carmichael? Ein Telefongespräch für Sie, Sir.«

»Entschuldigen Sie mich«, sagte Gordon und folgte Travis über den taufeuchten Rasen.

Ich blickte in den morgendlichen Himmel. Die Sonne lugte vielversprechend zwischen den dahinjagenden Wolken hervor, und der Duft von Holzrauch lag in der Luft. Stolz wie eine Mutter, die stillvergnügt ihre Familie bewundert, sah Glenlovatt dem bunten Treiben zu.

Gedankenverloren lächelte ich einen älteren Herrn an einem Stand in der Nähe an, der eine Kollektion sorgfältig gearbeiteter und bemalter Schneekugeln aufbaute. Er rückte seine beigefarbene Steppweste zurecht, ehe er mich respektvoll grüßte, indem er sich an die Mütze tippte. Hugo hatte das ständig gemacht. Es war eine altmodische Angewohnheit, aber eine, die mich immer zum Lächeln brachte.

Oh nein. Nicht schon wieder. Hugos Geist schwebte schimmernd vor meinen Augen, und erneut drohten mir die Tränen zu kommen.

Ich machte auf dem Absatz kehrt und ging mit raschen Schritten zum Haus zurück. Immerhin war es tröstlich, dass im Thistles an diesem Wochenende vermutlich noch mehr los sein würde als üblich. Hoffentlich würden uns kaffeedurstige Kulturliebhaber und kuchenhungrige Schriftsteller überrennen, sodass mir keine Zeit zum Hinsetzen blieb, geschweige denn dafür, an Vaughan und seine bevorstehende Hochzeit zu denken.

Über eine Personalvermittlung für die Gastronomie hatte ich zwei Aushilfen engagiert, um mit dem erwarteten Ansturm an diesem langen Wochenende fertigzuwerden. Außerdem sollten sie uns beim Backen für die zusätzlichen Gäste zur Hand gehen. Es handelte sich um Greta, eine ältere Dame, die für eine Bäckereikette gearbeitet hatte, und Logan, einen hoch aufgeschossenen, schlaksigen Studenten. Becky stritt es zwar ab, aber Logan hatte es ihr eindeutig angetan. Als er in der Woche zuvor zum Vorstellungsgespräch vorbeigekommen war, war sein kantiges sommersprossiges Gesicht tomatenrot angelaufen, sobald er die süße Becky mit den bonbonrosa Haaren gesehen hatte. Wenn Morven oder ich ihm eine Frage stellten, war alles in Ordnung. Aber wenn

Becky mit ihm redete, verwandelte er sich in ein stammelndes Häufchen Elend.

»Logan ist echt süß«, sagte ich, nachdem er sich auf dem Weg hinaus beinahe den Kopf am Türrahmen gestoßen hätte. »Er hat ein ziemlich freches Mundwerk, stimmt's?«

Becky biss sich auf die Wangen. »Das klingt ja, als wäre er ein acht Wochen alter Welpe.«

»Sehr lustig«, gab ich zurück und fuchtelte drohend mit einem Stück Kuchen herum. »Deine Abwehrmechanismen haben auch schon mal besser funktioniert.«

»Das sagt die Richtige!« Sie lachte empört und stellte geräuschvoll noch ein paar Tassen in die Spülmaschine.

An diesem Punkt war die Atmosphäre ziemlich angespannt, und wir verfielen beide in Schweigen.

Eine Horde hungriger Kunstsammler fiel in das Thistles ein, und Greta hielt den grauhaarigen Kopf gesenkt, während sie konzentriert Wechselgeld abzählte. Logan zählte einem Mann in einer gewebten Weste die Zutaten eines Eton Mess auf.

Kam ein neuer Gast herein, begrüßte ich ihn mit einem strahlenden Lächeln und einem freundlichen »Guten Morgen« - in der Hoffnung, dass meine aufgesetzte Fröhlichkeit die Gedanken an Vaughan in Schach halten würde.

Der Morgen verging unter dem hektischen Ansturm von Gästen, die nach warmen, gebutterten Scones und köstlich duftendem Kaffee verlangten. Um die Mittagszeit wurden wir von lauter Familien mit hungrigen Kindern überrannt.

Jess' Mittagsangebote an diesem Tag – Fischfrikadellen aus Kabeljau oder Lasagne mit knackigem Salat für die Kinder, Blauschimmelkäse-Törtchen oder Steak-und-Ale-Pastete für die Erwachsenen – wurden sehr häufig bestellt. Wir hatten so viel zu tun, dass uns fast schwindlig wurde. Tische wurden besetzt, abgeräumt und erneut besetzt. Wie auf einem Förderband strömten Gäste ins Café herein und wieder hinaus, viele mit Kunstwerken oder Büchern unter dem Arm und mit schönen

Dingen in weiß-grünen Tüten, die mit unserem Markenzeichen, einer Distel, bedruckt waren.

Wir hatten uns für ein rotierendes System entschieden, damit jede von uns zwischendurch kurz verschnaufen, eine Kleinigkeit essen und vielleicht ein bisschen lesen konnte. »Kommen Sie, Lara«, drängte Greta. »Machen Sie mal Pause. Im Augenblick ist es etwas ruhiger.«

Ein sehr großer Teil von mir wollte sich nicht ausruhen. Obwohl es bereits später Nachmittag war, hatte ich kaum Hunger.

Greta musterte mich stirnrunzelnd. »Sie müssen etwas essen.« Dann holte sie mit der Zange das letzte Mehrkornbrötchen mit Putenbrust und Cranberrysalat aus der Theke. »Hier«, befahl sie und wickelte es in eine grüne Serviette, »das können Sie unterwegs essen.«

»Danke. Ich bleibe nicht lange weg«, sagte ich mit gesenktem Kopf.

Ich schob mich an einer vierköpfigen Familie vorbei, deren Mitglieder allesamt Baseballcaps trugen, strebte mit großen Schritten auf Glenlovatts majestätischen Saal zu und huschte zur Seitentür hinaus. Der Kies knirschte unter meinen Füßen, und ich stellte fest, dass ich hungriger war, als ich geglaubt hatte. Ich verputzte den Rest von Gretas Brötchen, fing die Krümel in der Serviette auf und warf sie in einen Mülleimer, als ich zu der Reihe von Zelten hinüberging, an der Planen und Wimpel in der nachmittäglichen Brise wehten.

Noch immer fuhren Autos auf die abgesperrten Parkplätze und wurden von freiwilligen Helfern aus dem Ort eingewiesen, deren Neonwesten in der Ferne wie helle Punkte leuchteten. Irgendwo erwachte knisternd eine PA-Anlage zum Leben und kündigte ein Gespräch an, das bald stattfinden sollte. Eine Handvoll Studenten in bunten Westen begrüßte die Neuankömmlinge mit freundlichem Lächeln und überreichte jedem ein Programm und einen Lageplan. Drüben bei den Eichen zogen Jongleure mit fliegenden Stäben einige Vorschulkinder in ihren Bann. Die mit silbernen Spiegelplättchen besetzten Zylinder der Akrobaten schillerten, als sie sich vor dem jungen Publikum drehten und wendeten.

Weil ich nichts zu tun hatte, blieb ich vor einem Schmuckstand stehen. Weiter hinten sah ich Gordon, der sich mit dem Mann in der beigefarbenen Weste unterhielt. Als er mich entdeckte, winkte er mir fröhlich zu. Ich winkte zurück und betastete ein Paar rotgoldene Ohrringe. Vaughan war eine offene Wunde, die ich vergessen musste, aber hier würde mich immer etwas an ihn erinnern, egal, wohin ich ging. Vielleicht sollte ich mir eine kurze Auszeit gönnen, zum Beispiel im Lake District. Ich könnte ein kleines Cottage mieten, am Ufer des Coniston Water entlangwandern, lange Spaziergänge unternehmen, meinen Akku wieder aufladen und versuchen, Vaughan endgültig hinter mir zu lassen.

Ich seufzte. Im Augenblick konnte ich keinen Urlaub nehmen. Das Thistles musste sich noch etablieren, ganz zu schweigen von dem Souvenirladen. Und was würde ich allein im Urlaub anstellen? Wahrscheinlich würde ich die Woche damit verbringen, lauter schöne Seen zu Fuß zu umrunden, ohne sie überhaupt wahrzunehmen, weil ich Trübsal blies und mir selbst leidtat.

Erneut beschloss ich, mich nicht länger mit der Vergangenheit oder mit Dingen, die außerhalb meiner Kontrolle lagen, zu beschäftigen. Ich ließ mich mit der Menschenmenge vom Schmuckstand wegtreiben – und erstarrte.

Vaughan und Petra standen an der Ecke eines roten Zelts, in dem überall Gemälde schottischer Heidelandschaften hingen. Sie unterhielten sich angeregt miteinander. Vaughan hatte die Arme verschränkt, und Petra spielte mit einer Strähne ihres honigblonden Haars, während ihr das lange weiße Kleid um die Beine wehte. Sie sah aus, als wäre sie soeben einer Shampoo-Reklame entsprungen.

Ich wollte weitergehen, aber beim Anblick der beiden blieb ich wie angewurzelt stehen. Vaughans Muskeln unter dem schwarzen Hemd waren angespannt. Die Ärmel hatte er aufgekrempelt, und ich erhaschte einen Blick auf seine muskulösen Unterarme. Nachdem Petra etwas zu ihm gesagt hatte, drehte er ruckartig den Kopf.

Verdammt! Er hatte mich gesehen.

Ich wandte mich ab und machte mich auf den Rückweg zum Café, wobei ich immer schneller lief, um möglichst bald in der Menschenmenge zu verschwinden. Das Herz hämmerte mir gegen die Rippen. Der vernichtende Schmerz darüber, die beiden zusammen gesehen zu haben, wurde sehr schnell von dem verzweifelten Wunsch ersetzt, von hier zu verschwinden. Ich wagte nicht, mich noch einmal umzusehen.

Also blickte ich stur geradeaus, murmelte gelegentlich »Verzeihung« und schob mich durch das Gedränge, bis ich fast am Rand des großen Rasens angekommen war. Auf einmal spürte ich, dass mich jemand am Arm zog.

Verwirrt fuhr ich herum.

Vaughan hielt meinen Arm fest umklammert, während Petra mit versteinerter Miene hinter ihm stand.

»Wenn du es drauf anlegst, bist du ganz schön schnell«, stieß er atemlos hervor, »aber diesmal läufst du mir nicht davon.«

»Ich laufe nicht weg«, blaffte ich ihn an. »Ich muss wieder an die Arbeit.«

Der Zweifel in seiner Stimme war deutlich zu hören. »Ach ja?«

»Ja«, sagte ich und entzog ihm meinen Arm. »Und jetzt entschuldige mich bitte, ich muss gehen.«

Petras stark geschminktes Gesicht wirkte ausdruckslos. Ich warf das offene Haar über die Schulter zurück und wandte mich wieder zum Gehen. Plötzlich stieß ich einen Schrei aus, denn ich spürte, wie jemand mich hochhob. »Was zum Teufel ...?«

Vaughan hatte mich geschickt über die Schulter geworfen und pflügte mit großen Schritten zielstrebig durch die irritierte Menschenmenge. Was zum Teufel tat er da, und wohin brachte er mich? Mein Po ragte für alle sichtbar in die Luft, während mir die roten Locken ins Gesicht fielen. Zumindest Letzteres war ein Segen.

»Lass mich runter!«, brüllte ich und hämmerte ihm mit den Fäusten auf den Rücken. »Das ist nicht lustig! Lass mich runter, du Scheißkerl, oder ich trete dich, wo's wehtut!«

»Scheißkerl?« Vaughan lachte. »Das ist aber nicht gerade ladylike.

Und wie willst du mir von da oben in die Weichteile treten? Das ist rein physikalisch unmöglich.«

Erneut schlug ich ihm heftig mit der Faust auf den sehnigen Rücken. Dass er knurrte wie ein Löwe, bereitete mir wenigstens etwas Genugtuung. »Hör auf, mich zu schlagen«, sagte er, während ich bei jedem Schritt durchgerüttelt wurde. »Mach es nicht noch schlimmer, als es ohnehin schon ist. Für mich ist es genauso peinlich wie für dich.«

Ich staunte mit offenem Mund, denn Vaughan begrüßte weiterhin alle möglichen Leute mit einem »Hallo«, »Guten Tag« oder »Hi«, als ob nichts wäre.

»Ich glaube kaum, dass die Sache für dich so peinlich ist wie für mich, verdammt! Schließlich bin ich diejenige, die ihren Hintern in die Luft reckt.«

Seine Antwort war ein raues Lachen. »Es geht nicht anders«, erklärte er cool, während ich mich noch immer an ihn klammerte. »Ich muss mit dir reden, und diesmal wirst du dir anhören, was ich zu sagen habe.«

Dreiundvierzig

Obwohl ich unaufhörlich herumzappelte, hielten mich Vaughans muskulöse Arme wie ein Schraubstock auf seiner Schulter fest.

Ein schrecklicher Gedanke kam mir. Menschen, die ich kannte. Menschen, mit denen ich aufgewachsen war. Menschen, die meine Mum und meinen Dad kannten. Menschen, die mit meiner verstorbenen Großtante Hettie zum Bridgeclub gegangen waren. Menschen, die im Thistles meine Gäste waren. Viele von ihnen gehörten zu den Besuchern des Festivals, und genau in diesem Moment bot ich ihnen einen großartigen Anblick.

Ich hörte auf zu zappeln und hielt still, die Augen geschlossen. »Ich weiß nicht, was du spielst, Vaughan, aber wehe dir, wenn ich hier wieder runterkomme!«

Abrupt blieb er stehen, und ich wurde erneut durchgerüttelt. »Du meinst wohl, wenn ich dich runter*lasse.*«

Mit einer raschen Armbewegung hob er mich von seiner Schulter herunter, und ich erhaschte einen Blick in den blauen Himmel, ehe die Welt wieder aufrecht stand und meine Füße im Gras versanken. Ich blinzelte, versuchte das Gleichgewicht zu halten und bemerkte, dass er mich in der Nähe der Stände abgesetzt hatte, an denen sich die Besucher drängten. Warum hatte er mich hierher zurückgebracht?

Um uns herum bildete sich ein neugieriger Pulk, einschließlich der grollenden Petra, die uns eingeholt hatte. Ich strich mir Kleid und Jacke glatt, und dann spießte ich Vaughan mit einem mörderischen Blick auf.

»Was zum Teufel wird hier gespielt?«, sprudelte es aus mir heraus.

»Du kannst mich nicht einfach quer durch Glenlovatt schleppen wie ein Dienstmädchen.«

»Du sagst es, Schätzchen«, zischte Petra.

»Halt den Mund!«, stieß Vaughan wütend hervor und blickte über die Schulter. »Das hier ist größtenteils deine Schuld.«

Petra verstummte.

Er musterte mich mit ernster Miene. »Lara, wenn du mich einfach …«

»Ich muss zurück ins Café«, fiel ich ihm barsch ins Wort. »Wir arbeiten auf Hochtouren, und wenn ich nicht bald wieder auftauche, schickt Morven Helikopter und Suchhunde los.« Ich trat einen Schritt zurück und näherte mich dem Meer erwartungsvoller Menschen, die sich versammelt hatten, um uns zuzuschauen. Das hier war eindeutig interessanter als Keramikschüsseln und Wasserfarben. Und jetzt brachen all der Frust, die Verletzung und der Zorn, die ich zurückgehalten hatte, aus mir heraus wie Lava aus einem Vulkan. »Du bist ein selbstsüchtiges, arrogantes Arschloch!«, platzte ich heraus und kämpfte gegen die Tränen an. »Warum konntest du nicht einfach ein schlechtgelauntes Ekel bleiben und mich in Ruhe lassen?«

Bei diesen Worten nahm Vaughans Gesicht einen schmerzerfüllten Ausdruck an. »Ich konnte *wegen dir* kein schlechtgelauntes Ekel bleiben, und in Ruhe lassen konnte ich dich schon gar nicht.« Er fuhr sich mit der Hand durchs Haar, aber es fiel ihm gleich wieder um das Gesicht herum. »Verstehst du denn nicht, Lara? Ja, ich gebe zu, dass ich ein selbstsüchtiges Arschloch war, als wir uns kennengelernt haben. Aber genau darum geht es: Du hast mich verändert.«

Im weiblichen Teil des Publikums erhob sich ein kollektiver Seufzer.

»Du bist wunderschön, und deine Freundlichkeit und Hartnäckigkeit sind ansteckend.« Er schnaubte aufgebracht. »Glaub mir, ich habe lange versucht, meine Gefühle für dich zu ignorieren.« Er machte einen Schritt auf mich zu und fuhr mit bewegter Stimme fort: »Und als mir dann klarwurde, wie viel Hugo dir bedeutet hat, wie entschlossen du warst, das Thistles zu einem Erfolg zu machen, und als du auf dem Ball so fantastisch aussahst ...« Er lächelte schelmisch. »Wie könnte ich jemals den Anblick dieser Beine bei der Modenschau vergessen?«

Einige Zuhörer lachten.

Während ich mein Erröten mit einem tränenfeuchten Augenrollen zu überspielen versuchte, versetzte Vaughan mir den Todesstoß. »Ich will mit dir zusammen sein, Lara. Ich bin in dich verliebt.« Hilflos fuhr er sich mit den schlanken Fingern noch einmal durchs Haar, und ich sah zu, wie es erneut um sein Gesicht herumfiel wie ein verführerischer blauschwarzer Vorhang. »Ich bin in dich verliebt, seit ich dich zum ersten Mal gesehen habe, aber ich wollte es nicht zugeben.«

Das ergab keinen Sinn. Ich spähte zu Petra hinüber, die mit finsterer Miene zusah. Abschätzig musterte sie mich von Kopf bis Fuß, dann machte sie Anstalten, fortzugehen.

»Oh nein, du bleibst hier«, sagte Vaughan und packte sie am Arm. »Du bist ihr noch eine Erklärung schuldig.«

Petra öffnete den Mund. »Wie kannst du es wagen, so mit mir zu reden?«, sagte sie beleidigt und blickte verstohlen zu der neugierigen Menschenmenge hinüber.

Vaughans Stirn lag in zornigen Falten, als er mir wieder ins Gesicht sah. »Lara hat ein Recht darauf, es zu hören«, sagte er mit grimmiger Miene. »Du wirst jetzt nicht weglaufen, Petra. Ein einziges Mal in deinem Leben wirst du dir selbst und allen anderen gegenüber ehrlich sein.«

»Ich laufe ganz bestimmt nicht weg«, schnauzte sie ihn an. »Ich habe nur Wichtigeres zu tun, als mir dieses kleine Schauspiel hier anzusehen.«

»Oh, um Himmels willen!«, platzte Vaughan frustriert heraus und starrte sie noch wütender aus seinen funkelnden blauen Augen an als zuvor. »Wenn du Lara jetzt nicht sofort die Wahrheit sagst, erzähle ich allen hier von dem Spaß, den du dir letzten Monat in dieser Nobeldisco in Edinburgh geleistet hast.«

Petras Miene versteinerte. »Das wagst du nicht.«

»Ach nein?«, zischte er. »Ich habe nichts mehr zu verlieren. Ich liebe

Lara, und nur das zählt für mich. Du hingegen kannst nicht ohne das Geld deines Vaters leben.«

Petra schloss einen Moment lang die Augen.

Vaughans Miene verfinsterte sich noch mehr, und er fuhr fort: »Ich war für dich da, als du an jenem Abend Hilfe brauchtest. Und jetzt möchte ich, dass du Lara die Wahrheit sagst.«

Petra hob herausfordernd das Kinn.

»Sag es ihr!«, brüllte Vaughan so laut, dass die Zuschauer ebenso zusammenzuckten wie ich.

Petras Finger umklammerten die rotgoldene Muschel, die an ihrem Hals baumelte. Zwei rote Flecken erschienen auf ihren Wangen. »Also gut, meinetwegen!« Sie warf die Haare über die Schulter zurück. »Dieses Bild in der Zeitung«, sagte sie endlich, »ist nicht das, wonach es aussieht.«

»Was?«, fragte ich mit tonloser Stimme, aber Vaughans wütender Blick überzeugte mich davon, dass ich lieber zuhören sollte.

»Sie sind ein bisschen schwer von Begriff, kann das sein?«, fragte sie.

»Petra, ich warne dich«, sagte Vaughan. »Komm endlich zur Sache.«

»Okay, schon gut.« Sie bedachte die neugierigen Festivalbesucher mit einem herablassenden Blick unter üppigen Wimpern hervor. »Das Zeitungsfoto von Vaughan und mir ist ungefähr anderthalb Jahre alt.«

Ich runzelte die Stirn.

Langeweile breitete sich in Petras künstlich gebräuntem Gesicht aus, während sie ihre Nägel betrachtete. »Meine Familie hat bei dieser Zeitung viele Kontakte. Ich habe einen Redakteur dazu überredet, mir einen Gefallen zu tun und das Bild noch einmal zu drucken, und damit es für ihn interessant blieb, habe ich ihm ein Exklusivinterview zu möglichen Hochzeitsplänen gegeben.« Sie blickte zu mir auf, ein winziges Lächeln umspielte ihre roten Lippen.

»Aber warum?«, fragte ich verblüfft. »Warum haben Sie das getan?«

Petra musterte mich ungläubig aus hellen Augen. »Ist das nicht offensichtlich?«, fragte sie und deutete mit dem Kopf auf Vaughan. »Aus irgendeinem seltsamen Grund ist er verrückt nach Ihnen.« Ihre Worte klangen hart und gefühllos. »Ich war eifersüchtig, okay?«

Ich kramte tief in meinem Gedächtnis nach dem Augenblick, in dem ich die offene Zeitung im Café gefunden und gleichzeitig aus dem Augenwinkel gesehen hatte, wie jemand wegging.

»Moment mal. Sie haben diese Zeitung absichtlich im Thistles liegen lassen, stimmt's?«, fragte ich herausfordernd. »Ich sollte das Foto von Ihnen und Vaughan sehen.«

Petra biss sich auf die Lippe und warf erneut die Haare über die Schulter zurück.

Es fiel mir nicht schwer, meine Aufmerksamkeit von ihr zu lösen. Ich wollte Vaughans Gesicht sehen. Leiser Schwindel beschlich mich. »Du bist also nicht mit Petra zusammen?«

Ihre gelangweilte Stimme erklang zuerst. »Oh, sie begreift schnell.«

»Nein, ich bin nicht mit ihr zusammen«, bestätigte Vaughan mit einem scharfen Blick auf seine Ex-Freundin. »Das war es, was ich dir sagen wollte. Wie könnte ich mich für eine andere Frau interessieren, wenn du bei mir bist?« Erneut fixierte er Petra mit hartem Blick. »Noch dazu für eine Frau, die die harte Arbeit zunichte zu machen versucht, die du in das Café gesteckt hast.«

In meinem Kopf überschlugen sich die Gedanken. »Wovon sprichst du?«

Vaughan deutete mit dem Kopf auf Petra. »Ich glaube, du hattest kürzlich Besuch vom Gesundheitsamt.«

»Ja …«, sagte ich zögerlich.

Vaughan verzog das Gesicht. »Dreimal darfst du raten, wer das eingefädelt hat.«

Alle drehten den Kopf zu der Blondine, die jetzt rot anlief.

»Die Visitenkarte des Prüfers ist ihr aus der Handtasche gefallen, als sie am nächsten Tag erneut ungebeten zu Gast war«, erklärte Vaughan. Er griff in seine Hosentasche und schwenkte die kleine weiße Karte in der Luft. »Ich muss schon sagen, Petra, du hast dir einiges einfallen lassen.«

Sie reckte den Kopf, als wollte sie in eine Schimpftirade ausbrechen, besann sich aber eines Besseren.

»Also«, sagte Vaughan und lächelte mich an, »ich glaube, ich habe es geschafft, dich lange genug zum Schweigen zu bringen, um dir alles zu erklären. Noch Fragen?« Er nahm meine Hand. »Ich weiß nicht, was du mit mir gemacht hast, Lara. Früher hätte ich wahrscheinlich Ausschlag bekommen bei der Vorstellung, jemandem vor so vielen Leuten meine unsterbliche Liebe zu gestehen.«

Unsterbliche Liebe? Schon wieder blieb mir der Mund offenstehen. Was war ich für eine Idiotin gewesen! Aber warum hatte er so lange gebraucht, um mir all das zu erklären?

»Weitermachen!«, rief eine Frau im Blumenkleid. »Küss ihn, sonst tue ich es!«

»Oh, verdammt!«, fluchte ich. Und dann schlang ich Vaughan die Arme um den Nacken und küsste ihn. Ein Stöhnen entrang sich seiner Kehle, und er drückte mich an seine Brust.

Die anerkennenden Pfiffe und das Gemurmel hielten noch an, nachdem wir uns irgendwann voneinander gelöst hatten. Über Vaughans Schulter sah ich Petra im wallenden Kleid zurück zum Haus laufen und etwas in ihr Handy brüllen. Ich blickte zu Vaughan auf, der mich anlächelte.

»Ich habe etwas für dich.«

Sanft drehte er mich um und führte mich eine Anhöhe hinunter, weg von der Menschenmenge, die sich allmählich zerstreute, und auf das Mausoleum zu. Nun erblickte ich Travis, der neben einem großen, mit einem blauen Samttuch verhüllten Gegenstand wartete.

»Vielleicht ist dir aufgefallen, dass ich in letzter Zeit ziemlich oft weg war«, setzte Vaughan an. »Das lag daran, dass ich mich hiermit beschäftigt habe.« Er verstärkte den Griff um meine Hand, als wir uns dem zugedeckten Objekt näherten. »Mir fehlte hier einfach die nötige Inspiration, um dieses spezielle Werk zu beenden. Ein meisterhafter Marmorbildhauer, den ich sehr bewundere, war bereit, mein Mentor zu sein, bis ich es geschafft hatte. Nur liegt sein Atelier ziemlich weit draußen auf dem Land in Ayrshire. Darum musste ich in letzter Zeit so oft verschwinden«, fügte er leise lachend hinzu. »Und hier hätte ich nichts zustande gebracht, weil ich mich ständig von dir hätte ablenken lassen.«

Ich verdrehte die Augen, doch dann fiel mir auf, dass seine Hand leicht bebte. »Zitterst du?«, fragte ich leise.

»Sei nicht albern«, sagte er ein wenig zu schnell und lachte.

Ich konnte es kaum glauben. Vaughan Carmichael, der überhebliche Künstler, war nervös. Lächelnd drehte ich mich zu Travis um.

Mit einer theatralischen Geste zog er das Tuch herunter, und mir stockte der Atem.

Vierundvierzig

Ich war wie verzaubert.

»Die Büste deiner Mutter«, flüsterte ich. »Die, die du noch nicht beendet hattest.«

Vaughans Finger liebkosten meine Hand. »Gefällt sie dir? Ich habe mich stundenlang im Atelier verkrochen, um sie fertigzustellen. Und dabei hätte ich fast die Frau verloren, die ich liebe. Aber so ist das nun mal bei uns Künstlern – nur kein Druck!«

Ich überhörte den Schmerz in seinem Tonfall und näherte mich voller Ehrfurcht der Büste. Fast rechnete ich damit, dass sie die Augen aufschlagen würde. Die Figur stand auf einem steinernen Sockel. Die Sonne zauberte einen Heiligenschein um ihr Gesicht und die Schultern aus weißem Marmor. Vaughan hatte seine Mutter perfekt getroffen, von der Wölbung ihrer Augenbrauen bis zu der leicht gebogenen Nase. »Sie ist schön«, murmelte ich und fuhr bewundernd mit dem Finger über eine dicke Haarsträhne und den seidig aussehenden Stoff, der ihre Schultern bedeckte.

»*Du* bist schön«, sagte er und lächelte. »Ich weiß nicht, was du mit mir gemacht hast, Lara.«

Lächelnd blickte ich zu ihm auf, nahm ihn bei der Hand und umrundete mit ihm die Büste, wobei ich die elegante Kurve der Schultern, die aufwändig gearbeiteten Wellen der Haare und die glatten Flächen des Gesichts bewunderte, die Vaughan so eindringlich nachempfunden hatte. Plötzlich sah ich ihn vor mir, wie er sich mit nacktem Oberkörper plagte, sein Werk aus dem Stein meißelte und ihm den letzten Schliff verlieh. Ich sah, wie sich die Muskeln unter seiner Haut bewegten, während er jedes Detail vervollkommnete, und bei dieser Vorstellung begann meine Haut zu kribbeln.

»Daran hast du also insgeheim gearbeitet«, sagte ich.

»Ja«, bestätigte Vaughan, »mit starker Betonung auf *gearbeitet*. Ich bin übrigens weder mit Petra noch mit irgendjemandem sonst durch die Clubs gezogen. Ich habe mich verkrochen und diese Büste erschaffen.«

Mit einem Finger zeichnete Vaughan den Umriss meines Gesichts nach. Bei der Berührung begann es in meinem Bauch vor Erregung zu kribbeln. »Mit dieser Büste habe ich schon vor Jahren begonnen, noch vor Mums Tod. Ich freute mich, weil sie mir gut gelungen war, und ich brannte darauf, sie ihr an ihrem Geburtstag zu zeigen.« Ein tiefer Seufzer unterbrach seine Worte. »Und als wir Mum dann so plötzlich verloren, ertrug ich den Anblick der Büste nicht mehr, und schon gar nicht hätte ich sie fertigstellen können. Also habe ich sie in die Ecke gestellt. Ein paarmal habe ich darüber nachgedacht, die Arbeit wiederaufzunehmen, aber mir fehlte einfach die Motivation. Bis du aufgetaucht bist.«

Einige Festivalbesucher umrundeten die Skulptur und machten anerkennende Bemerkungen. Bewundernd traten sie zurück und nahmen ihre ätherische Schönheit in sich auf.

»Du hast mich inspiriert, mein Werk zu vollenden, Lara.«

Ich schüttelte staunend den Kopf. Wie hatte ich mich nur so irren können?

Das Geräusch von Kies, der unter schweren Reifen knirscht und aufspritzt, lenkte meinen Blick zum Haus hinüber, wo Petra in ein schwarzes Ungetüm von einem Auto stieg. Mit quietschenden Reifen fuhr der Wagen die Zufahrt hinunter und ließ noch mehr Kies durch die Luft fliegen.

Vaughans Blick folgte meinem. »Ich wusste, dass sie manipulativ sein kann, aber ich hatte keine Ahnung, dass sie sich so weit erniedrigen würde.«

»Sie muss dich sehr gemocht haben, wenn sie solche Mühen auf sich nimmt.«

Vaughan zog eine dunkle Braue hoch. »Herrin auf Glenlovatt zu sein – den Gedanken mochte sie noch viel lieber als mich.«

Wir entfernten uns einige Schritte von den Kunstliebhabern und bewunderten gemeinsam das Haus seiner Familie. Die honigfarbene Pracht war atemberaubend an diesem Tag unter dem bewegten Himmel und umstanden von Bäumen, die die Farbe wechselten.

»Wenn wir solche Festivals öfter veranstalten könnten, dazu die Führungen und das Café ...«, setzte ich an.

»Wir?«

Meine Wangen wurden heiß. »Oh, sorry. Das war anmaßend.«

Vaughan drehte mein Gesicht zu sich. Er küsste mich jetzt heftiger, hungriger, drängte seinen muskulösen Körper an mich. Und diesmal, ohne Scheu vor einem Publikum, reagierte auch ich mit Verlangen auf ihn.

»Äh ... Vaughan?«

Erschrocken löste ich mich von ihm, denn in der Nähe schlenderten Gordon und Travis über den Rasen.

Gordon konnte seine Freude kaum verhehlen. »Tut mir leid, dass ich euch störe, aber Hugos Notar kommt bald. Ich bin gespannt, was der alte Knabe ausgeheckt hat.«

Fünfundvierzig

Ich steckte den Kopf zum Café hinein, und Morven begrüßte mich mit gehetzter Miene.

»Wo zum Teufel bist du gewesen? Du wolltest doch nur eine halbe Stunde wegbleiben.«

Greta blickte Morven von der Seite an und sagte: »Sie war krank vor Sorge. Sie hat sogar gedacht, Sie hätten vielleicht aufgegeben und wären weggelaufen.«

»Unsinn.« Ich lachte verlegen. »So was mache ich doch nicht.«

An der Theke packten Greta und Logan für ein paar wartende Kunden die letzten Scones in Tüten und schalteten die Kaffeemaschine ab, während Becky und Jess die Tische abräumten und die Küche saubermachten.

Über mir blickte nun auch Vaughans Kopf mit entschuldigender Miene um die Ecke. »Bitte, es ist nicht Laras Schuld, dass sie sich unerlaubt von der Truppe entfernt hat. Es liegt an mir.«

Ganz langsam verzog sich Morvens Gesicht zu einem Lächeln. »Oh, verstehe.«

Ich gab mir große Mühe, nicht zu erröten. »Also, wie auch immer, wir müssen jetzt los, weil Hugos Brief verlesen wird. Es tut mir wirklich leid. Kommt ihr hier zurecht?«

Wie ein graues Schlachtschiff eilte Greta hinter der Kuchentheke hin und her. »Wir schaffen das schon, Liebes. Es ist ja sowieso fast Feierabend.« Logan wirkte weniger zuversichtlich, aber ich dankte allen von Herzen, und wir verließen das Café.

Gespannte Erwartung lag in der Luft, als Vaughan, Gordon, Travis und ich hintereinander Gordons Arbeitszimmer betraten. Durch ein offenstehendes Fenster drang das lebhafte Geplauder einer Gruppe von Menschen herein, die sich nach und nach auflöste.

Mr. Chalmers, Hugos Notar, schüttelte jedem die Hand. Nachdem wir Höflichkeiten ausgetauscht hatten, setzten wir uns auf die Stühle, die Travis in aller Eile zu einem Halbkreis aufgestellt hatte.

Mit besorgter Miene schenkte Gordon uns Tee ein. Ich hatte Hugo nur kurze Zeit gekannt, aber das hatte gereicht, um zu erkennen, was für eine unberechenbare Naturgewalt er war. Nur der Himmel wusste, was in dem dicken, cremefarbenen Umschlag stecken mochte, den Mr. Chalmers nun aus seiner ledernen Brieftasche zog.

Vaughan streckte die langen Beine aus und griff nach meiner Hand. Dieser Tag war eine Achterbahn der Gefühle gewesen. In einem Moment lief ich mit gebrochenem Herzen herum, im nächsten schleppte mich der Mann, den ich verloren zu haben glaubte, über den Rasen. Ich schwamm noch immer in einem Strom fassungsloser Seligkeit, als Mr. Chalmers sich räusperte und Hugos Brief vorzulesen begann.

»Wenn Ihr dies lest, meine liebe Familie, muss wohl der 27. Oktober sein. Ich hoffe, dass Ihr alle wohlauf seid und dass Glenlovatt allmählich immer erfolgreicher wird. Ich habe diesen Ort mit jeder Faser meines Seins geliebt. Er ist fähig, jeden zu verzaubern und zu betören, der ihn besucht.« Mr. Chalmers zögerte kurz, dann las er weiter. »Es gibt da eine Geschichte, die ich euch jetzt, wo ich nicht mehr bin, gern erzählen möchte. Wisst Ihr, vor vielen Jahren, in meiner Jugend, hat mich eine junge Dame betört und verzaubert.«

Vaughan, Gordon und ich blickten uns mit hochgezogenen Brauen an.

»Ich bin ihr bei den Fairview Highland Games begegnet. Unsere Familie präsentierte die Preise, die es zu gewinnen gab, und sie schlenderte mit einem jungen Mann umher. Als ich die rote Lockenpracht sah, war es um mich geschehen.

Ich sorgte recht bald dafür, dass ihr männlicher Begleiter Vergangenheit war, und wir begannen, insgeheim umeinander zu werben. Obwohl wir wussten, dass die Beziehung wahrscheinlich nicht von Dauer sein würde, verliebten wir uns ineinander. Das waren andere Zeiten damals. Die Tradition stand über allem, und ich war jung und schwach.

Schließlich sah uns ein Mitarbeiter von Glenlovatt zusammen und erzählte es meinem Vater. Ich ließ mich von den Konventionen meiner Familie gefangen nehmen und willigte in eine Heirat ein, die zum Wohl unseres Vermögens arrangiert wurde. Damit verzichtete ich auf die Frau, die ich liebte. Aber bevor wir uns trennten, schenkte ich ihr ein silbernes Armband. Ein Armband, das ich in Glasgow extra für sie anfertigen ließ in der Hoffnung, dass sie verstehen würde, wie viel sie mir bedeutete. Sie sollte wissen, dass ich sie immer lieben würde.«

Mr. Chalmers rückte seine Brille zurecht. »Das silberne Armband hatte vier Anhänger. Zwei waren kunstvoll gestaltete Torten, und die anderen beiden ...«

»... waren silberne Löffel«, fiel ich ihm ins Wort und starrte ungläubig auf das Armband an meinem Handgelenk.

Mr. Chalmers schwieg einen Moment. Gordon und Vaughan blickten verwirrt erst einander und dann das silberne Armband an.

»Diese Dame«, las Mr. Chalmers weiter vor, »hieß Hettie Blackwood.«

Fassungslos starrte ich Vaughan und Gordon an. »Meine Großtante. Das Mädchen, in das Hugo verliebt war ... Sie war meine Großtante.«

Meine Gedanken überschlugen sich. Mr. Chalmers rückte seine goldfarbene Seidenkrawatte zurecht und fuhr fort. Wir drei musterten uns schockiert, hörten aber aufmerksam zu.

»Ich liebte Glenlovatt, und obwohl ich Hettie noch mehr liebte, ließ ich zu, dass mein Pflichtbewusstsein mein Schicksal bestimmte. Als ich älter wurde, begann ich mich über dieses Haus zu ärgern. Manchmal, in melancholischen Momenten, betrachtete ich Glenlovatt als den Auslöser meines Unglücks.«

Gordon verlagerte auf dem Stuhl das Gewicht. »Ich habe immer schon gewusst, dass die Ehe meiner Eltern nicht besonders glücklich war.«

Vaughan schnaubte. »Das ist noch untertrieben, Dad.«

Mr. Chalmers räusperte sich, und alle verfielen erneut in respektvolles Schweigen.

»Und darum habe ich getan, was ich tun musste. Als ich sah, dass Lara dieses Armband trug und mir klarwurde, dass sie Hetties Großnichte ist, sah ich darin eine Chance, die Fehler der Vergangenheit wiedergutzumachen. Eigentlich hätte ich schon bei unserer ersten Begegnung merken müssen, dass sie mit Hettie verwandt ist: die roten Locken, ihre Entschlossenheit, sogar die Liebe zum Backen teilt sie mit ihr. Sie hat all die Liebe wieder geweckt, die ich vor so vielen Jahren für Hettie empfunden habe.«

Tränen traten mir in die Augen.

Mr. Chalmers schwieg eine Weile, dann fuhr er fort: »Sobald ich Lara kennengelernt und ihre Leidenschaft fürs Backen und ihren Wunsch, ein eigenes Lokal zu haben, entdeckt hatte, wusste ich, dass ich ihr helfen musste. Das war das Mindeste, was ich tun konnte. In meiner Vorstellung würde ich damit einen Teil des Unrechts wiedergutmachen, das ich meiner schönen Hettie getan hatte. Ich hoffe, dass ich euch allen damit ein bisschen Glück und Zufriedenheit bringe.«

Mr. Chalmers blickte auf und bemerkte zweifellos, dass wir mit offenem Mund dasaßen. »Wir sind fast fertig«, sagte er.

»Darum kommt hier mein letzter Auftrag und meine letzte Bitte an euch. Ich habe den Hettie Blackwood Fonds gegründet, und dieser Fonds wird ab dem heutigen Tag zum Unterhalt von Glenlovatt Manor beitragen.«

Gordon umklammerte die Armlehnen seines Stuhls. »Was in aller Welt hattest du vor, Dad?«, fragte er kopfschüttelnd. Dann blickte er unverwandt dem Notar ins Gesicht. »Wie viel hat Hugo beiseitegelegt, Graeme?«

Mr. Chalmers nannte eine Zahl, die uns hörbar nach Luft schnappen ließ.

»Ich fand Hugo ja immer ein bisschen geizig«, sagte Vaughan in unser Schweigen hinein, »aber das hier hat er offenbar von langer Hand geplant.«

Mr. Chalmers schüttelte das letzte Blatt des Briefes und las weiter vor: »An meinen lieben Gordon: Ich war sehr stolz, dein Vater zu sein. Du bist ein selbstloser, freundlicher Mensch, der immer erst an andere und danach an sich selbst denkt. Bitte verzeih mir mein Geständnis. Ich habe deine Mutter immer geliebt und respektiert, aber nicht so, wie ich es hätte tun sollen. Sie war eine treue Ehefrau und eine liebende Mutter, und dafür werde ich ihr immer dankbar sein. Und was dich betrifft: Ich habe dir zu selten gesagt, wie stolz ich auf dich bin. Das ist ein Fehler, den ich schon vor langer Zeit hätte beheben müssen. Hoffentlich kann ich mit diesem Brief wenigstens ein bisschen Wiedergutmachung leisten. Ich weiß, dass Lydias Verlust für dich fast unerträglich war, aber du hast trotzdem weitergemacht. Du warst der Fels in der Brandung, nicht nur für Glenlovatt, sondern auch für deinen Sohn und für mich. Ich werde immer dein liebender Vater sein.

An meinen lieben Vaughan: Du bist viel männlicher und erwachsener, als ich es in deinem Alter war. Folge deinen Träumen und finde eine Liebe, die von Dauer ist. Erinnerst du dich, welchen Rat ich dir damals im Sommer deines zwanzigsten Geburtstags gegeben habe? Du hattest gerade deine geliebte Mutter verloren, und das Leben war dir schwer geworden. Ich habe dir geraten, sie stolz auf dich zu machen und dir jemanden zu suchen, den du lieben kannst. Ich weiß in meinem Herzen, dass du genau das tun wirst, und auch ich bin stolz auf dich. Du machst deiner Mutter und deinem Vater alle Ehre.«

Mr. Chalmers lächelte und las den Brief zu Ende vor: »Und für Lara, das Mädchen mit den feuerroten Locken: Danke, dass du tapfer genug warst, um deine Zukunft in die Hände zu nehmen. Ich weiß, was ich von dir erwartet habe, war viel. Du bist auf Glenlovatt ins kalte Wasser gesprungen, ohne zu wissen, was dir bevorsteht. Aber ich wusste, dass du der Herausforderung gewachsen sein würdest. Danke, dass du mir erlaubt hast, dir zu helfen, denn du hast das Andenken an meinen Liebling Hettie nach Glenlovatt zurückgebracht, wohin es schon immer gehört hat. Ich weiß, es klingt ziemlich egoistisch, aber ich bitte dich zu verstehen, dass meine Liebe zu deiner Großtante nie gestorben ist. Ich sah die Gelegenheit, deine Lage zu verändern, und hätte ich sie nicht genutzt, hätte ich es bis in alle Ewigkeit bedauert.

Für dich habe ich getan, was ich für Hettie hätte tun sollen, und ich hoffe, das beweist wenigstens ein bisschen, wie sehr ich bereue, nicht der Mann gewesen zu sein, der ich hätte sein sollen.

Ich hoffe, du wirst das silberne Armband immer tragen in dem Wissen, dass ich über dich und den Rest meiner Familie wache.

In tiefer Liebe, Hugo.«

Ungläubiges Schweigen folgte.

Endlich durchbrach Gordons bewegte Stimme die Stille. »Tja, mein Vater hat schon immer gern das letzte Wort behalten.«

Travis – ich hatte fast vergessen, dass er da war – fügte leise hinzu: »Gott ist neue Wege gegangen, als er Hugo Carmichael erschaffen hat.«

• • •

Perth, Schottland, September 1978

Hettie ließ ein vorn abgerundetes Messer mit weißer Glasur über die glatte Kuppel des Kuchens gleiten. Dabei fiel ihr Blick auf ihr nacktes Handgelenk.

Es war seltsam tröstlich, das silberne Armband nicht mehr zu sehen; gut, dass es zusammengerollt in ihrem ledernen Schmuckkästchen lag. Ihr war nichts anderes übriggeblieben, als es abzulegen. Es erinnerte sie zu sehr an das, was hätte sein können.

Die Abwesenheit des Bändchens bekräftigte, dass sie ihn hinter sich gelassen hatte. Es bewies, dass er ein Teil ihrer Vergangenheit war. Hettie legte die Ofenhandschuhe in die Schublade und zwang sich, nicht an den Klang seines Lachens zu denken oder an die Art, wie das dunkle Haar sein Gesicht umspielte.

Draußen vor dem Küchenfenster schmückte rotes, senfgelbes und orangebraunes Laub die Bäume. Die Vielfalt der herbstlichen Farben weckte Gedanken an Glenlovatt in ihr. Von Freunden, die Fairview gelegentlich noch besuchten, hatte sie gehört, dass Hugo und seine Frau sehr stolz auf Gordon waren, ihren einzigen Sohn, denn der würde bald zur Universität gehen. Während sie langsam die Ofentür öffnete, blickte sie lächelnd auf ein altes Schulfoto ihrer beiden Töchter, das auf der Fensterbank stand. Sie hatten glattes braunes Haar und zeigten beim Lächeln ihre Zahnlücken. Die Schulkrawatten saßen schief, die jugendliche Fröhlichkeit wirkte ansteckend.

Hettie stellte die Rührschüssel in die Spüle, lehnte sich mit dem Rücken daran und erlaubte sich, einen Moment lang an die Tage voller Liebe und Lachen zu denken, die sie mit Hugo verbracht hatte. Obwohl sie sich gern etwas anderes weisgemacht hätte, kannte sie die Wahrheit ganz genau.

Als sie sich in ihrer schlichten Küche mit den korallfarbenen Fliesen und dem Linoleumboden im Paisleymuster umsah, wusste sie, dass Hugo immer bei ihr sein würde, all dem Zorn und der Verletztheit zum Trotz, die sie so lange mit sich herumgetragen hatte.

Sie liebte ihn noch immer, trotz allem. Und daran würde sich niemals etwas ändern.

Epilog

Nicht in meinen kühnsten Träumen hätte ich mir vorgestellt, wie schön eine Hochzeit an Weihnachten auf Glenlovatt sein konnte.

Die Bäume sahen aus wie mit Zuckerguss überzogen, und die Gärten waren mit einer dicken Schicht Neuschnee bedeckt. Trotz des kalten Dezembermorgens beschenkte uns der Himmel mit strahlendem Sonnenschein.

Im großen Saal waren die Stühle für die Gäste mit weißem Tüll dekoriert, und im Eingang begrüßten silbrig glänzende Lichterketten unsere Freunde und Familienangehörige. Vasen mit eisblauen Rosen standen auf nahezu jeder verfügbaren Oberfläche. Dank gemeinsamer Anstrengungen von Freunden und Familie hatten wir alles rechtzeitig für unsere ersehnte Winterhochzeit auf Glenlovatt arrangieren können.

Vaughan bot in seinem dunkelgrauen Dreiteiler und mit der lavendelfarbenen Seidenkrawatte einen wundervollen Anblick. Während ich am Eingang zum Saal auf ihn wartete, musterte er mich mit seinem typischen Lächeln, und mein Herz schlug Purzelbäume. In seinem Gesicht war etwas, das mich an die Art erinnerte, wie Gordon Fotos von Lydia betrachtete, eine tiefe Sehnsucht, die mir den Atem raubte.

Wolf war hocherfreut, dass er mich zum Bräutigam führen durfte, und ich hielt mich krampfhaft an ihm fest, als wir den langen Gang zum Altar antraten und ich plötzlich das Gefühl hatte, in meinem schmalen cremefarbenen Hochzeitskleid keinen Schritt mehr gehen zu können. Schließlich nahm er auf dem Stuhl neben Mum Platz, und ich lächelte die beiden dankbar an. Neben ihnen saß Morven. Unter ihrem Kopfputz zwinkerte sie mir ermutigend zu, ehe sie sich zu Jake umdrehte, mit einem Blick, der deutlich sagte: »Und wir sind als Nächste dran, Freundchen!« Der arme Kerl hatte gegen sie keine Chance.

Meine Finger umklammerten nervös den Brautstrauß, ein Bukett aus silbrig lackierten Beeren, blauer Erika und mit Schnee bestäubten Tannenzapfen – und zusätzlich natürlich einigen Disteln. Auch Vaughan hatte sich eine Distel ans Revers gesteckt.

Als die Trauung begann, erhaschte ich in einem Wandspiegel hinter dem Trauredner einen Blick auf mich selbst. Ich sah eine Frau, deren rote Locken kunstvoll hochgesteckt waren. Sie ähnelte mir sehr, aber sie strahlte mehr Selbstsicherheit und Glück aus, als ich je zuvor empfunden hatte.

• • •

»Eine Rede! Eine Rede! Komm, Lara! Sag etwas!«

»Ja, du bist doch sonst nicht um Worte verlegen!«

Ich lachte, als unsere Gäste mich aufforderten, mich zu erheben, indem sie das Speisezimmer auf Glenlovatt mit Jubelrufen erfüllten.

»Ihr Publikum wartet, Mrs. Carmichael«, flüsterte Vaughan neben mir. »Auf geht's, Darling.«

Ich atmete tief durch, stand auf und verdrehte die Augen, als mich zwei Freunde von Vaughan, die am Nebentisch saßen, mit anerkennenden Pfiffen bedachten. Ich nahm die üppigen Arrangements von Winterblumen auf jedem Tisch wahr; die wallenden, gestärkten Tischdecken und das blitzende Besteck. Und dann begann ich zu sprechen. Hin und wieder schenkte ich meinem wundervollen Ehemann ein Lächeln, wenn er zu mir aufblickte und ermutigende Worte flüsterte.

»Als ich in die Welt von Glenlovatt geworfen wurde, war ich anfangs entsetzt. Hugo Carmichael hatte unglaublich großes Vertrauen in mich gesetzt, etwas, das ich nicht verstand. Die Verantwortung, die ich für den Erfolg dieses neuen Cafés empfand, war riesig, vor allem, als mir klar wurde, wie viel dieser schöne Ort Gordon und Vaughan bedeutet.«

Erneut atmete ich durch und fuhr fort: »Aber Hugo hat mir gezeigt, dass ich zu mehr imstande bin, als ich mir je erträumt hätte, wenn ich nur an mich selbst glaube und meine Chancen nutze. Dafür kann ich ihm gar nicht genug danken.«

Ich blickte auf Vaughan hinab, der meine Hand ergriff und mir so erotisch zuzwinkerte, wie nur er es konnte. »Und Hugo habe ich außerdem zu verdanken, dass ich einen gewissen mürrischen Bildhauer kennengelernt habe«, fügte ich hinzu und machte eine Kunstpause, in der das Publikum leise lachte. »Ich hatte das Glück, die seltsame und wunderbare Kraft der Liebe zu erfahren, und ich glaube, wir haben beide gelernt, dass die Liebe im Lauf der Zeit nicht vergeht, sondern immer größer wird.«

Weiter hinten am Tisch saß Gordon. Sein Blick wirkte abwesend, denn er dachte zweifellos an seine geliebte Lydia.

Ich beendete meine kleine Rede mit den Worten: »Dieses sehr spezielle Haus enthält die Erinnerungen, Hoffnungen und Träume all derer, die schon von uns gegangen sind. Ich fühle mich geehrt, an Vaughans Seite ein Teil seiner Zukunft zu sein.«

Ich setzte mich wieder und wurde von Vaughans Lippen auf meinem Mund und von donnerndem Applaus empfangen.

Und während meine Finger nach dem silbernen Armband tasteten, nach den vier Anhängern, die meinen Unterarm umschmeichelten, wusste ich, dass Hugo und auch Hettie in diesem Moment das Glas auf Vaughan und mich erhoben.

Dank

Von Herzen danke ich Selwa Anthony, meiner fabelhaften Agentin und Freundin. Mein Dank gilt auch Linda Anthony für ihre Geduld. Ich hoffe, ihr beide wisst, wie sehr ich euch schätze.

Riesengroßen Dank schulde ich Allen & Unwin, vor allem meiner Verlegerin Annette Barlow, meiner Lektorin Rebecca Allen und der Redakteurin Simone Ford. Das gesamte Team von A&U ist eine Gruppe von sehr talentierten und außergewöhnlichen Menschen.

Aufrichtiger Dank geht an die Familie Capaldi und die reizenden Mitarbeiterinnen und Mitarbeiter der Honeybee Bakery, die mich zum Thistles inspiriert hat.

Und schließlich danke ich meiner Mum Helen, die ich sehr vermisse, und meiner Schwiegermutter Anne. Ich werde euch immer lieben.

Findet Claire ihr Glück in der kleinen Pension vor der stürmischen Küste Englands?

Claire kann ihr Glück kaum fassen. Dank einer Herztransplantation liegt ein neues Leben vor ihr. Doch bevor sie es beginnt, möchte sie sich bei der Familie des Spenders bedanken. Kurzentschlossen reist sie nach Lundy Island, auf die kleine Insel vor der Küste Englands, wo dessen Angehörige leben. Ihre erste Begegnung mit Grant, dem Bruder des Spenders, der dort eine Pension leitet, läuft allerdings alles andere als gut. Und dabei weiß er noch nicht einmal, dass in ihrer Brust das Herz seines Bruders schlägt ...

Rose Bloom

Wo mein Herz schlägt

Roman
Klappenbroschur
forever.ullstein.de

FOREVER